Bernd Jacobs

Das Paper-Weblog

Bibliografische Information der Deutschen Nationalbibliothek:
Die Deutsche Nationalbibliothek verzeichnet diese Publikation in der Deutschen Nationalbibliografie; detaillierte bibliografische Daten sind im Internet über http://dnb.dnb.de abrufbar.

Satz, Umschlaggestaltung, Herstellung und Verlag:
BoD – Books on Demand

ISBN: 978-3-7412-0694-8

Das Paper-Weblog

Vorwort

Wenn einige fortschrittliche zeitgenossen sich beim entsorgen ihrer zahlreichen bücherregale in die tonne wegen der gewaltigen staubwolken fast die lunge aus dem halse husten, dann sollten sie einen moment innehalten um zu überlegen, ob sie mit der bücherbeseitigung das richtige tun. Denn die geflügelte redensart ›Was einmal im www eingestellt worden ist, bleibt für ewig darin‹ stimmt s o nicht. Für die erzeugung, verbreitung und konservierung von schriftzeichen braucht es im imperium der t o r e n – der transis-, semikonduk-, kondensa-, resistoren – elektrischen strom. Das risiko des totalen versiegens dieses »roh«stoffes steigt mit der zurückgehenden erzeugung desselben – insbesondere bei der atomkraft – ,und dem anwachsen des www und der dadurch benötigten energie. Nichts ist so empfindlich für die konservierung des geschriebenen und gesprochenen worts als der fluss der elektronen. -

Nicht, dass wir am ende mit vogelfederkielen mühsam farben auf pergament oder papier, wie zu olims zeiten, aufkratzen müssen, oder gar mit einem holzstichel in weiche lehmtäfelchen zeichen ritzen werden. Für »harte« typen käme dann auch noch die methode mit hammer und meißel, und einer marmor-, oder granitplatte in frage. Und dann wären wir von der »Gutenberg-galaxis« des Marshall McLuhan wieder zurück in die steinzeit geschleudert worden.

Zur anordnung der einzelnen blogs: Bis auf den drücker – dem termin der veröffentlichung dieses buchs – werden hier die aktuellen beiträge eingearbeitet.

Samstag, 5. September 2009

DIE STEINZEIT-ung berichtet über den tanklaster-schlag in Afghanistan. Wie bekannt, sind dort der Bundeswehr zwei tanklaster von den taliban geklaut worden. Der verantwortliche kommandeur informierte seine NATO-genossen, und diese flogen einen luftangriff auf die vollgefüllten tanklaster. Erfolg: 60 tote taliban-kämpfer (deutsche lesart); bis zu 100 tote, überwiegend zivilisten (afghanische lesart).

Wie dem auch sei; dieser schlag ist in jedem falle ein »erfolg«, denn nun merken diese unseligen macker einmal selbst wie es ist, wenn eine massive bombe – beispielsweise – in einer belebten stadt explodiert, mit dutzenden von toten. Besonders zu bewerten ist, dass die NATO endlich auf die »asymmetrische« kriegsführung eingegangen ist, und nun ebenfalls mit gemeinen tricks arbeitet. Denn wir wollen uns darüber im klaren sein: Die beiden vollgefüllten tanklaster waren präpariert! Und es ist ein kinderspiel, eine luft-bodenrakete auf einen signalgeber an einem lastwagen zu programmieren. Im einfachsten falle reicht dafür schon ein »offenes« handy ... Es war zeit, den mackern in Afghanistan einmal die e i g e n e n folterwerkzeuge zu zeigen. Wie geht es weiter? Selbstverständlich wird »den Deutschen« die schuld gegeben, vordem wie in Jugoslawien. Dort haben zwar auch keine deutschen jabos eine brücke zerteppert, aber trotzdem wurde die Bundesrepublik Deutschland wegen der dabei getöteten zivilisten verklagt. Die fällige schuldzuweisung für den tanklaster-schlag an Deutschland könnte allerdings die bauchschmerzen der Deutschen über einen kriegseinsatz außerhalb der landesgrenze, und – ein wenig – auch außerhalb des Grundgesetzes, für alle zeiten mildern. Ganz einfach so: Nachdem die schuldzuweisung erfolgt ist, die Deutschen den allseits erwarteten kotau gemacht haben, sagen in Afghanistan »unsere jungs«: »So, das wars. Ihr könnt uns jetzt mal alle ...(das herrliche, urdeutsche zitat). Wir haben die schnauze voll, und wir gehen jetzt nachhause zu mutti ... «.

Dienstag, 6. Oktober 2009

DIE STEINZEIT-ung® berichtet nun von einem bekannten autor, der in der vergangenheit durchaus spannende geschichten fantastischer art zu erzählen wusste, und die zu r e c ht aufmerksamkeit gefunden hatten. Sein neuestes buch soll gar über tausend seiten besitzen. DIE STEINZEIT-ung® bekennt freimütig, dass dieses buch ihr noch nicht zur kenntnis gekommen ist; alle informationen über dieses buch stammen folglich aus der sekundärliteratur.

Es soll im weitesten sinne ein S F-buch sein. Es geht um einen »fahrstuhl« zum Mond, und um ein auf der Erde nicht existierendes element. Es soll sich um Helium-3 handeln. Ja, ja, die Heliumatome, -moleküle, -isotope, oder sonst was. – Dem chronisten von DIE STEINZEIT-ung® ist immer noch das äußerst spannende buch von Paul Eugen Sieg, DETATOM, in erinnerung, welches er in den vierzigern dvjhds. mit »rote öhrkes« gelesen hatte. Damals hieß so etwas »zukunftsroman«. In diesem buch ging es a u c h um ein neues element; »Helan« nannte sich dies. Dieses »Helan« (die assoziation zu Helium ist ja wohl jedem klar) war zehnmal l e i c h t e r als luft, durchsichtig, und soviel mal härter als stahl. Aha. D a s ist der stoff, auf dem man eine geschichte von 1300 seiten aufbauen kann. – Zumindest kann man damit ein Marsschiff bauen, welches o h n e energieeinsatz bis zur weltraumgrenze aufsteigt, und dann von dort zum Mars starten kann. Komfortabel: Es wird genau nur ein zehntel des treibstoffs für den marsflug benötigt, um einen koloss von mehreren tausend tonnen gewicht bis zur Mesopause (circa hundert kilometer über der Erde) hochzuwuchten. DIE STEINZEIT-ung® würde sagen: In einem antiquariat hat der autor das buch »Detatom« von Paul Eugen Sieg, erschienen 1936 im Berliner Scherl-Verlag, gefunden, sehr gut studiert, und die ideen P.E. Siegs glänzend fortgesponnen. Doch mussten es unbedingt 1300 seiten sein? Es gibt auch weniger umfangreiche zukunftsliteratur – nur 314 seiten – , die aber ebenfalls einen unbekannten kosmos füllt. Beispielsweise das buch »Landschaft zwischen den Knoten«, oder (auf neudeutsch): »Landscape between the knots«, von Bernd (bejot) Jacobs, NeoLit aus dem Neanderthal®

Donnerstag, 19. November 2009

DIE STEINZEIT-ung® befasst sich nun mit einem thema, welches im dezember in Kopenhagen verhackstückt werden soll: Mit dem weltklima. Wenn von »klima« allgemein geredet wird, so wird immer nur eine grundaussage angeführt, nämlich die, ob das betreffende klima »kalt«, »abgekühlt«, »unterkühlt«, gar »eisig« ist, oder ob das gegenteil von allem der fall ist, nämlich »warm« oder auch »angenehm«. Das gilt sowohl für das – physikalische – (witterungs)klima), als auch für die zahlreichen anderen klimas, die in einer bestimmten anordnung, oder auch zwischen solchen anordnungen herrschen. Da wir menschen warmblütige wesen sind, gibt es für uns nur e i n adjektiv, welches das klima für uns als angenehm beschreibt, nämlich w a r m. Soll heißen: Wenn sich das klima auf einem bestimmten pegel befindet, dann fühlen wir uns wohl. Wenn sich das klima ändert – aus welchem grund auch immer – dann merken wir das in unserer befindlichkeit. Das welt(witterungs)klima ändert sich, rufen seit gut dreißig jahren berufene (meteorologen, wissenschaftler, politiker), und unberufene (wiederum politiker, dogmatiker, weltuntergangsapostel, selbsternannte umweltschützer) aus.

Wir wollen uns nicht um die beweggründe der letztgenannten kategorie kümmern, beweggründe, die so endlos wie der globus sind, aber i m m e r nur eines zum ziel haben: Die orthodoxie i h r e r erklärung. Nein, wir wenden uns der physik des klimas zu.

Die gruppenverantwortlichen in unserer welt postulieren, auch unter dem geschrei der letztgenannten kategorie, dass das »zwei grad ziel« sich auf dem globus durchsetzen muss. Das soll heißen, dass sich die globale erwärmung ab einem bestimmten datum bis zum jahre 2050 nicht um mehr als 2° C erhöhen soll. Dies solle durch den minderausstoss von »treibhausgasen« erfolgen. Unabhängig davon, wer in diesem streit – wer darf, wer darf nicht emittieren – gewinnt, haben wissenschaftler einmal die these abgeklopft, ob sich das globale klima tatsächlich erwärmt hat. Es wurden alle wetterstationen weltweit aufgefordert, die ortsunmittelbaren durchschnittstemperaturen der letzten zehn jahre zu melden. Es kam für die forscher ein ziemlich frustrierendes ergebnis heraus: In den letzten zehn jahren hat sich die globale durchschnittstemperatur n i c h t (mehr?) geändert.

Da die berechnung der globalen durchschnittstemperatur mathematisch eine ziemlich schwierige angelegenheit sein soll – verschiedene rechenmodi erbringen verschiedene resultate – ist allgemeiner konsens, dass die globale durchschnittstemperatur zur zeit annähernd 15° C beträgt. Das könnte hinkommen wenn man bedenkt, dass nach ende der letzten eiszeit (vor circa 30 000 jahren) die durchschnittstemperatur auf der Erde circa 10° C betrug (warum klappte hierbei die berechnung dieses betrags?).

DIE STEINZEIT-ung® behauptet: Für einen warmblüter mit einer durchschnittlichen körpertemperatur von 37° C wäre die umwelttemperatur selbst von 15° C vorsichtig ausgesprochen eher k ü h l. Da wir als menschliche wesen in der lage sind, in allen klimatischen zonen der Erde zu leben (der technik sei dank) ist diese behauptung nicht abwegig. Was kann es aber bedeuten, dass die durchschnittstemperatur nicht mehr angestiegen ist, im hinblick auf unseren lebensraum? Ganz einfach: Bei unserem gemeinsamen planeten ist die thermostatisierung angesprungen. Und diese beinhaltet, dass gleichzeitig die polkappen und gletscher abschmelzen, und in China um diese zeit schneestürme toben, und in Hongkong die tiefsttemperatur – 10° C plus – seit aufzeichnung der wetterdaten angezeigt wird.. Wage es einer, den 1,3 milliarden Chinesen zu befehlen, sie dürfen ihre kohleöfen ab sofort nicht mehr betreiben, um das weltklima zu retten …

Samstag, 21. November 2009

DIE STEINZEIT-ung betrachtet die frage Afghanistan. Ein problem Europ-Amerikas?

Wer sich die geschichte des asiatischen landes Afghanistan anschaut wird bemerken, dass in der neuzeit bis jetzt nur europäische mächte, und in der letzten zeit auch Amerika, in diesem unseligen land involviert waren und noch sind. Gut, bei der ISAF-truppe machen auch Singapur, Aserbeidschan, Jordanien als asiatische staaten dienst, und natürlich die Türkei. Doch die Türkei ist eigentlich ein brückenstaat, der einerseits auf Europa gründet, andererseits aber seine kulturellen nervenfasern auch mit Asien verwoben hat. Abgesehen also von der Türkei, die immer willig soldaten bereitgestellt hat wenn die UNO rief, sind die drei anderen asiatischen staaten nur zählkandidaten. Und das loch der nichtigkeit wird um so gewaltiger, je lauter die frage nach d e n staaten in Asien wird, die n i c h t in Afghanistan stehen: Indien, China, Japan, Bangladesch, Indonesien. Gut, die arabischen, im weitesten sinne muslimische staaten, mögen berechtigte vorbehalte gegen einen feldzug gegen muslime haben. Aber die genannten beiden großen staaten Indien und China, und auch Japan, sollten doch mal nachdenken was passiert, wenn es nicht gelingt, den staat Afghanistan im halbwegs zivilisierten zustand in die völkergemeinschaft zurückzuführen. – Die n i c h t -nennung Pakistans ist gewollt. Pakistan und Afghanistan sind fast identisch, denn die grenze zwischen diesen ländern ist so durchlässig wie ein maschendraht beim regnen. Warum signalisieren also die großen asiatischen staaten dem westen nicht, dass sie die gefahr erkannt hätten, und selbst übernehmen möchten? Es stimmt einfach nicht, dass der Westen, einschließlich Russland , wegen eines vermeintlichen strategischen standortvorteils nicht weichen wollen. Zumindest Russland ist wegen des feldzugs in Afghanistan entschuldigt, weil es weniger um ideologie, sondern um gefahren vor der eigenen H a u s t ü r ging. Um die beiden dominanten staaten China und Indien zu motivieren, vor ihrer eigenen haustür für ordnung zu sorgen, sollte man diese daran erinnern, dass es in ihren eigenen staatsgebieten ja schon längst erhebliche schwierigkeiten mit dem m i l i t a n t e n Islam gab und gibt. Aktueller Nachsatz: Gerade wird kolportiert, dass afghanische rechtsanwälte die Bundesrepublik Deutschland wegen schadensersatz für die getöteten »zivilisten« bei dem tanklaster-debakel in regress nehmen wollen. Freunde, das ist der klang, der den leuten das messer in der tasche aufgehen lässt ! Statt, dass diese »rechtspfleger« in Afghanistan um das recht in diesem staat kämpfen, versuchen sie bei Deutschland abzusahnen; da war ja mal was mit der fremdenfeindlichkeit in Deutschland? Ja, freunde, gerade s o wird neue fremdenfeindlichkeit erzeugt. Hierzu ein »christliches« sprichwort, absolut wahr und aktuell: Bevor du dich über den splitter im auge deines nächsten ärgerst, ziehe erst mal den b a l k e (a) n aus deinem e i g e n e n auge. Schlussfolgerung, unausgesprochen: Dann siehst d u um so klarer.-

Sonntag, 22. November 2009

DIE STEINZEIT-ung® nimmt stellung zu der meldung, dass die milliardenschwere welt-erklärungsmaschine in der nähe von Genf wieder angelaufen ist. Uns scheint , dass die wahrscheinlichkeit, etwas grundlegendes damit zu finden eher gegen null geht. Und mögen die forscher noch so eifrig den staub dieser Erde zusammenkratzen, ihn zerlegen und trennen, bis ins feinste und kleinste. Sie werden nur das finden, was die materie enthält; die kraft, die bestimmt, es werde – es sei, werden sie dabei wohl nicht finden. Und d i e s ist ja der eigentliche grund ihres strebens: Der blick auf die gottesmaschine ... Der chronist von DIE STEINZEIT-ung® hat eine interessante geschichte gefunden, die dieses thema behandelt. Diese gut fünfundzwanzig jahre alte geschichte ist unter anderem in dem band »Hirnzwingen und Kurzgeschichten«, von Bernd (bejot) Jacobs, bei BoD in Norderstedt, unter der ISBN 978-3-8370-3299-4, auf der seite 253 in diesem jahr erschienen.

Das vorletzte Experiment

In dem Laborgebäude der UN-Atom, einer Unterorganisation der Vereinten Nationen, vibrierte Hochspannung vor dem letzten, entscheidenden Experiment.

Zehn Jahre waren seit Baubeginn des 300 Kilometer durchmessenden, kreisförmigen Zyklotrons in der arabischen Wüste vergangen; einer Anlage, für deren Funktion eigens ein Atomkraftwerk von 2000 Megawatt Leistung gebaut worden war.

Der kleine, von zehn Meter dicken Beton-und Bleiwänden umgebene Raum – Herzstück der gigantischen Anlage – umfasste nichts als einen weißen Tisch mit Mikrofon, einem Eingabepult, dem Holografiegerät und dem Okular des Mesonenmikroskops. Ein kleiner Monitor war ebenfalls vorhanden. Doktor M'boni, der afrikanische Plasmasphysiker, erhob sich von seinem Sitzplatz, und trat an den Tisch, an dem Frau Dr. Ing. Nelly 'ten Hoogen bereits Platz genommen hatte.

»Wie lange noch, Nelly«, fragte M'boni die Frau – eine Kapazität für Hochenergietechnik.

»Noch neun Minuten, E-m«, gab die Frau zurück; wobei die Anrede E-m durchaus korrekt und freundschaftlich war, denn alle waren damit einverstanden, wegen des fast unaussprechlichen Vornamens M'bonis diese Verkürzung zu benutzen. Eine andere Person im Raume saß ruhig auf ihrem Platze, mit über der Brust verschränkten Armen: Mohe Yakrabart, der Theophilosoph und Metaphysiker, ordentlicher Professor für Parapsychologie und Okkultismus an der Universität Bombay. Aus dem braunen, von herrlichem altweißen Haupt-und Barthaar umkränzten Gesicht blickten entrückt aber freundlich die dunkelbraunen Augen auf die gegenüberliegende Wand: Mohe meditierte.

Endlich, nach Tschernobyl und der entsetzlichen Atomkatastrophe von Cattenom, rückt die Menschheit von der Energiegewinnung aus Kernspaltung ab. Diese Art der Energiegewinnung war genauso mörderisch und lebensfeindlich wie ihre allererste Anwendung als kriegsentscheidende Waffe. Deshalb setzte die gesamte Menschheit im Rahmen der Weltorganisation an, den immer noch wachsenden Hunger nach Energie durch den Zugriff auf die Kernfusion, dem Sternenfeuer, zu stillen. Als letztes Bollwerk vor der Verwirklichung der Beherrschung dieser Technik lag die Erforschung der elementaren Grundbausteine, der Quarks, aus denen nach dem letzten Stand der

Wissenschaft wiederum die Protonen und Neutronen zusammengesetzt sind. Durch Berechnungen, Beobachtungen, Experimente, wurde die Existenz derartiger wirklich letzter – a-tomos – Bausteine nachgewiesen; und heute sollte dieses letzte Experiment die Ur-Teilchen isolieren, lokalisieren, kenntlich machen und gewichten. Mit der Kenntnis der Physik dieser kleinsten Teilchen versprachen sich die Plasmaphysiker den Durchbruch bei der gesteuerten Anwendung der Kernfusion, einer relativ sauberen, schier unerschöpflichen Energiequelle. Eigens zu diesem Zwecke wurde dann diese gigantische Teilchenschleuder mit Milliardenaufwand gebaut. Alles befand sich unter Höchstspannung, jeder war an seinem Platz; das Atomkraftwerk stand kurz vor der größten Leistungsabgabe, welche auch unbedingt im Zyklotron gebraucht wurde. Der Umkreis von 300 Metern um die Ableitspitzen der Transformatoren des Kraftwerks war geräumt, um das Abfackeln der elektrischen Energie beim Abschalten des Zyklotrons gefahrlos vonstatten gehen zu lassen. Ionisierte Luft umwaberte in farbigen Aureolen die Röhren der tiefgekühlten keramischen Supraleitungen. Ströme von Energie flossen in die dicken, kupfernen Windungen der elektrischen Spulen, welche das fast 1000 Kilometer lange, nur knapp 10 Zentimeter dünne, kreisförmige Rohr umschlangen. Die Mündung dieses riesigen subatomaren Schießgeräts befand sich genau in der Objektkammer des Mesonenmikroskops, an dem Dr. M'boni gerade die letzte Feineinstellung vornahm. Die Darstellung des subatomaren Teilchens, welches sie heute zu finden hofften, war mit Hilfe des Elektronenflusses, also letztlich mit Hilfe des elektrischen Stroms nicht möglich; die gewaltigen, elektromagnetischen Streufelder würden jeden Halbleiter, jede elektronische Röhre unbrauchbar machen. Um die Darstellung des gesuchten Teilchens erst überhaupt zu ermöglichen, wurde das Mesonenmikroskop entwickelt, welches in Verbindung mit dem Holografen und höchstempfindlichem Filmmaterial allein in der Lage war, mit Frequenzen weit über denen des sichtbaren Lichts zu arbeiten. Das hieß, dass erst nach der Entladung des Zyklotrons und der dann hoffentlich erfolgten Zertrümmerung der Quarks und der sofort auf Null abfallenden elektrischen Energie eine computerisierte Verarbeitung der Meßsignale und des Hologramms erfolgen konnte.

»Nelly, möchtest du ans Okular?«, fragte M'boni.

»Nein, nein. Bleib du ruhig am Gerät, M'boni. Es ist deine Stunde«, sagte die Frau und lächelte.

»Wie lange ist es noch?« fragte wiederum der Mann am Okular und starrte, die Augen fest in die Gummimanschetten gepreßt in die Dunkelheit eines Raums, der bald durch tiefe Einblicke in den subatomaren Kosmos erhellt werden sollte: Ein-hoffentlich! – wichtiger Abschnitt im Leben der Menschheit! -

»Noch vier Minuten«, ließ sich nun die Stimme Mohe Yakrabarts vernehmen: »Nun, ihr beiden. Was erhofft ihr zu sehen, zu erkennen? Glaubt ihr im Ernst, es würde sich aus dem Dreck, dem Staub unseres Planeten, welchen ihr mühselig zusammengekratzt habt, ein endgültiger Blick zum Anfang ergeben? Ich behaupte: Wer analysiert, der stört. Und das nicht erst seit Werner Heisenberg.«

Unwillig ruckt Dr. M'boni hoch, doch Frau 'ten Hoogen übernahm den Widerpart:

»Auch Enrico Fermi hatte aufgrund einiger vager Beobachtungen Otto Hahns und Lise Meitners, einiger ex cathreda verkündeter Theorien, seinen ersten Atommeiler in der Aula seiner Universität aufgebaut. Mit großem Erfolg, wie du weißt, Mohe.«

»Natürlich«, lacht der Inder nun dröhnend, seine Augen versprühten Spott:» Von wegen Erfolg! Es war tatsächlich ein Irrweg; und deswegen sitzen wir drei ja letztlich hier in diesem Bunker. Aber nun im Ernst: Was erwartet ihr denn am Ende eines Irrwegs zu sehen? Ihr werdet nur den Grund zur Umkehr erkennen, die Gefahr des Absturzes so, wie es uns mit der Kernspaltung ergangen ist. Doch mir scheint, ihr versucht wissentlich einen kleinen leichten passenden Ausweg einzuschlagen. Ich hoffe nicht, dass ihr nach vier oder fünf Minuten abermals erkennen müßt, in die Irre gegangen zu sein. Ich glaube eher, ihr sucht weniger mathematische und Naturgesetze, als einen Geist, der die Stoffe erregt.«

»Nelly«, ließ sich M'boni vernehmen, »kannst du mir mal sagen, warum uns das Komitee diesen hindu-moslemisch-christlich-hebräischen Buddha zugeordnet hat?«

Wieder lachte Mohe auf: »Natürlich deswegen, damit eure zarten Wissenschaftlerseelen keinen Schaden erleiden, wenn ihr, beispielsweise beim Blick in die Tiefen einen Anblick Gottes erhascht; oder – besonders für dich, mein Freund M'boni gedacht – wenn aus dem Okular neunschwänzige Dämonen mit Bocksfüßen und Hörnern herausspringen.«

»Es ist nun gut, Vater Mohe«, besänftigt Nelly die beiden Männer, »setzt euch auf euren Platz und wartet. E-m, noch eine Minute, sechzehn Sekunden bis Nullzeit, zwanzig Sekunden plus Null beginnt Endphase, sie wird bis Zielzeit ausgezählt. Ich würde sagen, wir sammeln uns und bereiten uns auf das Experiment vor. Computer! Alles bereit?«

»Alles bereit«, erklang eine melodiöse, althaft verfremdete Frauenstimme.

»Computer! Zeitangabe«, fragte Nelly weiter, worauf die synthetische Stimme mit »Fünfzig Sekunden bis Nullzeit. Ende« antwortete. Es bleibt nun nichts mehr zu tun. M'boni starrt weiterhin ins Okular, Mohe sitzt auf seinem Stuhl und hat die Augen geschlossen. Nelly schaltet den Bildschirm ein. Trotz der Dunkelschaltung flickern mit wachsender Helligkeit Leuchtpunkte über die Mattscheibe: Ein völlig unbrauchbares Wirrwarr.

Sie schaltet wieder ab. So richtig nervös ist wohl keiner von ihnen; zu oft haben sie dieses Experiment in der Vergangenheit berechnet, simuliert, und auch unter anderen Voraussetzungen durchgeführt. Als Protonenquelle wollten sie diesesmal Wasserstoff benutzen, im Gegensatz zu früheren, umfangreichen Experimenten mit den schwereren Elementen. Eigentlich müsste es nach diesen Vorarbeiten und diesen gewaltigen

Geldinvestitionen gelingen: Ein gewaltiger Schritt der Technik; auch ein gewaltiger Schritt für die Menschheit? Mohe Yakrabart verdankte sein Hiersein der UNESCO. Klugerweise bestanden viele verantwortungsbewusste Fachleute auf der Beiordnung eines profilierten Geisteswissenschaftlers, um diesen technischen Zeugungsakt auch vom psychologischen Standpunkt aus zu dokumentieren. Natürlich war Professor Mohe Yakrabart auch in den exakten Wissenschaften ausgebildet, und wohl mehr Physiker als Theologe; aber dieser Mann verkörperte geradezu vorbildlich die idealen Eigenschaften eines Philosophen – also eines Menschen, der von allem fundierte Kenntnisse hat – in seiner Person. Dr. M'boni dachte nur daran, dass der günstige Ausgang dieses Experiments das fehlende Glied in der Funktionskette ist, an deren Ende sich die problemlose Nutzung der Kernverschmelzung des Wasserstoffatoms befand. Ja, wenn dieses letzte Experiment gelang, könnte sofort diese gewaltige Anlage als Prototyp eines Fusionsmeilers ohne große technischen Probleme genutzt werden, wobei das 2000 Megawatt-Kraftwerk die Funktion eines Zünders für die Fusion übernehmen soll. -

Die Stimme des Computers erklingt: »Zwanzig Sekunden bis Nullzeit. Neunzehn ... Achtzehn ... Siebzehn ... «

Gleichmäßig, leidenschaftslos zählt die Maschine die Sekunden. Gespannt warten, neben den drei im Kontrollraum, über tausend andere Menschen in der gewaltigen Anlage auf das Ergebnis des Experiments; und darüber hinaus tausende Wissenschaftler in der ganzen Welt. Diese freilich, und die drei in der Betonkrypta spüren nichts von der steigenden Ionisation der Umgebung des Zyklotrons, von dem sirrenden Dröhnen riesiger Gleichrichterbänke, dem Flimmern erhitzter Luft, welche mit riesigen Ventilatoren von den heißen Aggregaten hinweggeschleudert wird. Die Stimme meldet: »Null«; und beinahe gleichzeitig fragt Nelly:

»Computer! Experiment?«

»Experiment gelungen. Nullzeit exakt 1,387 mal zehn hoch minus fünf Zeiteinheiten. Sämtliche Parameter von Peripherie erfasst.«

Hocherfreut fragt Nelly weiter: »Computer. Masse?«

»Undefinitiv.«

»Computer: Bindungsenergie?«

»Undefiniert.«

»Computer: Gewicht?«

»Definiert.«

»Computer: Dimension?«

»Undefiniert.«

'Merkwürdig', denkt Nelly: 'Parameter erfasst, und keine Definition?'

»Computer! Wann zufriedenstellend Masse?«

»In Wahrscheinlichkeit in fünfzehn mal zehn hoch vier Zeiteinheiten. In hyperbolic loop zwischen 2,3 mal zehn hoch sechs, und 0,34 mal zehn hoch neun Zeiteinheiten.«

Ein eisiges Gefühl fährt Nelly 'ten Hoogen ans Herz: Sollte das Experiment doch missglückt sein? Wie kommt dieser, wohl vom Lemmes gebissener, total übergeschnappter blecherner Zahlenknecht dazu, völlig unmögliche Berechnungszeiten von J a h r h u n d e r t e n anzugeben!?

Nochmal: »Computer! Wann zufriedenstellend Bindungsenergie?«

»In Wahrscheinlichkeit in 1,68 mal zehn hoch sechs Zeiteinheiten. In hyperbolic loop 7,3 mal zehn hoch zehn Zeiteinheiten.«

Nelly lässt die Finger über die Tasten der Eingabe springen, und wendet den Kopf zum Monitor. Kein Zweifel: Auf dem Bildschirm erscheinen exakt die genannten Ziffern. Ratlos und enttäuscht wendet sie sich zu M'boni, der, aschgrau im Gesicht, mit brennendem Blick schweratmend, seinen Kopf auf die Fäuste gestützt, vor sich hinstarrt.

Hatte er einen elektrischen Schlag am Mesonenmikroskop bekommen? Unmöglich wäre es bei dieser geballten Ansammlung von elektrischen Leitungen nicht. Oder hatte er etwas Erschreckendes entdeckt? Ja, das wars! Nelly presst ihre Augen auf das Okular des Mesonenmikroskops: Nichts, nur Dunkelheit Halt! Das Hologramm!-

»Computer! Sofort Holografie in Echtfarben. Höchstmögliche Auflösung, eins Komma acht sieben fünf, minus unendlich. Parallel Monitor!«

Nach circa zehn Sekunden zeigt die Leuchtdiode am Holografie-Gerät Vollzug. Nelly greift in den Ausgabeschlitz, und fördert eine zehn mal zwanzig Zentimeter große Plastikkarte zu Tage. Ein Blick auf das Plastikstück lässt sie erbleichen, und der Monitor zeigt dasselbe Abbild wie auf der Plastikkarte. Ihre Hand sinkt langsam auf den Tisch, an dem M'boni immer noch geistesabwesend sitzt. Im Anblick der Abbildung aus der Holografie fängt der Mann lautlos an zu weinen, und langsam gleiten Tränen über die bewegungslosen Wangen: Beweis dafür, dass M'boni nichts anderes während seiner Beobachtung im Holografen erkannt hatte.

Mohe tätschelt den Oberkörper des Mannes, dessen Kopf nun mit dem Gesicht vornüber auf die Tischplatte gesunken war, und murmelt Worte vor sich hin, die Nelly irgendwie schon mal gehört hatte: »Doch vom Baum der Erkenntnis darfst du nicht essen, sonst wirst du sterben.«

»Was redest du da für ein dummes Zeug, Yakrabart? Helfe mir lieber, die Anlage für einen neuen Versuch klar zu bekommen, Lass M'boni sich beruhigen; das war doch offensichtlich ein Messfehler, das Ganze. Du als Physiker kannst dir doch gewiss vorstellen, dass Zeiträume von millionstel Sekunden millionenfache Fehlermöglichkeiten besitzen. – Hallo, Technik! Wir brauchen einen neuen Versuch, dieselben Bedingungen. Ziel: Dreißig Minuten. Frage: Ist es möglich? – Ach ja, schickt mit der Rohrpost ein Beruhigungsmittel, intravenös, herüber. Ende.«

Die Digitalanzeige über dem Eingabepult springt auf Null, und beginnt sofort, die neue Zielzeit zu zählen. Sanft ploppt eine Kapsel der Rohrpost in den Ausgabeschacht.

Mohe injiziert Dr. M'boni ein Beruhigungsmittel, und sie legen den Mann vorsichtig auf den Boden, wo er bald – zugedeckt mit Mohes Jakett und Nellys Strickweste – tief und fest schläft.

»So, Mohe. Du gehst an das Mikrofon und ans Eingabepult. Du weißt, was zu tun ist. Ich klemme mich ans Mikroskop.«

»Zu Befehl, Frau Kali-Gäa. Doch vergessen Madame nicht, dass großmächtig Herr und Overlord im Himmel gerade richtig böse auf kleine, mickrige Lauskröte hier auf Erden war.«

»Was faselst du daher, Vater Yakrabart! Ich denke, du wärst in erster Linie Wissenschaftler und nicht Okkultist.«

»Richtig, Nelly. Nur, ich befürchte, dass du nach Abschluss des neuen Durchgangs in ähnlicher Weise zusammenklappst«, dabei deutet er auf M'boni: »Der Computer hat nicht gelogen, er hat dargestellt, was er erfaßt hat: Und M'boni hat es gesehen! Nelly, laß ab von diesem Experiment. In eurer westlichen Mythologie gibt es die Geschichte von dem verlorenen Paradies. In dieser Geschichte ist die Frau unschuldigerweise schuldig am Menschenschicksal geworden, denn eigentlich hat Gott dem M a n n e den Befehl gegeben – und dies höchstpersönlich! – nicht vom Baum der Erkenntnis zu essen. Eva war zu diesem Zeitpunkt noch gar nicht erschaffen. Eva befand sich somit zu diesem Zeitpunkt gewissermaßen im Verbotsirrtum und hat geringere Schuld. Aber wenn du jetzt weitermachst, so trifft dich die volle Verantwortung.«

»Mohe, laß nach. Ich weiß, was ich zu tun habe. Ich bin Wissenschaftlerin und nicht allein auf dieser Welt. Sind bei dir die Systeme o.k.?«

»Alle Systeme o.k.«, erwidert der alte Mann: »Doch bedenke Nelly 'ten Hoogen! Wenn dieses neue Experiment dasselbe Ergebnis bringt wächst die Wahrscheinlichkeit der Richtigkeit um einige Zehnerpotenzen. Wenn du es jedoch dabei beläßt, so kann es tatsächlich ein Ausrutscher, eine Unschärfe, ein Verwischer gewesen sein.«

Nachdenklich schaut Nelly den Mann an: »Du machst mich unsicher.«

»Das soll es auch! Ich bin nicht nur hier, um ein Experiment zu dokumentieren. Ich bin auch hier, um Fragen zu stellen, die jenseits der Physik und Wissenschaft, ja, sogar jenseits der Ethik langen. Auch um die Gefahr der Einstellung der Experimente!«

Die Frau denkt lange nach, schaut hinter sich auf den Mann, der friedlich auf dem Boden liegt und schläft und sagt: »Nein. Ich führe es zu Ende.«

»Gut, Adamfrau. Ich mache mit, allein schon wegen der wissenschaftlichen Erkenntnisse, die uns diese Versuche bringen werden. Aber denke daran: Ich bin auf das Ergebnis eingestellt; mich kann nichts überraschen.«

»Hallo, Zentrale«, klingt eine Stimme aus dem Lautsprecher: »Ist bei euch alles klar? Es zieht ein Sandsturm herauf. Wir befürchten Schwierigkeiten beim Abfackeln der Abklinglast. Frage: Soll Experiment fünf Minuten vorgezogen werden? Zyklotron ist o.k., Leistungsspitze A K W in circa acht Minuten zu erwarten. Seid ihr o.k.? Ende.«

Nelly hangelt nach dem Handmikrofon; und in dem Bemühen, es zu erreichen balanciert sie mit dem rechten Bein unter dem Tisch herum, um nicht vom Drehsessel zu rutschen, verheddert sich jedoch in einer dicken, braunen Kabelschlange, und gleitet leicht kichernd ganz langsam vom Sessel, das Mikrofon in der Hand haltend:

»Holla! Bei uns ist alles klar. Bitte um neue Nullzeit. M'boni hat einen leichten Schwächeanfall erlitten. Nicht so schlimm, er schläft. Ende.«

Mohe liegt schon unter dem Tisch und befreit Nellys Bein aus den endlosen Strängen der bunten Kabel. Die Frau bedankt sich und setzt sich wieder aufrecht. Beide schweigen. -

-Sekunden nach der Nullzeit, als Mohe Yakrabart erkannte, dass die Frau am Mesonenmikroskop heftig den Kopf zurückwarf, ihn mit schreckgeweiteten Augen fassungslos anstarrte und ihr Mund immer wieder »Nein, nein« formte, wartete er nur noch bis der Computer die entsprechende Holografie auf dem Monitor abbildete, holte die abgerufene Platikkarte aus dem Holografie-Gerät und rief die Ambulanz. Als diese kam deutete er auf die beiden Menschen, sagte: »Das Experiment ist gelungen«, steckte die Plastikkarte in die Jackettasche und verließ wortlos den Raum.

-Jahre später. Ein alter Mann sitzt auf der Krone einer vom Sand halbverwehten Betonmauer. Sein Burnus und sein weißer Bart flattern im heißen Wüstenwind. Sandfahnen eilen geschäftig vorbei, um ihre Fracht im weitläufigen Komplex der gewaltigen Industrieruine niederzulassen. Irgendwo klankt ein losgerissenes Wellblechstück immer wieder denselben, traurigen, einschläfernden Rhythmus. Der Blick des Mannes streicht über die weißen Reaktorkuppeln und abbröckelnden Kühltürme, verweilt einen Augenblick entlang der bereits zum großen Teil zugewehten, breiten Zufahrtsstraße, die sich – von dicken Rohren flankiert – im Endlosen verliert.

Ein feines Lächeln umspielt die Lippen und Augen des Mannes als er eine Plastikfolie, zehn mal zwanzig Zentimeter groß aus seiner Ledermappe zieht und betrachtet.

Die Karte zeigt mehrfach, facettenartig in grellen Neonfarben, jeweils die Abbildung des Gesichtes eines afrikanischen Mannes, und das einer Frau mit langem, blonden Haar. Die Augen dieser Abbildungen sind in seltsamer Verzückung nach oben gerichtet.

Doch die Darstellungen auf der Folie erscheinen nicht, wie es eigentlich sein sollte, holografisch plastisch, sondern zweidimensional und merkwürdig flach; und bei diesem offensichtlichen Fehler der Darstellung erscheint es recht und billig, die feinen, goldenen Gloriolenringe oberhalb der Häupter der Dargestellten ebenfalls als Fehler anzusehen. Der alte Mann packt das Bild in die Tasche zurück und erhebt sich. Am Horizont naht eine dunkle Wolkenwand, wohl ein Sandsturm.Er begibt sich zu dem wartenden, weißen Hubschrauber mit dem Emblem der Weltorganisation und steigt ein.

Sonntag, 29. November 2009

Um des besseren verständnisses wegen konstruiert DIE STEINZEIT-ung® einen fall, der sich in wirklichkeit vor gar nicht langer zeit so ähnlich abgespielt hat: Zwei männer überfallen einen anderen mann. Einer der räuber hat eine schusswaffe. Nachdem sie den mann ausgeraubt hatten, sagte der eine räuber, um den zeugen zu beseitigen, zu dem räuber mit der schusswaffe: » Erschieß ihn.« Der bewaffnete räuber fragt, durchaus auch wegen gewissensbissen, mehrmals »Soll ich ihn wirklich erschießen?« Der andere räuber nickt; der mann mit der pistole erschießt den ausgeplünderten. – Vor einem deutschen gericht, ja, vor den allermeisten gerichten der welt wäre der fall nach gefangennahme der beiden räuber klar: Der mordschütze ist der hauptübeltäter, und wird als solcher beurteilt.

Nicht so im recht zwischen den völkern ... Wenn in Afghanistan ein deutscher kommandeur einen luftschlag im rahmen des internationalen einsatzes ISAF anfordert, und es kommen dabei unbeteiligte um, dann ist nicht etwa der amerikanische bomberpilot schuld, der die bomben – zwar nach mehrmaligen fragens um bestätigung – ausgelöst hat, sondern – klar! – der deutsche kommandeur. Und es wird so kommen wie immer: Deutschland wird verurteilt (zwar mehr von den eigenen landsleuten), macht einen kotau vor dem herrscher (die mutierende weltmeinung), und zahlt. Im gegensatz zu a l l e n anderen staaten, die sich nach solchen kalamitäten lediglich e n t s c h u l d i g e n. ... Dabei wäre alles so einfach. Deutschland macht nach diesem debakel endgültig schluß mit allen auslandseinsätzen seiner streitkräfte, und verweist in aller strenge auf sein grundgesetz. Denn nicht von ungefähr sollte der deutsche militarismus nach den todeszuckungen des antiken, alten reichs 1945 gemäß dem willen der welt, und natürlich auch der eigenen landsleute, sich nur noch an den grenzen Deutschlands austoben. Zur landesverteidigung. Und wenn die weltgemeinschaft von Deutschland für weitere friedensschaffende maßnahmen soldaten anfordert, dann ein entschiedenes »Nein« artikulieren. In diesem zusammenhang: Es mag sein, dass für die USA als weltweiter spieler ihre landesgrenzen am Hindukusch liegen mögen; für Deutschland ist dies n i c h t der fall. Vorsicht auch beim verkauf von deutschen waffen an die übrige welt. Sollten irgendwo in der welt durch »die Gewalt deutscher Waffen« menschen »unschuldig« zu schaden kommen, warten die schakale der gattung rechtsflegerii jurokrataeus schon darauf, sich auf beute zu stürzen, denn Deutschland ist ein leicht jagdbares wild. Für den einsatz des deutschen militärs in Afghanistan gilt zur zeit nur eines: Nach dem Kundus-debakel mit schmakes r a u s aus Afghanistan! Durchaus auch unter der prämisse, dass die weltgemeinschaft das deutsche militär nicht vor billigen schuldzuweisungen g e s c h ü t z t habe. Eventuell anfallende forderungen, Deutschland solle sich zumindest dann finanziell an auseinandersetzungen beteiligen, kann in engem rahmen zugestimmt werden. Und zwar lediglich im hinblick auf die vermehrten kosten, die bei der Bundeswehr in einem tatsächlichen auslandseinsatz (sold-extrazahlungen für auslandseinsätze, logistik, transportkosten, u.s.w.) anfallen würden. Im übrigen ist DIE STEINZEIT-ung® der meinung, dass die großen asiatischen mächte sich vornehmlich v o r »dem Westen« um ordnung vor ihrer haustür kümmern sollten, denn sonst kann es bei denen mal eines tages heißen:» Halöchen, taleban! Bitte übernehmen sie .... «

Montag, 30. November 2009

Auch DIE STEINZEIT-ung® hat mit nicht wenig erschütterung den ausgang der volksabstimmung über das verbot vom bau von minaretten in der Schweiz aufgenommen. DIE STEINZEIT-ung® missbilligt diese entscheidung des »volkes«. Insbesondere ist es ein zeichen der undankbarkeit. Denn der wohlstand der Schweiz ist zutiefst mit dem geld der leute verbunden, die aus dem minarett-land kommen und ihre petro-billionen auf Schweizer konten parken. Nicht zuletzt ist den «parkgebühren« zu verdanken, dass nur noch ein kleiner teil der Schweizer im bergwald mühsam holz einschlagen, und den kühen auf den bergweiden hinterher rennen muss.

DIE STEINZEIT-ung® erkennt grundsätzlich die souveränität eines volkes an, per volksentscheid sich gesetze zu g e b e n, als auch gesetze zu fall zu bringen. Wir müssen allerdings im angesicht dieser entscheidung in der Schweiz einige politische gruppen in Deutschland w a r n e n , wohin diese art volksabstimmung führen kann. – Gruppen in Deutschland, die derartige volksentscheide sehr gern als Grundgesetz verankert wissen möchten, kommen fast ausschließlich von der l i n k e n seite. Dem chronisten fällt im falle der Schweiz auf, dass dort nur und nur r e c h t e parteien diesen speziellen volksentscheid einbrachten, und zum gewünschten erfolg in ihrem sinne führen konnten. Die vorstellung von volksabstimmungen gleicht einem zerborstenen ring aus der vorzeit der demokratie, an dessen bruchstelle, also den extremitäten, sich ansammlungen finden, die sich bei einem »kurzschluss« sofort als eine e i n h e i t zusammenschließen.

DIE STEINZEIT-ung® kennt das schicksal eines menschen, der, wenn es zu jener zeit schon eine »volksabstimmung« gegeben hätte, dieser mensch nach dem votum des überwiegenden teils der bewohner eines wohnblocks, sozialer wohnungsbau, siebziger jahre, auf der wiese hinter dem haus, erschossen, geköpft, zerteilt und anschließend auf dem scheiterhaufen verbrannt worden wäre. Unter dem freudengeheul der nachbarn am zaun (zitat): »Ich bin ja so froh, dass der weg ist. Jetzt mache ich eine flasche sekt auf.« … . .Was die unseligen Schweizer mit ihrer volksabstimmung anbetrifft, so wünscht DIE STEINZEIT-ung® ihnen, dass sich eine überstaatliche administration (Europa, Straßburg, UNO) ihrer erbarmt, und aus der mißlichen lage befreit. Oh, mina. Rett mi … .

Montag, 14. Dezember 2009

» … und wanderer kommst du nach Kundus … .«.

Halt, halt! Ist jetzt DIE STEINZEIT-ung® endgültig übergeschnappt? Weil sie in anlehnung an diese wortmumie aus der antike offensichtlich auf eine hauerei in jüngster zeit bezug nimmt? Langsam, langsam. Der chronist versucht, einen bezug herzustellen, um zu zeigen, dass Sparta überall ist. Die aufgabe von soldaten, noch genauer, von kriegern ist, kriege zu führen. Da das kriegführen nach früher erkenntnis der menschen tatsächlich »die letzte vernunft« bei einer auseinandersetzung ist, – was wiederum seit erwachen des menschlichen bewusstseins zum leben gehört – kommt es bei kriegen regelmäßig auch zum letzten: Zum töten des gegners. An dieser tatsache ändert sich nichts, auch wenn ein kontrahent sehr, sehr strenge maßstäbe an sein eigenes verhalten legt. Es nutzt auch nichts, wenn der k r i e g nicht als solcher bezeichnet wird; der krieg existiert aus sich heraus. Krieger, die per gesetz eine hohe hemmschwelle vor dem töten des gegners verschrieben bekommen haben, haben einen großen nachteil, der in hohem maße tödlich für sie enden kann. Besonders dann, wenn der gegner darum weiß. – Was passiert also mit einer äußerst kampffähigen, und auch kampfbereiten truppe, von der der gegner weiß, dass diese nur schießen (töten) darf, wenn sie »angegriffen« wird? Na klar, dann wird der gegner umzingelt, immer die reichweite des »angegriffen werdens« austestend und dann zerniert. Dann attacke. Wenns gut geht, relativ gesehen, wird der angriff zurückgeschlagen, mit vielen toten. Wenns schief geht, absolut betrachtet, gibt es noch m e h r tote, und dies zuhauf. Und wenn dann, nach jahren, ein fremder wanderer nach Kundus /Afghanistan kommt, wird er im günstigen falle felder mit vielen, vielen weißen kreuzen und mit schwarzer inschrift vorfinden, die von der pflichterfüllung manch tapferen kriegers künden. Im ungünstigen falle wird er weit verstreut menschengerippe in der landschaft finden, nach denen kein hahn mehr kräht … Übrigens: Nach muslimischem (scharia) recht ist der diebstahl verboten! Auch der diebstahl, zum beispiel, von benzin. Es gibt in der muslimischen welt noch manche städte, wo dem dieb öffentlich eine hand abgehackt , oder, »humaner«, fachmännisch amputiert wird. In manchen fällen wird bei so einem vergleichsweise geringen delikt noch ein viel wichtigers körperteil abgetrennt … In Kundus und umgebung soll es übrigens nach dem schlag gegen die taliban ruhiger geworden sein. Das kann zweierlei bedeuten: Entweder der gegner ist tief davon beeindruckt, dass ihm mal endlich gezeigt wurde, wo der hammer hängt, oder es sind tatsächlich soviele taliban »ausgeschaltet« (sprich: getötet worden), dass deren aktivitäten – zumindest zeitweise – erlahmt sind. Wenig hilfreich ist, dass afghanische landleute, überwiegend aus der intellektuellen schicht, immer wieder unschuldigerweise betonen, dass die Afghanen (Paschtunen) ein »kriegerisches volk« seien. E b e n drum! Auch die Afghanen müssen es lernen, in einer multiplen welt zurechtzukommen.

Sonntag, 20. Dezember 2009

DIE STEINZEIT-ung® befasst sich nun mit dem griechischen miasma. Vom appendix des Balkan, oder wertneutraler, von südosteuropa geht ein übler geruch aus. Wer mit seinen sinnen näher heran geht, macht einen staat aus, der von seiner geschichte her so gar nicht als »stinker« prädestiniert sein sollte. Ein staat, in dem bereits vor 2500 jahren die demokratie erfunden wurde. Oder ist es gerade das alter, welches ja im ruche steht, nicht gerade frühlingsdüfte zu verbreiten? Die unproportionale staatsverschuldung eines staates innerhalb eines währungsverbunds ruft bei den anderen mitgliedern ungute gefühle hervor. Einige mitglieder haben es schon immer gesagt, dass der kandidat beim hose herunterlassen getäuscht hat. Andere behaupten – und das ist wahrscheinlicher – ,dass beim hose herunterlassen nicht so genau hingesehen wurde. Alle beschwörungen aus der kompanie, sie würden für die nun blank liegenden staatsschulden des kandidaten nicht aufkommen wollen ist reine sintflutbeschwörung. Selbstverständlich steht Europa für jeden hellas – pardon – Heller, genauer Eurocent, gerade, den die Griechen platt gemacht haben. Es heißt, die staatsverschuldung sei entstanden, weil der staat nicht in der lage gewesen sei seine staatsbürger zu veranlassen, ihren obulus an notwendigen staatsausgaben – sprich: Steuern – zu entrichten. Wenn dem so gewesen sein soll, hat sich das staatsvolk seine eigene grube gegraben, einerseits. Andererseits ist es kontraproduktiv, wenn der staat werteschaffende arbeitsbereiche aus ideologischen gründen vernachlässigt, aber dafür im staatlichen bereich immer mehr »arbeitsplätze« einrichtet. Daran ist der »reale sozialismus« zugrunde gegangen, und daran wird auch jede herkömmliche staatsform zugrunde gehen, auch der chinesische kommunistische kapitalismus ...Wenn also der zahltag in Europa kommt, werden die Griechen entsprechend dem verhältnis ihrer schuld(en) mehr zahlen müssen, und zwar so, dass es richtig weh tut. Hoffentlich verfallen die Griechen nicht auf den äußerst beliebten trick, bei inneren schwierigkeiten den frust darüber nach außen zu tragen. Als beliebtester »hass«gegner käme dann, noch vor Mazedonien, die Türkei in frage – schöne grüße von Zypern. Aber dann hätten die NATO und Europa ein echtes problem. Und deswegen können die Griechen in ruhe warten, welche offerten die kompanie an sie macht. Übrigens: Dieses schicksal wird mit sicherheit auch Deutschland erleiden, dann aber mit gravierenden beulen am schiffsboden Europas, wobei die »Island Saga« zwar den anfang dieses dissonanten-chors machte, aber dennoch nur ein kehrreimvers in diesem opus bleiben wird.

Freitag, 25. Dezember 2009

DIE STEINZEIT-ung® stellt zu weihnachten die frage, ob wir weihnachtsgänse, ja, überhaupt tiere essen dürfen. Gewiss eine provokante frage, die so ohne weiteres nicht als computerfrage, also ob ja oder nein, beantwortet werden kann. Eine gute übung wäre, an die anfänge zurückzugehen … . Mit einiger sicherheit kann angenommen werden, dass der urmensch, also das wirklich erste menschliche wesen, seine nahrung nicht mit weihnachtsgänsen und anderem getier abdeckte, wahrscheinlich auch nicht mit getier aus dem wasser, allenfalls mit einigen schleimigen mollusken. Es wird wohl eher anders herum der fall gewesen sein. – Der wahrhaft erste mensch durchstreifte also die savanne und den wald, und suchte dort nach essbarem, und dies auch nur aus der pflanzenwelt. Auch totes getier, welches an seinem weg lag, bot sich zum abnagen an. Und jetzt kommt der gewaltige, weit entfernte vetter der weihnachtsgänse ins spiel: Der säbelzahntiger. Dieser bursche scheute sich in keiner weise, diese komischen, kleinen affenähnlichen wesen, die durch die büsche und bäume huschten um beeren zu pflücken, als jagdbares wild anzusehen. Und so kam es, dass die ersten menschen immer auf der hut vor größeren wesen als sie selbst sein mussten, denn der säbelzahntiger fraß gnadenlos beispielsweise die mutter von zwei säuglingen auf, und wenn er dann noch immer nicht gesättigt war, noch die beiden kinder dazu. Mit staunen, abscheu und angst beobachteten die menschen die ungenierten jagdzüge des tiers gegen ihresgleichen. Und sie beobachteten ebenfalls, wie kleingetier sich über die kadaver ihrer lieben verstorbenen hermachten, so, wie die menschen dies mit kleinen würmchen, käfern und heuschrecken machten, wenn sich die gelegenheit ergab. Bei kostproben von verunglückten säbelzahntigern erkannten die menschen, dass das keine so schlechte nahrung sei; diese nahrung war vor allen dingen sättigender als wurzeln und früchte. Nur, um an die sich bewegende nahrung heranzukommen war enorm schwieriger als an die parat stehenden, früchtetragenden pflanzen. Aber wenn man den bewegungsraum eines lebewesens einengt, so dass man ganz nahe an es herankommt, dann kann man diesem auch habhaft werden. Die erste waffe war die falle; und der obsidianscherben, an dem sich ein mensch den fuß bei seinem gang am meeresstrand verletzt hatte, war das erste zerlegewerkzeug. Dann ging es rasend schnell. Aus dem obsidianscherben wurde eine scharfe stockspitze, mit dessen hilfe man sich der großen tiere mit viel geschick erwehren konnte. Der nächste schritt zur anwendung dieses werkzeugs als distanzwaffe lag unaufhaltsam im fortlauf der evolution. Der rest ist geschichte. Wahrscheinlich ist der säbelzahntiger deswegen ausgestorben, weil der mensch ihm wegen seiner bewaffnung über wurde. Und alle die tiere, die der mensch an sein heim anpasste, dienten ihm in zukunft als nahrung. Und bis heute verspeist der mensch die weihnachtsgänse weniger als notwendige nahrung denn als besondere leckerei.

Montag, 1. Februar 2010

DIE STEINZEIT-ung® befasst sich nun mit dem roman einer siebzehnjährigen, die über ihre fixer- und fickkarriere geschrieben hat. Dieser roman wird von der fachpresse (welche fachpresse, die, des fixen und fickens?) hochgejubelt. Alle zeilen in den online-ausgaben der betreffenden journaille, und alle lautsprecher in den radios zittern vor erregung.

Vorab: DIE STEINZEIT-ung® bestätigt, dass sie diesen besagten roman nicht kennt, wahrscheinlich auch nicht kennenlernen möchte. Alles, was wir darüber ausführen möchten betrifft also die sekundär-literatur über das werk der jungen autorin.

Als erstes soll die autorin selbst zitiert werden, indem sie angibt, dass sie erst mal angefangen hat zu schreiben, und über eine literaturagentin »ihren« verlag gefunden hat. Diese reihenfolge lässt zweifel aufkommen. Eher war es wohl so, dass der v e r l a g eine sau suchte, die er durchs (künstler)dorf treiben kann, um das getratsche in der kunst«scene« anzukurbeln. Die einnahmemöglichkeiten für den verlag sind streng linear mit den umdrehungen dieser tratschkurbel verknüpft: Eine umdrehung = umsatz; mehrere umdrehungen = mehr umsatz. Wobei das quietschen der kurbel nicht etwa durch ölung derselben abgestellt werden soll; das quietschen soll m e h r säue anlocken. Zumal die inbrünstig besungenen »Feuchtgebiete« im schritt einer gewissen dame anscheinend trockengefallen sind. DIE STEINZEIT-ung® bestreitet, dass eine siebzehnjährige einen »roman« schreiben kann ohne fachliche hilfe. Dass siebzehnjährige schon solche erlebnisse haben wie die junge autorin schildert, ist unbestritten. Vor genau fünfundsechzig jahren hatten viele, allzu viele siebzehnjährige junge männer auch erlebnisse, die nicht alltäglich waren ... Auch die verarbeitung dieser erlebnisse führte damals zu aufsehenerregenden – echten ! – kunstwerken (film, roman, bühnenstück, hörspiel), und waren ungewöhnlich. Und da diese ungewohnt waren, brauchte, ja, konnte man sich daran nicht unbedingt gewöhnen. Heute ist das anders: Das ungewohnte wird uns als gewöhnlich verkauft – ist ja klar, der verkauf soll geld einbringen -; und das gewöhnliche ist und bleibt banal, also uns allen gehörig. Wie könnte also die erschaffung eines jungen genies abgelaufen sein? Jedenfalls muss der erguss eines pubertierenden teenagers auf dem schreibtisch einer erfolgsgeilen lektorin (qua: Literaturagentin, verlagsmitarbeiterin) gelandet sein. Und da ein rühriger verlag nichts dem zufall überlässt, wird wohl die agentin, beziehungsweise verlagsmitarbeiterin (freiberuflich, natürlich !) auch noch die rezension übernehmen. So gerüstet wird die autorin zur größten nebensache in dem projekt »bestseller« Insbesondere daran zu erkennen, dass die junge autorin k e i n e sogenannte lesereise unternehmen will, welches sie mit einer windelweichen begründung zu untermauern versucht. Wir sollten uns darüber im klaren sein: Ein junger mensch von siebzehn jahren, der etwas vorzuweisen hat, eine schöne figur, beispielsweise, oder besonders gut auf dem klavier oder der geige spielen kann, oder eben ein interessantes buch geschrieben hat, möchte sich im glanz der aufmerksamkeit und bewunderung der anderen sonnen. Bei unserer jungen autorin scheint allerdings der verlag eine sicherung eingebaut zu haben, die versicherung, dass die autorin nicht allzuviel über die »hilfe« von lektorinnen, geistschreiberinnen, argumentationshelferinnen, formulierererinnen ausplaudert. Und warum lesereisen? Die autorINNen der BILD-Zeitung machen ja auch keine lesereisen, um ihre leser neugierig zu machen. Jeder, der BILD erwirbt wird bedient, und erwirbt das blatt immer aufs neue. Er will stets das ungewöhnliche wissen, zum beispiel, wieviel ein eingetrockneter – von dem stinktier Paul Burrel, butler der lady, aufbewahrter – monatspad von Lady Di bei der nächsten versteigerung bei Gatsbys einbringen soll. Versteigerung zugunsten der armen haitianischen, erdbebengeschädigten kinder. – Übrigens: Der verlag, bei dem die BILD-Zeitung erscheint, bringt nach unserem wissen auch das buch der siebzehnjährigen heraus.

Dienstag, 2. Februar 2010

DIE STEINZEIT-ung® befasst sich heute mit drei aktuellen themen. Als erstes mit dem selbstmord eines bombenweibs in Bagdad. Dort hatte eine durchgeknallte alte den sprengstoff unter der burka versteckt, und dann ... heidewitzka ... Wenn man bedenkt, wieviel sprengstoff unter solch einer burka versteckt werden kann – eine starke frau kann durchaus fünfzig kilogramm tragen, ist ja sowieso nicht für lange ... –, wird manchem französischen abgeordneten ganz blümerant: Vier bombenweiber, gut bestückt (nicht mit so einem billigen zeugs, welches in den orientalischen hinterküchen gebraut wird, sondern mit »echtem« nitropenta, PETN!), gut platziert, je eine an piler ouest, piler est, piler nord, piler sud des Eiffelturms ??! Mon dieu, um Gottes willen! -

Also, was ist zu tun? Natürlich burkaverbot in der gesamten republik. Und jede burkaträgerin in der öffentlichkeit sofort abführen, zur nächsten polizeiwache – nein, nicht nacktscannen –, und bis auf die haut alle kleidungsstücke ablegen und ganzkörperkontrolle. Und dies natürlich im freien, am besten auf einem schießstand, wegen der sicherheit. Besondere peinliche maßnahme: Die dame von ihrem gatten oder vater abholen lassen ... In diesem zusammenhang eine glaubensfrage: Wie ist es mit den frauen, die sich durch derlei handlungen entleibt haben und im paradies landen? Diese damen müssten ja eigentlich lesbisch veranlagt sein, um sich auf die zu erwartenden jungfrauen zu freuen. Jung m ä n n e r wird es wohl in diesem paternalistischen paradiesmodell schwerlich geben. – Die toten pilger, es wird von sechzig geredet, werden natürlich von den islamisten als opfer dem militaristischen israelisch-amerikanischen komplex zugeschrieben. Doch es wird immer klarer, auch für die unwilligen: Hierbei handelt es sich um einen religionskrieg, noch eine drehung grausamer als ein »normaler« bürgerkrieg. Der konflikt lautet: Sunna versus schia ...- Zum zweiten thema: Sollen die daten über steuerkriminelle in der Schweiz von den behörden aufgekauft werden, fragt DIE STEINZEIT-ung® ? Aber ja! Diejenigen, die am lautesten dagegen schreien, der staat mache sich mit rechtsbrechern gemein, sind fast ausschließlich diese, die als jurokraten eben die kriminelle klientel vertritt. Und der staat sich strafbar machen? Aber klar, der staat macht sich hunderttausendfach strafbar, und dies, wenn er das recht beugt, ein delikt, welches nur von staatsbediensteten getätigt werden kann. Man möge dem berichterstatter ersparen, beweise seiner behauptung zu liefern: Jeder solle über diese behauptung nachdenken .... Nur soviel: Der berichterstatter hebt auf den Artikel 103 GG, (1) ab. – Übrigens: Die leute, die gegen die aufdeckung der steuerhinterzieher ballern, haben aber F ü r die steuererleichterung für hoteliers votiert.

Zum tarifstreit im öffentlichen dienst meint DIE STEINZEIT-ung®: Um himmels willen! Was wollen die leute im öffentlichen dienst? Mehr geld? Von den kommunen, beispielsweise? Von einer kommune, die fast mit einer milli a r d e in den miesen steckt? Diese leute sollen froh sein, eine auskömmliche beschäftigung zu haben. Dem berichterstatter kämen ad hoc nur z w e i berufsgruppen in den sinn, die eine lohnerhöhung verdienten: Die müllmänner und die postboten! Eigentlich sollten alle anderen begehrlichen von ihrem heutigen salär einen obolus abgeben, damit d i e s e leute etwas mehr bekommen. Zum schluss: Welch ein unterschied besteht zwischen den steuerhinterziehern, die dem staat seinen anteil vorenthalten, und denen, die den staat nötigen, schulden zur allgemeinen last aufzunehmen, damit sie eine erhöhung i h r e s lebensstandards erreichen? Geben Sie sich die antwort selbst. -

Freitag, 5. Februar 2010

DIE STEINZEIT-ung® stellt heute ein sehr aktuelles thema zur debatte, welches uns noch lange erhalten bleibt. Nun sind in dem streit um die kosten des gesundheitssystems endlich mal die beiden kontrahenten zusammengestoßen: Die krankenkassen, und – nein, nicht die ärzte oder die pharmaindustrie, sondern, vordergründig – die apotheken. Zum gestaltbestimmenden H i n t e r g r u n d kommen wir noch. DIE STEINZEIT-ung® ist im besitz des wortlauts eines leserbriefs, der bereits am 06. Juli 2005 in einer dieser »stadtzeitungen« erschienen ist. Diese elaborate sind ja bekanntlich im untergrund verwurzelte ableger von am ort erscheinende regional (tages) zeitungen, und glänzen überhaupt nicht durch redaktionelle beiträge, sondern durch werbung. Und dies ist ja letztendlich der zweck der übung. Dem gewährsmann von DIE STEINZEIT-ung® muss bei einem dieser pseudo-redaktionellen artikel der hals so geschwollen sein, dass der kragen platzte, und er schrieb einen leserbrief. Der – veröffentlichte! – wortlaut des briefs:

»Betr.: Apotheken in Jederstadt

Eigentlich müssten sie als Journalist kritisch hinterfragen, ob die zehn Apotheken in einer vergleichsweise kleinen Stadt wie Jederstadt nicht des Guten zuviel sind. – Denn die Anzahl der Apotheken steht in keinem Verhältnis zu den Arzneimitteln, die vom Menschen benötigt werden. Eigentlich gibt es in der Medizin – auch in der modernen – vielleicht nur drei Dutzend originäre Wirkstoffe, die benötigt werden. Alles andere sind Variationen; Variationen, die allerdings nicht grundsätzlich anders wirken wie der Grundstoff selbst sondern ähnlich. Ich kann mich noch daran erinnern, das eine Stadt wie Jederstadt mit z w e i Apotheken auskam; und ob die Menschen damals kränker waren, darf bezweifelt werden. N.N. Jederstadt«

Soweit der veröffentlichte leserbrief. Was n i c h t veröffentlicht wurde zeigt, wo der hund begraben ist und der hase im pfeffer liegt. Am anfang waren es diese zeilen:

»Sehr geehrte Damen und Herren,

nehme Bezug auf Ihren Artikel »Nah, vertraut und sicher«, in Ihrer Ausgabe vom 15. Juni 2005: Nehme an, dass dieser artikel bestellt war (»Service«), und zwar als Werbebeitrag-« Wie gesagt, dieser passus ist n i c h t veröffentlicht worden. Gut, gut, man kann diesen text als frechheit aufnehmen und streichen. Geschenkt, doch der zweite block, der ebenfalls nicht veröffentlicht wurde, lautet so: » .... Glauben Sie nicht auch, dass weiter hinterfragt werden muss, ob die immense Anzahl der Apotheken – die ja eigentlich der verlängerte Verkaufstresen der Pharmaindustrie sind – nicht auch letztlich an der Misere unseres Gesundheitssystems beteiligt sind ? .... «

Man beachte, wie der schnitt des urtextes den sinn des leserbriefs verändert, zumal in dieser ausgabe des stadtblatts mindesten s e c h s der insgesamt zehn apotheken werbung geschaltet hatten. Übrigens: Inzwischen ist hier in unserer stadt eine e l f t e apotheke hinzugekommen.- Dem interessierten leser zur information: Die stadt Jederstadt hat nur knapp 40 000 einwohner. Hier eine interessante deutung des begriffs »apotheker«. Der apotheker war im Mittelalter lediglich der »lagerdiener«, oder bestenfalls der »lagerverwalter«. Die mixtur der arznei wurde vom damaligen heilberufler oder dem heilkundigen m ö n c h vorgegeben. Der apotheker verpackte also die ware (pardon, arznei!), schob diese über die theke, und machte das inkasso für seinen herrn. Heute ist dieser »herr« die pharmaindustrie, und diese verpackt sogar ihre ware auch noch selbst. Dieser leserbrief von vor fünf jahren zeigt doch nur das beschleunigte tempo an bis zum zusammenbruch unseres gesundheitssystems, wenn nicht endlich der druck davon genommen wird. DIE STEINZEIT-ung® meint: Eine kopfpauschale als beitrag zur gesundheitskasse ist gar nicht so schlecht, w e n n dies mit der zur zeit geltenden regelung, dass e i n prozent vom einkommen zusätzlich in die gesundheitskasse abgeführt werden muss in einklang gebracht wird. Das wären zum beispiel bereits von den sechzig millionen Deutsche Mark, die der herr Esser bei seinem grandiosen beutezug beim plattmachen von Mannesmann (Sie wissen noch? Vodafone schluckt Mannesmann) abkassiert hatte 600 000 Deutsche Mark für die gesundheitskasse gewesen! Erstaunlich, was? Dementsprechend könnte dann die kopfpauschale v e r r i n g e r t werden, und zwar generell.

Freitag, 2. April 2010

DIE STEINZEIT-ung® befasst sich mit drei themen, die zur zeit durch die medien wabern. Als erstes betrachtet DIE STEINZEIT-ung® den sexuellen missbrauch von schutzbefohlenen. Wobei der zungenschlag »sexueller missbrauch« offensichtlich wohl ein falscher ist: In wirklichkeit geht es hierbei wohl überwiegend um verstöße gegen die körperliche unversehrtheit von schutzbefohlenen. Wenn von den wenigen ausnahmen der internatsmäßigen unterbringung bei einem künstlerisch tätigen organ (Kinderchöre) mal abgesehen wird, erfolgt die internatsmäßige unterbringung von kindern zwecks schulausbildung und erziehung. Und schnell ist man dann bei den H a u p t -mitspielern dieses scheiß-spiels, nämlich bei den e l t e r n der betreffenden kinder. Das fängt bei der verwahrlosung der kinder durch den kapriziösen lebenswandel der eltern an, und hört bei der bequemlichkeit von gut betuchten eltern, die sich dem erziehungs- und bildungsstress der e i g e n e n kinder entziehen möchten noch lange nicht auf … Da ist es doch viel einfacher, eine institution mit genügend mitteln auszustatten, damit d i e s e die blagen erzieht. Und wenn das in irgendeiner weise schief geht, dann aber attacke, und drauf auf sie! Nicht auf die eigenen pänze, sondern auf die erzieher! Klaro? Denn schließlich kennen wir ja unsere rechte, und wir haben auch die mittel, uns jurokraten zu kaufen, die für uns diese rechte erstreiten …

Zu Afghanistan: Gerade wird gemeldet, dass bundeswehrsoldaten getötet worden sind. Es ist die rede von »schweren gefechten«, zahlreichen »zerstörten häusern« die meldung, dass auch wieder »zivilisten« getötet worden sind, wird ebenfalls »tod« sicher bald kommen. Noch sichererer wird dann die forderung von diesen unsäglichen winkeladvokaten folgen, die vom deutschen staat dafür entschädigung verlangen, so, wie es vordem bei dem tanklaster-schlag von Kunduz erfolgte. Und hierbei versucht DIE STEINZEIT-ung® einmal eine ganz andere perspektive aufzuzeigen. Wie wäre es, wenn der demokratische staat Afghanistan der Bundeswehr die schäden ersetzt, die dieser durch verbrecherische handlungen der staatsbürger Afghanistans entstehen? Hallo, ihr winkeladvokaten! Aufgewacht! Es gibt etwas zu verdienen! – Denn immerhin sind die deutschen soldaten wegen eines internationalen mandats (ISAF, UN-Resolution 1386, vom 20. Dezember 2001) in Afghanistan. Und die demokratisch gewählte regierung Afghanistans hat bis dato noch nicht verlauten lassen, dass sie die deutschen truppen im lande nicht mehr wünscht, was dann eine ganz andere sachlage – der deutschen regierung gewiss nicht ganz ungelegen – ergäbe.

Zur unsäglichen geiferei über die verdienste Helmut K o h l s zum anlass seines achtzigsten geburtstags: Was haben die »roten« (natürlich auch die »Grünen« und die sozis) gegen die regierung Kohls gebölkt, dass »sechzehn« jahre wohl genug seien. – Was war aber dann vordem in NRW? Schon vergessen die 3 5 (fünfunddreißig!!) jahre regierungszeit der sozis? Also, genossen. Bitte den ball etwas tiefer halten. Und wenn man bei den zahlreichen interviews im rundfunk manche meinung des herrn Jedermann über Helmut Kohl anhört, riecht man förmlich das vergiftete miasma der an sich so edler roter rosen und roter nelken. – Eines sollte den roten luftverpestern klar sein: Auch Helmut Kohl wusste nicht, als er den ausspruch über die »blühenden Landschaften« tat, wie verrottet damals der »Erste deutsche Arbeiter-und Bauernstaat« schon war! Dies wusste das ehemalige staatsvolk der DDR ebenfalls nicht, allenfalls ahnten sie es. Nur die, die am quelltopf saßen, die staatsbanker, wussten es. Und so langsam tauchen auf einmal viele millionen auf, die damals gar nicht vermisst, aber dennoch im saldo standen. So, wie neulich etliche millionen bei einer österreichischen bank. Besonders impertinent: Im zuge der »Komintern« versuchten die österreichischen kommunisten dieses geld als parteivermögen zu deklarieren. Sympathisanten und gar noch mitglieder der linken hatten damals große kenntnisse über die geldmengen der ehemaligen DDR, und sie hatten auch zugriffsmöglichkeiten bei der abwicklung (»Treuhand«) dieses staates.

Es soll nicht wundern, wenn in der nahen zukunft noch größere geldmengen auftauchen, und nicht nur bei – vergleichsweise – seriösen banken wie einer österreichischen.

Übrigens: Oskar Lafontaine wollte die »Mauer« schleunigst wieder schließen! Wahrscheinlich wusste Oskar m e h r wie Helmut … . Die erneute schließung der mauer hätte genau d a s bedeutet, was beide teile, die BRD und die DDR sich als l e t z t e s gewünscht hätten: Den bürgerkrieg … .

Donnerstag, 8. April 2010

DIE STEINZEIT-ung® befasst sich nun mit einem ereignis, an welches in diesen tagen erinnert wird: Katyn. Der chronist erinnert sich noch daran, dass bei der aufdeckung dieses kriegsverbrechens die rede von 40 000 polnischen offizieren war, die von der Wehrmacht ermordet wurden. Nachdem allerdings durch internationale institutionen glaubwürdig zweifelsfrei bewiesen war, dass in wirklichkeit die Rote Armee des damaligen aggressors Sowjetunion die polnischen männer ermordet hat, gab es bei vielen Deutschen, die sich ehrlich wegen der schuld ihrer väter und mütter schämten, ein leichtes aufatmen. Und nun, im zuge des 70 jährigen gedenktags an Katyn fällt dem chronisten folgendes auf: Die zahlen der opfer divergieren. Waren es in den fünfziger jahren dvjhds noch die bereits oben genannten 40 000, so sind es heute »nur« 10 000 (russische lesart), oder 20 000 (polnische lesart). Es fällt auf, dass es auf keinen fall soviel sein sollen, wie man der Wehrmacht in die stiefel geschoben hatte. Wie dem auch sei, es ist ein gravierender f e h l e r , wenn die betreffenden russischen akten unter verschluss bleiben! Ein fehler, der Rußland noch sehr, sehr teuer zu stehen kommen kann. Nehmen wir an, es lebt kein zeitzeuge – einschließlich des chronisten – mehr. Aber das ereignis Katyn ist in der geschichte fest verankert, und in einer nicht allzu fernen zukunft wollen historiker noch einmal gründlich die geschichte Europas im 20. jahrhundert aufarbeiten. Dann werden sie auch auf die beiden Weltkriege stoßen, die ja zweifellos nach der geschichte von Deutschland ausgelöst wurden. Sie werden auf den mord an der polnischen intelligenzia (Katyn) stoßen und verblüfft feststellen, dass Deutschland – welches zu jener zeit mehr oder weniger freiwillig die schuld auf sich genommen hat – in diesem falle nicht schuld ist; der schurke war die damalige Sowjetunion. Man stelle sich vor, wie verheerend das für die reputation des nachfolgestaates der Sowjetunion, Rußland, wäre, wenn den historikern die einsicht in die dokumente v e r w e h r t würde. Es bleibt jedem überlassen, sich in seiner fantasie vorzustellen, wie g r o ß die leiche sei, die danach immer noch in den kellern der betreffenden administration liegen müsste .... Und je mehr die – wahre – kriegsschuld der Deutschen wegen der fast manischen pawlowschen selbstbezichtigungen schwindet, um so drohender taucht am horizont der Großen Verallgemeinerungssenke ein gespenst aus der vergangenheit auf. Nein, nicht der »Kommunismus«, viel schlimmer: Der faschismus in seiner linksgewirkten form – dem Stalinismus .... Und es kann dann durchaus geschehen, dass das urteil der g e s c h i c h t e anders ausfallen kann, trotz eingeständnisses des hauptangeklagten ....

Montag, 19. April 2010

DIE STEINZEIT-ung staunt über die urwüchsige gewalt der natur, die mit hilfe eines isländischen vulkans die atmosphäre über einem ganzen kontinent, Europa, r e i- n i gt . . Moment, moment, werden Sie sagen: Wie kann eine dreckschleuder, die pro sekunde über 700 tonnen staub in den himmel pustet, die luft reinigen?

Gemach. Als erstes hätten wir den am boden liegenden flugverkehr, der nun kein klimaschädliches CO 2 mehr ausstößt. Zwar sollen dies nach der berechnung eines ehemaligen ministers Gabriel nur »3 prozent« am gesamten ausstoß sein, was aber zu bezweifeln ist. Denn wahrscheinlich hat sich herr Gabriel aus derselben ecke belatschern lassen, aus der ihm auch vorgekaut wurde, dass »Energiesparlampen« energie s p a r e n .-

Aber zurück zum vulkan (wir nennen den namen nicht; er ist sowieso in aller munde, falls der mund sich nicht bei der nennung dieses püsters in fransen legt).

Die asche des vulkans ist leicht basisch in ihrer gesamten konsistenz. Das heißt, dass dieses material in der atmosphäre sich als p u f f e r gegenüber einer säurehaltigen atmosphäre (CO 2!) verhält, und die säure neutralisiert. Ergebnis: Der CO 2 – gehalt der atmosphäre geht zurück. Die asche selbst wird nach einer gewissen zeit zu boden sinken, und natürlich auch ins weltmeer rieseln. Die leute, die durch den am boden liegenden flugverkehr auf den flughäfen, in den ferienorten gestrandet sind, sind zu bedauern. Vielleicht sind einige unter diesen nachdenklich geworden und überlegen, ob sie mit dem unternehmen von solchen reisen nicht eigentlich fliehen? Fliehen vor der nachbarschaft, dem arbeitsplatz, fliehen vor dem ärger mit familienangehörigen, ja, vielleicht fliehen vor sich selbst? Sie sollen getröstet werden, denn es gibt ein land, wo zwar keine zitronen blühn, aber geranien und petunien. Wo es keinen flug l ä r m gibt, so wie jetzt, ohne start-und landeanflug ... Dieses land heißt Balkonien. Den leuten ins stammbuch geschrieben, die als grund ihres herumdüsens berufliche gründe angeben: Wozu gibt es denn bereits schon ein WWW? Wir sind doch gerade erst mal am anfang, einen gigantischen, virtuellen, flugverkehr auszubauen, der als reisedauer die nullzeit kennt, und den kein noch so mickriger feuerberg wie der Eyjafjallajökull (so, der name ist heraus, das erste -und letzte mal) mit aschewolken stilllegen kann. Übrigens: Wo sind die propellermaschinen der fluggesellschaften, die sehr wohl auch durch aschewolken fliegen können, wie es die flugzeuge über brennende städte vor 65 jahren bewiesen haben, geblieben? Denn vergaser und turbolader verkraften verschmutzte verbrennungsluft um einiges besser als die strahltriebwerke der modernen luftfahrzeuge. Das gejammere einiger luftfahrtgesellschaften über die finanziellen nöte der zukunft sind nicht angebracht – alle trifft es gleichermaßen.

Dienstag, 18. Mai 2010

DIE STEINZEIT-ung® kommentiert einen fall, in dem ein mann, der einer frau in einem bus zur hilfe kam, und anschließend von den zwei üblen anpöblern zusammengeschlagen wurde. Der mann beschwerte sich insbesondere darüber, dass die staatsanwaltschaft gegen bedienstete des busunternehmens, die während der tat im bus saßen, n i c h t anklage wegen unterlassener hilfeleistung erhob. In dieser geschichte gibt es neben den pöbelnden gewalttätern noch einen anderen täter: Der staat in form der staatsanwaltschaft selbst. Weil diese keine anklage wegen unterlassener hilfeleistung getätigt hat. U.e. war dies eine klassische strafvereitelung im amt ... Noch schlimmer, wir konstruieren einen alltäglichen fall: Eine frau wird in einem bus gemäß der schilderungen des oben erwähnten mannes beleidigt. Die will sich das nicht gefallen lassen und im wiederholungsfalle auf solch eine beleidigung mit einer ohrfeige antworten, und dies s o f o r t. Sie bittet den herrn neben sich, ihr zu helfen, wenn eine erneute beleidigung erfolgen solle, auf die sie s o f o r t angemessen antworten möchte. Der herr sagt zu. Der täter beleidigt die frau erneut, diese steht auf, und gibt dem mann eine ohrfeige. Dieser reagiert – er hat ja darauf gewartet! – und drischt auf die frau ein. Der herr nebenan greift massiv ein, und bei der anschließenden rangelei bekommt der pöbler ein veilchen, n e b e n der sehr heilsamen erkenntnis, dass ihm zum erstenmal widerstand entgegengesetzt wurde. – Die polizei kommt, und nimmt den fall auf.

Sie dürfen nur e i n m a l raten, wie die sache ausgeht, insbesondere, wenn der beleidiger ein mensch mit »Migrationshintergrund« sei ... Wir fürchten, die frau und ihr mutiger helfer haben vor einem deutschen gericht fast keine chance, n i c h t als t ä - t e r davonzukommen .... Wir jedenfalls glauben erkannt zu haben, warum der staat gegen »Zivilcourage« angeht, angehen m u s s . Er verlöre durch solche möglichen, wie oben geschilderten realitäten sein primat der gewaltanwendung und rechtsprechung, und, – die geschichte lehrt es uns -, letztlich die (staats) macht ....

Samstag, 19. Juni 2010

DIE STEINZEIT-ung® befasst sich u.a. mit der tragödie in Mittelasien, Kirgisen gegen Usbeken. Wer ist schuld? Müßig, bei einem bürgerkrieg dies zu fragen; jedoch bei einem pogrom – und hierbei handelt es sich um ein solches – gibt es typen, denen sowas nutzt. Ein »religionskrieg« scheint auf den ersten blick ausgeschlossen; das scheint der verzweifelte schrei einer Usbekin richtung Kirgisen »Hört doch auf! Wir sind doch alle muslime!« zu bestätigen. Doch alle sollten nicht rufen »Hier Kirgise!« oder »Hier Usbeke«. Sie sollten rufen: »Hier ist ein mensch, der angst hat, der hunger, durst hat, der schmerzen hat.« Jedoch gibt es in diesem volkseigenen mörderspiel indizien, die sehr wohl eine zweckrichtung aufweisen. Und dazu soll ein zitat aus der bibel helfen: »An ihren Früchten sollt ihr sie erkennen … «. – Eine junge Usbekin die in Deutschland als akademikerin arbeitet und nachhause nach O s c h/ Kirgisien gefahren ist um zu sehen, wie es ihren eltern geht wird gefragt, wer ihrer meinung nach an den mordbrennereien in Osch schuld sei. Die Usbekin, die ihren vollen namen n i c h t nennen will meint, die usbekische bevölkerung werde aus ihren meist einstöckigen häuschen vertrieben, weil auf diesen grundstücken große, moderne bauten errichtet werden sollen. Und für die vergraulung der ansässigen würden arbeitslose kirgisische jugendliche ge/mißbraucht. – Wir werden also klarer sehen, wenn die bagger anrücken, um die niedergebrannten hausruinen wegzuräumen, und dort neu gebaut wird. Diejenigen, die dann dort moderne hochhäuser errichten sind die wahren schuldigen …

Zu den vuvuzelas bei der fußball WM in Südafrika. Es gibt immer noch viele gutmeinende anthropologen die behaupten, diese riesenlümmel-tröten wären wertvolles brauchtum afrikanischer stämme. Gewissermaßen schon hunderte von jahren die Zulus, Xosas, Basothos trötend auf einer p l a s t i k trompete. Die auskunft des herstellers dieses krachinstruments verrät etwas anderes. Er führt aus, dass er v o r h e r mit viel ach und krach fünfhundert im monat verkauft hatte. Zu beginn der vorbereitungen zur weltmeisterschaft sei es das fünfzigfache. Ist ja niedlich, wie die zahlreichen stämme Südafrikas mit hilfe dieses vuvuzelaspiels zurück zu ihren wurzeln finden. In diesem zusammenhang eine beobachtung: Viele vermarktungsgesellschaften dieses ereignisses (Film, fernsehen, hörfunk) sind ausgesprochen sauer über das nerv-und ohrtötende elefantenkonzert. Dabei ist dem chronisten aufgefallen, dass niemand sich um die frage, ob die spielleitung (Schiedsrichter!) dadurch gestört werden könnte, kümmert. Denn wer hört bei solch einem höllenlärm noch die pfeife des schiedsrichters? Und die fußballspieler sind größtenteil derart feinnervige vollbluthengste, die nicht stoisch wie ein kavalleriepferd trotz größten kanonengeschmetters vorrücken, sondern entweder scheuen oder seitlich ausbrechen. Als »eselsbrücke« – also vom esel aufs ross – folgende geschichte: Der chronist hatte vor jahren internet-kontakte mit einer literaturbeschwingten dame aus Niedersachsen. Wie bei solchen kontakten üblich wird eifrig eigenes elaborat hin-und hergepostet. Es stellte sich heraus, dass die literatin aus Niedersachsen tatsächlich kontakt zu einem verlag in den Staaten (»Hollywood«) herstellen konnte, und zwar wegen eines drehbuchs , welches sie dort eingeliefert hatte. Der chronist, nicht faul, wollte mit schmakes zeigen, was er so alles auf der pfanne hat, und sandte seiner briefbekanntschaft folgendes gedicht:

Die Angst des kleinen Jungen vor dem großen Pferd

Wenn nicht die Mamma bei mir wäre,
dann würde ich laufen, so weit ich könnte.
Hab Angst vor dir, du großer Schnauber,
mit dem klirrenden, schaumigem Eisen im Maul.
Habs nie erlebt, doch schon immer gefühlt:
Das Trompetengeschmetter, das Sirren der Pfeile,
Geschrei und Gewieher, Dröhnen von Hufen,
Krachen von Schwertern auf Harnisch und Schild.
Kanonendonner, gellende Schreie,
Blut, Tod und Stahl, Pulver und Blei,
geschlitzte Bäuche, zertrennte Glieder.
Kampfmaschine, nicht Freund des Menschen.
Und in mir die Erinnerung an die Angst vor dem Tod. –

(dieses gedicht ist in dem band »Ihr seid ja alle Prokrustes!«, auf seite 142 bei BoD Norderstedt, ISBN 978-3-8334-7375-3, v. Bernd (bejot) Jacobs erschienen.)

Es stellte sich heraus, dass die Niedersächsin besitzerin eines reiterhofs war. Sie dürfen nur einmal raten, wie sich die künftige kommunikation zwischen den beiden abspielte …

Nachklapp zum 21.10.20 1 5: Der chronist und autor des oben befindlichen textes kann bestätigen, dass die »Kommunikation« mit der besitzerin des reiterhofes tatsächlich zum erliegen gekommen ist. Der autor hat unter dem eindruck der verschiedenen gesichtspunkte volles verständnis dafür.. -

Der grund meiner ergänzung des textes oben ist jedoch ein anderer. Ich habe von obigem gedicht die a u d i o -version, von mir während einer lesung in Düsseldorf selbst gesprochen, gefunden. Ich versuche, einen link zu setzen; vor 5 – 6 jahren noch eine außergewöhnliche, fast unmögliche aufgabe.

http://www.bj-verlag.com/audio/8-pferd.ogg

Montag, 26. Juli 2010

DIE STEINZEIT-ung® befasst sich heute mit dem traurigen thema der »Love Parade« 2010 in Duisburg. Ein raver fühlte sich beim anblick der toten bei dieser sozialen katastrophe »wie im Krieg.« Sagen wir es einmal so: Wenn der junge mann nicht gerade »den Balkan« erlebt hat, dann mag ihm dieser vergleich verziehen sein. Dennoch hat diese allegorie einen wahren kern, denn dieses getöse bei der Loveparade ist schon eine art krieg, und zwar gegen die ohren, und, eingeschränkt, gegen die augen und den guten geschmack. Hemmungslos werden da mit hilfe des elektronenflusses zig phon, dba' s und ganze schallpegel in die natur gejagt, und somit völlig unnütz die umwelt verpestet. Die sprichwörtlichen »Trompeten von Jericho« erscheinen demgegenüber als ein gepflegtes »rondo allemande« Und dies von menschen, und zur freude von vielen zeitgenossen, die sich aber den lärm eines handwerkers oder arbeiters v e r b i t t e n, den dieser bei der ausübung seines berufs machen m u s s . Der anblick von schwabbelwampen, hängenden milchgebirgen und hochgezurrten gemächten in viel zu engen schlüpfern ist auch nicht immer ein ästhetischer genuss, was allerdings von den zurschaustellenden in der regel auch nicht so gewollt ist. Denn diese scheren sich einen dreck um die sinnenfreude ihrer mitmenschen, sondern s i e wollen ihre voyeuristischen und exhibitionistischen neigungen voll ausleben. Im gegensatz zu den anderen menschen, die ja a l l e diesen trieb in sich haben, aber schamg r e n z e n einhalten möchten – übrigens eine F r e i e willensentscheidung – und auch einhalten. Die »Love Parade« in Duisburg 2010. Ein menetekel für die ungebremste und kommerziell genutzte sexualität, die ja bekanntlich sechzig prozent unseres menschlichen denkens, wollens, handelns beeinflusst. Die »Liebe«, eine »Himmelsmacht«? Wohl weniger, aber ein unabdingbares instrument der evolution, um den artenerhalt zu gewährleisten. Und k e i n lustinstrument, dem menschen ausschließlich nur zum vergnügen gegeben. Und es ist ein ammenmärchen, dass die sublimierung des geschlechtstriebes immer nur in aggressive handlungen (krieg) übergeht ... Was bleibt als »trost« für die getöteten, und den angehörigen der getöteten der »Love Parade« in Duisburg 2010? Sie sind den »Liebestod« gestorben, für die beiden symbole P P (pe, pe, wobei das eine »P« grob übersetzt ins lateinische für vulva steht; und das zweite »P« unübersetzt bleiben darf, denn auch im lateinischen beginnt die bezeichnung für dieses körperteil ebenfalls mit »Pe«. Also einen liebestod gestorben, genauso, wie das blödblatt mit den vier großen buchstaben mal vor jahren in seiner titelzeile titelte: »Kopfschuss. Aus Liebe.«- Alles überschlägt sich nun in beileidskundgebungen, während die jurokraten schon längst auf der jagd nach dem s c h u l d i g e n sind. Denn – klaro – wenn die massen in bewegung kommen, und es erleiden innerhalb der masse ganz geringe mengen – in der chemie würde man von s p u r e n reden – schaden, muss es ja e i n e n verantwortlichen geben. Warum zum tanzteufel, ist der sogenannte »Kleine Mann« und natürlich die »Kleine Frau« immer unschuldig? – Die an heuchelei nicht mehr zu überbietende beileidskundgebung kam vom Vatikan. In wirklichkeit sind die religionsvertreter ja f r o h, dass ein – dazu noch teuflisch starker – konkurrent in dem kampf um die menschenseelen ausgeschaltet worden ist. Dem m e n s c h e n Josef Ratzinger mag man, wenn man will, echte betroffenheit zubilligen; dem papst jedoch nicht. – Die islamische geistlichkeit ist da etwas ehrlicher: Sie enthält sich – zumindest bis dato – jeglicher kommentierung. Sie braucht dann nicht die unwahrheit sagen (ist verboten) über ihr befinden. Besonders makaber: Als aus den getöteten das letzte lebenszeichen, die körperwärme, entwich, krachte die techno-musik unentwegt weiter, und unverdrossen schüttelten sich die raver ihren dopaminspiegel bis zum anschlag weiter hoch. Nicht zuletzt auch von vielen, die sich über die militärmusik mokieren, die während des gegenseitigen massakrierens früher auf dem schlachtfeld zur anfeuerung ertönte. Euch nachkommen der 68 er beschwingten ins stammbuch. Eure eltern zogen damals freudig hinter plakaten her auf denen stand: »Stellt euch vor, es ist Krieg, und niemand geht hin ...«. Nun stellt

I h r Euch mal vor, es gäbe plakate auf denen stände: »Stellt euch vor, es ist Loveparade, und niemand geht hin ... «. - Zum bild eines weißen schwans: In einem schwarzen universum leuchtet der weiße schwan um so heller, je dunkler das universum ist.

Samstag, 11. September 2010

DIE STEINZEIT-ung® fragt sich nun, wie viele andere in der welt: Tut er s, oder tut er s nicht. Er tut es nicht; zumindest nicht heute. Der bibelzüngler Terry Jones hat nun auch die (heilige) kriegserklärung der islamisten angenommen, und will diesen krieg streng symmetrisch führen: Verbrennst und bepinkelst du unsere fahne, dann verbrenne und bepinkle ich deinen koran. Ermordest du christliche missionare, verbrenne und bepinkle ich noch mehr korane ... Terry Jones hat sich aus der Büchse der Pandora (Nein, nicht »Avatar«. Pandora ist eine allegorie aus der irdischen antike) kräftig bedient, und sich die gesamte welt als geisel genommen. Im namen seines »Herrn« ? .... Eines ist gewiss: Sollte Jones am heutigen schicksalstag nicht zündeln, dann aber ganz gewiss dann, wenn einer von den lebenskranken menschen mit dem gendefekt in der birne ein erneutes autodafe mit vielen unschuldigen opfern veranstaltet. In diesem zusammenhang möchte DIE STEINZEIT-ung® auf einen blog aus dem sommer des jahres 2003 (hic!) aufmerksam machen, in dem der blogger ein noch ganz anderes, noch schlimmeres szenarium entwickelt: Nehmen wir an, einige christliche, animistische sektierer – Waco/Texas, die sonnentempler / Schweiz lassen grüßen – richten ihr selbstzerstörerisches potential mal nach a u ß e n, bemächtigen sich eines Jumbo-Jets, vollgetankt (eventuell mit einem hübschen, kleinen atomaren sprengsatz im gepäck), und stürzen sich zur hauptpilgerzeit auf die K a a b a in Mekka! Die saudische flugabwehr – amerikanische produktion – versagt genau zu diesem zeitpunkt, seltsam ... Den danach folgenden krieg – halbmond-kreuzzug – kann die islamische welt trotz ölhegemonie n i c h t gewinnen. Is also nix mit »rache für Al Andalus«.- Vom strategischen her wäre dieser – hoffentlich n i e stattfindende – angriff auf das sakrosanktum der islamischen welt durchaus angemessen und angezeigt, denn die selbstmordattentäter, eigentlich direkte nachfahren der Assassinen vor tausend jahren, greifen ja auch stetig den westlichen »tempel« an: Den leibeskörper des materialistisch eingestellten westlichen menschen. Und dies im sinne des wortes; denn wenn diese irren mit ihren sprengsätzen israelische panzer angreifen würden, statt unschuldige menschen, könnte man ein gewisses verständnis aufbringen, und von einem k a m p f reden. Eine leider nicht ganz unsinnige satire: Was hilft gegen fanatische, frauen-und männermordende, religiöse und politische glaubenseiferer, die nur und nur ihre eigene überzeugung als einziges und vornehmstes mittel zur heilung der welt betrachten? Mehr f e u e r k r a f t. -«

Als schlussbemerkung ein spruch, der von sehr vielen immer wieder sehr, sehr gern m i s s v e r s t a n d e n wird. -

Am deutschen wesen
sollte einmal die welt genesen.
Deutsche erfahrung:
Eine offenbarung?
Mit nichten, Bernd.
Die welt: Nix gelernt ...

Samstag, 18. September 2010

DIE STEINZEIT-ung® fragt, was Frau Erika Steinbach und Frau Viviane Reding miteinander zu tun haben könnten. Wouh! . . werden Sie sagen: Das ist aber wirklich eine ungewöhnliche frage ..., und Sie werden gespannt auf die beantwortung derselben sein. Wir auch .... Auf der einen seite haben wir eine mutige frau, Frau Reding, die in ungewöhnlich klarer form einem großkotz die meinung geigt, und eine aufgeblasene große »nation« auf die unser aller europäischen erde zurückgebracht hat. Bei einer pressekonferenz der EU am 14. september 2010 sagte Frau Reding aus anlass der Romavertreibung aus Frankreich folgendes: »Ich habe nicht geglaubt, dass Europa nach dem Zweiten Weltkrieg noch einmal Zeuge einer solchen Situation wird.« Der noch ahnungslose leser soll in jedem falle aber schon mal das wörtchen » ... n a c h (dem Zweiten Weltkrieg) ... « etwas genauer betrachten, und ihm nachhorchen. Erika Steinbach, vertriebenenfunktionärin, fühlte sich durch nicht beantwortete briefe von einem alten, ehrwürdigen, verdienten greis zurückgesetzt, und beleidigte den alten mann ihrerseits öffentlich, und zwar in gänzlich unladyliker art und weise. Zur ehrenrettung von Frau Steinbach sei erwähnt, dass sie diese worte inzwischen zurückgenommen hat. – Wovon sprach also noch mal Frau Reding? Sie brachte h e u t i g e ereignisse in verbindung mit dingen, die im Zweiten Weltkrieg passiert sind. Zu recht sind die Franzosen erbost, denn die Franzosen transportieren die Roma heute n i c h t in vernichtungsfabriken wie die der nationalsozialisten; sie transportieren sie nur in die staaten zurück, die ihren »landsleuten« (Roma) empfehlen, doch gefälligst in d i e länder Europas einzusickern, die ein gut funktionierendes sozialsystem haben. Dies würde in immensem ausmaß die knappe e i g e n e staatskasse schonen. Soweit, so verwunderlich. Wer aber nun die worte von Frau Reding daraufhin abklopft, ob sich darin auch sprengstoff für e i g e n e zwecke findet wird fündig. Denn » ... n a c h dem Zweiten Weltkrieg ... « also direkt n a c h dem denkwürdigen Mai 1945 gab es sehr wohl sowas ähnliches wie den Roma-Exodus h e u t e 2010, und dies hoch zum quadrat. Der chronist von DIE STEINZEIT-ung® enthält sich nun bewusst des unaussprechbaren in diesem zusammenhang, selbstverständlich. Gut möglich, dass selbst eine Luxemburgerin, Frau Reding, dieses – noch – unaussprechbare auszusprechen vermeidet.- Keine verbindung von Frau Reding zu Erika Steinbach gefunden? Macht nichts, aber die zeit der erkenntnis wird noch kommen; diese zeit nähert sich schneller, als manchem lieb ist.

Als schlussbemerkung ein spruch, der von sehr vielen immer wieder sehr, sehr gern m i s s v e r s t a n d e n wird. -

Am deutschen wesen
sollte einmal die welt genesen.
Deutsche erfahrung:
Eine offenbarung?
Mit nichten, Bernd.
Die welt: Nix gelernt ...

Donnerstag, 7. Oktober 2010

DIE STEINZEIT-ung® fragt in aller demut und bescheidenheit, und ohne einen rassistischen hintergrund: Ist Herr Philipp R ö s l e r, bundesminister für gesundheit ein Deutscher? Waaauuuu, werden Sie jetzt sagen: Nun hat sich DIE STEINZEIT-ung® endlich enttarnt; sie ist auch nur eines der unsäglichen rechtsgerichteten, faschistischen, ausländerhassenden, sarazenisch üblen elaborate, welche das internet hervorgebracht hat. Gemach. Am mittwoch, 06.10.2010, 6:50 uhr, im Deutschlandradio Kultur hatte herr Rösler ein interview, wobei es um honorarzahlungen an ärzte ging. Hierbei fiel dem rezipienten eine gewisse distanz des herrn Rösler zu diesem thema auf, in dem dieser sagte: »In Deutschland ist es ja so, dass ... «, und nicht etwa: »H i e r in Deutschland ist es ja so, dass ... « ; oder gar: »W i r h i e r in Deutschland machen das so, dass ... «

Gut, der chronist kann und möchte nicht den leuten das wie-sprech vorschreiben, jedoch bemerkte er eine leichte verknotung der zunge von herrn Rösler. ›Wir sitzen alle in einem Boot‹, ist eine löbliche beschwörung aus der christlichen seefahrt und hierfür bei notfällen überlebenswichtig. Jedoch ist es in der politik k e i n e beschwörung, sondern nur eine phraseologische redensart, um kleine piepels zu reglementieren. Genau dies hat herr Rösler zwar n i c h t getan, sondern die distanz aufgezeigt: Wir sitzen eben n i c h t alle in einem boot; einige sitzen in einem komfortablen b e i boot, ausgestattet mit tollen rettungseinrichtungen und anderen vergünstigungen. Und nun zum thema: Herr Rösler – selbst arzt – spricht über die höhe der honorare von ärzten. Es wird unter anderem vorgeschlagen, dass die ärzte zunächst bei ihren patienten privat für ihre dienste liquidieren, und die patienten zu ihren jeweiligen – auch gesetzlichen – kassen gehen, um sich das geld zurückzuholen. Jeder, der mit solchen administrationen wie einer gesundheitskasse schon mal zu tun hatte weiß, dass dies nicht ohne mehr oder weniger großem ratata abgeht. Immer. – Es kommt nicht von ungefähr, dass solch ein vorschlag von den ärzten kommt. Doch vorsicht! Es könnte sich hierbei ein eisenholzharter bumerang ergeben – für die ärzte ... Nehmen wir an, ein patient begibt sich zu einem arzt, der ihn wegen einer erkrankung behandeln soll. Anschließend bekommt der patient die rechnung. Dann gibt es d r e i möglichkeiten. Lassen wir die möglichkeit, der patient ist es zufrieden, mal außen vor. Wenn der patient jedoch das gefühl hat, für das bisschen »behandlung« s o v i e l geld bezahlen zu müssen, hat der a r z t sehr bald ein problem: Der patient sagt sich bei der nächsten unpässlichkeit , das kuriere ich mit eigenen bordmitteln, und geht n i c h t mehr zum arzt. Und hierbei wollen wir uns alle, ärzte und patienten, in aller ehrlichkeit eingestehen, dass mindestens F ü n f z i g prozent der »heilungen« spontanheilungen – also ohne hilfestellung – sind. Im anderen falle, wo der hilfesuchende patient keine heilung erlebt, wird er a u c h nicht mehr zu d i e s e m arzt gehen; er sucht sich einen anderen ... Zur leistungsfähigkeit unseres medizinischen systems ein beispiel in eigener sache: Vor über fünfzehn jahren begab sich der chronist in die behandlung eines facharztes für lungenleiden. Dabei wurde eine arbeitsbedingte lungenerkrankung festgestellt. G l e i c h z e i t i g attestierte dieser facharzt, dass sich bei dem »patienten eine beginnende herzerkrankung abzeichnet«. Diese botschaft war also für meinen H a u s a r z t gedacht, zu dem ich weiterhin bei gesundheitlichen problemen ging. Heute, 2010, hat der chronist eine chronische herzerkrankung, t r o t z äußerst gesundem leben .... Dazu ein spruch von bejot aus seinem Band »Hirnzwingen und Kurzgeschichten, NeoLit aus dem Neanderthal®«, ISBN 978-3-8370-3299-4, auf seite 87: »Im Mittelalter hatten die reichen Leute ihre Leibärzte, die auf deren Gesundheit achteten. Das gemeine, arme Volk hatte dafür die ‚Apotheke Gottes', die Heilkräuter ... Aus beiden Komponenten ist heute eine gewaltige Industrie entstanden.« In diesem zusammenhang: In unserer stadt, mittelstadt, ca. 39.000 einwohner, wird in der nächsten zeit die e l f t e apotheke eröffnet. – Übrigens: Die einzige beeindruckende ärztliche leistung, die dem chronisten in den letzten vier jahrzehnten widerfahren ist, war die reparatur seiner gerissenen daumen-hauptsehne. Der handchirurg im krankenhaus in Essen-Kupferdreh verarbeitete bei der operation eine andere sehne des mittelfingers, um die verbindung zu dem betreffenden muskel wieder herzustellen. Eine »uhrmacherarbeit« die gelungen ist. Der daumen steht zwar etwas sonderbar von der hand ab, aber er hat volle funktion.

Freitag, 8. Oktober 2010

»Ist China ein faschistischer staat?«, fragt DIE STEINZEIT-ung®. Da uns in Deutschland in furchtbarer weise mit hilfe der weltgemeinschaft vom faschismus abgeholfen wurde, soll hiermit diese frage in deutscher sprache gestellt sein. Die exakte beantwortung dieser frage werden Sie allerdings in dieser kritischen schrift n i c h t finden. Aber als hilfsmittel geben wir Ihnen die möglichkeit darüber nachzudenken, ob der folgende spruch seine berechtigung hat: Wer kann besser über die gefahren des feuers berichten, wie das sprichwörtliche »Gebrannte Kind«? Die Volksrepublik China droht dem land Norwegen als beherberger des Nobelpreiskomitees schon mal vorsorglich diplomatische verwicklungen an, wenn der friedensnobelpreis 2010 an den chinesischen staatsbürger L i u X i a o b o in Oslo verliehen wird. Und genauso ist es auch am 08.10.2010, vormittags in Oslo gekommen ...

Im jahre 1936 wurde dem Deutschen Carl von O s s i e t z k y der friedensnobelpreis des jahres 1935 verliehen. Carl v. O. saß damals schon über ein jahr in einem von den faschisten eingerichteten konzentrationslager. Bereits damals verhöhnte das regime sowohl das nobelpreiskomitee, und natürlich auch den ausgezeichneten. Auf befehl des »Führers« wurde umgehend ein sogenannter »Deutscher Nationalpreis für Kunst und Wissenschaft« eingerichtet, und deutschen volksgenossen wurde untersagt, nochmals je einen Nobelpreis in empfang zu nehmen. Der chronist von DIE STEINZEIT-ung® empfiehlt in ruhe abzuwarten, was sich diesbezüglich in der Volksrepublik China tut. In jedem falle wird es – wenn überhaupt etwas geschieht – recht bald geschehen. Und dann sieht man wohl klarer im hinblick auf die unbeantwortete frage ... Wir in Deutschland wissen sehr genau, was faschismus ist. Nicht von ungefähr hat ein bekannter, leider schon verstorbener kabarettist vom linken niederrhein vom faschismus gesprochen, der bereits »in der Küche beginnt«. Leider gibt es auch bei uns leute, die auf dem l i n k e n auge blind sind, wenn der faschismus betrachtet werden muss. Jeder e c h t e kommunist, sozialist müsste tränen der scham weinen, wenn er an Nord-Korea denkt. Und wenn man berücksichtigt, welch eine schutzmacht die hand über dieses feudalistische, frühmittelalterliche gebilde namens »volksrepublik« hält, sollte sich den spruch: »Wie der Herr; so' s Gescherr« verinnerlichen. Anders herum stimmts übrigens auch. -Warten wir also ab, welcher art sanktionen auf Norwegen seitens China zukommen. Eine kriegserklärung wird es – hoffentlich – nicht sein. Wenn die Chinesen allerdings drohen, den Norwegern nun kein billiges plastik mehr verkaufen zu wollen; um so besser! Übrigens: Ein wichtiger marker, um faschismus zu erkennen ist der zwang der regime, die jugend mit religion, oder einer pseudo-religion (»Der Sozialismus«, »Die soziale Gerechtigkeit«, und, jawohl! »Die Mode«) zu identifizieren. Hierbei kommt dem chronisten ein wortspiel in den sinn: ». . zu i n f i z i e r e n«. Auch wenn es jetzt so richtig wehtut, es geht immer noch, hallo, mal genau aufgepasst: Der Nationalsozialismus war / ist a u c h ein sozialismus … . Dem chronisten fällt es nicht schwer, die revolutionsgarde (Pasdaran) des gottesstaates Iran als S A des mullah-regimes zu bezeichnen.

Am deutschen wesen
sollte einmal die welt genesen.
Deutsche erfahrung:
Eine offenbarung?
Mit nichten, Bernd.
Die welt: Nix gelernt

LATEINISCH-DEUTSCHES
Volksmeßbuch
DAS VOLLSTÄNDIGE RÖMISCHE MESSBUCH
FÜR ALLE TAGE DES JAHRES
MIT ERKLÄRUNGEN
UND EINEM CHORALANHANG
VON
DR. P. URBANUS BOMM O.S.B.
MÖNCH DER ABTEI MARIA LAACH
VERLAGSANSTALT BENZIGER & CO. AG.
TYPOGRAPHEN DES HEILIGEN APOSTOLISCHEN STUHLES
EINSIEDELN · KÖLN

Sonntag, 24. Oktober 2010

DIE STEINZEIT-ung® befasst sich nun mit einem niedergang. Grundsätzlich läuft bei einem niedergang im hintergrund ein anderer prozeß an, der, um das gleichgewicht zu halten, mit einem anderen vorzeichen versehen ist. Und das ist der aufstieg.

Als papst Johannes XXIII am 11. oktober 1962 das II. Vatikanische Konzil einberief, wurde der niedergang der damals weltweit machtvoll agierenden römisch-katholischen kirche – die zu dieser zeit die größte, in sich geschlossene glaubensgemeinschaft war – zu Sankt Peter in Rom eingeläutet. Und zwar damit, dass die liturgische sprache der römisch-katholischen kirche dem nationalismus geopfert wurde. Aus heute immer noch unerfindlichen gründen sprang die zweitausend jahre alte institution im bahnhof auf einen zug, der noch gar nicht angekommen schien, oder der schon längst durch war. Ein zug, der – wie wir heute wissen – aus dem nirgendwo stammt, und auch wieder dahin fährt, und in dem unter anderen die Komintern saß. Die Komintern, eine internationale erscheinung, mit einer sehr, sehr kurzen verfallszeit, gemessen an der römischen kirche, war die einzige neben dieser, die den anspruch hatte, weltweit zu agieren. Die geistigen väter und mütter dieser organisation saßen wohl in »Ost« rom, in Moskau, und sprachen sicherlich russisch. Doch die sprache des komintern, in der die thesen, dogmen, glaubenssätze verbreitet wurden, war wohl die des jeweiligen staats (Landes). Die lingua franca der römischen kirche ist/war latein. In der ganzen welt, in jeder kirche, wo die Heilige Messe gefeiert wird, wird/wurde der ritus in lateinischer sprache durchgeführt. Der katholik aus Europa oder aus Amerika, und die katholikin aus schwarzafrika, die in einer kleinen kapelle auf einem sturmumtosten felsen in Feuerland die hlg. Messe besuchten, konnten ohne probleme mit der landessprache ins »Gloria in exelsis deo … «, ins »Credo in unum deum …« , ins »Pater noster qui es in coelis …« und gar ins »Ave Maria, gratia plena …« einstimmen, und sich mit der ecclesia verbunden fühlen. Das II. Vatikanische Konzil jedoch favorisierte die landessprache, und machte so eine altbewährte tradition zunichte. Eine neue babylonische sprachverwirrung? Die komintern ist geschichte, die römische kirche zwar noch nicht; aber, so werden Sie fragen: Wer ist denn in diesem abriss der aufsteiger? Das ist, kurz und prägnant, der Islam. Nach den vorstellungen islamischer theologen ist es unmöglich, den Koran zu übersetzen, folglich soll der koran stets in arabischer sprache studiert, gelesen und verkündet werden. Gewissermaßen die lingua franca einer religion. Und dies in einer (schrift) sprache, die an schweregraden nichts zu wünschen übrig lässt. Nicht umsonst hat Atatürk, der erbauer der modernen Türkei die lateinische schrift eingeführt. Die lateinische sprache, in der seit olims zeiten die römische kirche ihre lehren verkündet, und deren lehren vom islam in manchen teilen übernommen wurden, nur eben in arabisch. Und diese einheit in der sprache der religionsausübung wird dem islam in kurzer zeit den sieg bescheren, die größte religion der Erde zu werden, aber konkurrent zu dem größten götzendienst der Erde, dem kapitalismus. Und dessen sprache ist englisch (amerikanisch) ... .

Sonntag, 19. Dezember 2010

DIE STEINZEIT-ung® befasst sich mit einem brandaktuellen thema, dem des geldes, und zwar dem geld der anderen ... . So lief das damals also mit den Engländern? – Als vor jahren die D-Mark in Europa immer stärker wurde, hängten sich alle anderen europäischen staaten, die auf »Europa« standen daran, bildeten also die berühmte »Währungsschlange«. Nur die stolzen Briten wollten nicht. Und so dauerte es nicht lange, bis das Pfund Sterling aus dem europäischen spiel purzelte. Was blieb also dem stolzen Britannien übrig, als sich mit seinem überseeischen vetter zu liieren (wieder einmal), um den »damnded fucking germans« – die den Euro dominieren – etwas entgegen zu setzen. Und so wurde die Bank of England, London, Threadneedlestraße mit ihren artgenossen auf Canary Wharf, London, zum transatlantischen vorposten der Wallstreet erklärt. In der zur zeit erst einmal richtig anlaufenden geldwelt-krise wird nicht verabsäumt, auf den ungeliebten Euro aus allen geldkanonen der kapitalwettfonds zu schießen. Die anglo-amerikanische kapitalindustrie steht schon bereit, um die – in jedem falle kommenden Eurobonds, egal in welcher form – anzugreifen, um (kriegs) kasse zu machen. Allerdings kann sich der chronist nicht eines, eigentlich ganz einfachen, verdachts erwehren. In wirklichkeit will alle daran interessierte welt an die deutschen e r s p a r n i s s e , vulgo: Vermögen, herankommen, einem vermögen von über n e u n billionen Euro! Wahrscheinlich würde diese gewaltige summe reichen, ganz Europa zu sanieren, einschließlich der – eigentlich läppischen 1,6 Billionen Euro deutscher staatsschulden – mit denen Deutschland im »Soll« steht. Dann allerdings könnte ein neues spiel beginnen, mit bedingungen, die der s t ä r k e r e stellt, und die aus schmerzlichen erfahrungen gewonnen, menschlich sein werden, denn der chronist glaubt an die raison der völker. Sollte dies nicht zustande kommen, dann wird Europa zum exempel auf das zurückfallen, was das mittelalterliche Deutschland darüber hinaus auch mit seiner kleinstaaterei erlebt hat. Denn wer kann besser über die gefahren des feuers berichten, als das sprichwörtliche Gebrannte Kind? So ist das also mit den Griechen? Sie sind sich nicht zu stolz, hilfen in form von kapitalspritzen von Deutschland anzunehmen. Lassen aber keine gelegenheit aus, Deutschland als den »hässlichen Deutschen« darzustellen. Und dies insbesondere von gruppierungen und einer seite, deren ideologie vor zwanzig jahren jämmerlich vor die »Mauer« gefahren ist. Kein Deutscher hat es gern (außer denen, die sich gern in der schuld a n d e r e r suhlen), sich fünfundsechzig jahre nach der deutschen hybris als »Nazis« und »Faschisten« beschimpfen zu lassen, insbesondere dieser deutsche staatsbürger, der zu diesem zeitpunkt noch ein k i n d war. Und dass es einmal schluss mit der vergangenheit, und der schuld der vergangenheit sein muss ist auch klar; denn wenn die n a t u r nicht ständig mit der »Vergangenheit« aufräumen würde, gäbe es auch keine E v o l u t i o n. Die marotte des »Deutschland-bashing« gibt es ganz besonders auch noch im Vereinigten Königreich; nicht besonders »gentlemanlike«. Kein gutes klima also in Europa. Im hinblick auf Griechenland kommt noch eine besonderheit hinzu. Während der ägide der sozialistischen regierungen wurden besonders viele parteigänger mit staatlich (stattlichen) pfründen dotiert, in dem sie in den staatsdienst auf genommen wurden. Nun müssen wir uns von dieser blase auch noch beschimpfen lassen, wenn auf diesem wege ihre pensionen von uns mitfinanziert werden. Fragen sie den mann wie er sich fühlt, wenn er auch noch von dem vieh an der hand gebissen wird, welches er gerade füttert … .

Mittwoch, 26. Januar 2011

DIE STEINZEIT-ung® veröffentlicht nun eine kolumne, die bereits am 01.07.2003 auf dem blog: http://neolitausdemneanderthal.log.ag/2003_07_2003_07_1_weblog.html erschienen ist. Jeder der möchte, kann die aktualität dieses artikels für sich selbst ergründen.

Was noch nicht in der zeitung stand: Zu wünschen sei dem Nahen Osten, dass sich die friedensbemühungen der Israelis und Palästinenser endlich auszahlen. Sollten die selbstmord-irren ihre anschläge fortsetzen, und die mullahs und ajatollahs n i c h t eine weltweite fatwa g e g e n die attentäter erlassen, könnte der Islam bald ein riesiges problem bekommen.- Nehmen wir an, einige christliche, animistische sektierer – Waco/Texas, die sonnentempler/Schweiz lassen wärmstens grüßen – richten ihr selbstzerstörerisches potential mal nach a u ß e n, bemächtigen sich eines Jumbo-Jets, vollgetankt (eventuell mit einem hübschen, kleinen atomaren sprengsatz im gepäck), und stürzen sich zur haupt-pilgerzeit auf die K a a b a in Mekka!! Die saudische flugabwehr-amerikanische produktion- versagt genau zu diesem zeitpunkt, seltsam … Den danach folgenden krieg – halbmond-kreuzzug – kann die islamische welt trotz ölhegemonie n i c h t gewinnen. Is also nix mit »rache für Al Andalus«.- Vom strategischen her wäre dieser – hoffentlich n i e stattfindende – angriff auf das sakro-sanktum der islamischen welt durchaus angemessen und angezeigt, denn die selbstmord-attentäter, eigentlich direkte nachfahren der Assassinen vor tausend jahren, greifen ja auch stetig den westlichen »tempel« an: Den leibeskörper des materialistisch eingestellten westlichen menschen. Und dies im sinne des wortes; denn wenn diese irren mit ihren sprengsätzen israelische panzer angreifen würden, statt unschuldige menschen, könnte man ein gewisses verständnis aufbringen, und von einem k a m p f reden. Eine leider nicht ganz unsinnige satire:

Was hilft gegen fanatische, frauen-und männermordende, religiöse und politische glaubenseiferer, die nur und nur ihre eigene überzeugung als einziges und vornehmstes mittel zur heilung der welt betrachten? Mehr f e u e r k r a f t.

Dieser blog ist in dem buch »DIE STEINZEIT-ung® Ein Motzbuch«, ISBN 978-3-8391-5508-0 auf seite 8, bei Books on Demand in Norderstedt erschienen. Dieses buch ist eigentlich eine volte rückwärts ins gute alte Gutenberg-universum, aus dem reich der toren, den kondensa-, semikonduk-, resis-,transistoren.

Samstag, 12. Februar 2011

»Von ... lernen heißt siegen lernen.«

DIE STEINZEIT-ung® hütet sich, das » pünktchen, pünktchen, pünktchen-land« zu benennen, im hinblick auf die zur zeit siegreiche revolution in Ägypten, überhaupt in der arabischen hemisphäre. Jedenfalls ist dieses große land, in dessen osten der himmel als erstes »rot« wird, wenn unser zentralgestirn sich aus den wellen des Pazifiks erhebt, n i c h t (mehr) gemeint.- Wir ahnen alle, dass die volkserhebung in Ägypten lange nicht so verlaufen wird, wie wir es uns alle wünschen. Auch die beispielgebende große französische revolution verlief anderes, wie viele sich damals vorstellten. Jedenfalls hat sich in Nordafrika wieder mal bewiesen, dass die sprichwörtliche »Macht« auf der straße liegt, und dies in den straßen der großstädte, und nicht etwa »in den Staub getreten«, sondern – stark und alles überwindend – der staub dieser straßen s e l b s t ist. Und hierbei liegt es nun an den sozialalchimisten diesen staub zu verwandeln in etwas gutes, in gold oder scheiße. Dabei ist uns klar, dass die verwandlung in s c h e i ß e zunächst wesentlich einfacher ist; aber nachher das wegräumen ... Wenn die ägyptischen offiziere es schaffen, durch f r e i e wahlen die demokratie (qua: Herrschaft des volkes) zu installieren, dann, erst d a n n ist die fast 5000 jährige herrschaft der pharaonen beendet. Und d a n n muss sich die kratie des millardenvolks im osten (da wo auch immer die sonne aufgeht, und wo auch der mittelpunkt der welt sein soll) einmal fragen, was sie mit ihrem volk am 3. und 4.

juni 19 8 9 gemacht hat. -Dazu passt vortrefflich das gedicht, welches der chronist in dem gedichtband »Ihr seid ja alle Prokrustes!« von Bernd (bejot) Jacobs, ISBN 978-3-8334-7375-3, erschienen bei Books on Demand, in der reihe NeoLit aus dem Neanderthal® auf seite 64 gefunden hat:

Lied des chinesischen Dissidenten, der auf seine Hinrichtung durch Genickschuß wartet:

)Hört den Sirenenschall, jihüji, jihüji,
hört den Sirenenschall, wir unten stehn auf.
Hört den Sirenenschall, jihüji, jihüji.
Für unsre Freiheit stehn wir auf.
: Tückisch und mitleidlos die Feinde uns plagen,
staatlicher Segensspruch stärkt frevelnde Wut.
Unter des Bürgers Augen feige sie uns schlagen,
mästen den Leib an unserem Gut

Hört den Sirenenschall ....
: Wir sagen Kampf euch an, ihr Jurokratoren.
Folter und Kerkernacht erschrecken uns nicht.
Wir sind Rebellen, die Empörung hat geboren,
bald eure Macht wie Glas zerbricht.
Hört den Sirenenschall ....
: Bitteres Wehgeschrei geht weit in die Runde
laut um Vergeltung Betrogene flehn.
Büttel – und Schinderknechte,
bald schlägt eure Stunde,
wenn w i r als Richter vor e u c h stehn.

(Text und Melodie n.d. »Geusenlied« a.d. Niederlanden z.Z. d. Abfalls v. Spanien, 1588-1648)

Mittwoch, 16. Februar 2011

DIE STEINZEIT ung® registriert, dass sich die revolutionswalze weiterdreht. Nun kommen die ersten Tunesier in Europa an. Als F l ü c h t l i n g e ... Wovor »flüchten« diese – überwiegend – jungen männer? Wohl doch gewiss nicht vor ihrem eigenen mut, die walze in bewegung gesetzt zu haben? Was wäre das für eine moral, etwas in bewegung zu setzen, gar unter einsatz des eigenen lebens, und dann einfach davonzulaufen? DIE STEINZEIT-ung® hat hierbei einen gewissen verdacht: Wie wäre es denn, wenn diese jungen männer, die nun aus Tunesien – und Ägypten – »fliehen« einen a n d e r e n, nicht wirtschaftlichen grund hätten? Sind es etwa jene männer, die in den entscheidenden tagen kräftig auf die revolutionäre eingedroschen, gar t o t geschlagen haben? Und nun fürchten sie, im heimatland erkannt und gelyncht zu werden? Und wir Europäer müssen sie aufnehmen, denn dies sind genau die gründe, die zur asylgewährung führen. Zu den wirtschaftlichen problemen des westens kommt nun eine erneute kostentreibende lawine auf Europa zu. Allen, die sich dafür vierteilen lassen zu erklären, wir müssen in j e d e m falle diesen menschen helfen, ins gedächtnis: Unsere staatsverschuldung in Deutschland beträgt inzwischen locker 25.000,--€ (in worten: Fünfundzwanzigtausend Euro!) pro kopf, vom säugling bis zum greis. Die staatsverschuldung von Tunesien und Ägypten beispielsweise wird wohl eher den z w a n z i g s t e n teil des deutschen betragen. Was wäre im hinblick auf solche tatsachen für einen asylsuchenden oder »normalen« wirtschaftsflüchtigen Tunesier oder Ägypter, oder jeden anderen Afrikaner das gebot der stunde? Entweder 25.000,--€ mitbringen, oder sich verpflichten, für 25.000,--€ dem asylgewährenden staat d i e n s t e zu entrichten. Noch bis ins Mittelalter gab es die einrichtung des lehens und der gefolgschaft zu dem lehnsherren. – Übrigens: Wenn die gesamten geldmittel der afrikanischen und arabischen potentaten zusammenaddiert würden, die sie dem eigenen volk gestohlen haben, käme die lösesumme für jeden asylsuchenden aus jenen staaten locker zusammen. Statt dessen zahlen die unglücklichen ihr geld an kriminelle, die mit ihren seelenverkäufern diese leute noch zusätzlich in seenot bringen, immer damit rechnend, dass das »christliche Abendland«, insbesondere dessen »christliche Seefahrt« n i e m a n d e n (auch keine »Ungläubigen« – in diesem falle wohl eher muslime -) den wellen preisgibt. – Ziehen wir uns also den Südwester fester; es wird sturm geben. Dazu passt ein gedicht, welches der chronist von DIE STEINZEIT-ung® in dem gedichtband »Ihr seid ja alle Prokrustes!«, ISBN 978-3-8334-7375-3 von Bernd (bejot) Jacobs, auf seite 104 gefunden hat. Das gedicht ist nachweislich über dreissig jahre alt …

Europa

Die erste Revolution, die amerikanische,
war eine der Farmer und Händler.
Sie trieb den britischen König davon.
Die zweite, die französische,
war die der Bürger.

Sie fegte Adel und Klerus hinweg.
Die dritte Revolution, die russische,
war die der Arbeiter und Bauern.
Der Zar verlor damals sein Leben.
Die vierte, die anarchistische,
zielt auf Bürger, Bonzen und Neo-Cäsaren:
Sie wird das Land unbewohnbar machen.

Dienstag, 22. Februar 2011

DIE STEINZEIT-ung® befasst sich nun mit der entvölkerungspyramide.

Wie, was? E n t völkerungspyramide! Der meint wohl die b e völkerungspyramide, diese schöne soziowissenschaftliche grafik, die über das alter, dem einkommen, der bildung einer gesellschaft anschaulich auskunft gibt. Unten, auf der sogenannten basis oder grundfläche die masse der jungen menschen, dann darauf aufbauend die älteren, und dann immer weiter nach oben bis zu d e n oder d e m oberen. Und darüber nur noch der himmel ... Je breiter die basis , um so mehr grundfläche wird für die pyramide benötigt. Das geht solange gut, bis sich zwei oder mehrere pyramiden ins gehege kommen. Da nach absoluter kosmologischer gesetzmäßigkeit (Naturgesetz) eines unter mehreren i m m e r versucht die oberhand zu gewinnen, wird es auf längere sicht eine auseinandersetzung geben, und einen »gewinner«. Speziell für die pyramiden gedacht wird der zeitpunkt kommen dass die grundlage zu klein wird mit der folge, dass die unteren teile des kegels sich wegen der raumnot von unten nach o b e n entwickeln. Und dies nicht mehr abstufend diagonal sondern senkrecht. Dann wird die »spitze« wohl nicht mehr als solche zu erkennen sein, was für diese ein schwer ertragbarer zustand ist.

Und nun – endlich! – ist DIE STEINZEIT-ung® nach dem herumgeeire bei dem eigentlichen thema angekommen: Bei der bevölkerungspyramide der sich aus der verpuppung lösenden staaten Nordafrikas. -Was geschah seit grauer vorzeit mit völkern, die sich stark vermehrten? Sie kämpften in ihrem eng begrenzten, aber überschaubaren territorium solange miteinander um den platz zum leben bis sie dahinter kamen (Politikon), dass man als eine gesamtheit (neudeutsch: Cluster) auch expandieren kann. Solange man ohne menschliche verbauung zu erkennen bis zum horizont sehen konnte, war das kein großes problem. Stieß man auf widerstand, wurde dieser überwunden, falls er nicht zu heftig war. War der widerstand zu groß, zog man sich zurück und versuchte es in einer anderen richtung. In beiden fällen erlitt die basis der bevölkerungspyramide einen schwund durch die abgänge der getöteten jungen menschen, in erster linie junge männer (»Krieger«) , und deren familien, die durch den ausfall der jungen männer als essensbeschaffer ins elend gerieten, und folgerichtig »elend« zugrunde gingen. Dies bereitete der »spitze« wenig kummer, weil sich die basis stets erneuerte, und der durch basisschwund etwas kippelige, instabile zustand nicht von langer dauer war. Was geschieht aber heute, wo die welt sich inzwischen geschlossen hat, und expansionen stets auf schon besetztes areal treffen? Die »spitzen« der pyramiden benutzen auch hierfür eine uralte technik, ihre souveränität zu wahren: Sie verkleinern die basis bis zu sich selbst herauf, indem sie die dadurch freiwerdende masse nach a u ß e n agieren lässt. Geht es gut, bleibt die »spitze« topp, zwar auf kleinerer grundlage; geht es schief, formiert sich die pyramide zu einem schiefen turm, der in kurzer zeit zusammenfällt. Dies geschähe auch, wenn die pyramide zu einem senkrechten turm mutierte. Denn noch n i e ist ein turm, der nach der statik der irdischen physik gebaut wurde, in den himmel gewachsen.

Was bleibt also für die staaten, deren basis überwiegend aus einer jungen, tatendurstigen, gebildeten bevölkerung besteht? DIE STEINZEIT-ung® gibt hier in form einer frage die antwort: Glauben Sie, dass diese jungen leute a l l e in die sozialsicherungssysteme des westens hineinwollen? Oder glauben Sie eher, dass diese jungen leuten nicht nur nicht h i n e i n möchten, sondern sie wollen übernehmen? ...

Zu diesem thema passt eine gedichttrilogie, gefunden in dem band »Ihr seid ja alle Prokrustes!«, von Bernd (bejot) Jacobs, ISBN 978-3-8334-7375-3, auf seite 26:

Nizza

In einem Lokal in Nizza
sitzt Frauchen neben dem Hund,
freut sich, wie ihr Liebling
- vom Ober verwöhnt -
die Karte rauf-und runterfrißt.
Gelangweilt streift der Blick ins Journal
ein Bild von Kindern mit Spindelärmchen,
geblähtem Knopfbauch, filzigem Haar.
Zentralafrika
Im Rundfunk warnt ein Präsident
die Menschen vor einer Hungersnot,
gigantisch, die alles und jeden verschlingt.
Aus seinem Palast läßt er Brot verteilen,
wohl wissend, daß es sich nicht vermehrt,
und niemand vorm Hungertod schützt.

Ausblick

Es werden Hundert Millionen marschieren.
Fünfzig nach Norden, und Fünfzig nach Süden.
Die einen werden sich irgendwo
zwischen Tafelberg und Soweto verlieren.
Doch wo bleiben die, die nach Norden ziehn:
Werden sie Nizza erreichen?
Zur beruhigung der plagiatswächter: Diese zeilen sind n a c h w e i s l i c h
annähernd vierzig jahre alt.

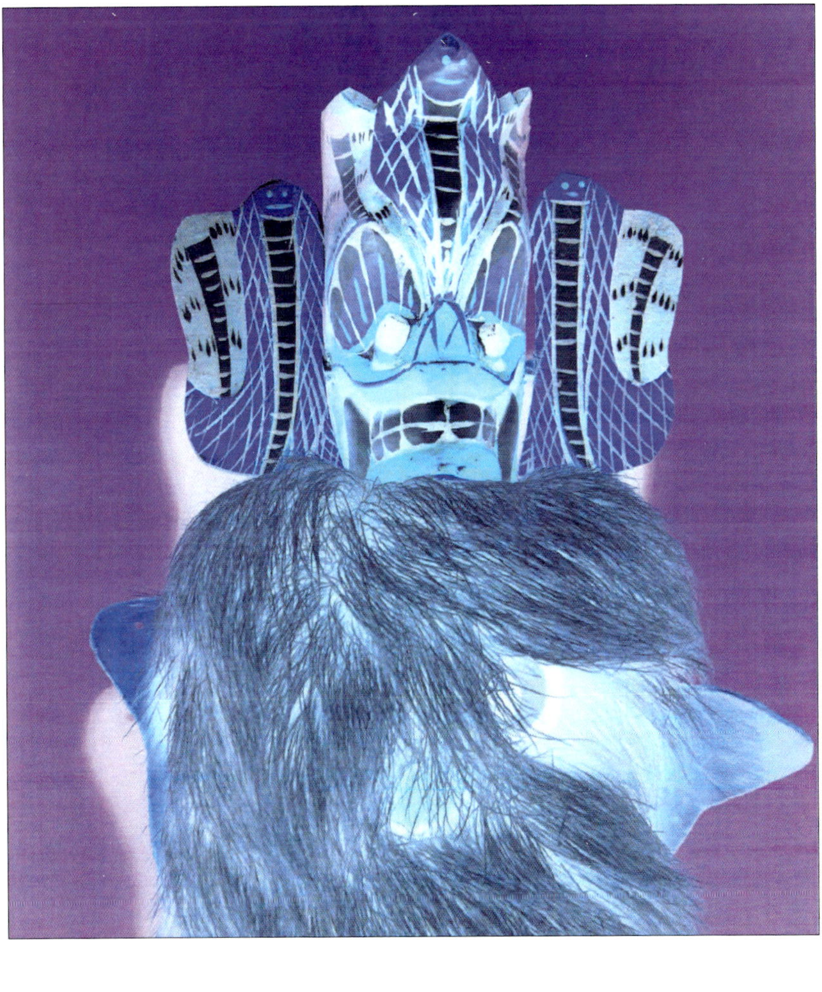

Samstag, 26. Februar 2011

DIE STEINZEIT-ung® beobachtet das gewürge um einen zutiefst unglücklichen adelsmann und kommt zu der vermutung, dass der gebrochene doktor zumindest z w e i personen s c h ü t z t! Das wäre erstens sein geistschreiber, und zweitens sein doktor v a t e r. Sehr gut auch möglich, dass die beiden sich in e i n e r person vereinen. Möglich aber auch, dass der adelige vortäuscher sich als der klassische selber betrogene herausstellt.

Nehmen wir an, der zukünftige doktorand hätte sich den »Doktor« pauschal gekauft. Nicht möglich, werden Sie sagen? Insbesondere bei so einem eher unwesentlichen, und eigentlich überflüssigem fach wie Jura ist dies wohl am leichtesten zu bewerkstelligen. Ein jurist arbeitet nicht mit chemikalien, mit mikroskopen, waagen, zentrifugen, röntgengeräten, teleskopen, mit der mathematik; er arbeitet nur mit wörtern. Die überflüssigkeit von jura zeigt sich besonders darin, dass die welt auch wegen fortschreitenden rechtsverständnisses, des aufblähens des rechtekanons nicht besser geworden ist. Ferner gibt es kein einheitliches globales, signifikantes gleichheitsmerkmal von jura; es gibt tatsächlich verschiedene r e c h t e, die nicht nur nicht harmonieren, sondern antagonisten sind. Dies ist in der exakten wissenschaft unmöglich: Das Ohmsche Gesetz, das gesetz über die erhaltung der energie gilt für j e d e n wissenschaftler der physik, und dies unabdingbar g l o b a l. Wegen bitterer erfahrung, und der dadurch gewonnenen erkenntnis kommt der chronist dazu, die »rechtsgelehrten« als »Jurokraten« zu bezeichnen. Kommen wir zurück zum abgebrochenen doktor. Nehmen wir an eine adelige familie beschließt, dass ein mitglied reüssieren soll. Die partei, in der sich das mitglied als parteigenosse befindet, möchte dies ebenfalls. Eine fakultät bietet sich an, dies wohlwollend begleiten zu wollen. Der geistschreiber (neudeutsch: Ghostwriter) liefert die arbeit ab, hat aber aus persönlichen gründen in dieser arbeit ein paar dicke sprengminen vergraben (fehlendes zitieren von urhebern). Der »doktorvater«, in der regel ein professor, segnet die arbeit ab, und der doktorand besteht »summa cum laude«. Und nun das merkwürdige: Warum erkennt der »doktorvater« nicht die dicken sprengminen (»Unregelmäßigkeiten«) in dieser arbeit? Hat die arbeit dem »doktorvater« nach fertigstellung überhaupt vorgelegen? Denn jeder beamte in der Bundesrepublik muss das ende eines verwaltungsakts mit seinem plazet abschließen …

Selbstverständlich ist diese kampagne teil eines lagerkampfes, und somit politik. Nicht von ungefähr kamen die ersten hinweise über die fehlerhafte doktorarbeit von einer eher linkslastigen fakultät. In diesem zusammenhang bezweifelt der chronist guten mutes, dass a l l e doktores in den parlamenten den doktortitel zu r e c h t führen, von den ehrendoktoren mal abgesehen. Denn aus allem menschlichen kann man ein geschäft machen; das wissen besonders die damen vom z w e i t ältesten gewerbe der welt.- Sie haben richtig gelesen: Das zweitälteste; das ä l t e s t e ist das der priester und das der r e c h t s g e l e h r t e n , wobei sich diese beiden stände ebenfalls in einem vereinigen.

Es ist geradezu erbarmungswürdig, wie dieser involvierte mensch verzweifelt versucht, seine integrität zu bewahren, u n d noch seine »kumpane« schützen will. Das wird ihm leider nicht gelingen, die meute hat sich festgebissen. Und die absolute wahrheit (»Was ist Wahrheit?« Ha ...) wird nicht herauskommen, ist in der politik auch nicht notwendig, da machmal kontraproduktiv, denn politik läuft nach anderen, nicht von menschen gemachten gesetzen, ab. Leider ... Und wenn EADS tausend gute und gerechte gründe gegen die vergabe eines auftrags an Boeing hat, sticht der joker der u.s.regierung wegen der »nationalen sicherheit«. Amen, ende.

Samstag, 12. März 2011

DIE STEINZEIT-ung® bedauert wie viele andere in der welt, dass in Japan tausende durch den Tsunami ungekommen sind. DIE STEINZEIT-ung® erwartet nun in angespannter neugier, wer sich als e r s t e r vorwagt, und dieses unglück dem »Klimawandel« zuschiebt. Gewissermaßen nach dem motto: Wenn ihr durch euren ungebremsten automobilbau die atmosphäre schädigt, geschieht euch recht ... Und weiter: Die gletscher die polareisfelder schmelzen ab, daher erhöht sich der meeresspiegel. Dies könnte zwar auswirkungen auf die welt haben, aber ganz gewiss nicht so heftig, wie sie gerade in Japan zu sehen sind. Eine ganz andere, vom menschen gemachte, ursache könnte das blödsinnige herumgeballere mit atomsprengköpfen sein. Denn dadurch könnte die plattentektonik in aufruhr geraten. Wenn man sich die eierschale von fester materie – tatsächlich nur eine k r u s t e, oder der zunder auf einem glühenden metallstück! – über der höllenglut im erdinneren ansieht, kommt man nicht umhin nachdenklich zu werden. Denn der Tsunami entsteht durch das zerbrechen von gesteinsschollen am meeresgrund. Dadurch gerät die wassersäule, die über diesem gebiet in der tiefsee lagert in bewegung, und diese bewegung p l u s der energie des wasserdrucks dieser säule dringt an die meeresoberfläche. Und dann geschieht genau das, als wenn man einen eimer wasser auf dem boden ausgießt. Japan ist dreifach geschlagen; durch das erdbeben, den Tsunami, und explodierende atommeiler. Und nur in diesem punkt würde DIE STEINZEIT-ung® den umweltschützern recht geben: Es ist bodenloser leichtsinn, in allseits bekannten gefährlichen erdbebenzonen solch eine technologie anzuwenden! Und nun wird Japan zum z w e i t e n ma l mit vernichtender atomkraft bekanntschaft machen müssen. Aber was den ausbruch des Tsunamis anbetrifft, hat die STEINZEIT-ung® eine verschollene erzählung gefunden, die sich die fischer um den Pazifik herum erzählen:

›Eines tages war es den fischen im meer zuviel, und sie wandten sich an die wale. Die wale, bewohner der oberen und mittleren see, nicht fressbar in der nahrungskette weil zu groß, hörten sich die beschwerden der fische an und erkannten, dass sie dieselben probleme mit den gewissen luftatmern auf dem festland hatten. Denn auch sie wurden gnadenlos von diesen gejagt, um an nahrung zu kommen. Fressen und gefressen werden war in der welt der fische nichts ungewöhnliches, doch seitdem die luftatmer sich explosionsartig vermehrten bestand gefahr, dass die luftatmer mit hilfe ihrer technik das meer leer fischten. Und da die wale ebenfalls luftatmer waren sollten sie versuchen, mit diesem landtier mensch zu reden, damit die davon abließen. Die wale bestätigten, dass sie selbst von den menschen über alle maßen verfolgt werden. Besonders von einem volk aus einem inselstaat vor der großen asiatischen landmasse. Trotzdem die menschen in ihren regierungen und übergeordneten behörden beschlossen hatten nunmehr keine wale mehr zu jagen tat dieses volk so, als gelte das verbot für sie nicht. Mit üblen tricks versuchten sie, die verbote zu unterlaufen. Auch hatten die wale probleme mit der schallverschmutzung des meeres. Unablässig, tag und nacht, ratterten die schiffsschrauben, wummerten die schweren schiffsmotoren; die radarwellen und der unterwasserfunk kreischten. Das anlanden der wale auf stränden verstanden die menschen nicht; zwar versuchten sie die wale in echtem mitleid mit der kreatur zu retten, aber die botschaft:» Lasst uns in ruhe«, hörten sie nicht. Alle meeresbewohner kannten das große feuerwesen, welches jenseits des schützenden wassermantels in der tiefe lebt. Und wie es sich manchmal schüttelt, und das wasser durcheinanderwirbelt. Auch schickte es manchmal einen breiten feuerstrom nach oben, den das gesamte meerwasser nicht löschen konnte. Der feuerstrom war so stark, dass daraus eine insel entstand. Alle wasserbewohner hatten für derlei ereignisse einen sinn, und sie flohen rechtzeitig. Die wale machten den vorschlag, es solle beobachtet werden, ob sich in der nähe dieses inselreichs solch ein ausbruch anzeigen könnte, und dann wolle man sich dort versammeln. Es dauerte nicht lange, da ergaben sich die ersten anzeichen für eine bewegung des feuerwesens in diesem gebiet. In welleneile sang und blubberte sich dies durchs meer. Cetia die anführerin der wale, großkuh und großmeisterin der krills zwischen Feuerland und dem Beringmeer erhob ihre stimme:

»Mitwesen. Wir haben uns alle hier versammelt, um dem landbewohner eine lektion zu erteilen. Wir haben diese stelle hier ausgesucht, um den menschen auf dieser insel eine unmissverständliche nachricht zu senden: Die Große Welle. Unsere vetter in der tiefsee haben uns gemeldet, dass das große feuerwesen erwacht sei, und sie sich nun für die flucht vorbereiten. Liebe mitwesen. Ich habe unsere vettern gebeten, noch etwas zu bleiben, damit sie uns bei dem plan behilflich sind. Wir wollen über diesem gebiet bis zum meeresgrund, jeder nach seiner lebensweise, in allen schichten, eine anhäufung bilden. Dann wollen wir uns alle heftig nach u n t e n bewegen, um so eine senkrechte welle zu erzeugen. Unsere tiefseevettern machen anfangs mit, und können dann danach schnell fliehen. Dann wollen wir hoffen, dass das feuerwesen sich bewegt, um zu antworten. Und so machen wir das.«, endete Cetia'.

Soweit das fischermärchen. Zu der atomkalamität in Japan passt vorzüglich das gedicht, welches der chronist von DIE STEINZEIT-ung® in dem band »Ihr seid ja alle Prokrustes!«, ISBN 978-3-8334-7375-3 von Bernd (bejot) Jacobs, erschienen bei BoD, gefunden hat:

Stoßgebet eines Pfälzer Kanzlers beim Anblick der Kühltürme von Cattenom
Oh, du Verwaltung des Alls.
Du Erhaltung der Energie.
Laß, oh Du, wenn im Pellet Drei
des siebzehnten Brennstabs
vom Reaktor Zwei
im Kraftwerksblock C,
die beiden bewußten Kobaltisotope
sich Deiner Kontrolle entziehn,
und Uranatome zur Freiheit verführn.
Lass also, wenn, oh Du Allmacht,
Materieströme, entfesselt, weißgleißend
und teigig verformt, sich dem Ursprung, dem Erdmittelpunkt
entgegenschweißen;
und gelblich-grauschwarzer Qualm
gleich einem Schmelzofen
aus der Erde steigt und das Land verseucht.
Dann, oh Du Barmherzigkeit, ich bitte Dich:
WENNS SO RISCHDISCH SCHEEN DA DRIBBE
IM WERRG HAD GRACHE DUHT -
Dann, oh Du letzte Weisheit!
Laß kräftig und ausdauernd den O s t wind wehn.

Montag, 21. März 2011

DIE STEINZEIT-ung® hinterfragt, warum Deutschland so kläglich unter verschiss geraten ist, weil es sich im sicherheitsrat der UNO bei der abstimmung über krieg und /oder frieden gegen/mit Libyen enthalten hat. Wobei die annahme, Deutschland hätte aus f e i g h e i t gehandelt wohl die dümmste aller erklärungen ist. Denn einen staat, der zwei gewaltige, weltumspannende kriege vom zaune gebrochen hat, und dies innerhalb von einem viertel jahrhundert, als f e i g e zu bezeichnen, ist ein zutiefst bescheuertes argument.

DIE STEINZEIT-ung® versucht sich an einer ganz anderen erklärung, einer erklärung, die bis heute in f e i g e r art und weise niemals laut und deutlich geäußert worden ist: Wie wäre es, wenn die Deutschen endlich mal die schnauze voll hätten wegen der ständigen zuweisung zum halunken nummer eins in der welt?! Als letztes, eigentlich banales beispiel, führt DIE STEINZEIT-ung® die beschuldigung eines afghanischen polizeioffiziers an, die deutschen ISAF-soldaten hätten eine afghanische F r a u erschossen. Ausgerechnet so ein »stolzer« afghanischer »krieger« beschuldigt d i e soldaten, die durch den verrat eines f e i g e n, hinterhältigen anderen Afghanen drei kameraden durch hinterlistigen mord verloren haben. Wenn DIE STEINZEIT-ung® zum zeitpunkt dieser beschuldigung eines zivilistenmords die politische macht gehabt hätte – mal angenommen –, so hätte es danach nur e i n e n befehl gegeben: »Abmarsch nachhause. Nach muttern. Sofort! Jetzt reicht es!« ...

Nichts ist gut in Europa, wenn immer und immer wieder forderungen an Deutschland gestellt werden, die sich auf kriegerische ereignisse von vor beinahe s i e b - z i g jahre beziehen, nach dem motto: E i n e n doofen gibt es in der welt, der immer zahlt ... Japan ist es jedenfalls nicht; die haben sich, mit großem grandezza medienwirksam vor aller welt e n t s c h u l d i g t, aber nie etwas b e z a h l t, außer vielleicht mit ein paar sturmumtosten Kurileninseln hoch im norden. Auch Italien, Rumänien, Bulgarien, Ungarn, die Slowakei, Kroatien, ja, eingeschränkt auch zum teil Finnland gehören nicht zu den netto/barzahlern, trotzdem sie einmal in einer ihnen so f e r - n e n , den Deutschen aber merkwürdigerweise so n a h e n vergangenheit einer achse Rom-Tokio-Berlin zugehörten. – Und Österreich ... Nun rächt sich, dass nach der wiedervereinigung Artikel 146 GG nicht exekutiert, und eine verfassung geschaffen wurde, die Deutschland endlich den F r i e d e n mit der welt gebracht hätte, in einem friedensvertrag mit den damaligen kriegsgegnern, eben der w e l t . Und nun haben wir in dieser bleiernen zeit das krebsgeschwür am europäischen leib; die latenzzeit läuft unerbittlich ab. Jedem wohlmeinenden europagläubigem Deutschen läuft die galle über, wenn trotz ausdauernden kotaus immer wieder neue anschuldigungen, forderungen(die sogar heute noch exekutiert werden) vorgetragen werden. Wie gesagt: Die zeit läuft ab, und diese verweigerung Deutschlands in der UNO kann ein anfang sein, ein anfang, der durchaus neues bringen kann. Es bedarf nicht immer revolutionen, um neues zu schaffen, wobei »neues« wohl eher euphemistisch klingt, denn die väter wussten es schon:«Es gibt nichts Neues unter der Sonne ...« (Kohelet/ Prediger etc.)

Wahrscheinlich, ja, fast sicher ist, dass nun einige mit genugtuung sagen: »Aha. Wir wussten ja schon immer, dass DIE STEINZEIT-ung® ein faschistisches elaborat, eine nazi-chimäre ist ... » Denen antwortet DIE STEINZEIT-ung®: ‚Nazi' ist eine tarnkappe, die, heruntergerissen, auch a n d e r e entlarvt. DIE STEINZEIT-ung® benutzt nicht diese – für einige hoch willkommene abkürzung – , sie benutzt die korrekte bezeichnung dieses sachverhalts: NATional S O Z i a l i s t i s c h .- Dazu passt zum abschluss ein gedicht, welches besonders von den oben näher bezeichneten sehr sehr gern immer wieder m i s s verstanden wird:

Am deutschen wesen
sollte einmal die welt genesen.
Deutsche erfahrung. Eine offenbarung?
Mitnichten, Bernd. Die welt? N i x gelernt. -

Montag, 4. April 2011

Guidos Sieg

DIE STEINZEIT-ung® erläutert nun, warum sie zu d i e s e r zeit einen sieg Guidos propagiert. Die eingeweihten ahnen schon, welcher »Guido« gemeint ist; nicht eingeweihten zur information: Es ist der noch-FDP-chef Guido Westerwelle. Wir werden »Mutter« Angela und Guido in nicht allzu ferner zukunft noch auf den knien danken dafür, dass sie uns aus dem kommenden inferno in Nordafrika, Nah-und Mittelost weitgehend herausgehalten haben. Nach wie vor gilt das GG, in ermangelung einer verfassung, und das verbot des »Angriffskriegs« – wahrscheinlich eine deutsche spezialität im chor der weltweiten landesverfassungen, bills, chartas, grundgesetze. Und trotz massenhafter einfacher und komplizierter rechtsauffassungen (»Winkeljurokratie«) wissen wir Deutsche besonders, was ein angriffskrieg ist. Dass die NATO bei ihren angriffen auf die libysche armee ihr eigenes, von Libyen bei NATO-staaten erworbenes kriegsgerät in den boden kloppt ist nur bedingt richtig, denn die »sozialistischen Bruderstaaten« (Ägypten, Syrien) bekamen ihre militaria in der vergangenheit stets vom »Großen Bruder«) in Moskau, und dies sehr wahrscheinlich zu – auch politischen – sonderkonditionen. Dies bedeutet also ein argumentatives windei der ewig gestrigen des »realen sozialismus«, dass der »Westen« die ganze welt aufrüste, damit die völker sich zu nutz und frommen von »Stamokap« die köpfe gegenseitig einschlagen. Dies gelingt den völkern auch ganz o h n e moderne waffen, wie in Ruanda 1994, und wie jetzt wieder die halsabschneider, die gottverdammten islamischen sekten in Pakistan und Afghanistan beweisen. Und sollte der – reale – »Stamokap«, egal welcher provenienz, modernes kriegsgerät an islamische staaten, oder an »Schurkenstaaten« verklitschen, dann bitte einen f e r n z ü n d e r zur selbstzerstörung – RFID und leistungsstarke satelliten grüßen schon längst aus dem orbit- einbauen, damit dem kunden die brocken um die ohren gesprengt werden können, wenn er diese waffen – so ein pech auch – an »falscher« stelle einsetzt. Denn die technik ist inzwischen soweit fortgeschritten dass es gelingt, in die kleinste pistolenpatrone einen chip einzubauen ... Was Terry Jones anbetrifft mit seinem autodafe des korans, so hat H.Heine abermals recht, als er die ansicht äußerte, wo man bücher verbrennt, brennen auch bald menschen ... Terry Jones kommt der, zwar sehr zweifelhafte, verdienst zu abermals zu zeigen, welch eine »friedliche« religion der koran vermittelt, denn ein buch ist ein buch; ein mensch jedoch ist ein mensch, ist ein mensch, ist ein mensch. – Dazu passt vortrefflich der spruch von bejot aus seinem band »Hirnzwingen und Kurzgeschichten«, ISBN 978-3-8370-3299-4, auf seite 80: »Dass sich der Islam, eine »mittelalterliche« Religion, durchsetzt, ist eher unwahrscheinlich. Die Evolution macht nie einen »Fehler« (Entwicklung in die Irre) zweimal.« Was in Japan geschehen ist zeigt deutlich, warum menschen sich seit der morgenröte der zivilisation immer wieder mal auf wanderschaft machten. Es waren in erster linie naturereignisse, und weniger imperialistisches denken, wenn menschen nach neuland suchten. Dies war in archaischen zeiten ausreichend genug vorhanden. Und an besonders attraktiven orten (Fruchtbarkeit des bodens, jagdreichtum, günstige (wasser)lage, angenehmes klima) kam es auch schon mal durchaus zu auseinandersetzungen mit den bereits seßhaften. Im zeitalter einer erdbevölkerung von s i e b e n milliarden menschen wird »Terra Incognita« sehr, sehr knapp, wenn nicht die »Erderwärmung« (eine gewagte spekulation) die gewaltigen areale des permafrostes in Nordasien(Sibirien) auftaut. Jedenfalls können die Japaner nicht mehr so ohne weiteres aufs asiatische festland – ob in imperialistischer oder bevölkerungspolitischer weise – übersetzen, um land zu gewinnen. Die unglücklichen Japaner müssen nun zum zweitenmal mit einer atomkatastrophe fertig werden, denn die wahre katastrophe im geschehen des Tsunamis ist das desaster von Fukushima. – So makaber es klingt: Die Japaner müssen ihr durchgeknalltes atomkraftwerk im sinne des wortes b e g r a b e n! Und was bietet sich besser dabei in einer einzigartigen weise an? Jawohl, der schutt der dutzendfach zu bruch gegangenen ortschaften am Pazifikufer. Da dieser schutt hauptsächlich aus holz, aus metallen, aus kunststoffen (Dämmmaterialien für häuser) besteht, böte sich die zerkleinerung dieses schutts an, und die aufbringung dieses materials, versetzt mit flüssigem kunststoff, auf die atomruine. Dieser flexible kunststoffklumpen würde übrigens garantieren, dass in diesem sarkophag keine risse entständen, wenn von zeit zu zeit in Japan die Erde heftig grummelt. Und darüber könnte man soliden beton gießen, damit zartbesaitete gemüter nicht die entseelten, toten augen von tausenden von verblichenen lebewesen in diesem plastik-kunststoffsarg vor ihrem geistigen auge generieren. Es ist geradezu schäbig, wie die opposition versucht, den meinungsumschwung der atomphysikerin frau Merkel zu konterkarieren. Wer, wenn nicht s i e weiß, wann es notwendig wird, den kurs zu ändern, wenn in der fahrtrichtung die einschläge des faktischen die gischtfontänen hochspritzen lassen. Die zukunft wird es beweisen, ob die betroffenen atomkraftwerke in Deutschland auf dauer abgeschaltet bleiben; und in der zukunft liegt, ob das zeitweilige F l a c k e r n des elektrischen lichts morgens und abends, was dem chronisten von DIE STEINZEIT-ung® auffiel, nicht vorbote von viel schlimmerem ist … Der höhenflug der partei DIE GRÜNEN gerät spätestens dann zur Ikariade, wenn sie, parallel zur abschaltung der atomreaktoren den dann zwingenden neubau von kohlekraftwerken ebenfalls ablehnt. Und der neubau von gaskraftwerken für die grundlast ist ein spiel mit der nationalen sicherheit, denn der großlieferant im osten wird durch sein herumdrehen an den ventilen versuchen durchzugreifen bis in unsere wohnungen und werkstätten. -

Sonntag, 1. Mai 2011

DIE STEINZEIT-ung® bringt ab 1. Mai 2011 auch eine rubrik, die sich »Hirnzwingen« nennt. In loser abfolge, zeitlich sortiert – aber nicht »zwingend« – kommen »lose« sprüche aufs tapet. Solcherlei sprüche werden in germanistikgelehrtenkreisen auch (sic!) aphorismen (Gedankensplitter, autsch!) genannt. Jeder mag sich unter »Hirnzwingen« vorstellen was er mag. Die assoziation zu Hirnzwingen sollte spätestens vor den werkzeugen für die schädelchirurgie (»Autsch, autsch! Elend ...) halt machen.

Ab 1. Januar 2011:

Man hat es zwar nicht so ganz genau erlebt, aber man kann sich an sowas ähnliches erinnern. Erinnern ist jedoch in jedem falle etwas vorausgegangenes.

Wer hat überhaupt mit dem »Antiislamismus« begonnen? Etwa die amerikaner, qua der Westen, nach dem 11. September 2001? Nein! Es waren – wieder einmal – die Serben (Jugoslawien) mit ihren kriegsverbrechen an den bosnischen muslimen.

Na, alter? Probleme mit den immer länger, immer buschiger werdenden augenbrauen? Kannst wohl auch nicht nein sagen beim friseur, wenn der mal wieder fragt: »Augenbrauen schneiden?«

»Spiralräume« sind die interessantesten s p i e l räume; auch vom physikalischen her.

Ein Kreuzberger »Alleinunterhalter« wird von einem verleger angemacht: »Du kannst schreiben, was du willst. Ich bringe das als buch heraus.« Der besagte sozio-barde verzichtet natürlich koketterweise auf dieses angebot; zumindest zur zeit ... Doch darum geht es nicht, es geht um den verleger, der -so sieht es aus – tatsächlich bereit wäre s c h e i ß e zu verkaufen, nur eines nicht: Literatur. Es heißt also nach Beuys: Jedes arschloch ist ein literat ...

Auch Frankreich hat (te) ein minderheitenproblem. Erst hatte es die Hugenotten erwischt, und dann die adeligen in der revolution von 1789. Profiteur von diesen beiden aderlässen: P r e u ß e n.

Idioten!- In einer sendung des WDR am Samstag, 05.02.2011, 9:20 uhr schimpfen einige hörer über »das Fernsehen«, welches angeblich nicht ausführlich über Ägypten berichte. Diese idioten vergessen, dass sie damit die privatsender meinen, und dass genau s i e die rezipienten dieser volksverdummungsmaschinen sind. Die privatsender, mit so lehrreichen sendungen wie »Deutschland sucht den Super-Godot«, oder »Dschungelkrampf«, u.s.w., u.s.w. An alle »Bildenden Künstler« in der welt! Euer erstes »Kunstwerk« war zweifellos ein »Götzenbild«, oder, allgemeiner, ein gottesbild. Die erste große religion, die diese unheilvolle kette der verschiedenen ansichten durchbrochen hat, ist der Islam. Leider liegt im reinen text des Korans dieselbe unheilvolle sprengkraft wie in der falschen anschauung der idole.

Genau genommen sind die USA aus dem europäischen »Prekariat« entstanden.

Auch juroren bei preisverleihungen üben zensur aus. Kritiker tun dies ebenfalls.

Wir alle sind weltraumkapseln, die von einem großen projekt gestartet wurden. Uns wurde ein programm eingegeben, welches automatisch abläuft. Die vorräte in der kapsel sind begrenzt; wenn diese erschöpft sind, ist unser programm beendet. Wir haben eine unmessbare chance, vor unserem ende von irgend was aufgenommen zu werden. Und auch nur dann, wenn wir sehr weit im universum vorangekommen sind; auch zeitlich betrachtet.

Wo sind die donnerreden der islamischen geistlichen gegen die menschenverachtenden exegesen des Koran? So, wie es der österreichische prediger A Santa Clara getan hat? DieserAugustinermönch, so, wie es ein anderer Augustinermönch kurz v o r h e r ebenfalls tat?

Ohrendienerei. – Moderatorin im radio fragt hörer mit fremdstämmigem namen, ob sie diesen namen (als bestätigung) richtig ausgesprochen habe. – Und holt sich dann die belohnung ab, indem der angesprochene hörer versichert, dass sie dies exzellent getan hätte.-

Am sturz der aktienkurse japanischer börsenwerte sieht man im angesicht der großen katastrophe im lande die verkommene moralische gesinnung des kapitalismus. Welche aber auch nur ein spiegelbild des menschlichen strebens darstellt.

Matthias F i l b i n g e r, sohn des ehemaligen ministerpräsidenten von Baden-Württemberg wurde vor wut »grün«, als im zuge des abrisses des alten Stuttgarter bahnhofs eine ommnibus-haltestelle in eine »ruhige Wohngegend« verlegt werden musste. -Merkste was, »Wutbürger«, Spießbürger? Aber »grün«, wah? -

DSDS-debakel in Oberhausen. Warum ist der oberbürgermeister von Oberhausen n i c h t schuld daran, wenn junge trampeltiere sich bei dem gerangel des autogrammschreibens der södeltruppe von DSDS bald gegenseitig tottrampelten wie in D u i s b u r g bei der »Loveparade«? Ganz einfach: Der oberbürgermeister von Oberhausen ist in der SPD.

Der missachtung anderer menschen muß ein gehöriges teil der eigenen selbstachtung entgegenstehen. Sonst klappt es n i c h t .-

Stalinsches prinzip: »Es ist nicht wichtig, wie gewählt wird, sondern wie die stimmen ausgezählt werden.« Aha, Stalin ...

‚Religion ist Opium für das Volk.' Richtig.
Sozialismus ist opium für das volk. Hä ... ?!

Donnerstag, 12. Mai 2011

DIE STEINZEIT-UNG® veröffentlicht nun »Hirnzwingen«, die v o r dem 1. januar 2011 und n a c h dem 11.oktober 2008 entstanden sind. Auch hier wiederum in einer zeitlich lockeren, aber weitgehend richtigen abfolge. Das ereignis vom 11.oktober 2008, (MRR), welches mich zu einer »Hirnzwinge« animierte, ist in meinem band »Hirnzwingen und Kurzgeschichten«, NeoLit aus dem Neanderthal®, ISBN-13: 978-3-8370-3299-4; ISBN-10: 383703299X; Barcode: 9 783837 032994, erschienen, bei BoD in Norderstedt, auf seite 195 geschildert. Einige der nun folgenden sprüche habe ich unter dem arbeitstitel »Leben, und lebend hassen« abgefasst. Jedoch muss ich zugeben, dass bei einigen sprüchen dieses prädikat, im guten als auch im schlechten, nicht so recht passt. Es bleibt also – von mir aus! – bei »Hirnzwingen«.

ab12. Oktober 2008
Wer ist schuld an der asymmetrie der globalisierung? Natürlich der »verbraucher«. – Diese behauptung ist allerdings eine nebelkerze, geworfen von den wirklichen verursachern. Begründung: Wer oder was wird in der regel mit »verbraucher« assoziiert? Richtig, der sogenannte »kleine Mann«. Der sogenannte »kleine Mann«, mit seinem »kleinen einkommen« – logo – schaut beim einkauf der (»global«)-ware immer auf den günstigsten (niedrigsten) preis. Es interessiert ihn nicht, und kann ihn nicht interessieren, ob dieser preis durch lohnvorenthaltungen, kriminelle handlungen (ausbeutung,

sklavenarbeit, kinderarbeit) zustande gekommen ist. Der »großkopfete«, der mit hilfe der »globalisierung« und dieser oben beschriebenen handlungen seinen gewinn macht, und diesen gewinn dann auch noch der steuer entzieht, ist dann in diesem scheißspiel der »unschuldige«. Na, freunde der nacht, wie finden wir das denn? …

H. Achternbusch und sein »unflat«? Nun, Herbert ist lediglich das produkt des letzten krieges in Deutschland, er hatte gewissermaßen als kriegskind halt auch eine »schwere kindheit«. Capito? -

An die musiker jeglichen klangs: Die ersten musikinstrumente waren wohl eher krachinstrumente, um wilde tiere aus dem dickicht zu vertreiben.

Der werkzeugmacher ist der einzige beruf, der den menschlichen fähigkeiten in haptischer sicht am nächsten kommt.

Uneigennützigkeit hat der welt – entgegen der eigennützigkeit – noch nicht vorwärts geholfen. Vorwärts übrigens wohin?-

Jesus kam nur bis Golgotha.

Wenn eine g r o ß macht keine g r o ß machtpolitik betreibt, ist sie auch keine großmacht.

» … eine geschickte maske …«, lässt ein hörspielautor in einem hörspiel eine handelnde person sagen. U.e. Dünnschiß; ist es also eine »geschickte« (gesandte) maske, oder eine »geschickt« (ausgeführte) maske?

Der erste präsident der Bundesrepublik Deutschland, Theodor Heuss, war in wirklichkeit ein H a u s m a n n -.Theodor versorgte den haushalt, während seine frau Elly (professorin) das geld hereinbrachte. Als Heuss von den Amerikanern gefragt wurde, ob er eine funktion in den neu gegründeten bundesländern übernehmen wolle sagte er: »Aber nur, wenn i ai hausmädle gstellt bekomme.«

Erotisierende wirkung von einem intellektuellen gespräch zwischen mann und frau? Gewiß. Besonders dann, wenn man anschließend übereinstimmend der meinung ist, nun eine große »Sauerei« veranstalten zu wollen …

Ein chinese beschwert sich, dass nicht alle, die mit babymilch gepanscht haben zum tode verurteilt wurden. Beruhige dich, du blödmann! Bald wirst du sehen, wie bei der öffentlichen hinrichtung der »wenigen«, die zum tode durch genickschuss verurteilt wurden deren birne beim schuss zerplatzt, die obere zahnprothese des deliquenten meterweit aus seinem mund schießt, und sein gehirn auf den rasen spritzt. Dann kannst du jubeln, und dir einen runterholen, du geiles a a s! -

Der oberste richter der USA verspricht sich bei der vereidigung von Obama zum präsidenten der Vereinigten Staaten. Was sagt uns das über die qualität, die belastbarkeit eines mannes in so einem wichtigen amt? Besonders, da dieser richter auf l e b e n s z e i t im amt bleibt? Die bigotten amis sollen nicht so über den papst in Rom schmutzen

Sieh an, der alte Marx. – Bei seiner kritik am »Gothaer Programm« der sozis ist er der meinung, dass die kostenfreie bildung (Studium) der »Höheren« auf kosten des proletariats (Steuerzahler) in ordnung geht. War da mal was mit »Semestergebühren«, »Studiumskosten« heute? In Italien hat ein gericht entschieden, dass eine koma-patientin endlich sterben darf, die sich s i e b z e h n jahre im koma befunden hat. Das soll so vor sich gehen, dass die patientin in ein (Sterbe)hospiz verlegt wird, wo die lebenserhaltungsgeräte n i c h t mehr angeschlossen werden. -Sterbehilfe-gegnerINNEN machten daraufhin vor dem krankenhaus in das die frau verlegt wurde terror dergestalt, dass sie die mediziner als »Mörder« beschimpften. Einfache möglichkeit, diese schreier zum maulhalten zu bewegen: Diese einfach fragen, ob s i e denn bereit wären, die sterbenskranke frau bis zu ihrem »natürlichen« ende zu pflegen! - Die »Hermannschlacht« einmal anders betrachtet. Die Germanen waren im römischen heer »Hiwis«, mit allen N i c h t-rechten! Sie wurden als »Barbaren« verhöhnt, bekamen weniger sold als ein legionär aus den mediterranen gefilden. Sie mussten in brenzlichen situationen für das römische heer die kastanien aus dem feuer holen. Sie wurden bei tatsächlicher, oder nur behaupteter insubordination mit vorliebe »dezimiert« soll heißen: Jeder 10. wurde aus dem betroffenen truppenteil hingerichtet, zur abschreckung. Deswegen auch die vielen »germanischen« märtyrer aus jenen zeiten, als mediterrane, insbesondere levantinische sektierer die treudummen Germanen zu einer neuen religion belatscherten. Klar, dass die Germanen einmal die schnauze voll hatten. Die »Hermannschlacht« also eine ganz gewöhnliche meuterei … .

Aus dem judentum: Man stirbt erst dann für immer, wenn der name ausgelöscht (vergessen) ist.

»Wir sind/waren eine ganz normale Familie«, so reden sich die eltern stets heraus, wenn eine katastrophe (Amoklauf eines familienmitgliedes) eingetreten ist. Stimmt n i c h t ! »Ganz normale Familien« gibt es nur noch in der Dritten Welt mit kinderreichtum, hunger, krankheit, armut, verzweiflung, verwahrlosung.

Mir ist nichts menschliches fremd, selbst das u n menschliche nicht. Wobei ich aber einschränken möchte, dass das letztere mir nicht unbedingt zu e i g e n ist.

Toleranz bedeutet in erster linie einmal abstand. Aber auch abstand zu einer meinung, die n i c h t die meine ist. Und ich muss den innerhalb des toleranz-gebots andersmeinenden n i c h t unbedingt l i e b e n.

Wussten sie, dass der allseits berühmte Prof. Dr. B. Grzimek nach dem fliegertod seines sohnes Michael seine schwiegertochter heiratete?

L i n k e sind die, die am besten wissen was r e c h t s ist. Warum wohl?-

Ein vorteil, wenn die EG n i c h t als e i n staat in der welt auftritt? Aber ja! Stellen sie sich vor, welch eine wirkung erzielt werden kann, wenn in einer beliebigen hauptstadt eines beliebigen staates bei einer beliebigen verwicklung plötzlich v i e r z i g staaten antichambrieren, statt e i n e s staates!! ...

Ein großer fehler in meinem leben war, im nachhinein eingesehen: Ich habe die menschen oft als k l ü g e r eingeschätzt, als sie in wirklichkeit waren, und ich s e l b s t war.
-

Nach der relativitätstheorie (Spezielle?) gibt es in keinem falle im gesamten kosmos »etwas« (Teilchen, Welle), was in absoluter r u h e ist – außer Gott, natürlich! – Ist es etwa die z e i t selbst, die als einziges in ruhe ist? Dass alle »ereignisse« vor ihrem stillstehenden hintergrund vorbeiziehen, und uns erscheint, als würde die zeit sich bewegen? ...

Warum hat Deutschland, von vielen anderen ländern unverstanden, vorbehalte gegen einen ungehinderten kriegseinsatz seiner militärischen verbände? Feigheit? Mag sein bei einem land, welches in einem halben jahrhundert zweimal sowas auf die schnauze bekommen hat wie noch nie, aber eher unwahrscheinlich. Der hauptgrund wird wohl sein: Solange es jedes jahr siegesfeiern über »Nazi-Deutschland« bei den siegermächten gibt – so, wie wieder am 06.06.2009 in der Normandie – kann Deutschland zu recht sagen:, Ihr könnt mich mal ... ‹

Ein geflügelzüchter aus Ghana beschwert sich über die europäisch subventionierten geflügelimporte aus Europa, die seine eigenen preise hier in Afrika kaputtmachen. Er erzählte weiter, dass er in den 60 er jahren dvjhds seine geflügelfarm aufgebaut hätte, unter kräftigen subventionen des damaligen präsidenten Nkrumah ... Subventionen, wah?

Karl Lagerfeld mosert Heidi Klum an. Warum? Weil Heidi Klum wohl und hübsch verpackte titten und punzen darbietet? Ja, was macht denn eigentlich Karl Lagerfeld? Karl Lagerfeld macht mode, die wohl und hübsch verpackte . . darbietet.

Volksabstimmung in Kalifornien: Schwulenehen bleiben lt. oberstem kalifornischen gericht verboten! Eine unmißverständliche, eindeutige w a r n u n g an unsere volksabstimmungsbeschwingten.

»Von Gott vorherbestimmtes Leben« (Calvins Prädestinationslehre). Die Calvinisten wollen durch ein »gottesbestimmtes« leben dafür sorgen, dass sie in jedem falle zu den »Auserwählten« gehören. Na prima. Hiermit haben sie schon gehörig gegen gottes gebot v e r s t o ß e n, und sich gottesanmaßend verhalten! Denn wenn gott das schon v o r h e r bestimmt hat (Prädestination), ob der betreffende calvinist zur hölle fährt oder in den himmel einzieht; warum müht sich dann das arme menschlein mit so einem anstrengenden leben noch ab? Übrigens: Calvin muss beim ausbaldowern seiner lehre kräftig bei den Hindus geklaut haben. Von wegen des karmas …

Die, die einer gefahr entronnen sind, können gott gut danken für ihre wundersame rettung. Die, die b e z e u g e n könnten, dass gott j e n e tatsächlich g e r e t t e t hat, sind meistens leider tot.-

Ich habe etwas gegen die, die sich »auserwählt« fühlen. Von w e m eigentlich auserwählt, außer von sich selbst? Besonders gegen jene, die aus der religion kommen. Dazu gehören auch die weltanschaulichen ansichten der kumpels von der »linken« feldpostnummer, diesen notorischen »Gutmenschen«.

Wildpferde (Mustangs) antworten auf die beschneidung ihres lebensraums mit einer verstärkten vermehrung. Gilt dies auch etwa für die menschliche population in den staaten von Afrika und Asien?

Bei knapper werdenden rohstoffen müsste der mindere (weniger) verbrauch mit preisn a c h l ä s s e n (Rabatt) b e l o h n t werden. Ganz im gegensatz zur produzierenden industrie, wo die g r ö ß e r e n abgabemengen preisnachlässe bewirken.

Wenn sie schon immer mal den unterschied zwischen sozialismus und kapitalismus definitiv wissen möchten: Beim ersteren haben viele wenig; beim zweiten haben wenige viel … (Anmerkung vom verfasser: Möglich, dass diese Hirnzwinge schon v o r h e r von einem anderen autor entdeckt wurde. Kompliment.)

Klassischer fall von steuerung ins »political correctnes«: Beim interview einer professorin im rundfunk erzählte diese von ihrer russischen gefangenschaft (als kind!). Sie hätte hunger, krankheit und hinrichtungen von anderen gefangenen erlebt. Die politisch korrekte befragerin fühlte sich verpflichtet, »...auch Vergewaltigungen...« (nicht als F r a g e !) einzuschieben), was die befragte nach kurzem stutzen bejahte (musste ...).

Warum wählen offensichtlich junkies überwiegend »grün«? Ganz einfach, die Grünen sind für alternative energien, biogas, sonnenkollektoren, windkraft, fotovoltaik u.s.w. Und wenn die junkies ihre haschplantagen in ihren wohnungen und anderen dependancen pflegen, brauchen sie viel wärme – nee, nicht menschliche wärme sondern e c h t e. Und da sie ja keine kohle verfeuern wollen – das ist ja schließlich A r b e i t, und sowieso wegen CO_2 nicht politisch korrekt – , müssen sie die energie aus der steckdose holen. Ganz einfach. D i e s erkennen aber die EVUs an dem exorbitanten verbrauch, und schon stehen die jungs vom drogendezernat vor der haustür. -

Hole die früchte, die wesenlos sind n i c h t hervor, ernte sie n i c h t. Von dem tag, an dem du sie d o c h hervorholst hast du sie mit einem v e r f a l l s datum versehen.

Der ersichtliche neid des anderen ist der beweis für d e i n e n erfolg.

Der mensch, ein gemeiner und notorischer lügner, von natur aus? Quatsch. Ihr eltern: Erzählt euren kindern nicht solche lügengeschichten wie märchen und anderes, und ihr bekommt ehrliche menschen.

Pausenclown: Poetryslam-bewerber, der in den pausen des ablachens des publikums seine kalauer loslässt. Pausen des ablachens und applaudierens des publikums, welches aber so blöde ist nicht zu merken, dass es in wahrheit von den bewerbern s e l b s t aufs höchste verarscht wird.

Dietrich Stumpf, selbstmörder bei der friedensdemo 1982 in Bonn, zündete sich mit »Brandbeschleunigern« selbst an, und stieß sich dann noch (zur »Sicherheit«) ein messer in die gurgel. Auch mit sowas wurde die friedensbewegung initiiert. Ist es der schoß, aus dem die selbstmord-mörder unserer zeit gekrochen sind? Auch diese werden unsere welt verändern, ob wir es wollen oder nicht.

Mittwoch, 25. Mai 2011

Hier nun die vorläufig letzten »Hirnzwingen« aus 2010, die DIE STEINZEIT-ung® veröffentlicht.

Ab heute, qua ab 1. juni 2011, können durchaus wieder neue »Hirnzwingen« entstehen, die dann auch sporadisch veröffentlicht werden sollen. Auch auf dieser plattform.

Etwas für schriftfanatiker: Sollte jemand/jefraue einen schreibfehler in meinen elaboraten entdecken – groß-oder kleinschreibung sollte hoffentlich im angesicht des WWW passee sein – wäre ich gern über diesteinzeit.ung@googlemail.com bereit, mir diesbezüglich eine klatsche abzuholen …

Turm in Dubai … Nach einer legende gab es im orient ein volk, welches einen hohen turm bauen wollte. Dies gelang nicht; der turm zerfiel. -In Dubai wurde 2010 ein turm von 828 meter höhe eingeweiht. In gewaltigen kaskaden fetzte feuerwerk bei der einweihung von dem gebäude, so dass man vor lauter rauchschwaden das gebäude für längere zeit nicht mehr erkennen konnte. Mene tekel ? Wir haben noch die bilder von der sprengung der WTO-häuser in New York im sinn. – Die, die nun auf die idee kommen sich als Herostratus darzustellen, und solch einen giganten zu fall zu bringen, haben schon längst vorstellungen davon, wie man so was bewirken kann.

Nordkorea war vor dem stalinismus überwiegend christlich. Ist das einer der gründe, warum das koreanische volk sowohl einen mann wie Moon (Moon-sekte), als auch die leute il Sung hervorbrachten?

In Afrika muss der mann, der zum »König« eines volkes (die Ewe) auserwählt wird, manches ritual aushalten. Und zwar werden ihm während der initiation im urwald von den medizinmännern (Priestern?) mancherlei peinigende wunden, durchaus auch schmerzhafter art, zugefügt. Auch verletzungen, die die bewegungsfähigkeit einschränken. Da kommt wohl wieder das altbewährte, menschheitsübergreifende sündenbock-prinzip zum vorschein: Alles auf ein individuum laden, es aber vorher bewegungsunfähig machen, dass es nicht weglaufen kann, und anschließend, wenn alle sünden aufgeladen sind, zu töten. Dann sind die (meine, unsere, eure) sünden halt aus der welt. Je wertvoller das sündengefäß (König, jungfrau, neugeborenes), um so wirkungsvoller der magische zauber.

Oxymoron. Ein wort, bestehend aus gegensätzlichem. Ein schönes beispiel: Gewinnwarnung. Wer will denn einen menschen ernsthaft davor w a r n e n einen g e – w i n n zu machen? Es sei denn, er will den anderen übervorteilen.

Die SPD sollte mal ganz schön ruhig sein mit ihrer kritik an dem hotelbonus, den die FDP, vorher ihrer klientel versprochen hat, auch tatsächlich in der regierung durchsetzt. – Wie war das nochmal vor dem 1. Weltkrieg, als die SPD auch fest versprach, niemals für »Kriegskredite« zu stimmen? Rief nicht dann auch die SPD »Hurra!«, als der kaiser »keine Parteien« mehr kannte? Und »Helm ab zum Gebet«, und »Hurra! Auf sie« ?

Ein hörer bei der sendung des WDR 5 vom 22.01.10, 9:40 uhr über »Familiensendungen im Fernsehen«: Die sendungen sind sehr wertvoll. Das leben wiederholt sich. Wir können etwas lernen … Hallo, eben nicht! Denn dann würde sich das leben n i c h t mehr wiederholen. Wie langweilig, weil wir ja alle auf das stets bekannte und erwartete ende fixiert sind.

Etymologie mal anders: Unwirsch ? – Ganz einfach, lese mal zum beispiel unwirsch in sächsisch; unwird-(i)sch, und du hast die erklärung: Unwürdig.

Zur kunst: Wenn dir ein sogenannter »Künstler« zum beweis seiner unnachahmlichkeit anbietet, du sollst »das« erst mal nachmachen, dann zeige ihm, was d u alles so an unnachahmlichem kannst. – Denn jeder mensch ist ein künstler, und kann zumindest e i n e s , was sonst niemand kann. Zeige somit dem »Künstler«, das »kunst« von k ö n n e n stammt.

Wer das leben allzusehr als eine rechenoperation ansieht läuft gefahr, mit den falschen daten zu kalkulieren, die falschen rechenglieder zu verwenden, und die falschen faktoren zu benutzen. Leicht kommt dabei ein n e g a t i v e r betrag, günstigstenfalls ein nullsummen-spiel heraus, wobei dies, im sinne der entropie betrachtet, schon ein dickes plus wäre …

Wie kann man die manchmal wirklich lästigen privatposten wirkungsvoll boykottieren? In dem ich jeglicher post von privaten die annahme verweigere, für jeden zugestellten brief den betreffenden boten kommen lasse (briefkästen gibt es ja für dergleichen nicht), damit er die briefe wieder mitnimmt. Briefpartner – auch behörden! – davon in kenntnis setzen, dass mit privatpost versendete schreiben nicht mehr angenommen werden.

Wenn einer von einem »unbedingten willen«, gerade s o etwas zu machen, oder s o zu sehen, redet, dann steckt dahinter wohl eher ein »Zwang«.

Die zins-, gewinn/verlustrechnung fängt zum beispiel genau dort an, wenn ich jemanden einlade, und ihn fürstlich bewirte. Hintergedanke: Wenn er mich im gegenzug ebenfalls einlädt, versucht er mich zu übertrumpfen.

Schönheit ist i m m e r subjektiv. Es ist etwas »schön«, wenn es mir ein schönes gefühl vermittelt.

Sieh an, sieh an! Rechtsanwälte, Steuerberater u.ä. zahlen keine gewerbesteuer – Ganz im gegensatz zu dem kleinen handwerksmeister, der sich den arsch abreißt …

Ein wort, gar lapidare abkürzung eines begriffs, der den jurokraten seit der braunen zeit immer schon zackig geläufig war: Sicherungsverwahrung, kurz SV, der ja von unseren ober-jurokraten vor kurzem nochmals ausdrücklich bestätigt wurde. Ein anderes, griffiges kürzel stammt ebenfalls aus der rotbraunen vergangenheit: K Z. -

»Der Prozeß«, von Kafka; eine publikumsverarschung vom meister persönlich? Kafka soll sich beim vorlesen des ersten kapitels vor seinen freunden halb kaputt gelacht haben ... Hallo! Ist da was? ... Wer, zum teufel, hat uns diese wichtige information zum verständnis des weltbekannten elaborats vorenthalten? Wohl die erzeuger der sekundärliteratur (Germanisten, literaturkritiker) über das werk Kafkas, damit wir rezipienten nicht merken sollen, dass auch s i e sich von Kafka verarscht fühlten, es aber zu spät merkten. Wäre dann ja auch schlecht fürs geschäft gewesen.

In NRW soll ein »Landesamt für Resozialisierung«, oder so ähnlich, gegründet werden. Hallo, war da mal was mit Griechenland, und dem unwiderstehlichen und sehr teuren drang der Hellenen, soviel wie nur möglich staatliche institutionen zu gründen, um diese als pfründe für gesinnungsgenossen zu besetzen?

Schwachsinn – Friedrich v. Bodelschwingh soll auf die »Barmherzigkeit Gottes« mit »Barmherzigkeit« geantwortet haben, als dieser »barmherzige« Gott ihm innerhalb von vierzehn tagen v i e r seiner kinder sterben ließ.- Wahrlich, ein sehr »barmherziger« und anbetungswürdiger gott, der in zwei wochen vier geschwister an diptherie sterben lässt.

Frau Nölle-Neumann: Zahlen sind kalt ... Stimmt: Das weltall, welches besonders viele, und vor allem g r o ß e zahlen beinhaltet, ist sehr kalt ...

Eine politikerin (FDP) im Deutschlandradio Kultur, morgens: Sie (die FDP) hätten etwas »erheblich verdoppelt«. Also, was denn nun? Haben sie es »verdoppelt« (zweifach), oder »erheblich verdoppelt (sagen wir mal: zweieinhalb-fach), oder wie oder was? ...

Die Amerikaner jammern wegen der ölpest im Golf von Mexico. Schon vergessen die ungeheuerlichen schäden, die Bikini, Kwajalein, überhaupt den Marschall-Inseln in den 40er, 50er jahren dvjhds zugefügt wurden?

Ein sehr guter rat zum aktienkauf, auch in angespannten börsenzeiten. Kaufe aktien von firmen, die stoßdämpfer und reifen für autos herstellen! Denn für die reparatur der schlaglöcher auf den straßen durch die immer härter werdenden winter – aber keine angst; die welt wird sich ja bald erwärmen – hat der staat für längere zeit kein geld mehr übrig. Folglich zur zeit ein negativgeschäft: Der kauf von aktien von firmen, die teer und asphaltmaschinen herstellen. Aber obacht! Den markt beobachten, und frühzeitig wieder aufspringen. Auf die teermaschinen, natürlich ...

Glaubensprobleme mit der trinität Gottes, vater, sohn und heiliger geist? Alle drei in einer person? – Gemach. Schaut euch die quantenphysik an, und den dualismus von welle und teilchen. Wo ist die dritte komponente, werden sie fragen? Für m i c h ist die dritte komponente die z e i t. -

Kunstkritik ist eigentlich nur bei schaffenden und darstellenden künstlern angebracht. Denn diese können im gegebenen falle ihre künstlerischen leistungen noch am einfachsten adaptieren.

»Seid aber T ä t e r des W o r t s, und nicht Hörer allein«. (Jakobus, 1,22)

Beim berühmten »Chor der Gefangenen« muss Guiseppe Verdi anscheinend bei der argentinischen nationalhymne (Mai 1810) anleihen gemacht haben. Der komponist d i e s e r melodie muss aber bestimmt vorher auch schon mal Beethovens »Fidelio« gehört haben ...

»Reparaturen« an der natur sind teuer? – Schon mal davon gehört, dass mit reparaturen ganze heerscharen von handwerkern und arbeitern sich ihr täglich brot verdienen?

Klischee. Die abbildung meiner person ist der aus-und eindruck, den ich bei meinen mitmenschen hinterlasse.

Schau einmal an! Dank »Google Earth« sind in Athen die finanzbehörden Griechenlands dahinter gekommen, wieviele Athener steuern platt geschlagen haben. Auf satellitenaufnahmen stellte die behörde fest, dass es über zwölftausend swimmingpools in einem gut betuchten stadtteil im norden Athens gibt, aber nur d r e i h u n d e r t wurden der steuerbehörde deklariert. (Quelle:«Hallo Ü-Wagen vom WDR 5, Sa. 06.06.10)

Was wollen ausländische schriftsteller, überwiegend dissidenten, mit der präsentation ihrer literatur bei uns bewirken? Wollen sie u n s etwa keilen, gegen ihr land vorzugehen? Oder ist das ganze nicht eher ein schäbiges spiel hiesiger verlage, um kohle zu machen? -

Wir können mit zwei sinnesorganen (zwei augen, zwei ohren) die dritte dimension wahrnehmen. Suchen wir nach dem sinn, der d r e i identische sinnesorgane umfasst. Gelingt es uns dann damit die nächst höhere, die vierte dimension, die z e i t , physisch wahrzunehmen und – eventuell – zu manipulieren?

Ein politiker schwadronierte im rundfunk, als er von der moderatorin zu einem politischen ereignis befragt wurde, dass er darüber mal »nachdenken« will, dieses

»sezieren« will. – Vorsicht! Das, was s e z i e r t werden soll, ist in der regel nicht mehr am leben; aber nach dem sezieren garantiert t o t ...

Während der Weimarer Republik musste Deutschland nach dem verlorenen krieg diese kosten satteln. Es gab eine steuerreform unter Matthias Erzberger. Die »reichen« wurden zur steuer veranlagt, der unselbstständige bekam die Lohnsteuerkarte, wo der arbeitgeber sofort die steuern festlegen und der finanzbehörde zuführen konnte. Die »reichen« hatten folglich ein jahr zeit, ihre vorgeschriebene (Einkommensteuer) zu zahlen. Da unter den »reichen« sich auch sehr viele leute befanden – nicht zuletzt auch die jurokraten – die wussten, wie man steuern verkürzt, kamen sie auf das wundervolle instrument der inflation. Zumal der tributforderer – die Entente – auch noch heftig pressierte. Dem kleinen arbeiter wurde s o f o r t von seinem lohn die fällige steuer abgezogen, also in den einzelnen phasen des fortschritts der inflation erst 100,- -Mark, dann 10.000,-- M, dann 1 million, 1 milliarde, u.s.w. Bei den »reichen« blieb die steuerschuld beim damaligen zeitlichen wert der steuerh ö h e. Es blieben also an einem bestimmten fixtag 100,--Mark auch 100,--Mark steuerschuld. Das war ein tolles geschäft für die reichen, und so gingen beispielsweise die hausbesitzer fast mit null schulden in die neue währung. Zwar drückte auch der »Haarschnitt« die tributzahlungen, aber der »Kleine Mann« zahlte im überwiegenden maße für den niedergang der wirtschaft. Auch ein grund, warum der nationalsozialismus empor kam. -

Für meinen glauben an das urvertrauen in dich nehme ich gern in kauf, eine kleine enttäuschung zu erleben. Bedenke aber, dass du dann unser kleines paradies zerstört hast.

Wir sind die linken. Links ist gut; rechts ist scheiße. Und was rechts ist, das bestimmen wir.

»Ich bin ein gefahren s u c h e r«, so Frau Heisig, sich selbst richtende richterin aus Berlin, in der sendung am 01.08.2010 im WDR, posthum. – Die Bibel: »Wer die Gefahr sucht, kommt darin um« (Sirach 3/27). Diese frau hat also in ihrer machtgeilheit auch die gefahr g e s u c h t, und ist dabei umgekommen. Wer soll also trauern, außer den a n g e h ö r i g e n, natürlich? – Der moderator der betreffenden sendung hatte gewissensbisse, dieses zitat zu senden, wegen des selbstmords von Frau Heisig. Nein, es war richtig, dieses interview zu senden um zu beweisen, dass frauen ebenfalls machtgierig sind, so, wie a l l e männer, angeblich, und dies besonders gern von frauen so dargestellt wird. Übrigens: Staatsanwältinnen sitzen bei gerichtsverhandlungen immer noch am liebsten so, dass sie n i c h t vom licht (Fenster!) direkt beleuchtet werden. Aha, also nach dem motto: » … die im Dunklen, die sieht man nicht.« (B.Brecht).

Wenn es keine speziellen vererbungsgene für bestimmte volksgruppen, »rassen«, völker gibt, dann muss das auch für das »mördervolk« der Deutschen gelten. Gelle? …

»Der Klügere gibt nach«,sagt Frau Ebner-Eschenbach. Ein sehr sehr schöner erbaulicher satz, der tausendfach als beispiel für eine lebenskunst zitiert wird. Doch wie so oft geht dieser satz w e i t e r. Er wurde gezielt von den schlimmen kontext-verbrechern durch das weglassen der a u s s a g e verstümmelt. – Denn Frau Ebner-Eschenbach fügt in diesem zusammenhang einen betreffenden nachsatz hinzu. Und der lautet sinngemäß: » … und begründet somit die Weltherrschaft der D u m m h e i t.« Bumms! Das sitzt. Devise: Nicht nachgeben, weiterfetzen bis zu erschöpfung, notfalls bis zum »bitteren Ende.« -

Montezuma irrte, als er den Europäern lediglich nur gier nach dem gold als zahlungsmittel unterstellte. – Sein volk hätte in dem gold lediglich nur ein gut verarbeitbares material gesehen – was bei gold tatsächlich stimmt – , welches sehr schön aussähe, und aus dem man schöne dinge machen könne. Montezuma zeigte mit dieser geisteshaltung, dass seine kultur sich wirklich nicht mehr auf der höhe des damaligen zeitwissens befand, und somit nach den gesetzen der evolution (Naturgesetz!) zum abtritt von der weltbühne bereitstand. Denn die indios kannten n i c h t die gräber der pharaonen, die totenmaske des Agamemnon und die ungeheure beständigkeit des metalls gold, welches als grabbeigabe schon jahrtausende in praktischer unversehrtheit überdauerte. Also ein sehr edles, kostbares metall. Und die seltenheit dieses metalls bestimmt den w e r t desselben.

»Den Opfern der Love-Parade 2010«. Dieser schöne spruch steht an der stelle, wo die – hirn l o s e, nicht etwa (Schwarm) »intelligente« – masse mensch einundzwanzig ihresgleichen zertrampelt hat. – »Opfer«, etym. » … einer Gottheit durch Opfer dienen …« Genau richtig: Hier wurden einer gottheit – dem Eros – junge menschen geopfert. Junge menschen, das kostbarste, was eine sozietät überhaupt besitzen kann, werden, wie früher, auf opferaltären geschlachtet, in vulkanschlote geworfen. Opfer, um die götter zu besänftigen. Wohlan: Nichts neues aus dem Neanderthal …

»Der Intelligenzquotient einer Gruppe ist gleich dem I Q des d ü m m s t e n, geteilt durch die Anzahl der Individuen der Gruppe.« (Terry Pratchett)

»Verletze einen Altruisten, und es blutet ein Heuchler.« (Michael Ghiselin, evolutionspsychologe)

Evolution. Männer sterben früher, weil sie zu fett sind, was auch aus mangelnder bewegung resultiert. Vor über einem halben jahrhundert starben die männer f r ü h e r, weil sie sich z u v i e l bewegten (kaputt arbeiteten). In jedem falle sterben sie aber früher ...

»Nichts ist so, wie es aussieht. Alles ist Metamorphose.« (Max Ernst)

Die vorstellung von vielen göttern, geistern, dämonen in der antike sind die vorstellungen von v i e l e n menschen. Die vorstellung von nur e i n e m gott in der antike ist die vorstellung von nur e i n e m menschen. – Eine sehr unangenehme vorstellung ...

Wenn es einen absoluten schmerzindex gäbe, würde mancher sich schämen, über welches weh-wehchen er bereits jammert. Ein anderer hingegen würde sich wundern, was er alles a u s h a l t e n kann.

Je mehr die chancen des »Kleinen Volks« schwinden, an die materiellen schätze der »Oberen Zehntausend« – a u c h physisch! – heranzukommen, um so mehr beanspruchen sie die kenntnis über deren intimleben, siehe BILD und andere entsprechende blätter. Selbst die gerichte beurteilen deren recht auf ein intimleben recht locker; wahrscheinlich eine ventilfunktion. Die piepels trösten sich dann mit halbwahren, eher unwahren geschichten über die »normalität« (Gemeinheit?) der oberen zehntausend. Abermals ventilfunktion, diesesmal gesteuert von der »Vierten Gewalt« im staate.

Der »Sozialismus« eine überwiegend deutsche »Erfindung«, ist wiederum nichts anderes, als eine ausgeburt der »Deutschen Romantik«, welche ebenfalls eine typisch deutsche erscheinung ist.

Leute in den USA, die Obama wechselweise als »Hitler«, oder »Kommunist«, oder Moslemführer bezeichnen maßen sich an zu wissen, was faschismus ist. Woher wissen sie das wohl so sicher!? ...

Nur in Wien kann man zur zeit in einem s a r g (Sargmuseum, Zentralfriedhof) »probeliegen«. Und nur in Wien konnte ein Prof. S. F r e u d seine ideen über die menschliche psyche und deren morbidität entwickeln.

»In Deutschland sind Kirche und Staat voneinander getrennt«, sagte buprä. Chr. W u l f f bei der ordination einer rabbinerin. So, so. Aha. Und deswegen also die Kirchen s t e u e r .-

Wer gewalt l i e b t, diese aber nicht ausüben kann, oder ausüben w i l l, muss sie dann halt e r d u l d e n.

Die muslime erklettern während ihrer pilgerreise nach Mekka auch einen hügel, auf dem Mohammed seine letzte predigt gehalten haben soll. – War da nicht auch was siebenhundert jahre v o r diesem angeblichen ereignis? Etwas mit einem gewissen »Jesus«, der angeblich auch auf einen berg geklettert war, und die berühmte »Bergpredigt« hielt, aber hierbei zu b e g i n n seines wirkens? Und wie war das mit einem manne namens »Moses«, der noch einige jahrhunderte f r ü h e r vor diesem ereignis ebenfalls einen berg bestieg? Kein wunder, dass Atatürk, auch im angesicht dieser vielen bergsteiger, behauptete, dass der Koran ganz kühn von der Bibel abgeklitscht wurde, und zwar auf arabisch …

Der größte feind des historikers ist der l e b e n d z e u g e.

Wir Deutschen ein volk von F ü h r e r n? Aber ja; fast alle haben einen führerschein.

Ständige Bestechung: Wenn die parteien von ihren abgeordneten – die ja eigentlich laut GG bei entscheidungen (abstimmungen im parlament) nur ihrem »Gewissen« verantwortlich sind – verlangen, es solle gefälligst nach parteilinie abgestimmt werden. Bei abweichung (»falsches Verhalten«) von der linie würden dann sanktionen fällig. Was schlußendlich auch noch den tatbestand der n ö t i g u n g beinhaltetet.

Nach einem interview im rundfunk schmeißen die Griechen sogar das kleingeld (1 u. 2 eurocent-münzen) weg, um sich nicht mit diesem »kleinkram« herumzuärgern. Aha! Aber wir Deutsche sollen den Griechen den arsch streicheln, damit sie mit ihrer wirtschaft wieder hochkommen. Und uns noch auf üble art und weise als »Nazis« und »Faschisten« von den stolzen Hellenen beschimpfen lassen müssen.

»Natürlich hat A u s s i g auch einen geschichtlichen Wert«, schwadronierte ein tschechischer journalist im Deutschlandradio Kultur aus anlass des staatsbesuchs des bayrischen ministerpräsidenten anfang dezember 2010 in Prag. Wie bitte? … Das totschlagen von Deutschen n a c h dem krieg in Aussig/Elbe am 31.Juli 1945 hat lediglich nur »geschichtlichen Wert (es kamen dabei 200 menschen um)? Gilt nur für d e u t s c h e missetaten die unverjährbarkeit von mord? -

Freitag, 17. Juni 2011

DIE STEINZEIT-ung® stellt fest, dass der strafprozeß gegen den kachelmann – also der, der so gut kachelt – zu ende ist. Und die oberentscheider der jeweils nächsten instanz werden sich doch hoffentlich, h o o offentlich nicht dazu hinreißen lassen bei einem prozeß, wo im klassischen sinne aussage gegen aussage steht, einen schuldspruch zu sprechen. Natürlich gegen den kachelmann, n i c h t gegen die frau wegen Falschaussage, Nötigung, Beleidigung, Ehrabschneidung, u.s.w.; was denken denn Sie? …

Die jurokraten können ja nun ganz beruhigt sein, ebenfalls die journaille, denn nun beginnen ja erst die schlammschlachten der privatprozesse. Dabei können sich die journaille und die jurokraten goldene nasen verdienen. Einschließlich der rechtspflegenden entscheider; schieben die doch einen berg unentschiedener fälle vor sich her, der zwingend die neueinstellung von rechtspflegern bedingt. Gut so, eine selbstzeugende, seinesgleichen gebärende körperschaft. Müßig ist es zu fragen, ob »er« »es« »getan« hat. Interessanter wäre es wohl mal zu hinterfragen, ob »es« denn eigentlich überhaupt eine straftat gewesen sei, welches in diesem prozeß verhandelt worden ist. Dazu möchte DIE STEINZEIT-ung® Ihnen eine »Hirnzwinge« anbieten (ein instrument, welches zum nachdenken anregt), in form eines erlebnisses, welches der maler Paul Gauguin bereits vor über 110 jahren in seinem buch »Noa Noa« uns geschildert hat.-

Eines tages fuhr Paul mit den fischern des südseedorfes, in dem er lebte, zum fischfang aufs meer hinaus. Er fing nichts, als einen ihm seltsamen fisch. Die eingeborenen lachten sich halb kaputt. Paul verstand das alles nicht, fragte aber auch nicht weiter. Nach der heimkehr, zuhause in der hütte fragte ihn seine geliebte, was er denn so alles gefangen habe. Er erklärte ihr arglos, welch einen seltsamen fisch er gefangen habe, und dass seine bootskameraden so furchtbar gelacht hätten. Da beichtete seine geliebte, eine eingeborene, dass sie während seiner abwesenheit mit einem anderen manne geschlafen habe. Und sie äußerte sinngemäß weiter, als sie die betroffenheit des mannes erkannte: »Schlag mich, Liebster. Sonst wirst du krank.«

Soweit die ungeheure weisheit der sogenannten »Naturkinder«, der »Primitiven« zu jener zeit über die beziehungen zwischen mann und frau ….

Sie dürfen nur e i n m a l raten, was Paul h e u t e geschehen würde, wenn er denn tatsächlich die (von der frau s e l b s t gewählte!) »Strafe« exekutiert,und nach ein paar ohrfeigen den GV vollzogen hätte.-

In diesem zusammenhang der auszug aus einem sketch »Einandervorbei« aus dem band »Die Reseolre-Legende. Nicht lulli; kein Schnulli«, ISBN 3-934806-00-7, auf seite 131/132, von bejot. Bezugsquelle im internet, oder bei: bernd.jacobs@bj-verlag.com .

In diesem dialog fetzen sich »Sie« und »Er« um allgemeine themen des zusammenlebens der menschen: »Sie« hebt gerade auf die brutalität von männern ab, die den frauen angetan wird:

» SIE: ... Und denk daran, was den Frauen auf dem Balkan in dieser Zeit passiert. Auch von Männern.

ER: Ja, du hast recht. Das ist schlimm.

SIE: Wenn ich zu sagen hätte, würde ich dort Soldaten einmarschieren lassen, um alles klar zu machen.

ER: Das ist aber verdammt inkonsequent. Wenn ich daran denke, wie ihr '91 auf die Straße gegangen seid, und gegen die Amis gebölkt habt, weil die in Kuwait eben mal was klar gemacht hatten.

SIE: Das war was anderes.

ER: Wieso? Guck mal. Vorher sind auf dem Balkan schon tausende von Menschen getötet worden: Männer, Frauen und Kinder. Da hat sich aber fast nix gerührt. J e t z t, wo es den Frauen an ihr Allerheiligstes geht, jetzt sollen Soldaten – junge Männer – ihren Hintern riskieren, und sich auch noch vorher als »Mörder« beschimpfen zu lassen?

SIE (unsicher): Was weißt du schon von den seelischen Schmerzen, wenn eine Frau vergewaltigt wird?

ER (sehr bestimmt): Und was weißt du von den körperlichen Schmerzen, wenn dir eine Panzergranate die beiden Oberschenkel mitsamt dem Halleluja weggerissen hat?

SIE (atmet tief, schweigt)

ER: Das ist so. Wenn es um Frauensachen geht .... «

Zum schluss noch was zum dialog. Dieser plätschert so dahin, wird langsamer, und vergluckert, wie so oft, beim füllen eines glases rotwein. -

Sonntag, 10. Juli 2011

DIE STEINZEIT-ung® kommentiert nun zum ersten-, und, sehr wahrscheinlich für längere zeit zum letzten mal die damenfußballweltmeisterschaft 2011 in Deutschland.

Der chronist schaute sich das erste-, und garantiert das letzte spiel dieses wettbewerbs am samstag, 09. juli 2011 im internet an. Und in der ersten halben stunde verstand der berichterstatter überhaupt nicht, warum um die amtierenden weltmeister, die deutschen damen, so ein riesenbuhei, neudeutsch: »hype« gemacht worden ist. Es könnte vielleicht daran liegen, dass viele interessenten ein gehobenes interesse daran hatten, dass ständig und viel über frauenfußball berichtet wird. Eines jedenfalls ist dem berichterstatter klar geworden: Es gibt keinen »Frauenfußball«! Das, was dort geboten wird ist knochenharter M ä n n e r f u ß b a l l, nur mit dem unterschied, dass die frauen sich, selbstverliebt, viel mehr selbst umdribbelten als die männer es tun. Und wenn sie, was ganz selten vorkam, spielzüge mit einem schuss aufs tor abschlossen, dann konnte man gemäß der flugbahn des balls das tor nur in der d r i t - t e n etage oben orten. Diese torschüsse geschahen sowieso ganz selten, nur in der l e t z t e n spielminute zählte der beobachter gleich hintereinander d r e i torschüsse, allerdings aus einer distanz von mehr als fünfzehn metern. Bei den torschüssen schien es, als wenn die frauen eine natürliche abneigung hätten, etwas mit großer beschleunigung aus kurzer distanz auf einen menschen hin zu katapultieren, vulgo etwas zu s c h i e ß e n . Dem entspricht auch, dass die beiden torhüterinnen sich fast überhaupt nicht in ihren jeweiligen gehäusen als hin-und herfliegende ballfänger produzierten, wie das bei einem Oliver Kahn, Toni Schumacher, Lew Jaschin, Dino Zoff und vielen anderen alltag war. Es ehrt die frauen ungemein, darüber nachzudenken, ob ich mit einem treffer eines voll vom leder abgezogenen balls einen menschen verletzen kann; nur, mit einer solchen einstellung ist schlecht siegen.-

Ein chance hatte Sylvia Neid allerdings verpasst. Sie hätte in der verlängerung gegen Japan Birgit P r i n z einsetzen sollen. Denn diese dame war dermaßen mit energie – positiv oder negativ tut nichts gegen die sache – geladen, dass sie a l l e i n das spiel hätte wenden können. Im erfolgsfalle hätte sie mit fug und recht behaupten können: Seht her. Ohne mich geht es nicht ... Im gegenteiligen fall hätte sie ein gefühl des »Es geschieht euch recht« pflegen können. Aber bitte, höchst privat ... DIE STEINZEIT-ung® ist der meinung, dass es wohl noch ein dutzend jahre dauern wird, bis der »Damenfußball« dem offensichtlich so inbrünstig angestrebten m ä n n e r f u ß b a l l ebenbürtig sein wird. Und der buhei über »Damenfußball« wird spätestens d a n n erledigt sein, wenn die erste männermannschaft gegen eine ebenbürtige frauen (mann) schaft antritt. Und danach gibt es nicht mehr männerfußball oder frauenfußball, sondern nur noch Fußball balla balla ... Der chronist gönnt den weltmeistertitel den japanerinnen, denn die haben ihn sich allein schon deswegen verdient, weil ihr land nun wirklich in der letzten zeit unverschuldet katastrophen aller art überstehen muss. Auch den U.S. Amerikanerinnen gönnt der chronist den titel. Denn die frauen ahnen wahrscheinlich noch nichts von dem, was über ihr land kommen könnte. -

Mittwoch, 2. November 2011

DIESTEINZEIT-ung® hatte sowas ähnliches, wie es sich in Griechenland nun abspielt, vorausgeahnt. Und zwar eher dergestalt, dass soziale unruhen das gesamte land lahmlegen. Die stunde der wahrheit hat die unangenehme eigenschaft, zähflüssig, unendlich langsam und peinvoll dahinzukriechen. Die stunde der wahrheit ruft nicht nach noch mehr streiks, arbeitsniederlegungen, bürgerungehorsam – gegen »die da Oben« – auf, sondern für die akzeptanz, dass das land bankrott ist. Ehrlicher wäre es, nun erst recht a n z u p a c k e n, und nicht in dümmlicher art und weise »Frau Merkel«, oder gar den »Deutschen Panzer« zu beschuldigen. Der »Deutsche Panzer« hat übrigens nach seinem selbstverschuldeten debakel das kanonenrohr verschrottet, und seine übrig gebliebenen raupenketten in gang gesetzt, und sofort nach der niederlage mit dem zusammenbaggern der ruinen, und dem wiederaufbau begonnen.- Dem chronisten von DIESTEINZEIT-ung® sträuben sich die nackenhaare wenn er daran denkt, dass die Griechen etwa ihre staatspleite mit dem geld aus ungezählten klageverfahren für untaten von vor fast s i e b z i g jahren von Deutschland sanieren wollen. Und zusätzlich kräuseln sich seine zehennägel, wenn er hierbei an ein anderes, größeres mediterranes land denkt, welches in ähnlichen prekären situationen steckt, und bis h e u t e dieses eigentlich riesengroße s c h e i ß spiel praktiziert, und gebannt nach Eos, der rosenfingrigen im osten glotzt. Dabei haben die Griechen eine große chance, erneut als erfinder und erneuerer Europas in die geschichte einzugehen. Das wort »protektorat« klingt in europäischen ohren immer noch wie »Böhmen und Mähren«, und »Generalgouvernement Polen«. Aber als protektorat von E u r o p a zu gelten, ist in keiner weise mit dem vorher benannten zu vergleichen. Niemals würde ein Brüsseler (europäischer) beamter es wagen, sein dienstliches leben durch tatarenmeldungen aus Griechenland wie: Alte leute verhungert; kinder erfroren, zu beenden. Ja, mehr noch: Die Griechen könnten durch kluge und ehrliche politik – sie befinden sich ja dann im zentrum der macht! – durchaus in diesem europäischen »protektorat« einfluss gewinnen, und den weg aufzeigen für eine echte politische einigung Europas. Dies wäre der dornenreiche, mühevolle weg, der durch den europäischen hilfsplan aufgezeigt ist. Der e i n f a c h e weg wäre, sich per volksentscheid der verpflichtungen des europäischen hilfsvertrags zu entledigen, und den griechischen staat gegen die wand zu fahren. Das ist dann aber der garantiert blutigste weg ... Und, Hellas! Wenn ihr den weg zurück nach Europa nicht findet: Der Orient wartet, um ein abhanden gekommenes findelkind wieder in seinen schoß aufnehmen zu können! Zwar ist der »Alte Mann« am Bosporus mausetot, aber seine söhne und töchter sind putzmunter, und sie haben ihre schulaufgaben, die Klio ihnen verordnete, vorzüglich gelöst.-

Sonntag, 27. November 2011

Castor stirbt.

Nun rollen sie wieder, die Castor-behälter. Und nun sitzen die nicht-seßhaften auf den gleisen, und bringen Castor öfters als den verantwortlichen lieb ist zum stehen. Und die einsatzführer und polizisten zum schwitzen. Und nun steht Castor inzwischen wieder einmal, weil die nicht-seßhaften zum niedersetzen auf die gleisstränge von ewig gestrigen animiert wurden. Die ewig gestrigen, die konservativen, die zwar nicht mehr im grünen l o d e n mantel, aber g r ü n daherkommen. Die nicht-seßhaften und die ewig gestrigen in grün blockieren also wichtige verkehrsadern, ohne die unsere welt wie das v o r industrielle zeitalter funktionieren würde.

Angenommen, der »staat«, natürlicher feind oben geschilderter gruppierung, würde die asymmetrische kriegsführung einfach mal übernehmen, und auf die martialischen kampfmittel wie schlagstöcke, wasserwerfer, tränengas, pfefferspray, und das davontragen gegen den erklärten willen der getragenen verzichten, und ähnliche kampftechnik wie die widersacher anwenden? Wie wäre es zum beispiel, wenn »der staat« sagt: Entschuldigung. Es ist viel zu gefährlich, die gleisstrecken zu räumen, da ja dabei menschen zu schaden kommen können. Deswegen bleiben die Castoren halt auf der freien strecke stehen, und alle polizeibeamten, lokführer, zugbegleiter, feuerwehr, notärzte gehen zur freude derer familien nachhause? Noch besser: In dem bahnhof von Y X, ein wichtiger bahnknotenpunkt zwischen Nord-und Süddeutschland, zwischen Ost und West bleibt auf der hauptstrecke einfach der Castortransport stehen. Und die behörde (Polizei), bahnverwaltung klärt die bevölkerung über diesen umstand auf, dass diese bahnstrecke durch nicht-seßhafte menschen blockiert sei, die plakate wie »Die Grünen«, »SPD«, »Amnesty international«, »Greenpeace«, »Die Linken«, »Kleintier-zuchtverein Groß-Aschmannsdorf«, »Hausfrauenverband Klein-Köttelsmühle«, u.s.w. emporhalten. Und dass sie nun – die bevölkerung dieses landstrichs- leider, leider am kommenden montag nicht mehr mit der bahn verkehren können, und auch somit nicht auf diesem wege zu ihren arbeitsstätten kämen. Und die örtlichen behörden bäten über die kommunikationseinrichtungen die einheimischen bauern, ihre traktoren und pferdekarren zur verfügung zu stellen, damit man diese menschen bereitwillig zur nächsten funktionierenden verkehrsverbindung fahren könne. Und auf die Castorbehälter, die ja bekanntlich eine unsägliche höllenfracht transportieren, müssten die anwohner schon selbst aufpassen. Insbesondere möge sich die bevölkerung an jene genannten gruppen wenden, damit diese in voller sozialer verantwortung und nachbarschaftlicher hilfe sie bei dieser arbeit in echter, sozialer manier helfen und unterstützen mögen.-

Unmöglich, sagen Sie? Gewiß. Denn mit sicherheit werden sich einige bereitwillige jurokraten, die wahren helden der rechtspflege, finden, die »den staat« mit hilfe der (staatlichen) gesetze z w i n g e n, bei derartigen mißständen einzugreifen. Wetten wir drauf … .

Übrigens: Die verächter der zitrone, waren früher auch nicht so ohne.-

Sonntag, 11. Dezember 2011

Charlemagne rotiert

In Aachen, in der Pfalzkapelle, und um den dom herum, bebte anfang dezember 2011 leise und verhalten die erde. Ein über tausend jahre alter schläfer ist für einen moment aufgewacht – nein, nicht Barbarossa, der schläft im Kyffhäuser, und ist auch viel jünger – , und hat sich im grabe umgedreht. Jawohl, Karl der Große hat die starken signale, trotz seines schlafs bis zum Jüngsten Gericht, aus dem nahen Brüssel vernommen, und sich gefreut.

Endlich haben die beiden schwestern, die in Verdun – nein, abermals nein, nicht beim »Großen Gericht« 1916 -1917, sondern im jahre 843 – getrennt wurden, zusammengefunden. Und zwar in einer gemeinschaftlichen aktion gegen die stinkenden fischfresser, mit deren vorfahren gar Karl schon vor über tausend jahren probleme hatte: Mit den Sachsen, genauer, den Angelsachsen. Ein teil jener hockte ja bekanntlich zu jener zeit im verbund mit sehr ehrenwerten, marodierenden Nordmännern auf einer großen insel, segneten den »Continent« zunächst mit einer neuen religion, und mißbrauchten ersichtlich ihre großartige isolation, geschützt wie ein raubritter hoch in seinem raubritternest, um kräftig im politischen geschehen des »Continent« herumzurühren. Ja, zur zeit des Absolutismus erdreisteten sich die Angelsachsen eine dieses geschwisterpaars zum eigenen »Festlanddegen« umzufunktionieren, immer gegen die a n d e r e schwester gerichtet, natürlich. Der höhepunkt, und gleichzeitig die größte ferne der beiden schwestern voneinander war erreicht, als die Angelsachsen im verein mit ihren amerikanischen vettern die eine schwester in zwei verheerenden – allerdings h o f f e n t l i c h finalen – kriegen niederwarfen. Chance und rettung. Zwei alte männer, davon einer aus einem stets blutenden grenzgebiet zwischen den beiden schwestern stammend, schafften es, viel verlacht und verspottet, sich im sinne von Charlemagne wieder anzunähern, und dies ganz o h n e krieg. Nun häuften sich auf der splendiden insel von allen wasserfronten – sie sitzen ja mit ihrem arsch im wasser – die nachrichten, dass immer mehr felle wegschwimmen, und zum »Continent« rübertreiben. Und als das ursprünglich fein und fest gewebte, unsichtbare band von der insel zum überseeischen vetter immer stärker, für jeden nun sichtbar, zutage trat kam, was kommen musste. Bei einer großen fiskalpolitischen krise zeigte sich, dass eines der wichtigsten volkswirtschaftlichen einkommen der insel das geschäft mit dem g e l d war, dem geld von a n d e r e n, natürlich.

Geld schafft geld; eine der unmoralischsten arten, besitz und reichtum zu schaffen. Und nichts und gar nichts kann den verdacht entkräften, dass die Briten im verein mit ihren transatlantischen vettern kräftig gegen den Euro spekulieren, und sogar, eventuell, die akute krise verursacht haben ... Frankreich und Deutschland, die beiden schwestern, bemühen sich in Brüssel um eine lösung, die idee eines geeinten »Continent« zu retten. Die Briten steigen freiwillig und mit »Hurra!« aus, und wollen ihren eigenen kram machen, immer an der langen leine ihres vetters in USA. Das ist der ist-zustand Europas gegen ende des jahres 2011. Der halbwegs erschöpfte und vielleicht sogar gelangweilte leser mag nun fragen: Ja, und? Was solls? Wie geht's nun weiter? Dazu eine anmerkung des autors: Vor nicht einmal dreißig jahren habe ich ein gedicht geschrieben, in dessen kontext eine metapher über die damalige weltbevölkerung von »fünf milliarden« vorkommt. H e u t e sind es bereits sieben milliarden menschen, die den globus bevölkern. Wieviel menschen in abermals dreissig jahren auf der welt leben mögen können Sie sich veranschaulichen, wenn Sie die weltbevölkerungskurve als exponentialfunktion ansehen. Um es kurz zu machen: In Indien und in China werden dann mindestens d r e i milliarden menschen leben, bei stillstand oder gar rückgang der bevölkerungszahl in den sogenannten »westlichen« industrieländern. Bei der zunehmenden klimaveränderung in ihren negativen wirkungen wird das besiedelte land abnehmen, so dass die betroffenen völker sich auf den weg machen werden, um lebensraum zu suchen. Vom strategischen her wäre es zweckmäßig, wenn neben den »westlichen« großmächten Rußland und Nordamerika dann noch eine weitere »westliche« großmacht mitspielen würde; nicht etwa »England«, oder »Frankreich« oder gar »Deutschland«, sondern E u r o p a. Und genau das scheinen die Briten zu hintertreiben, immer nur auf ihren vorteil bedacht.

Szenario: Der erste leidtragende des ansturms der gigantischen menschenmassen aus dem völkerpool Asiens wäre das weitgehend vom permafrost befreite russische Sibirien. Die entscheidung, ob Rußland zu Asien oder zu Europa gehören will muss dieses land selbst treffen. Wenn die USA sich wegen horrender zahlungsverpflichtungen eher an China gebunden fühlen, wird es heikel für Europa. Dann hat Europa direkt vor der haustür eine dependance des Asiatisch-Pazifischen Bundes in der form Britanniens. Allein für dieses durchaus mögliche szenario sollte sich Europa wappnen, indem es sich eine fest geschlossene union schafft, eine union, die jenseits aller nationalen befindlichkeiten versucht, die herausforderungen des III. Jahrtausends zu bestehen.

Charlemagne würde es freuen ...

Sonntag, 5. Februar 2012

Die STEINZEIT-ung® bezweifelt, dass die kritiker des vetos von Rußland und China in der UNO betreffs Syriens die höhere logik verstanden haben. Die höhere logik der verhinderer lautet ganz einfach: Bei Libyen machten wir einen fehler, weil wir keine klare kante gezeigt haben und uns deswegen der stimme enthielten. Bei Syrien jedoch sagen wir eindeutig und unmissverständlich: Veto.- Was heißt das nun im kräftespiel der divergierenden meinungen, weltanschauungen, dem kräftespiel der mächte in der UNO? Das heißt ganz einfach, dass die »andere« seite beim nächsten mal dafür ein »freispiel« hat. Und hierbei sollte klar sein, dass es auch in einem echten global-parlament immer auch die »andere« seite geben wird. Was könnte also der nächste anlass für solch ein »freispiel« des westens (Amerika, Europa, die demokratien und -kraturen) sein? Ebenfalls ganz einfach nach der höheren logik: Israel, oder genauer, der Iran. Nanu, werden Sie nun sagen, das muss uns aber mal näher erläutert werden, wie man so schwupptich wupptich vom hölzgen aufs stöcksgen kommen kann.Doch, doch, es geht, und zwar so: Wenn Israel – mit/ohne stiller teilhabe westlicher mächte, in verdammt n a h e r zeit versucht, die atomare brandfackel des Iran auszutreten, dann wird es in der UNO – wetten wir? – ein riesiges geschrei geben, Israel wegen dieses »verbrechens« zu sanktionieren. Stillschweigend, oder eher nicht, würde dann die »gegenseite« – die postsozialistischen, semisozialistischen staaten – das veto des westens hinnehmen, natürlich mit dem üblichen genöle, brimborium wie jetzt zur zeit nach dem Syrien-votum.

Zu Ägypten und den anderen Maghreb-staaten: Freuen wir uns nicht zu früh über den »frühling« in diesen staaten, denn immer da, wo eine revolution ist, ist die konter-revolution nicht weit. Sogar die ur-mutter der revolutionen, die Französische, hatte eine gegen-revolution: Die Vendee. Auch die glorreiche revolution im reiche des zaren kann Kronstadt 1921 nicht aus ihren annalen tilgen; ein dicker blutfleck auf Lenins und Trotzkies kittel.- Nicht zu vergessen die »revolution«, die den Schah von Persien hinwegfegte; danach folgte die gegen-revolution der mullahs, die bis h e u t e anhält. Besonders eindrucksvoll, allein schon wegen der dauer, die »ständige Revolution« Mexikos. Diese brachte das land in den zur zeit tobenden narko-bürgerkrieg.

Jedenfalls ist die arabische Nemesis in form des militanten Islamismus hellwach, und lauert auf ihre chance. Und wir hier im »westen« erkennen fassungslos, dass uns das Mittelalter naht; die vergangenheit, aus der wir unter entsetzlichen opfern an menschen herausgekommen sind. Es wird finster, aber diesesmal aus dem Orient …

Die Nemesis der Macht begann, als ihm das Blut aus der Nase rann.

(aus dem band »Hirnzwingen und Kurzgeschichten« NeoLit aus dem Neanderthal®, ISBN 978-3-8370-3299-4 von Bernd(bejot)Jacobs, erschienen 2009 bei BoD in Norderstedt)

Montag, 20. Februar 2012

Die STEINZEIT-ung® behauptet in diesem neuen flugblatt, dass Joachim Gauck aller wahrscheinlichkeit nach der letzte präsident der Bundesrepublik sein wird.-
Hou, hou, werden Sie sagen, der lehnt sich aber weit aus dem fenster, um in die kurvenreiche allee der zukunft zu sehen; hoffentlich kippt er nicht runter ...

Gemach. Angela Merkel, bügerrechtsmitstreiterin von J. Gauck hat gründe, skeptisch zu wirken. Sie hat mit dem zukünftigen bundespräsidenten an einem tisch gesessen, diskutiert und debattiert, als die ehemalige DDR unterging. Mit sicherheit hat sie aus diesen begegnungen a u c h eindrücke von personen bekommen, die uns verborgen sind, und auch bleiben s o l l t e n. Das beseitigt jedoch nicht die -subjektiven- bedenken A.Merkels.- Wenn in/an der person J.Gaucks abermals ein bundespräsident scheitert, ist frau Merkel aus dem obligo, und die FDP ist weg vom fenster, die Sozis haben nichts zu bestellen, weil sie Gauck favorisiert hatten. Bleibt also folglich nur »Mutti« als kanzlerin einer eventuellen Großen Koalition. Ein genialer schachzug; von frau Merkel. -

Wenn J. Gauck scheitern sollte, dann scheitert er wahrscheinlich an sich selbst. Die Journaille wird sich im hinblick auf das scheißspiel, welches sie mit dem Wulff getrieben hat, wohlweislich zurückhalten.

Wenn J. Gauck scheitern sollte, wird sich die frage nach dem amt des bundespräsidenten überhaupt stellen; Ist dieses amt überhaupt noch zeitgemäß? Ist es im angesicht der kommenden teuerung durch die »Europa«-rettung (abermilliardenfaches stopfen von volksvermögen in grundlose löcher) noch berechtigt, solch ein amt zu alimentieren? Wenn einige leute unbedingt einen repräsentanten benötigen, sollten sie doch mal bei dem stammhaus der »von Preußen« antichambrieren. Die würden sehr gerne diese aufgabe übernehmen, geeignete garderobe, insignien sind gewiß noch vorhanden, und würden von »Preußens« gern mitgebracht werden. Ja, wenn es die ökonomen in der regierung richtig machen, zahlen »Preußens« einen großteil der kosten für die repräsentation s e l b s t . Bei den »Oraniern« und den »Windsors« soll dies exellent klappen. Sollte sich »Preußen« verweigern nicht zagen; bei »Habsburg« oder »Wittelsbach« fragen. Ein ernsthafter vorschlag bei der diskussion um das amt, wenn es denn soweit kommen sollte: Wie wäre es, wenn die volksbefragungsenthusiasten diese frage dem v o l k e selbst vorlegen? Das wäre ein glorreicher einstand und gleichzeitige prüfung für dieses demokratische instrument.

Samstag, 25. Februar 2012

DIESTEINZEIT-ung® befasst sich nun mit Frau Merkel. Der chronist gibt ohne not und mit einem gewissen grad der bewunderung zu verstehen, dass der kanzlerin bis jetzt noch kein g r o ß e r fehler in ihrer regierungszeit unterlaufen ist. Auch wenn die opposition in der Wulff-hatz anderer meinung ist; aber das gehört zu ihrem politischen geschäft.

Auch in der Eurokrise hat sie, getrieben von den furien der verkorksten politischen entscheidungen ihrer vorgänger, bis jetzt eine gute figur gemacht. Doch nun entwickelt sich für sie aus dem süden Europas eine gefahr, der sie recht bald entgegentreten muss – wieder einmal – , wenn sie dieser gefahr nicht erliegen will: Das Deutschland-klatschen aus Griechenland. -DIESTEINZEIT-ung® erspart sich die plattitüde von der hand, die einen füttert soll man nicht . . u.s.w . . . . , nein, DIESTEINZEIT-ung® kommt gleich zur sache und fragt die Griechen, ob sie grund zu solchem verhalten haben. Wir glauben, nein. Gewiss, vor über s i e b z i g jahren besetzte die Wehrmacht Griechenland. Und zwar n a c h d e m ein anderer ehemaliger achsen-mitträger, Italien, sich in Griechenland an dem tapferen general Metaxas eine blutige nase geholt hatte. Der chronist gesteht zu, dass die besatzungszeit durch die Wehrmacht gewiss kein zuckerschlecken war, und die ermordung der griechischen Juden war verbrecherisch.- Doch die schäden, die die Wehrmacht – militärisch – angerichtet hatte, waren wohl eher »Kollateralschäden« gegenüber d e n darauffolgenden schäden der b ü r g e r k r i e g e – ausgelöst durch die »Roten« (Komintern). Ihr Griechen, rechnet ihr da mit falschen zahlen? Denn ganz bestimmt sind durch die bürgerkriege mehr menschen umgekommen und werte zerstört worden als während der deutschen besatzungszeit. Soviel zu Griechenland und der hoffnung, die Griechen mögen mal nachdenken. Und nun wieder zu Frau Merkel.

Der chronist gibt zu, auch ein verfechter Europas zu sein. Und dies nicht so sehr aus ethischen, ideellen gründen, sondern eher aus pragmatischen erwägungen. Jedem politisch interessierten menschen sollte klar sein, dass sich die welt mit ihren machtzentren umordnet, zu vergleichen durchaus mit dem umpolen des magnetfelds der Erde. Und wenn Europa es nicht schafft, seine kräfte zu bündeln, werden die kraftlinien mit u n s billard spielen … Und wenn das mit dem Deutschland-bashing, zu deutsch: D e u t s c h e n hass so weitergeht, wird wohl bald mal der punkt kommen, wo die Deutschen die schnauze v o l l haben!- Es ist enttäuschend, dass in E u r o p a noch kein namhafter seine gewichtige stimme erhoben hat, und laut und vernehmlich »Schluss mit der Deutschenhetze!« gerufen hat. D i e s könnte sich ja vielleicht mal der designierte Bundespräsident Joachim G a u c k zu herzen nehmen, von wegen » …Schaden vom deutschen Volke wenden … ». Übrigens: Wo sind die hunderttausende von Deutschen mit »Migrationshintergrund«? Haben die in dieser angelegenheit n i c h t s zu sagen?- Meinen sie es etwa so, wie es ein österreichischer kabarettist in unnachahmlicher weise als bonmot auf die spitze bringt: » . .. . mit Deutschland verbindet man Hitler. Mit Österreich . .. Beethoven ...« Oder empfinden diese neuen deutschen mitbürger – in der regel jetzt bereits jüngere menschen – es etwa so, wie kürzlich eine repräsentantin der jüdischen mitbürger in Deutschland ausdrückte, als sie sinngemäß meinte, dass die schulen in Deutschland einen großen fehler gemacht haben, weil sie, in ermangelung der heranziehung der eltern-und großelterngeneration nun die nächste generation als schuldige am Holocaust darstellt ... Frau Merkel, achten Sie auch auf diese gefahren. Sie sind nicht zu beneiden bei dem großen, gemeinschaftlichen plan, Europa zu vereinen.-

Am deutschen wesen,
sollte einmal die welt genesen.
Deutsche erfahrung. Eine offenbarung?
Mitnichten, Bernd.
Die welt? Nix gelernt. -

Dieses gedicht wird immer sehr, sehr gern von einigen grüppchen »missverstanden«. Ihr problem. Der Au-Tor

Freitag, 9. März 2012

Die welt hat bis heute die »welt«bewegenden dramen a l l e r selbstmörder ohne größeren schaden überlebt. Nur die fanatischen islamistischen selbstmord-mörder könnten wegen der gewaltigen hebelwirkung der einzelnen möglichkeiten der welt ein anderes gesicht geben: Klimawandel des menschlichen verantwortungsbewußtseins.

Obama soll angeblich gesagt haben: »Ich habe die soldaten aus Somalia zurückgezogen, weil ich mir nicht vorstellen konnte, wie feige und hinterhältig der gegner ist.« Na, ja, Obama: Schon vor über zweihundert jahren wehrten sich die arbeiter gegen die absolute übermacht der m a s c h i n e, und warfen hinterhältig und sehr wirkungsvoll ihre holzpantinen in das räderwerk (zahnräder, ritzel) der jeweiligen maschinen. Man nannte es sabotage.

Neue definition der z e i t gefällig? Die zeit ist das produkt oder ergebnis der änderung des zustandes, des orts der materie eines körpers.

Die umsetzung von gravitations- in strahlungsenergie in sog. Akkretionsscheiben von Schwarzen Löchern ist um vierzig mal wirkungsvoller als die fusion in der Sonne. Auf, leute! Lasst uns Schwarze Löcher erfinden.

»Panther«sprung. Es ging 1900 um das damals noch kolonialmächtefreie Marokko. In der geschichte wird bis heute auf dem deutschen kaiser herumgeprügelt, dass er am 1. juli 1911 kriegsgeil und anmaßend deutsche kriegsschiffe nach Nordafrika gesandt habe, um Franzosen und Briten zu zeigen, wo der hammer hängt; gewissermaßen damit kriegsvorbereitungen getroffen hat. Was war geschehen? In das sich abzeichnende vakuum des »sterbenden alten Mannes am Bosporus« (osmanisches reich, gen. Türkei) stießen die F r a n z o s e n , in dem sie im m a i des jahres des »Panthersprungs« die hauptstadt F e z besetzten. Erst d a n a c h wurde das Deutsche Reich aktiv ... Merkwürdig, d i e s e reihenfolge wird niemals erwähnt, bei dem gebetsmühlenartigen schuldzuweisen des Deutschen Reichs am 1. Weltkrieg. Komisch, wah? ...

Der größte und gefährlichste selbstbetrug der geschichte: Die US-Amerikaner glauben, sie seien eine nation. -

Typisches geschwafel eines politikers. Am 06.07.2011 gegen 8:00 uhr wird Rolf Mützenich, »außenexperte« der SPD nach seiner meinung wegen des panzerverkaufs an Saudi-Arabien gefragt. Natürlich ist »man« in der SPD »dagegen«(opposition). Aber das alles nur geschwafel ist erkannte man daran, dass er in seinem redebeitrag davon sprach, dass » ... Saudi-Arabien eine gute ... äh! ... ungute rolle in Nahost spielt ...« Aha ... äh? . .

Auch im unverständnis den mitmenschen ertragen, erdulden: Auch das ist lebenskunst.

» ... .soviel fische im meer, dass man mit dem ruderboot nicht mehr rudern konnte«, so ein biologe aus dem vor-vorigen jahrhundert, als er die fangsaison in einem norwegischen fjord schilderte. Hat dies die evolution dem menschen ebenfalls zugedacht? Denn wenn das meer leergefressen ist, und die menschen so zahlreich geworden sind, dass man sich fast gar nicht mehr auf dem land bewegen kann – von nahrungsmittelanbau ist dann sowieso keine rede mehr-, dann kommen a n d e r e »lebe«wesen, auch mikroorganismen, dann ... ? ! – Die tollsten sachen schreibt das leben selbst. – Die, die dies nicht bewusst erleben, oder glauben es nicht zu erleben, oder tatsächlich nicht erlebt haben, müssen ihren bedarf an »realität« durch literatur, fernsehen, kino, theater, presse, und so weiter befriedigen. Die armen leute

»Die lösung, die ausgemacht war«, so der grüne OB von Tübingen Palm, über den – den Grünen unpassenden – »stresstest« Stuttgart Hbf. Aha, also s o o o o ist das bei denen; sich aufregen, wenn die kungelrunde misslingt … .

»Der staat soll die banken an die kandare nehmen«, schreit unisono das links-ensemble. Aber wenn der »staat« mal an die EZB (Europäische Zentralbank) rangeht, ist es a u c h nicht recht.

Renate Holm: »Höre nie auf, anzufangen. Fang nie an, aufzuhören.«

Frauen definieren sich d o c h über den »fummel«, also die kleidung, letztlich über die mode … Der kanadische polizist, der den frauen riet, sich nicht als »schlampen zu kleiden«, dann würden sie auch nicht überfallen, ist der wahrheit ein stück näher gekommen. Klar, dass die gegenbewegung nicht lange auf sich warten ließ, und die frauen sich in aller welt als »schlampen« (verkleidet?) protestieren. Allerdings weniger wegen der problematik mit der sexualität, sondern das die frauen entscheiden wollen was und wie sie es tragen. Also immer modisch; und wenn »schlampenkleidung« angesagt ist, dann eben »schlampig«.

Verwässern > verbessern. Semantisch sehr nahe. -

Parteien verjüngen ihre kader. Erbhöfebeschaffung? Wer denkt an die »alternde« gesellschaft? Wo bleibt hierbei die weisheit der älteren?

Das haben wir nicht so gern: Die lust privatisieren (»Mein bauch gehört mir!«), und die l a s t (krankheit, aborti, AIDS, vielleicht dadurch entstanden) sozialisieren durch sozialversicherung, soziale programme.

Wunder in der medizin geschehen um so eher, je ungenauer die diagnose war.

Die chinesischen bauern, die Mao mit dem eigentum der großgrundbesitzer beschenkt hatte, haben nicht geliefert, als im nachrevolutionären China eine große hungersnot (»Der Große Sprung«) ausbrach. War wohl nix von seiten der bauern mit t e i l e n der lebensmittel. Die müssen da irgendwie etwas ganz falsch verstanden haben …

Schma Jisrael: Gebet, welches die Juden tausend jahre v o r allah beteten. Wer das gebet »Schma Jisrael« hört weiß, woher der jodler »Allahu akbar« stammt.

Die französischen könige ließen im gefolge der zahlreichen staatspleiten schon mal gläubiger nach Versailles kommen, um ihnen die k ö p f e abschlagen zu lassen. Dies verminderte erheblich die lust anderer gläubiger ihre gelder beim französischen staat – der ja bekanntlich »cest moi« war – beizutreiben. So ähnlich erging es auch dem unglücklichen Josef (Süß) Oppenheimer am hofe zu Württemberg.

Konrad Beyreuther (Alzheimerforscher): »Bitte, macht euch heute, als Gesunde keine Sorgen! Probleme löst man erst dann, wenn sie d a sind!« Danke, Konrad. Ich merke, die »Probleme« beginnen bei mir. Ich habe trotzdem keine furcht.

Schon mal daran gedacht, dass gerade die ungerechtigkeit in der welt, der kampf, der krieg, das unschuldige leiden und sterben gerade die schönheit des menschlichen lebens ausmachen könnte? Das des überwindenden überlebenden?-

Die Kaczynski-brüder und der Ostseedorsch. Die brüder haben sich über die vorgegebenen fangquoten für Dorsch hinweggesetzt. Alle staaten – auch Deutschland! – , die sich der europäischen empfehlung unterwarfen, fuhren mit ihren fischerbooten n i c h t auf die Ostsee. Nicht so die Polen, die weiterhin wie der teufel Dorsch fingen. Nun, da sie endlich an der kette liegen, weil der Dorsch sich sehr rar gemacht hat maulen sie, dass die fanggenehmigungen verlost werden. Schimpfen natürlich in echtem ausländer (Deutschen)-haß auf die Deutschen, die nun herausfahren und fangen dürfen. Vergessen sehr gern, dass diese sich vorher z u r ü c k g e h a l t e n hatten.

Hallo, leute! Kommt alle. Sehr preiswerte preise zu vergeben! Nobelpreis, Buchpreis, Friedenspreis, Büchner-, Grimme-, Hanns-Martin-Schleyer-, Film-, Sport-, Musikpreis. Nicht zu vergessen die ungezählten hunde-, katzen, literatur-, theaterpreise. Alles, alles preislich, sehr preiswert, zum spottpreis, fast umsonst, wah? …

Was geschah am 17.10.1961 w i r k l i c h in Paris? Gab es das »Massaker von Paris« wirklich, oder gab es dies nicht, wie die offiziellen verlautbarungen hießen? Warum meldete die presse damals nicht, dass angeblich auf den straßen Paris damals bis zu z w e i h u n d e r t menschen von der polizei erschossen worden sind? Tianemen a la france?

Mein freund ist dein feind in deinem hinterland. (indische weisheit).

Wer in einen zug einsteigt, der noch nicht am bahnsteig eingefahren ist fällt ins gleisbett und stirbt in diesem falle.

»So betroffen schauen Täter ... «, so titelte eine große überreginonale deutsche tageszeitung über die stunde, in der im Weißen Haus in Washington der präsident, generäle und H. Clinton die übertragung der erschießung von Osama Bin Laden in Pakistan beobachteten. Jawohl, »betroffen«; das konnte jeder sehen. Ganz im gegenteil allerdings n i c h t in jubelschreie ausbrechend, als an einem bestimmten tage über dreitausend menschen in New York durch den terroranschlag starben und tausende menschen im Orient auf die straßen zogen, und jubelnd diesen »Sieg« der viehischen, elohaverdammten Islamisten feierten. Im fernsehen konnte man strahlende gesichter von ganz »normalen« menschen sehen, die mit dieser tat hochzufrieden waren. Eloha wird sie alle noch schlagen ...

Langeweile? Strecke die zeit, die durch interessante tätigkeiten vergeht, indem du diese tätigkeiten l a n g s a m vornimmst.- Dies sollte a u c h für d i e zeit gelten, die ich gerade brauche, um dieses, genau dieses – einigermaßen hektisch – niederzuschreiben. Warum nur, denn siehe oben ... ?

»Ewige Verdammnis ... « wie die apologeten schimpfen, sollte über den armen sünder kommen. Hallo schöpfer! Meinste nicht auch, dass das für so ein kurzlebiges lebewesen wie der m e n s c h nun einmal ist, ein büschen zu lang ist?

Auf dem parteitag der SPD äußert FW. Steinmeier mit schmakes »Einer für alle; alle für einen«, im hinblick auf die europäische geldkrise. Wirklich, Walter? »Einer für alle« heißt aber auch: Deutschland (»einer«) steht für die staatsschulden a l l e r Euro-staaten gerade! -

Beim computer, in der virtuellen welt ganz einfach: Reseten, auf null stellen. Im realen leben: Sehr, sehr schwer, viel zu oft unmöglich ...

Die mörder, die im namen irgend eines gottes morden, machen diesen gott zu ihrem k o m p l i z e n. Gott, verdamme sie.-

Allen befürwortern des rechts auf selbstbestimmten freitod ins stammbuch geschrieben: Man kann auch freibestimmt sterben, so, wie die wahnsinnigen selbstmord mör der die meinen, damit noch ein gottgefälliges werk zu tun, und mit ihren endzeit-blutorgien tausende von unschuldigen menschen mit in den tod reißen ...

Donnerstag, 15. März 2012

DIE STEINZEIT-ung® fragt sich im angesicht des schlimmen mordlaufs eines durchgeknallten menschen: Kein flächenbrand in Afghanistan? Verwundert reibt man sich die augen: Wo sind die rauschebärtigen männer mit steil gedrehten turbanen, die mit schwarzen ganzkörper-kondomen verhüllten frauen, die geifernd und trillernd ihren gekünstelten unmut zum schlechten geben? Gut, es gibt hie und dort einigen unmut, der aber irgendwie zäh fließend nicht in die gänge kommt. Dabei kann man doch gefälligst nach den flächendeckenden demonstrationen gegen diese unsägliche verbrennung von einigen blättern papier, auf denen etwas religiöses aufgedruckt war, dass nun der »volks« zorn wie ein naturereignis ausbricht. Doch siehe da: In Afghanistan – zumindest zur zeit noch – das schweigen im walde.- Eigentlich gibt es hierfür nur eine erklärung: Schockstarre … Also, kann man diese religiös verbohrten menschen doch noch beeinflussen? Bekommen diese menschen nun endlich mal einen eindruck davon, wessen der w e s t l i c h e mensch fähig sein kann? Es wird bezweifelt, dass die leute in Afghanistan nachricht über Norwegens Anders Behring B r e i v i k und dessen »strecke« von 77 – in worten s i e b e n u n d s i e b z i g! – menschen, dem blutrausch in Winnenden, Erfurt, den massakern auf amerikanischen stützpunkten in den Staaten, in Mexiko, in Brasilien jemals gehört haben.

A m o k im W e s t e n.- Muselmänner, seid vorsichtig. Bei uns im westen sind schon ganze staaten amok gelaufen, und wir haben das überlebt. Gut, gut, ihr lebt in einem armen, kargen, bergigen land, wo es erwiesenermaßen mehr steine als brot gibt. Bei uns im »Westen« gab es vor mehreren hundert jahren ebenfalls solch ein karges bergland, wo die jungen männer sich als krieger verdingen mussten, um die familien zu ernähren; wo die vögel des himmels sich beim aufpicken schwielen an den k n i e n holten, weil das korn so niedrig wuchs.- Heute ist dieses land eines der reichsten der welt …

Doch zurück zu Afghanistan. Dem chronisten von DIE STEINZEIT-ung® fällt auf, dass e i n e macht in Afghanistan überhaupt nicht in den tatarennachrichten aus diesem lande auftaucht: Die U N O . Wie dem chronisten erinnerlich, ist die UNO durch Resolution 1386 erheblich in diesem land involviert. Die UNO gab im rahmen von I S A F der NATO einen auftrag, in Afghanistan aktiv zu werden.

Dem amokläufer, dem armen hirn- und anders traumatisierten schwein droht natürlich die todesstrafe, trotzdem er g e n a u das gemacht hat, wie es die tapferen afghanischen helden machen, indem sie ihren waffenbrüdern heimtückisch in den rücken schießen, und unschuldige menschen durch ihre sprengfallen mit in den tod reißen, wie öfters geschehen. Und nun soll sich in diesem land niemand wundern, dass auch »der Westen« bestens mit der asymmetrischen kriegsführung vertraut ist. -

Mittwoch, 4. April 2012

DIE STEINZEIT-ung® antwortet d e m gedicht von G.Grass weiter unten mit einem gegengedicht.

Vorab jedoch sollte sich die kommende generation von germanisten – und vielleicht auch darüber hinaus die nächsten – darauf vorbereiten, dass dieses »gedicht« eingang in ihren lernstoff halten, dass es zu der grundlage mancher dissertation werden wird.

Der chronist von DIE STEINZEIT-ung® gibt freimütig zu, das poem von G.G. nicht vollständig gelesen zu haben, denn der tenor ist allzu eindeutig. Und die wenigen zeilen, die in den nachrichten kolportiert wurden reichen vollends; der fluss der dilatatorischen reime, das sukkadonische versmaß, die versatzung ähneln dem speichelfluss eines negierten (Upps! Vorsicht! Rassendiskriminierung?) weißen spülwasserdrachens.-

So weiter könnte nun eine seitenlange polemik fortgesetzt werden, darauf hoffend, dass sich in dem wortgetümmel doch noch ein passables bonmot ergeben könnte, nein, hier geht es direkt zu dem beitrag von der anderen feldpostnummer:

Der 15 jährige Junge mit dem Downsyndrom
vor der israelischen Linie.
In Palästina, im Heil'gen Land,
hat nur der psychisch Kranke Verstand.
Den Sprengstoffgürtel er runterriss,
weil ihn der Lebensmut nicht verließ.
- Verflucht und verdammt sei diese Brut,
die sowas ihren Kindern antut;
entsorgen wohl auf diese Weise
ihre allzu großen Kinderkreise. -
Eloha, Gott! Hast du das wirklich erlaubt,
wie viele der Macker dieses fest glaubt?
Sag nicht ja, sag nicht nein. Ich weiß Bescheid.
Du hast keine Macht – nicht in Ewigkeit.

Dazu, gewissermaßen, ein ausputzer-schmankerl:

Am deutschen Wesen
sollte einmal die Welt genesen.
Deutsche Erfahrung; eine Offenbarung?
Mitnichten Bernd. Die Welt? Nix gelernt. -

Wie immer hofft der autor darauf, dass sich möglichst viele Nicht-Verstehen-Woller über diese zeilen ärgern, einige, wenige aber nachdenklich werden. Zu empfehlen, auf derselben seite der beitrag »Nemesis in türkis«, vom 05. februar 2012

Donnerstag, 10. Mai 2012

Norbert hat's vergeigt

DIE STEINZEIT-ung® hat wenig probleme, diese tatsache im perfekt zu schreiben, und dies vier tage v o r der wahl in NRW. Norbert hat es zwar auch vergeigt, weil er nur mit halber kraft in diesem wahlkampf die schwengel der propagandamaschine gedreht hat, und zum unguten schluss noch einen kapitalen (sünden) bock schoss, um diesen der kanzlerin in den schoß zu legen. Nein, er hat seine letzte chance verpasst, die chose doch noch zu wenden. Nur, niemand war da, ihn zur jagd zu tragen, eine jagd auf einen Duisburger j ä g e r.- Dem chronisten von DIE STEINZEIT-ung® war es eh nicht geheuer, als der krieg der taliban, also den »suchenden Studenten« gegen die »Neonatsoz« um die hoheit über die straße begann. Hierbei war die massenweise kostenlose verteilung des koran eigentlich im strategischen sinne nur eine aufklärung des zukünftigen schlachtfelds. Es kam, was bis dato Deutschlands schicksal ist: Nicht die kader der steinwerfer und messerstecher werden verboten, sondern »Kameradschaften« der »Neonatsoz« ... Weimar einmal anders herum. In der Weimarer Republik bekamen die »Natsoz« (rechtsfaschisten) schützenhilfe vom staat gegen die Kommunisten (linksfaschisten). Heute stehen die »natsoz« gegen die religiösen faschisten, die so r e c h t s sind, dass sie sich mit den gewaltig links ausladenden linksfaschisten wieder in dem geschlossenen kreis um das bürgertum herum vereinigen. Gnade uns Gott, wenn die religiösen an die macht kommen! Die fürchten nicht tod und teufel, und bomben sich und andere ungefragt auf teufel komm raus in die hölle, alles zur größeren ehre ihres gottes. Ja, DIE STEINZEIT-ung® ist der meinung, dass diese leute keinen besonderen schutz vom staat (mehr) brauchen, diesen schutz benötigen die staatsschützer s e l b s t. Und die taliban wissen, wo sie anpacken müssen, wo -besonders- der deutsche staat seine offenen wunden hat, wunden, die von anderen deutschen allerdings immer schön mit den wundhaken offengehalten werden. Die ewige operation an dem wunden herzen ... Ja, Norbert Röttgen, wenn du dem Duisburger Jäger den marsch mal nach diesem notenblatt getutet hättest, wäre das signal von vielen verstanden und gewertet worden. Aber so wirst du im orchestergraben platt gemacht und als zupfgeigenhansl festgestampft. Und der Duisburger Jäger müsste zur strafe dann in den annalen der SPD nachschlagen unter dem buchstaben N, wie (Gustav) N o s k e ... Der chronist meint, zu dieser problematik passt ein gedicht, geschrieben wegen eines vorfalls in grauer vorzeit, wo auch »Etwas« von der staatsgewalt verboten wurde. Dieses »Etwas« ist, analog der letzten zeile des gedichts, natürlich eine allegorie.-

Es ist wohl vergebens, dieser Gesellschaft
die scharf geschliffenen Spiegel zu zeigen.
Das krater- und schrundengefüllte Gesicht
-ein Zeichen des alters, Beginn des Verfalls-
hält dank kosmetischem Schmier und Gespachtel
viel länger als notwendig stand:
Denn auch die Chemie ist weit fortgeschritten.
Die Einsicht in diesen Verfall ist nicht angezeigt:
So werden die Spiegel verboten.

Samstag, 19. Mai 2012

DIE STEINZEIT-ung© versucht zu erklären, warum Norbert Röttgen auch noch als minister abserviert wurde. Nach unserer meinung ist das »netz« daran schuld. Eigentlich sollte jeder im lande sich freuen, dass nach Fukushima die energieerzeugung aus atomkraft eingestellt werden soll. Denn frau Dr.rer.nat. M e r k e l, studierte physikerin, fachrichtung atomphysik sollte eigentlich um die gefahren der atomkraft bescheid wissen, und sie erscheint diesbezüglich vertrauenswürdig. Statt mit hilfe der atomkraft soll die elektrische energie – neben der aus gas-und kohlekraftwerken – überwiegend mit hilfe von naturkräften, sonne, wind, erzeugt werden. Hierbei wird die windenergie einen hauptanteil haben, wobei die windigsten abgreiffelder in der Deutschen Bucht in der Nordsee zu finden sind. Und das ist das problem der süddeutschen länder, die ja nach dem ausstieg aus der atomkraft ihre kraftwerke abschalten müssen. Und somit werden in einem integrierten energienetz richtig dicke leitungen nach Süddeutschland notwendig. Und hier genau beginnt der bereich des umweltministers, der, nicht nur nach meinung der kanzlerin, sein feld nicht richtig beackert hat. Nach einigen naturschützern,– n i c h t u m w e l t schützern, merkwürdig, nicht?–, ist der tritt der »Kilowatt-Riesen«, heute eher megawatt-riesen, insbesondere auf eigenen grund und boden, äußerst unbeliebt. Und wenn keine stahlmasten gebaut werden, können sich auch keine energieführenden kabel über das land schwingen, um strom nach Süddeutschland zu transportieren. Und gerade dieses feld hat Norbert viel zu wenig beackert; statt dessen ist er sehr publikumswirksam in alte bergwerke eingefahren um zu demonstrieren, dass er etwas tut. Wobei die verbringung von atommüll mit sicherheit nicht den vorrang vor der erstellung der stromtrassen hat. – Besonders der Bundes-Nährstand, die in grünen loden, sind gegen den bau der stromtrassen. Nicht etwa weil sie etwas gegen die verschandelung der natur haben, nein, sie wollen ganz einfach mitkassieren. So sollen solch unliebsame landsleute in Schleswig- Holstein schon mal 4.000,--€ jahresmiete für den standort eines gittermastes, standplatz maximal sechs mal sechs quadratmeter, gefordert haben. Was schert uns paragraph 14, absatz 2. GG? Und wenn unsere forderungen nicht erfüllt werden, zeigen wir euch mal, wo der bahnhof im dorf liegt ... Besonders interessant wird es in einem süddeutschen land, wo die geborenen und geadelten umweltschützer an der regierungsmacht beteiligt sind. Werden diese ewig gestrigen, die wahren konservativen, die zwar nicht mehr im grünen lodenmantel, aber dennoch grün daherkommen; werden diese abermals die eigentlichen nicht-seßhaften animieren, sich auf gleise und straßen niederzulassen? Um so den transport des materials für die stromtrassen zu verhindern? Die nicht-seßhaften und die ewig gestrigen in grün blockierten dann wichtige verkehrsadern, ohne die unsere welt wie das v o r i n d u s t r i e l l e zeitalter funktionieren würde. Übrigens: Die verächter der zitrone, waren früher auch nicht so ohne.-

Freitag, 8. Juni 2012

DIE STEINZEIT-ung® möchte sich an der rundum-diskussion über das »Urheberrecht« beteiligen. Es geht hier also um das recht am »geistigen Eigentum«. Die bezeichnung »geistiges Eigentum« signalisiert, dass dies eher ein flüchtiges, schwer erfassbares gut ist, als – beispielsweise – eine parzelle grund und boden, ein haus, ein goldbarren oder gar ein verlag. Genau genommen bedienen wir uns permanent geistigen eigentums, denn das zwei mal zwei gleich v i e r ist, wurde uns ja durch generationen hindurch vermittelt, und zwar sehr wahrscheinlich von einem individuum aus grauer vorzeit, welches sich nicht mehr mit der überlegung, dass eins und eins z w e i ist zufrieden gab. Auch die vielen, vielen redewendungen, die wir a l l e jeden tag hundertfach benutzen, hatten einen geistigen urheber, denn sonst ständen wir auf dem pegel des wortschatzes von a a, mama und papa. Und für den geistesblitz »Edel sei der Mensch, hilfreich und gut« hat gewiss unser aller Jean pas de loup seine tantiemen bekommen, u n d der schriftsteller, der in seinem elaborat dieses zitat eingearbeitet haben sollte, bekommt – hoffentlich?? – seinen salär über den verkauf seines buches. Viele berufene (schaffende künstler, verwerter, GEMA) diskutieren dieses thema des urheberrechts aus eigennützigen gründen, zu recht! Andere, insbesondere die erste generation der schoßhund-streichler beteiligen sich ebenfalls an dieser auseinandersetzung, auch aus eigennützigen gründen … Doch in der fachrichtung literatur vermisst DIE STEINZEIT-ung® bis dato einen wichtigen mitspieler, der in dieser diskussion eigentlich nicht fehlen sollte: Der Börsenverein des Deutschen Buchhandels. Sei es, dass sich die damen und herren zu fein sind für die schlammschlachten in den niederungen, sei es, dass sie auf eine ihnen genehme möglichkeit warten, einen enterhaken zu setzen, um somit an bord zu kommen.- Eigentlich sollte es jedem unbekannten, freien schriftsteller (besonders »frei« eines verlages) nur recht sein, wenn seine texte im internet »geklaut« werden, denn nur s o hat er eine chance, bekannt zu werden; es ist für ihn preiswerte reklame.Für den rezipienten im internet sollte dann allerdings gelten, dass er den n a m e n des »geistigen Urhebers« benennt, wenn er sich dessen texte bedient. Die bezugsquelle des unbekannten autors (wenn vorhanden) soll er fairerweise ebenfalls nennen, als kleines dankeschön. Übrigens: Im zeitalter des sich rasend schnell ausdehnenden virtuellen raums wäre eine neue definition für »geistiges Eigentum« angebracht. Wie wäre es denn mit«v i r t u e l l e s eigentum«? …

Montag, 16. Juli 2012

In einigen mehr linksgeneigten entwicklungsländern – so betrachtet dies in aller demut DIE STEINZEIT-ung® – gibt es eine tendenz, die zerstörung der welt nur den industrieländern anzulasten. Und dies hauptsächlich beschwingt durch ideen, die aus klimaschützenden kreisen eben dieser industrieländer kommen. Eine dieser genialen ideen ist zum beispiel diese, das erdöl, welches auf dem territorium eines staates n i c h t klimaschädlich gefördert und verbraucht wird, dem betreffenden staat in barer münze zu erstatten. Damit würden gleich z w e i gute taten vollbracht: Das klimaschädliche gas bleibt im boden, schön vergraben von mutter Erde, und das geld, welches aus dem erlös des verkaufs der bodenschätze hervorgegangen w ä r e wird dem betreffenden staat ausgezahlt. Gewissermaßen als entwicklungshilfe. Das geld für diese aktion sollen sich die industriestaaten aus dem handel mit kohlendioxid-zertifikaten besorgen, sagen wir, ungefähr, so im werte von drei milliarden Euro. Den chronisten ereilt hierbei die maulsperre vor staunen über die scheinheiligkeit der denkungsart jener gruppen. Verteufeln nicht gerade diese den »Kapitalismus«, der mit hilfe von erschaffung von geld aus der luft, kongenial dazu mit l u f t- buchungen, tagtäglich, weltweit, in sekundenschnelle – reales! – vermögen schafft? Eigentlich sollten sich staaten freuen, mit bodenschätzen gesegnet zu sein, das wort »bodenschätze« transportiert den wert derselben in treffender weise. Wie wäre es aber, wenn im gegenzug die industrieländer folgende gegenrechnung aufstellen: Gut, lasst uns also rechnen. Wir haben keine bodenschätze, wir haben dafür die technik. Wir haben die technik, aus – zugegeben – e u r e n bodenschätzen solche dinge wie maschinen – die wiederum so schöne, lebenserleichternden dinge wie motoren, fahrzeuge, schiffe, flugzeuge, medikamente, röntgengeräte, herz-lungen-maschinen, baukräne, kraftwerke, förderpumpen, wasseraufbereitungsanlagen, u.s.w. produzieren – zu bauen, die wir euch für euer schöneres leben gern zur verfügung stellen. Ja, auch waffen stellen wir für euch her, damit ihr euch v e r t e i d i g e n könnt, wenn der böse feind euch angreifen sollte. Sagt uns bitte bald, ob ihr auf die oben genannten dinge etwa v e r z i c h t e n wollt, dann werden wir euch im gegenzug unsere geldforderung stellen. Überschlägig werden ungefähr drei milliarden herauskommen. Bitte verrechnet dies mit e u r e n forderungen ... Noch was: Dieser staat, der bei euch das öl gern fördern würde, ist ebenfalls per definition ein »Entwicklungsland«, hat allerdings schon den fuß auf die schwelle zur tür ins industrieland gestellt. Nein, es ist nicht Japan, nein, auch nicht die USA, gott bewahre! Es ist auch nicht Indien. Von Indien besitzt der chronist von DIE STEINZEIT-ung® noch eine jutetasche, auf der noch der altertümliche name »Bombay« aufgedruckt ist, also eine sehr alte tasche, die aber noch voll ihren zweck erfüllt. Nein, es ist auch nicht England, von dem der chronist noch ein brotmesser besitzt, welches über 50 (in worten: Fünfzig!) jahre alt ist, feinste qualität mit wellenschliff, und noch voll seine funktion erfüllt. Auf der klinge steht: »Sky-Line, England ETERNA (Nomen est omen!), stainless«. So, wie es aussieht, werden die u r enkel daran noch ihre freude haben.- Ja, es ist das a n d e r e große land gemeint, welches den gesamten globus mit den derivaten aus erdöl gnadenlos überschwemmt, dass sogar das weltmeer davon verpestet ist. Und d i e s e s land, ihr lieben leute, die ihr das übel der welt ja sehr gern am »Westen« festmacht, dieses land wird euch eine rechnung über 3 milliarden Euro für nicht getätigte geschäfte präsentieren. Werdet ihr zahlen ... ?

DIE STEINZEIT-ung® staunt über die fernöstliche weisheit japanischer jurokraten, die kraft ihres berufs und amtes glasklar erkannt haben, wer an der katastrophe von Fukushima schuld war. Das war nicht etwa das erdbeben mit einem anschließenden tsunami mit bis zu 15 (in worten: Fünzehn) meter hohen meereswellen. Von sehr interessierter seite wird in der presse von der »Nuklearkatastrophe von Fukushima« geredet, obwohl milli a r d e n menschen auf der Erde durch die macht der bilder erkennen mussten, dass es sich hierbei um eine »N a t ur- katastrophe« gehandelt hat. Die hohen richter in Japan erkannten jedoch einen anderen schuldigen: Die regierung … .

Zu dem buhei um den »Sonnensturm« vom sommer 2012: Hat man schon mal daran gedacht, dass dieser sonnensturm schuld an dem katastophalen sommer in Mitteleuropa haben könnte? Von wegen klimawandel durch den menschen! Hat man je schon mal bedacht, welche energien durch den sonnensturm – der in der mehrheit aus protonen besteht – in der erdatmosphäre freigesetzt werden, zumal die energieabgabe bei protonen beim abbremsen am größten ist? In jüngster zeit haben wissenschaftler nachgewiesen, dass bei diesen ereignissen (Nordlicht) sogar schallwellen entstehen. Der berichterstatter erinnert sich an das berühmt berüchtigte »Ozonloch«, welches durch verschwinden des ozon in hohen luftschichten die ultra-violett-strahlung ansteigen lässt. Gleichzeitig wird aber der sogenannte »Sommersmog« (also eine anreicherung von ozon in den u n t e r e n luftschichten) ebenfalls verteufelt. Kommt denn niemand auf die idee, dass dieses ein selbstheilungseffekt der natur sein könnte? Leute, entscheidet euch. Wollt ihr schutz durch ozon gegen UV-strahlung, oder wollt ihr schöne knackige bräunung durch mangel an ozon.- Nachklapp zu Fukushima: Weltweit haben die ozeanografischen institute festgestellt, dass das weltmeer die bei der explosion freigesetzten radionuklide dergestalt verdünnt hat, dass die konzentration der »natürlichen« nahekommt. Natürlich, was denn sonst?

Eingepasst am 25.07.2012: Dies könnte die lösung für die probleme mit der beseitigung des radioaktiven abfalls bei der kernkrafterzeugung sein. Alles, was auf und in der erde materiell vorhanden ist, findet sich in lösung im irdischen ozean, a u ß e r den transuranen, oder, besser: Transplutoniumelemente. Und das sind die wirklich »künstlichen« kunststoffe, die auf der erde via technik (Kernreaktoren, Synchrotrone, wie LHC in Genf) »künstlich« erzeugt werden. Wer weiß, was das große lebewesen Erde mit diesen – für dies wirklich f r e m d e n stoffe – anstellt? Erlaubt der metabolismus dieses lebewesens die aufnahme und verarbeitung (»Verdauung«) dieser stoffe, oder gibt es eine gewaltige, eruptive allergische reaktor-reaktion? Kann sich niemand vorstellen, dass das Elektron, dem wir zu unserem nutzen das fließen beigebracht haben, einmal »N E IN« sagt? Wir können uns dies vorstellen. D i e s wäre das ende der welt, aber ganz anders, wie es Hollywood in leider auch vielen dümmlichen streifen dargestellt hat .-

Donnerstag, 9. August 2012

Die »NZZ« betitelt in ihrer ausgabe vom 8.august 2012 einen beitrag folgender massen, – pardon – »maßen«: »Neun von zehn Diplomaten zahlen Bussen nicht.« Dem chronisten von DIE STEINZEIT-ung® erschloss sich im ersten versuch der sinn nicht, im zweiten anlauf kapierte er, dass es sich hierbei n i c h t um den plural des allseits geschätzten verkehrsmittels »Bus« handeln konnte, denn dann hätte der herr redakteur sich das beugungs » n « bei »Bussen« ersparen müssen. Also, nochmal ganz langsam: Irgendwelche leute (»Diplomaten«) zahlen »Bussen« n i c h t (auf keinen fall); und nun dämmert es ganz langsam bei dem chronisten, dass es sich hier um die guten alten – auch schweizerischen – Bußen handelt. Nein, der herr redakteur hat sich völlig korrekt verhalten, das gute alte »Dreierle – S« wird in der Schweiz nicht mehr benützt. Und dies kann durchaus als nützlich gewertet werden, denn die moderne datenverarbeitung gelingt um so schneller, je einfacher schriftzeichen gestaltet sind, u n d je w e n i g e r es davon gibt. Hierin liegt jedoch auch eine gefahr, die gefahr des miss-oder gar unverständnisses. Die »computer« sprache ist – zum glück – Englisch, mit seinem übersichtlichen zeichensatz, und den allgemein verständlichen gräco-lateinischen wurzeln. Und in diesen zeichensatz passt (»paßt«) das mittelalterliche » ß » nicht mehr hinein. Es passen allerdings auch nicht die diakritischen zeichen wie Tilden, Zirkumflex und alle die anderen akzente der mannigfachen europäischen sprachen hinein. Erst recht sind die orientalischen sprachen, besser, ihre schriftzeichen, ein wahrer horror für einen IT-fachmann; hier muss ein wahrer zeichenzoo in die digitale form gepresst werden, ein horror gegenüber der digitalisierung von gerade mal d r e i s s(»ß«) i g zeichen der englischen sprache. Aber, lieber herr redakteur der »NZZ«: Wehren Sie sich gegen den völligen ausschluss des »scharfen s« von Ihrer tastatur. Sie müssen sonst ein neues wort für schweiz. »Bussen« kreiren. Wetten, dasz ...?

Samstag, 25. August 2012

DIE STEINZEIT-ung® befasst sich ebenfalls mit dem allerweltsthema der beschneidung.

Den Kölner richtern ist dank zu zollen dafür, dass sie durch ihr urteil endlich einmal in den stinkenden modder von scheinheiligkeit hineingepatscht haben. Und nun ist die kacke am dampfen. Selbstverständlich haben die richter nur das bestätigt, was – »seit 4000 jahren« – immer schon war; dass die beschneidung von knäblein k ö r p e r v e r l e t z u n g ist. Und wenn viele leute meinen, nun gut, es ist eine »religiöse« handlung; nun, umso schlechter …

Vor über »4000 jahren«, also noch v o r der beschneidung von männern, gab es unter der ägide dieses orientalischen schöpfergottes, des gottes aus der wüste, des gotts, der so fürchterlich »eifersüchtig« ist einen noch viel schlimmeren brauch -pardon, »religiöse handlung«-, dass die erstgeborenen- wahrscheinlich nur knäblein?- diesem gott geopfert (also abgemetzelt!), und dann auf dem altar des herrn verbrannt wurden (s. Abraham, Isaak und co.).

Irgendwann kam dieser herr gott wohl darauf, dass es immer weniger anhänger seiner recht kruden religion gab, und zwar auch wegen der zahlreichen abgänge durch die »opferungen«. Da musste also etwas neues her, allerdings musste in jedem falle blut fließen, denn o h n e blut gibt's keine zünftige regression -pardon, natürlich religion.- Da die weiber eh schon jeden monat von selbst bluten, mussten wieder mal die männer ran, und zwar ging eloha gott an das genussfähigste, welches dem manne eigen ist, an seinen schniedel. Und so entstand die legende von der beschneidung.

Aber irgendwie war das auch nicht das richtige. Zahlreiche völkerschaften, besonders die, die gezwungenermaßen in die »moderne zivilisation« (»altes« Ägypten; »Rivers of Babylon«) hineingeschnuppert hatten weigerten sich, diesen unsinn mit der beschneidung weiter mitzumachen., Zur »strafe« führte herr eloha dann diese menschen vierzig jahre lang durch die wüste (Nein, kein buchtitel von Karl May), bis diese generation gestorben war. Dann erneuerte herr eloha einen »Bund« mit seinen untertanen. Und irgendwie müssen die untertanen etwas f a l s c h verstanden haben, denn herr eloha sprach in diesem neuen bund etwas von der »Vorhaut des Herzens«, die »beschnitten« werden soll (Dt 10, 16; Jer 4,4). Und da diese dödels von untertanen damals partout keine »Vorhaut des Herzens« finden konnten, und mit der symbolik der s p r a c h e noch gar nichts anzufangen wussten, säbelten sie lustig an dem schniedel weiter, bis heute, 4000 jahre später …

Und so wird es passieren, dass heute ein vater, ein erziehungsberechtigter, der seinem sohn einen backenstreich (auch ohrfeige genannt) zwecks einer erziehungsmaß nahme gibt -so, wie es die väter seit »4000 jahren« machen- wegen k ö r p e r v e r l e tz u n g verurteilt, und das gesamte leben ruiniert wird, während der N i c h t -arzt auf der anderen straßenseite gerade einem knäblein von dessen schniedel ein stückchen blutig absäbelt, dafür gut bezahlt, hoch gelobt, anschließend zur nächsten »religiösen« handlung eilt ...

Mag sein, dass richtig bibelkundige menschen mit dieser bibelexegese gar nicht einverstanden sind. Möglich, dass der text der zitierten quellen (aus der Pattloch-Bibel von 1965, 2. Ausgabe) nicht der interpretation anderer bibelübersetzungen entspricht. Interessant wäre ein vergleich mit dem anderen »heiligen« buch, welches ja, streng betrachtet, eine fortschreibung des Buchs der Bücher ist. Sie wissen, welches buch ich meine? Jedenfalls n i c h t »Das Buch Mormon« ...

Zum schluss als schmankerl, zum ausklingen der aufregung eine Hirnzwinge (zwingt zum n a c h d e n k e n ! !):

Am deutschen wesen, sollte einmal die welt genesen.
Deutsche erfahrung, eine offenbarung?
Mit nichten, Bernd.
Die welt? Nix gelernt. -

Montag, 3. September 2012

DIE STEINZEIT-ung befasst sich nun mit einem begriff, der, so scheint es, ein wenig in vergessenheit geraten ist: Die »Soziale Gerechtigkeit«.

Nun, wenn die arsenale des sich ganz langsam entwickelnden wahlkampfs 2013 wieder voll aufgefüllt werden müssen, wird die »Soziale Gerechtigkeit« in allen kalibern mit dabei sein. Ein besonderer bedarf, auch des schwersten kalibers, wird sich ergeben, wenn die unmenschliche tiefe des rentenabgrunds erkannt wird. -

Die nicht einfache genaue bestimmung des begriffs »Soziale Gerechtigkeit« spornt den chronisten an, in seiner lebendigen vergangenheit einmal nachzustöbern, ob er jemals etwas entsprechendes erlebt habe, oder ob andere personen etwas erlebt haben könnten, welches zur begriffserklärung beiträgt. Und das ist der fall. Der chronist beginnt zwar wie bei einem märchen, was aber pure faulheit zum nachdenken ist, weil ihm nichts besseres einfällt ...

Also: Es waren einmal, anfang der fünfziger jahre dvjhds drei eisenbahnerwitwen. Die erste, witwe des bahnhofsvorstehers, die zweite, witwe des betriebsassistenten, und letztlich die dritte, witwe des eisenbahners, auch weichenschmierer genannt. Die reihenfolge spiegelt die höhe der dienstränge und ,logo, der gehaltsklassen wider.

Frau bahnhofsvorsteher war mit der familie aus Schlesien geflüchtet, und frau betriebsassistentens mann wurde nach dem krieg gemäss den gesetzen des Alliierten Kontrollrat aus dem dienst entfernt, aber post mortem voll rehabilitiert, und sie als witwe voll in ihre rechte als beamtenwitwe zurückversetzt. Frau betriebsassistent wurde ebenfalls vertrieben, und zwar 1920 aus Lothringen; ab, »Heim ins Reich«, über die »Kehler Brück«, hochschwanger, mit nur dreißig kilo handgepäck. Frau eisenbahner war ebenfalls vertrieben worden, und zwar aus Ostpreußen. Frau bahnhofsvorsteher und frau eisenbahner wunderten sich, dass sich in Deutschland vor über einem viertel jahrhundert bereits schon vertreibungsdramen wie die ihrigen abgespielt hatten. Und diese erkenntnis dämpfte ihren jammerpegel um einiges, was von frau betriebsassistent als wohltuend empfunden wurde.

Eines tages wurde frau eisenbahner von einem vertreter an der haustür belatschert, doch einen ofen zu kaufen. Sehr beliebt waren zu jener zeit allzweck- öfen, in denen man kohle, holz, briketts und koks verheizen konnte. Eine grundlegende, heikle sache; deswegen versuchten geschäftemacher solche komplizierten heizgeräte gegen sehr gutes geld an den mann, beziehungsweise an die frau zu bringen.

Frau eisenbahner hatte pech, der ofen klappte nicht; sei es, dass sie ihn nicht richtig bediente, sei es, dass der ofen wirklich murks war. Anzumerken sei, dass der preis solch eines heizmöbels zu jener zeit durchaus e i n monatseinkommen verschlingen konnte. Zu erwähnen sei, dass sich frau eisenbahner bei frau bahnhofsvorsteher und bei frau assistent als putzfrau für die wohnung betätigte, natürlich gegen gute bezahlung.

Frau bahnhofsvorsteher und frau assistent trafen sich öfters, weil sie in ihrem ort nur hundert meter auseinander wohnten. Mit frau eisenbahner, die in der nachbarstadt wohnte, trafen sie sich in der regel nur dann, wenn diese die wohnungen der beiden putzte, was aber regelmäßig mit einer tasse kaffee und einem längeren schwatz beendet wurde.

Nach einiger zeit erzählte frau bahnhofsvorsteher frau assistent, dass frau eisenbahner ihr die adresse von dem händler mit dem »allesbrenner« – eine sehr euphemistische bezeichnung für den an der haustür vertriebenen ofen – gegeben, und diesen über alles gelobt habe, und morgen würde bereits der von i h r bestellte ofen angeliefert. Frau assistent beglückwünschte sie zu dem kauf, und sie wolle sich das gute stück bald mal ansehen.

Nach einer woche meldete sich frau bahnhofsvorsteher bei frau assistent, sehr niedergedrückt und ratlos und erzählte, wie es ihr mit dem neuen ofen ergangen sei. Nachdem der ofen angeliefert worden war, hätten die ehemaligen kollegen ihres mannes den ofen an den kamin angeschlossen. Schnell habe sie aber gemerkt, dass mit dem guten stück etwas nicht in ordnung sei. Sie habe daraufhin frau eisenbahner beim nächsten putztermin um rat über den umgang mit dem ofen gebeten. Und deren erklärungen habe in dem ausspruch gegipfelt : »Hach! Was bin ich froh, dass ich nun nicht allein bin. Dass es nun auch andere getroffen hat!« Und dies hatte sie durchaus im tone der tiefsten befriedigung gesagt. Daraufhin sei frau bahnhofsvorsteher so perplex gewesen, dass sie noch nicht einmal mehr daran dachte, der frau eisenbahner vorhaltungen zu machen, dass diese sie eigentlich b e t r o g e n habe, weil sie nicht vor dem reinfall gewarnt worden sei. -

Eine frage an die streiter für »Soziale Gerechtigkeit«: Versteht ihr etwa s o w a s unter diesem schlagwort?

Montag, 5. November 2012

Aus dem Orient kam früher einmal das licht. Damit war nicht nur die einfache astronomische tatsache gemeint, dass im osten die sonne aufgehe, sondern das sprichwort bezeichnet auch die tatsache, dass aus dem Orient auch das licht der zivilisation, die kulturen und die religionen stammen. Heute jedoch interpretieren wir mit »Orient« nur noch aufruhr, revolution, »Frühling«, welteroberung (der seelen), fremdenhass, unbedingter wille zum töten und »Heiliger Krieg«. Es sind die, von denen der friedliche religionsgründer aus Galiläa sprach, als er die »Wölfe im Schafspelz« benannte, vor denen man sich hüten soll. Gerade in den letzten tagen noch reiste ein potentat aus dem Morgenland an den »Hof« zu Berlin, um die herrscherin zu besuchen, insbesondere aber auch, um seinen landsleuten durchhalteparolen zu verkündigen, dass diese in dem unfreundlichen, unliebenswürdigen, kalten »Germanien« nicht den glauben an ihre große nation, ihr sendungsbewußtsein und den stolz verlören. Im reisegepäck hatte er allerdings n i c h t seinen verbrecherischen landsmann, der in Berlin am Alexanderplatz noch tage zuvor einen menschen erschlagen, e r m o r d e t , und großmundig männiglich verkündet hat, nach seiner flucht in die heimat, sich der hiesigen justiz stellen zu wollen. – Nein, aus dem »Orient« dämmert des tages ende …

Neues von Babylon

Jehovaboß. Hart war dein Babelspruch,
damals,
der die Maurer von den Gerüsten riß.
Verwirrt, zerstreut im Unverständnis
verließen sie den Ort der Vier Winde,
und fanden nicht mehr nach dort zurück.
Bis sie die Sprache des An-oder Aus,
des Entweder-Oder, Des Ja-oder-Nein
entdeckten,
und den Sowohl-Als-Auch-Stein
verwarfen.
Dann ging es ganz schnell.
Bald setzten sie dir die Wolkentürme
aus Rauch und aus Öl,
aus Feuer und Dampf,
aus Ruß und aus Qualm vor die Nase.
Kein Weihrauchfäßchen, schätze ich, Boß!

(Dieses gedicht ist auf seite 120, in dem gedichtband »Ihr seid ja alle Prokrustes!«, ISBN 978-3-8334-7375-3 von Bernd (bejot) Jacobs im Jahre 2008 erschienen. Es ist im buchhandel erhältlich, und natürlich auch im internet)

Dazu passt auch das gedicht, welches im gleichen band auf der seite 37 veröffentlicht worden ist.

Pastor fides

Die Spielwiese, auf die wir die Böcke treiben,
- bevor wir sie in die Wüste jagen-
hat Stolperfallen und Löcher,
durch die man gefährlich
zu Boden geht.
Auch wachsen den Tieren nun Krallen und Zähne,
daß sich sogar meine Hunde fürchten.
Was tun Freunde: Weiterjagen,
oder warten, bis uns
die Wüste naht?
Im übrigen:
Am deutschen wesen
sollte einmal die welt genesen.
Deutsche erfahrung: Eine offenbarung?
Mit nichten, Bernd.
Die Welt? Nix gelernt ...

Samstag, 10. November 2012

DIE STEINZEIT-ung® hinterfragt, ob Peer Steinbrück noch kanzler werden kann, nächstes jahr bei der bundestagswahl. Diese frage stellt sich dem chronisten besonders, weil er zufällig in der nähe des wahlkreisbüros in Hilden/Rheinland von Peer Steinbrück wohnt.

Um es vorab zu sagen: Es sieht nicht gut aus für den kanzlerkanditaten, und das liegt nicht nur an dem kandidaten selbst, sondern an der p a r t e i, die ihn zum herzog ernannt hat. Es ist die partei, die in fanatischer rechthaberischer weise Adolf Sauerland als oberbürgermeister von Duisburg abgeschossen hat. In unerträglicher »Gutmenschen«-manier wurde diese aktion durchgeführt, von privatmenschen? Denkste! Es war allzu augenfällig, dass die gesamte logistik einer partei von den initiatoren in anspruch genommen wurde. Die abmeierung Adolf Sauerlands war das werk dieser partei und einer geistesverwandten organisation. Hier hat sich zum erstenmal ganz schön gezeigt, wohin die »bürger«beteiligungen an der politik hinführen, wie es diese partei ja auch politisch favorisiert hat. Allerdings gibt es jetzt eine chance, dass es nun einen ball verkehrt geben könnte.

Dass P. Steinbrück vorträge hält, um seine ideen als MdB zu erläutern ist in ordnung, auch, dass er sich dies vergüten lässt. Doch wenn man hört, dass gerade die stadt Bochum eine hoch verschuldete stadt wie viele andere im Ruhrgebiet ist, und die klientel der SPD – wie diese meint – sich hauptsächlich in diesen städten befindet, so ist die frage erlaubt, woher das geld für derlei belustigungen wie prominenten-schwätzerei stammt. Die antwort ist klar: Von den nutzern der stadwerke Bochum. Die entschuldigung der stadt Bochum, dass derlei veranstaltungen als »Werbung« für die stadtwerke gedacht seien, und somit zulässig, sind fadenscheinig. Die produkte, die die stadtwerke Bochum an ihre bürger verkaufen – gas, wasser, strom – kommen von den großen gaskonzernen, von Gelsen-Wasser und von RWE. Sind wir uns darüber einig, dass nur, und nur der hersteller die jeweils betreffenden produkte am preiswertesten (billig) verkaufen kann? Allein schon wegen des (auch streng nach Karl Marx) fehlenden »Mehrwerts«.

Was um himmels willen soll also wirklich mit solch teuren veranstaltungen bezweckt werden? DIE STEINZEIT-ung® hat den verdacht, dass durch »Spenden« eine stille finanzierung von etwas ganz anderem geplant war, und sicher nicht eine spende an ein – beispielsweise – frauenhaus in Bochum. Warum also dieser umständliche umweg, wenn die stadt dies direkt machen könnte? Wenn man davon ausgeht dass Bochum eine »linke« stadtregie (SPD, GRÜNE, und dunkelROTE) besitzt, kann auch angenommen werden, dass diese »Vergütungen« als spende für parteien gedacht waren, wobei zu betonen ist, dass spenden an parteien zulässig und nicht zu beanstanden sind. Nur, irgendetwas muss da in Bochum schiefgelaufen sein. Alles andere wäre eine beleidigung von Peer Steinbrück, der dann als raffzahn privater art dastände. Hierbei bestätigt der chronist von DIE STEINZEIT-ung®, dass er Peer Steinbrück für eine integere person hält. -

Doch die offene flanke der SPD blutet heftig, und wenn diese pech hat, wird der »Sauerland-Spieß« vom politischen gegner hineingestoßen und darin umgedreht werden.

Wir warten nun getrost auf ein bürgerbegehren, welches sich gegen die SPD-Oberbürgermeisterin von Bochum wendet, mit dem einzigen zwecke, diese dame aus dem amt zu jagen, wie es Adolf Sauerland geschah. Wobei diese aktion gewiss eher die richtige treffen würde als wie bei herrn Sauerland. Denn die oberbürgermeisterin kann wohl schwerlich behaupten, sie hätte von diesen »Mauscheleien« um »Spenden« oder nicht-spenden an irgend etwas nichts gewusst. Dies wäre eine »Sauerland-Einlassung« zum quadrat.

Peer Steinbrück ist eigentlich schon »versenkt«, und er scheint es auch schon zu merken; die kälte an der bootswand, und die tautropfen darauf. – Zum glück hätte die SPD noch zwei richtig gute kandidaten, wovon eine(r) eine frau ist, die unter der drölmsaitenharfen-brücke in Düsseldorf am Rhein residiert, und der andere kandidat in Brüssel ist präses einer wichtigen europäischen institution.

DIE STEINZEIT-ung® in eigener sache: Da die zeitungsverlage die signale aus dem virtuellen raum erhalten und richtig gedeutet haben, werden sie wohl den zugriff auf ihre elaborate im internet mit einer zollgrenze (neudeutsch: paywall) versehen. DIE STEINZEIT-ung® verspricht, dass sie dies nicht vorhat, zumindest nicht so lange, wie keine fremden dienstleistungen zur veröffentlichung derselben anfallen. Versprochen …

Dazu passt u.e. eine »Hirnzwinge«, die vorab schon mal an dieser stelle veröffentlich werden soll:
»Presse«, massive druckmaschinen, tonnenschwere druckwalzen, papierrollen, lastkraftwagen mit schweren bündeln bedruckten papiers haben ab nun im – virtuellen – internet n i c h t s mehr zu suchen. Die papier »pressen« sind ab sofort obsolet.

Montag, 31. Dezember 2012

1. Weltkrieg.- Vor hundert jahren ein unding, nach den damaligen technischen und politischen möglichkeiten einen e i n z e l n e n staat als a l l e i n i g e n schuldigen am kriegsausbruch verantwortlich zu machen. War es nicht eher so, dass staaten in dieser damaligen welt, von denen ein normalbürger noch nie gehört hatte, dem deutschen kaiser, den sie vorher nie kannten, i h r e r s e i t s den krieg erklärt hatten, und nicht umgekehrt? Und dies auf betreiben anderer?

Warum die dezimierung der söldnertruppe von den militärkommandanten (Kaiser) im alten Rom durchaus vorteile hatte: Wenn gerade kein feldzug auf der agenda stand, mussten die legionäre trotzdem am fressen gehalten werden. Da kam dann gerade eine angebliche verschwörung (die »Christen« gegen die religion), eine rebellion, eine revolte (»Spartakus«) sehr zupass, um jeden zehnten legionär über die (Glado)-klinge springen zu lassen. Mit dem angenehmen nebeneffekt für den kriegsherrn, dass er seine soldzahlungen dadurch um zehn prozent vermindert hat. Und bei einem n e u e n feldzug gab es genügend humankapital, um neue söldnertruppen aufzustellen.

Rechtsanwaltskanzleien gelten n i c h t als »Gewerbe«. Nanu? Widerspricht das etwa dem ethos der sogenannten »Organe der Rechtspflege«, dass sie bitteschön nicht mit einem dachdeckergeschäft, einem friseursalon, einer kneipe verglichen werden möchten? Oder, noch delikater, wollen sie etwa dadurch die gewerbe s t e u e r sparen? …

Die bezeichnung »frisches geld« bringt so manchen metaphernphobiker mächtig auf die palme.

Wie wunderbar passt das wort »verdeutlichen« zum immer wieder geschilderten abschnitt von nur z w ö l f jahren der deutschen geschichte. Tipp für die semantiker: Übernehmt das wort »verdeut(sch)lichen als starkes verb in euren kanon.

Christine Lafarge, weltbankpräsidentin beschwört das »höherziehen« der »firewall«, also der brandmauer, gegen die gefahren der wildgewordenen welt-finanzwirtschaft. Warum »höherziehen der brandmauern«? Schnappt euch doch, zum teufel, die brandstifter!-

» Ein System kann nicht zum Beweis seiner e i g e n e n Widerspruchsfreiheit verwendet werden.« (Kurt Gödel). Das sollten sich a l l e religionen der welt einmal verdeutlichen.

»Das ehrlichste Männergespräch«, so zwei schriftsteller über ihr neuestes, wohl gemeinschaftlich verfasstes buch. Die moderatorin des rundfunksenders anschließend: »Eigentlich, so sagten die Männer, sei es in wirklichkeit ein ‚Frauengespräch' gewesen.« Also a u c h gelogen ...

Sumpf austrocknen ... Weiß der drogensüchtige, dass e r der sumpf ist, auf dem die sumpfblüten drogenanbau, drogenhandel blühen, und e r schuld ist, dass – beispielsweise wie in Mexiko – tausende und abertausende menschen in einer grässlichen mordorgie zu tode kommen?-

Die frauen beanspruchen die »andere« hälfte des himmels. Abgesehen davon, dass dann auch die »Hölle« neu vermessen werden muss: Welchwas misst den himmel wegen der gerechtigkeit der teilung denn aus?

Frau Knobloch meint, es wäre der größte fehler der schulen in Deutschland gewesen, den h e u t i g e n jugendlichen zu lehren, dass s i e nun die schuldigen am Judenmord seien, weil es nicht gelungen ist, die generation ihrer eltern und großeltern zur verantwortung zu ziehen ... Zu spät, frau Knobloch, und, im hinblick auf »verantwortung« auch falsch, denn die jugendlichen, die dieses scheißspiel durchschaut haben handeln bereits. Zur »Verantwortung«: Mein vater, beamter bei der Deutschen Reichsbahn (Betriebsassistent) ist aufgrund der gesetze der militärregierung (Kontrollrat) aus a l l e n rechten seines »amtes« geflogen! Sein boss, der Eisenbahndirektor, natürlich e b e n - f a l l s PG, blieb in seinem amt, natürlich mit seinen üblichen dotationen. Mein vater musste »Fürsorge« beantragen, weil er krank aus dem kriege nachhause kam. Im sommer 1947 starb er. Es ist zu bedenken, dass neben den milliarden, die der staat Israel von Deutschland – und zwar überwiegend vom damaligen »West«-Deutschland – bekommen hat, ein drittel des damaligen reichsgebiets verloren gegangen ist. Und heute, 2012, das widerliche deutschland-bashing! Wir alle fühlen die einzige lösung, die eine abermalige explosion Mitteleuropas verhindern kann: Ein schlussstrich, und die relativierung der untaten a n d e r e r völker, religionen, staaten.

Ist das lesen von leserbriefen über einen interessanten artikel sinnvoll? Im prinzip eher nicht, denn man sucht entweder die bestätigung seiner eigenen meinung in solchen leserbriefen, oder in genauer gegenposition die meinung, der schreiber sei eigentlich ein arschloch.

Treppenwitz der geschichte. Fast zeitgleich mit der tatsache, dass der »OB« von Duisburg, Adolf Sauerland durch ein allzu durchsichtiges »Volksbegehren« mit hilfe der SPD durch einen völlig irrationalen »Hexenprozess« wegen der »Love Parade« (jetzt wollen wir aber mal einem a n d e r e n »Adolf« die knute geben!) abgemobbt wurde, erklären in Köln die angehörigen des stadtrates, dass die hexenprozesse und die tötung der menschen damals vor über vierhundert jahren u n r e c h t gewesen sei.

Die atomkraft-gegner reden sehr gern vom »Widerstand«, natürlich gegen die atomkraft. Sähen sich wohl recht gern in der reihe der widerständler gegen das Dritte Reich. Diese scheinheiligen! Denn d i e s e n widerstand hätten sie nicht überlebt. Todsicher …

Der schlimmste so genannte neo-faschismus ist hundert mal moderner als der steinzeit-kommunismus. Zwei moderblüten vom gleichen holz.

Für diktatoren: Ihr habt irgend was falsch verstanden. Ihr sollt dem volk nicht aufs maul h a u e n, sondern dem volk aufs maul »schauen«, wie Martin Luther (nein, nicht Martin Luther K i n g) sondern der echte Luther, gesagt hat.

Frauen machen in der von ihnen selbst ausgerufenen post-patriarchaischen zeit d i e s e l b e n fehler wie die männer. Seltsam. Oder ist es nur ganz ordinäre, gewöhnliche »rache«?

»Ossis« versus »Wessis«? Das ist schon uralt. Luthers antagonist war Karl V. von Habsburg, der als süddeutscher wahrscheinlich etwas gegen die »Ossis« (Sachsen) hatte.

Was sagt uns das, im hinblick auf den streit zwischen den natur- und sozialwissenschaftlern was mehr gewicht hat, die »gene« oder das »umfeld«, wenn »Ötzi«, ein über 5000 jahre alter mensch genetische defekte wie milchunverträglichkeit, arterienverkalkung (heute als »zivilisationserkrankungen« bekannt) hatte?

Für Deutsche eine reinigende (Katharsis) nachricht: In Rumänien wurde zum erstenmal ein politiker wegen der leugnung des Holocaust v e r u r t e i l t! Wie, werden sie fragen: Rumänien? ... Ja, R u m ä n i e n! Denn schäbig von den Rumänen, die ermordung der rumänischen Juden, der Sinti und Roma ausschließlich der Deutschen Wehrmacht zuzuschieben. Nein, nein, die kohorten von general Ion Antonescu haben fleissig mitgeschossen.

»Soziale Gerechtigkeit«? Bei der anstehenden reparatur eines schadhaften, gemeinschaftlichen geh-und fahrwegs, deren kosten zu gleichen teilen auf die benutzer (eigentümer) umgelegt werden sollen, stellen einige nutzer (eigentümer) höchstforderungen an die qualität der ausführung, u n d forderungen, dass a n d e r e sich an leistungen beteiligen sollen, die eigentlich in i h r e m bereich (grundstück, rasensteine mit »Goldkante«) liegen. Sie denken wohl, dass sie auf diese art und weise, und auf kosten der »allgemeinheit« für sich s e l b s t ein »schnäppchen« machen. – Wenn sie sich dabei mal nicht gewaltig irren ...

Schwarmintelligenz? Wer in einer notlage immer bei der gewährung von sozialleistungen die höchstmögliche menge fordert animiert andere im schwarm, dasselbe zu tun. Und das wird teuer; für a l l e ...

Zen ist nichts als frühmilitärische erziehung, die in der »Kunst« des schwertkampfes (»Samurai«) gipfelt, wo gelehrt wird, seinem gegner möglichst mit einem schlag dessen kopf vom rumpf zu trennen. Zen ist quasi faschistoid. Beweis: Zen richtet sich hauptsächlich an wirtschaftliche und politische größen, um die notwendigkeit der auseinandersetzung zur erreichung eines zieles – des siegs, natürlich! – zu vermitteln. Also eine rein m ä n n l i c h e angelegenheit. Dazu: Wo sind die »Gur i n e n, oder – r i n a s adäquat der »Gurus«, der Zen-meister?

»Soziale Netzwerke« können – ähnlich der natsoz- NSU – gefährliche ausbünde im internet erreichen. Hoffentlich wissen das die »Piraten«. -

Urheberrecht. Im radio seibert ein bekannter schriftsteller über die urheberrechte, wie es ja zur zeit im schwange ist. Er redet weniger von s i c h (also urheber), sondern von »seinem« verlag. Wobei die zugehörigkeit von was zu w e m wohl eher anders herum richtiger ist. Denn es ist nicht »sein« verlag, sondern e r gehört dem v e r l a g ; mit haut und haaren, mit weib und kind. – Dieser literat verbreitet also kacke, es wird ihm zugebilligt, dass es gesiebte kacke ist. Wir, die »freien schriftsteller« (frei jeden verlags) verbreiten u n gesiebte kacke. Die ist so ursprünglich, dass man bei manchem stuhlgang noch die unverdauten möhrenstückchen erkennen kann. Mann oh mann, welch eine kacke …

Geht 's noch? Die apotheken, oder genauer, die apothekenvereinigung haben sich ein »Blister-Zentrum« geschaffen, wo die »Tagesdosis« für patienten abgepackt wird, weil diese angeblich »zu doof« sind, den gebrauch ihrer medikamente zu kontrollieren. Natürlich kostet das »Zentrum« viel geld, welches zu menschen fließt, die ebenfalls nichts produktives schaffen, sprich: nicht arbeiten. Aber egal, die kasse zahlt allemal …

So ein schwachsinn- Eine groß-sprecherin der mineralölindustrie schwafelt von dem »Tankstellenbesitzer«, der die preise (kraftstoff) »gestalten« kann. Der »Tankstellenbesitzer« ist nichts anderes als der verlängerte lauf der zapf p i s t o l e an den zapfsäulen der ölkonzerne.

Dementia. Du sollst nicht überlegen, wie du dich bei der nächsten fehlleistung bei deinem lebensgefährten entschuldigst; du sollst alles daran setzen, dass die »nächste« fehlleistung eben nicht passiert …

Bejots gesetz: Je mehr gesetze von der legislative geschaffen werden, um so mehr können gesetze umgangen werden .Und dies zum nutzen des rechtspflegegewerbes. Und dies nicht nur in der quantität.

Trost für den demenzkranken: Am ende »vergisst« er noch das s t e r b e n …

Die »Soziale Plastik« von J. B e u y s ist wohl genau so eine chimäre wie die »Soziale Gerechtigkeit«.

»Geistiges Eigentum«: Im zeitalter des virtuellen raumes im internet ist eine neue interpretation angesagt. Wie wäre es mit «Virtuelles Eigentum«?

Relativierung ist, wenn du einen mitmenschen herunter machst, obwohl du haargenau auf derselben stufe stehst wie jener. Dann bist du »größer«.

Goethe war nach neuen erkenntnissen ein ganz normaler saufaus.

»Wettbewerb ist was für Pferde«. (Claude Debussy im hinblick auf wettbewerbe in der musik).

Ein soziologe redet kurz und prägnant und umfassend definiert von einer »armutsbefreienden mindestsicherung« im zusammenhang mit »Sozialhilfe«. Gibt es so was? Kann es so was überhaupt geben?. Ich glaube, eher nicht ...

Ingeborg Bachmann. Ein trauerspiel ... Ein großteil ihrer literatur? Ein nährboden aus bis zu 1 0 0 – in worten: Einhundert – tabletten täglich von beruhigungsmitteln. Welch eine bewußtseinserweiterung! Welch eine tiefe menschliche seite zeigt sich bei dieser ausnahmeliteratin. Wirklich? Oder nicht doch eher lediglich chemische träume aus Barbiturat?- Literatur, wah? ...

Ein u.s. wissenschaftler schrieb ein buch über das »Higgs-Teilchen.« Dem verleger des buches gefiel der a r b e i t s titel des wissenschaftlers bei der erstellung des textes über dieses »Higgs-Teilchen« überhaupt nicht. Der titel lautete: »Gottverdammtes Teilchen«. Der verleger machte daraus ein »Gottesteilchen«. Gottverdammter verleger? ...

Es gibt eine kohärenz zwischen der sogenannten tierliebe, und dem realen menschen- H a s s und – verachtung.

Herr Stoltenberg, Norwegen, meint, der täter (Breivik) sei »gescheitert«, die »Demokratie« hätte »gesiegt«. Der täter, der l e b t sieht dies gewiss etwas anders. Und die 77 (in worten: siebenundsiebzig) getöteten menschen würden dies ebenfalls ganz (A) a n d e r s sehen.

Man(n) kann alles menschenmögliche erreichen; man darf nur nicht zur memme werden.

Was ist mit der iranischen frau, die ihren ehemann bei der religionspolizei anzeigt, dass dieser eine christliche veranstaltung besucht hatte? Und der mann f l i e h e n musste, um sein l e b e n zu retten, und die f r a u somit komplett in den besitz des eigentums ihres mannes kam?- In erinnerung an Heinrich Heine: Gott bewahre mich vor jenen, die liebe, frieden, freundschaft predigen, aber den geschlechterkrieg – frau gegen mann – erbarmungslos führen.

Bärbel Dieckmann, katastrophen-bürgermeisterin von Bonn, aber dennoch leuchtendes beispiel von »Frauen-Power« in der SPD, präsidentin der Welt-Hungerhilfe, hat so ihre eigenen ansichten. Sie meint, der aufruf des FDP-manns Dirk N i e b e l, man solle im angesicht der weltweiten dürre (auch in USA) an das verbot von E 10 (Kraftstoff aus cerealien) denken,nur s c h a u sei. Klar doch, wenn Dirk Niebel das »richtige« parteibuch wie sie selbst (SPD), oder »Grüne«, oder – zur not auch – »Linke« besäße, wäre seine ansicht wohl eher konform. Doch: Selbstverständlich hat Dirk Niebel r e c h t ...

Beschneidung: Körperverletzung, ja oder nein? Herr Schneider (nomen est omen??), präses der evangelischen kirche, meinte, ein 4000 jahre alter ritus könne unmöglich körperverletzung sein. Ach ja? Und was ist mit den religionsausübern in der restlichen welt, die »rituell« kindern das herz – lebend – aus der brust geschnitten, jungfrauen in kraterschlünde gestoßen, ihre feinde gar rituell aufgegessen haben? – Ach, j e t z t weiß ich, was K ö r p e r v e r l e t z u n g ist! Es sind die m ä n n e r, die schon seit ü b e r 4000 jahren ihren söhnen zwecks deren ertüchtigung backenstreiche, sprich: O h r f e i g e n gegeben haben ...

Wieso kam die bundestagsabgeordnete Jutta Österle-Schwerin am 10.11.1988 dazu, die berühmte rede von Philipp J e n n i n g e r direkt in der ersten minute durch den zwischenruf entscheidend zu stören, und damit Philipp Jenninger als bundestagspräsident zu torpedieren? Denn jedes wort von herrn Jenninger war ja w a h r. Einzige mögliche erklärung: J. Österle-Schwerin war kommunistin und lesbe, also Männer h a s s e r i n. -

Ich befinde mich in der unangenehmen lage, mich d i r gegenüber in irgend einer form rechtfertigen zu müssen. Es liegt wohl an deiner aura.- Nimm mir dieses gefühl; es würde sonst auf eine anklage d i r gegenüber hinauslaufen. Zu recht?

Wer versucht, aus der natur herauszutreten findet sich wieder – über der natur stehend. Die natur wird ihn wieder »herunterholen«. Wetten dasz? ...

Eine syrische künstlerin äußert sich im Libanon: ‚Früher war der »Diktator« (Assad?) unser feind. Heute ist es die »Mehrheit«.' Gute frau! Die »Mehrheit« ist das herzstück der Demo- k r a t i e! Alles richtig verstanden?-

Die »Weltsprache«? Die weltsprache ist modifiziertes germanisches latein: Nämlich E n g l i s c h.

Das verbot der darstellung Mohammeds als bild kann zwei gründe haben, und zwar, 1.: Mohammed soll dadurch aus dem kreis der menschen herausgestellt, sprich: vergöttlicht werden. Dann hätten die muslime allerdings ein problem mit dem »einzigen« gott. 2.: Mohammed hat nie – zumindest in der überlieferten form – gelebt, wie es von nicht zu wenigen wissenschaftlern gesehen wird, und wie es einige seiner religionsnachfolger animierten, s e k t e n zu gründen …

»Presse«, massive druckmaschinen, tonnenschwere druckwalzen, papierrollen, lastkraftwagen mit schweren bündeln bedruckten papiers haben ab nun im – virtuellen – internet n i c h t s mehr zu suchen. Die papier »pressen« sind ab sofort obsolet.

»Bildung hilft gegen Armut«, so einige der sozialwissenschaftler und -politiker. Und so ein s c h w a c h s i n n!

Wo wohnen die echten N a t S o z in Deutschland? Natürlich in Bayern! … Nein, nein, die NatSoz – früher nannte man diese auch einfach Nazis – wohnen heute da, wo das prekariat der arbeiterschaft in der republik wohnt. Dies hatte F. J. Strauß glasklar erkannt, als er als kanzlerkandidat im Ruhrgebiet wahlkampf machte. Damals schrie er den wahren »Nationalsozialisten« diese seine erkenntnis entgegen. Natürlich unter dem grössten hohngelächter der wahren natsoz und der sogenannten »bürgerlichen«. Nach jahrzehnten zeigt sich nun, wie r e c h t er hatte. Die schlimmsten natsoz kommen aus dem gebiet der ehemaligen DDR. Die »westlichen« natsoz haben sich fest in den fußballvereinen des Kohlenpotts in fan-clubs etabliert. Heute setzt sich immer mehr die erkenntnis durch, dass der NATionalSOZialismus ein stinknormaler sozialismus war/ist. Wussten sie übrigens, dass die mischung von GRÜN und ROT BRAUN ergibt?

Die krebszelle ist der tod des körpers, der ja bekanntlich aus zellen besteht. Das v i r u s tötet zellen. Warum setzt man bei dieser erkenntnis nicht bei der bekämpfung von krebszellen an?

»Soziale Gerechtigkeit«, eine, vorsichtig ausgedrückte indifferente bezeichnung für einen zustand, der nicht zu fassen ist. – Nun kommt aus dem mutterland des kommunismus und sozialismus ein neuer, sozialer begriff: Die »soziale Ordnung«. Dieselbe wird hergestellt, in dem leute in polizeihaft genommen, und in »Umerziehungslager« (eine erfindung des großen »menschenfreunds« Mao) gesperrt werden. So mir nichts, dir nichts, für zwei jahre, durch »ausnahme-regelungen« auch schon mal für v i e r jahre. Ohne urteil, ohne anspruch auf rechtsbeistand. Wunderbare »soziale« neue welt …

Die »Soziale Gerechtigkeit« wird wohl eine formel sein, wenn sie einen bestimmten wert haben soll. – Platon meinte, dass der ärmste (im staat) mit einem v i e r t e l des einkommens des r e i c h s t e n (im staat) gut bedient sei. Die semitischen religionen und deren derivate judentum, christentum, islam glauben, mit dem »Zehnten«, also der verteilung des zehnten teils ihres einkommens der armut ihrer mitmenschen herr zu werden. Ein nachdenklicher zeitgenosse meint, der faktor »5« (fünf) sei von natur her gerade richtig. Er begründet dies damit, dass der kleinste mensch (neugeborenes) im durchschnitt 0,5 m groß sei, und es andererseits durchaus erwachsene menschen von 2,50 m größe gäbe. Ziehen wir den mittelwert von diesen drei größen 4; 5; 10; so kommt großzügig aufgerundet 7 (sieben) heraus. Das wäre also die markierung der endstellung der vielzitierten »klaffenden Schere«, die sich aus ihrer grundstellung »eins«, oder eher »null« (alles ist gleich, alle sind gleich) öffnet.

Die vier großen menschheitsprobleme: Leben, liebe, leid, letal ...

Möglich, dass du gekränkt bist, weil ich vielleicht etwas unterlassen habe.-Möglich, dass dies quelle d e i n e s unbehagens ist. Wenn du dieses unterlassene ans tageslicht bringst, habe ich – vielleicht – schuldgefühle. Lösung: Sollen wir dieses unbestimmbare d a lassen, wo es zur zeit ist: In der unterlassung?-

P.P. Rubens: Der grösste maler aller zeiten? Von wegen. P.P. Rubens war der gründer der ersten kopieranstalt; für bilder. Dutzende von künstlerhände haben fleißig immer und immer wieder bilder und skizzen – zweifellos vom »meister« gefertigt – abgemalt und variiert. Von wegen »fecit PPRubens«.

Zeitungsbericht über eine heimatdichterin aus einem kleinen ort im Rheinland: »Der Leser findet sich in ihren Geschichten wieder.« Ein anderer literat, auch aus dem Rheinland: ‚Oh ja! Und deswegen kaufen die »leser« m e i n e literatur eben gerade n i c h t ... ‹

Das »wahre Leben«? Ganz einfach, in diesem leben sind die problem l ö s u n g e n eigentlich das w a h r e leben.

Frau J. R e d i n g, EU-justizkommissarin jubelt »die Quote für Frauen ist durch!« Na gottseidank. Nun wird sich alles zum b e s s e r e n wenden, nicht wahr frau Reding? Merkwürdig nur, dass F r a u M e r k e l an a l l e m schlechten in der EU schuld ist?! -

Der erlauchte club der frauenrechtlerinnen in den USA entstand in den jahren von 1820 bis ungefähr 1870, und zwar als amerikanische frauen angst vor vergewaltigung hatten. Vergewaltigung durch ... schwarze ... sklaven ... Denk mal. -

Leben erzeugen, und leben vernichten: Kein problem für den heutigen menschen. Aber; leben ... s e l b s t ...? -

Ein paar moleküle eines stoffes in der schokolade von adventskalendern soll bei verzehr die gesundheit schädigen. – Das behaupten wohl eher die leute, die der meinung sind, dass ein paar moleküle eines »Wirk«stoffs, oder g a r keine moleküle dieses wirkstoffs in einem homöopathischen mittel (»Globuli«) gegen ein leiden hilft ...

Mene tekel. Afgahanistan nach 2013, nach dem abzug der ISAF: S o werden die USA aussehen, wenn der staat dort zusammengebrochen ist. – Und dies wegen der verbrieften »Freiheit«, sich selbst bewaffnen zu dürfen.

Idealisierte aussicht: Es vereinen sich groß und klein in e i n.

»Das habe ich nicht verstanden«, so der nicht-versteher.

»Wie würdest du dies denn ausdrücken?«, so der erklärer.

Dann erklärt der nicht-versteher. Aha, also nicht verstanden ...

Zum »runden« geburtstag einer »großen« feministin. Das hätten wir gern: Frauen, die öffentlich bekundet hatten »Wir haben abgetrieben!« reihen sich in den pulk der protestierer gegen gewalt ein und brüllen »Soldaten sind Mörder!«

Nach dem amoklauf in Newtown hörte mensch einen rundfunkbeitrag der so begann: »Nach Amoklauf ... «. Mensch assoziierte: »Nach a h mungslauf«. -

Zum umkreis der Privatbank Sal. Oppenheim in Köln gehört auch ein finanzjongleur namens Josef E s c h. Heißt es in Köln nicht eher »Äätsch!«?

Adam Lanza war ein monster; sagt mensch ... Falsch! Die mutter Adams war ein m o n s t e r. Folgerichtig hat sie eine metastase, oder, politsch korrekt, eine a n d r o stase geboren

Die entwicklung einer »unerfüllbaren Liebe«, so süß, so schön?- Vorsicht! Dies beginnt und endet immer in eigenliebe, selbstbefriedigung, im günstigsten falle in sublimierung.

Der »Normalfall« ist das, was i c h als das behagliche, mir angenehme wahrnehme.

Rocker mit »Migrationshintergrund« sind natürlich n i e in der »rechten Scene« anzusiedeln; und dies nur aus formalen (»politisch korrekten«) gründen.

Ich will nicht der patriarch sein, den a n d e r e aufbauen, um ihn danach kaltblütig zu z e r s t ö r e n, und so i h r e eigentliche macht zu demonstrieren.

»Digital« hat gewonnen? Ha, ha, ha!– Aus jeder steigerung ab »Null« – nach oben oder nach unten – kann mensch im analogen system einen n e u e n nullpunkt erstellen, der – logo! – die nächstfolgende steigerung oder »Stufe« als »1« bezieht.

»Erledigen« hat ein geschmäckle als falscher zungenschlag. »Entledigen« wäre angemessener.

Wenn ein sprichwort so falsch nur sein kann wie es ist, dann das sprichwort von Fr. Schiller: »Dem Mimen flicht die Nachwelt keine Kränze.« ... Schaut euch doch mal die milliardenfachen aufzeichnungen von den film, fernseh und anderen -göttern an.

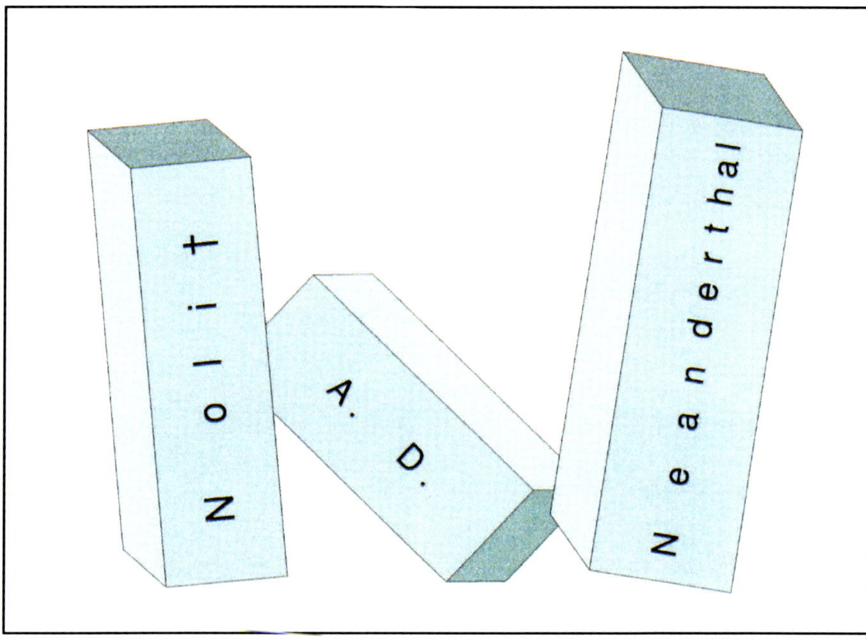

Bild 16

Mittwoch, 16. Januar 2013

DIE STEINZEIT-ung® bezieht stellung zu der meldung, dass das »Unwort des Jahres 2012« von den selbst ernannten hütern der deutschen sprache erkoren wurde. Das unwort des jahres 2012 ist dem chronisten von DIE STEINZEIT-ung® ziemlich gleichgültig, welches sich aus der summierung von »Wort des Jahres« = 0, und »Unwort des Jahres«, ebenfalls 0 gleich n i c h t s ergibt. Nicht gleichgültig jedoch sind dem chronisten die wächter des nibelungenschatzes – der deutschen sprache – in Wiesbaden und Darmstadt. Denn diese mensch (mann-,wohl eher frau)schaft scheint u.e. »sprachpflege« zu betreiben dergestalt, dass sie begriffe lanciert, die n i c h t »volks-«gut (deutsche sprache) sind. Dem chronisten sind im vorigen, sowohl als auch in diesem neuen jahre vor deren postulierung die begriffe »Rettungsroutine« und »Opfer Abo« noch nie zum ohr gekommen ...

Aus diesem grunde schrieb der chronist einer dieser institutionen im vorigen jahre einen brief mit folgendem text:

‚Betrifft: »Rettungsroutine«

Sehr geehrte Damen und Herren,

habe zunächst mit unverstand und ungläubig heute aus den nachrichten vernommen, dass sie das »Wort des Jahres« erkoren haben: Rettungsroutine.-

Mir ist dieses wort bis zu diesem zeitpunkt noch nicht – zumindest bewusst – zu ohren gekommen. Und das soll schon etwas heißen; ich höre den ganzen tag nur sender mit w o r t sendungen, wie zum beispiel WDR5 und Deutschlandradio Kultur.

Beeile mich, Ihnen das wort fürs n ä c h s t e jahr, 2013, vorzuschlagen, es ist »Soziale Gerechtigkeit«. Dieses wort wird nächstes jahr wohl so oft benutzt werden, dass sich der sinn des wortes ins weltall verflüchtigt, und somit zum »virtuellen wort« mutiert. Und hierbei, oh wunder! handelt es sich um ein wort, welches gleichzeitig als »U n wort des Jahres« durchginge. Oder kann eine(r) der Damen und Herren aus Ihrem erlauchten kreis mir erklären, was »Soziale Gerechtigkeit« sein könnte?

Im zuge der absolut notwendigen einigung Europas, welche unendlich zähflüssig vorankommt, sind m.e. solche institute wie das Ihre kontraproduktiv.Wir brauchen d r i n g e n d eine einheitliche europäische sprache, fast noch nötiger als die fiskalische und politische einigung. Diese sprache existiert bereits. Nein, hoffentlich nicht chinesisch oder arabisch, sondern die sprache, die längst schon als »Computersprache«, und dies weltweit, existiert: Es ist Englisch mit seinem übersichtlichen zeichensatz und den allgemein verständlichen gräco-lateinischen wurzeln.

Dies schreibt Ihnen ein mann, der k e i n e fremdsprache beherrscht, weil er in seiner jugend noch nicht das glück hatte, wie heute allgemein üblich in den schulen, eine fremdsprache lernen zu d ü r f e n …

Mit freundlichen grüßen'
Bis heute (Frühjahr 2016) warten wir gespannt auf eine antwort.-

DIE STEINZEIT-ung® empfiehlt den wort-gewaltigen auch noch das bei-, tu-, wider-, sprich-, kreuz-, macht-, fach-,hilfswort, und a l l e wörter der rechtschreibungslehre mit einem prädikat zu versehen. Nach möglichkeit für jedes neue wort eine n e u e institution. Das wird beschäftigungsstellen geben für alle, die arbeit als bewegung der körpermuskeln, um eine leistung zu erbringen, erkannt haben (» …im Schweiße deines Angesichts …«) und diese nach möglichkeit meiden. Und wenns richtig gut läuft, dann wird »der Staat« diese zu erschaffenden neuen institutionen auch noch alimentieren …

Dazu ein gedicht, welches der chronist in dem band »Ihr seid ja alle Prokrustes!«, aus der reihe »NeoLit aus dem Neanderthal®«, ISBN 978-3-8334-7375-3, auf seite 140 gefunden hat, und welches bei BoD™ im jahre 2008 erschienen ist:

Moderne Dichtung

Bewegst du dich auf dem tiefen Meer
der Buchstaben, Wörter und Sprüche.
Pass auf! – Die Leuchtfeuer der großen
Werke,
die abgewetzten Klippen der Metaphern,
die seichten Untiefen der Banalität,
und überall die Gestade des Stumpfsinns.
Auf dieser Breite, such nicht nach Neuland.
Die neuen Ufer: Noch nicht in Sicht.

Samstag, 26. Januar 2013

DIE STEINZEIT-ung® veröffentlicht nun »Hirnzwingen« in einem etwas kürzeren abstand, um die aktualität zu betonen. Nicht zuletzt auch mit dem löblichen hintergedanken, dass mensch sein hirn »zwingen« soll zu überlegen, ob alles richtig bedacht ist, b e v o r er den käfig zerbricht, und seine gedanken befreit.

R e l a t i v i t ä t: Es wurden sterne entdeckt, die durch den mangel an metallen als die ältesten sterne des universums (13 milliarden jahre) bezeichnet werden. Vom U r - k n a l l aus gesehen sind sie allerdings die jüngsten. Wat stimmt nu?

» … breit aufgestellt … «, neusprech einiger sprachakrobaten. Wenn mensch hört » …da haben wir uns breit aufgestellt …« (politisch: in den möglichkeiten, in den absichten, u.s.w.), dann sieht mensch vor seinem geistigen auge den sheriff im film, der b r e i t - beinig allein auf der straße steht, die hände locker an den pistolenhalftern, und wartet auf den bösewicht, den er festnehmen oder den finalen schuss geben will … Also, besonders für die damen: N i e m a l s »breit« aufstellen, das sind macho-allüren.

»Auf einen Menschen z ugehen«. – Mann, oh mensch! Das ist ja noch kürzer, als auf einen menschen l o sgehen. Das vokabular der gutmenschen ist schon verräterisch. Im günstigsten falle ist es phrase, blabla, brimbamborium. Jedenfalls: Wenn ein mensch auf mich z u geht bin ich auf dem quivive. Immer. Warum wohl?

Das haben wir gern: Sozialismus predigen; aber sich an der macht berauschen.

»Nach vorne schauen.« Auch so ein schlagwort von gedankenlosen menschen die in phrasen reden. Nach vorn schauen ist schon richtig, aber doch nur, um, im rückblick, nicht über die s c h e i ß haufen der v e r g a n g e n h e i t zu stolpern.

Was ist es anderes als tempelprostitution, wenn man – wie bei a l l e n religionen der welt üblich – sich erst mit einer frau »verheiraten« muss (nach zahlung einer »gebühr« der jeweiligen religion), um mit ihr danach geschlechtsverkehr haben zu dürfen?

Sonntag, 10. März 2013

Das deutsche papsttum (»Wir sind Papst!«) ist inzwischen auch geschichte. Alles, was man in zukunft dem »deutschen papst« noch anhängen wird (so sicher, wie das amen in der kirche!), und alles, was man ihm nachsagen wird dies und jenes n i c h t getan zu haben sind kleine münze im blick auf die tatsache, dass Benedikt XVI das papsttum verändert hat. Mit sicherheit wird sich am Heiligen Stuhl nach diesem coup eher reformatorischer eifer denn rückwärts gewandte ideologie zeigen, freilich nicht unbedingt in glaubenssachen, sondern eher auf administrativer ebene. Wahrscheinlich wird es ein papsttum auf zeit geben, entsprechend der zur zeit modernsten staatsform – der demokratie. Man kann nur den kopf schütteln über die aussage des polnischen episkopats, Jesus sei auch nicht vom kreuz herabgestiegen … Die halten ihren Wojtyla-papst wohl für Jesus …

Es stimmt zwar, Wojtyla hatte großen anteil daran, dass der Ostblock zugrunde ging. Aber wenn der neue wind der veränderung bei der lüftung der vatikanischen gemächer die jahrhunderte alten fenstervorhänge ordentlich bläht, hat der »Deutsche« bei K l i o einen stein mehr im brett. Lassen wir uns mal überraschen, ob die italienische kurie (fast ein viertel der wahlberechtigten kardinäle) es schafft, wieder einen aus ihren reihen auf den stuhl petri zu hieven, oder ob es diesmal ein Amerikaner, Afrikaner oder Asiate wird. Ein Amerikaner (Süd) wäre eigentlich auf der agenda angezeigt; Afrika scheint »verloren« zu sein, und dies nicht erst seit M1994M … Und die Asiaten (Inder, Chinesen) sollen sich endlich mal s e l b s t um den militanten und dominanten Islam vor ihrer eigenen haustür kümmern, denn solange die islamischen geistlichen keine fatwa gegen selbstmord-mörder verhängen, zwängt sich einem die meinung, der Islam sei eine gewalttätige religion, förmlich auf. Die hauptaufgabe eines kommenden papsttums wäre, die gespaltene christenheit wieder zu vereinigen. Der römischen kirche obliegt es wegen ihrer vorrangstellung (anzahl der r.k. christen) initiativ zu werden. Und da die spaltung, eher abspaltungen, wenig mit glaubensfragen, aber sehr viel mit politik vergangener zeiten zu tun hat, wäre es mehr als lächerlich, sich in glaubensfragen n i c h t einigen zu können, denn es geht hier – wie bei allen religionen – nicht um ein gesetz(natur), sondern eben um g l a u b e n … Und solange die vorläufig letzte, dritte abrahamitische religion nicht die nachfolge ihres religionsstifters geregelt hat (sunna vs. Schia), wie das der religionsgründer aus Galiläa in unnachahmlich eleganter weise (»Tu es Petrus...«) getan hat, solange dauert das schisma im Islam an. Diese negative energie wird nicht etwa dazu verwandt, im eigenen bereich auszugleichen, nein, diese negative energie wird nach d r a u ß e n abgeleitet, mit den folgen, von denen wir täglich hören. – Das sollte eine warnung sein für Rom, den »orbit« und für die gesamte christenheit.

Samstag, 6. April 2013

DIE STEINZEIT-ung® erinnert an den titel des spottlieds »Ei, ei, ei, Korea … «, welches die menschen damals, in den fünfzigern dvjhds, gesungen haben, und in anlehnung an den damals sich im schwange befindlichen schlager vollständig lautete: »Ei, ei, ei Korea. Der Krieg kommt imma näha … «

Es wird bezweifelt, dass die meisten menschen auf der welt ahnen, wie nahe wir einem wirklich g r o ß e n kriege sind, und zwar einem krieg genau an der schnittstelle der einstigen machtblöcke.

Besonders in Nordafrika, beim sogenannten »Arabischen Frühling« (genau so bitterkalt wie unser jetztiger frühling in Mitteleuropa) ist diese grenze, auch politisch, ganz klar auszumachen. Es bleibt die hoffnung, dass dort keine staatsgebilde entstehen wie in Nord-Korea, wobei sich selbst muslimische »Gottesstaaten« eher wie chorknaben gegenüber diesem kommunistischen, plutokratischen nepotismus ausnehmen, denn der »Gottesstaat« beruft sich immerhin auf Gott; die kommunisten in Nord-Korea berufen sich auf sich selbst. Es ist schon merkwürdig, dass insbesondere sozialistische staatsgebilde, wie auch Syrien, auf diese altertümlichen staatsformen zurückfallen. Dem chronisten fällt dabei ein, dass die ordnung in der natur derartige postulate in ihren gesetzen zuhauf benutzt, und somit die evolution voranschreiten lässt. Unabhängig von derlei philosophischen erwägungen würde sich der chronist heute s c h ä m e n, im angesicht dieses kasperles in Nord-Korea sich als k o m m u n i s t zu bezeichnen, wenn er denn einer wäre.-

Bei gesinnungsfreunden des ehemaligen »sozialistischen Lagers« wird heute schon kräftig an der legende gestrickt, wer an dem kommenden debakel schuld sei; jedenfalls n i c h t die Nord-Koreaner!- So ließ vor kurzer zeit eine NGO-vereinigung verlauten, dass die Nord-Koreaner n i c h t s für die eskapaden des weltenzündlers, ihres kommunistischen königs könnten, denn sie seien ja bekanntlich bitter a r m.- Aha, armut (Prekariat) schützt also vor verantwortung, und wenn es auf der koreanischen halbinsel gründlich schief gehen sollte, dann wird eben auf den schuldigen vom dienst (nein, nicht Deutschland, n o c h nicht!) A m e r i k a zurückgegriffen.

Jedenfalls ist dem chronisten von DIE STEINZEIT-ung® unwohl, wenn er die eifernde, geifernde verlautbarungstante vom nordkoreanischen staatsfernsehen sieht, und die millionen menschen, die in sturer, roboterhafter manier in vollem wichs die steine des straßenpflasters malträtieren. Alle unschuldig? ...

Da tun sich zur zeit einige zeitgenossen etwas leichter mit der »never ending story« der Deutschen: »Es waren die Deutschen, nicht die Nazis«, heißt zum beispiel solch eine verlautbarung, über die zweifellos stattgefundenen untaten gegen die europäischen juden. Wobei man dem kolporteur einmal nahe legen sollte, das wort »Nazi« r i c h t i g zu benutzen, denn in wirklichkeit waren es die »Natsoz«, also die NATionalSOZialisten ... Und wenn das prekariat schon per definitionem als unschuldig gilt, ja, dann steht der welt noch etwas bevor. Ei, ei, ei. Korea ...

Dem chronisten von DIE STEINZEIT-ung® kam beim verfassen dieser abhandlung ein gedicht in den sinn, welches die oben beschriebene problematik in der, der literatur eigenen form beleuchtet:

Lasst uns endlich frieden machen:
den ehefrieden
den sozialen frieden
den arbeitsfrieden
den religiösen frieden
den weltfrieden.

Vorher jedoch müssen wir noch:
die ehe scheiden
die tochter verjagen
den arbeitslosen
aus dem hause ekeln
die ausländer aus dem
lande jagen
die schwerbehinderte
aus der abteilung drängen
die Grünen dreschen
bis sie blau werden
die beamten dreschen
bis sie rot sehen.
Die mullahs an die
laterne knüpfen
die Juden ins meer jagen
und Zeugen Jehovas erschießen.

Wir müssen die kommunisten
aushungern
und die, die nicht arbeiten wollen
verrecken lassen
und die kapitalistischen
imperialisten vernichten.
Erst dann, wenn dies alles
geschah,
wird‘ s endlich herrlichen
frieden geben.

(erschienen in dem band »Ihr seid ja alle Prokrustes!«, ISBN 978-3-8334-7375-3 von Bernd (bejot) Jacobs, in der reihe NeoLit aus dem Neanderthal®, beim BoD-Verlag in Norderstedt)

Montag, 22. April 2013

Früher hieß es oligarchie und/oder monopol. Heute heißt es schlicht und einfach » Alleinstellungsmerkmal«. Denk mal …

» … alles hat seine Zeit … » (Kohelet/Prediger, 3.14). Wie wahr, wie wahr, dieses prophetenwort von vor über 2500 jahren! Nur, die meisten menschen heute haben probleme mit der a b f o l g e dieser zeiten …

»Ehe und Familie stehen unter dem besonderen Schutz der staatlichen Ordnung«. Als die väter (und mütter) des grundgesetzes dies festschrieben, haben sie gewiss noch nicht an eine debatte in den 2010 er jahren gedacht, wo einschlägige interessengruppen angriffe auf dieses grundgesetz fahren werden. – Die väter und mütter haben damals wohl eher daran gedacht, den volkskörper wieder anzumästen, der durch zwei kurz hintereinander folgende k r i e g e erheblich an substanz verloren hatte.

Ankündigung von unkonventioneller erdgasförderung in Deutschland? Aber ja! Allein schon deswegen, dass der einzige namhafte gaslieferant – Russland – sich im angesicht der marktgesetze von angebot und nachfrage in der preisgestaltung für Mitteleuropa etwas zurückhält.

Die »Grünen Garden« beschweren sich über »Feinstaub« aus kohlekraftwerken. Diese seien teufelszeug und gehörten abgeschaltet; durch kohlekraftwerke gingen so und soviele menschen durch feinstaub-inhalation zugrunde. Zu fragen wäre im angesicht dieses postulates, wieviele menschen zugrunde gingen (besonders in China), wenn es k e i n e kohlekraftwerke gäbe.

Hier ist die klassische jurokratische endlosschleife: »Im Namen des (deutschen) Volkes« wurden unter der herrschaft der Natsoz schlimme verbrechen begangen. Diese verbrechen sollen nach fast s i e b z i g jahren im namen (desselben!!) »Volkes« nun g e s ü h n t werden. Siehe den erneut angestrengten prozess gegen ehemalige kz-wächter.

Veganer mokieren sich darüber, dass fleischesser »Leichenteile« essen. Und dies nicht so ganz zu unrecht. Jedoch, denken diese »Gutmenschen« auch daran, dass a l l e Carnivoren – a u c h die menschen in der frühzeit ihrer zivilisation – l e b e n d i g e s fleisch essen, und aßen?

Erdogan in Deutschland im jahre 2008: » ... Denn Assimilation ist ein Verbrechen gegen die Menschlichkeit.« Ah, ja ... Und wie ist das denn mit den K u r d e n im eigenen land?

Die samenräuberin belässt es nicht dabei, das objekt ihrer begierde körperlich zu vereinnehmen, nein, sie will a l l e s; auch die seele.-

Schuldenschnitt oder »haircut«, ein wichtiges wort im fiskalraume Europa. Es bedeutet, alle schulden eines staates um einen bestimmten betrag durch einen »schnitt« zu verringern, damit dieser staat eine chance bekommt luft zu holen, um sich von seiner gesamtlast zu befreien. Keine schlechte idee, sie dient wegen der erhaltung des sozialen friedens der allgemeinheit der völker. Fehler im system: Das soll für a l l e völker gelten, nur für Deutschland nicht.- Denn Deutschland muss seine (Kriegs) schulden von vor über s i e b z i g jahren mit zins und zinseszins zurückzahlen! Europa, quo vadis? ...

Als ein »kapitalistisches Tauschgeschäft« bezeichnet ein sachverständiger kunstprofessor aus Duisburg die art cologne in Köln. Was ist an tauschgeschäften – von dem adjektiv »kapitalistisch« mal abgesehen – so schlimm? Der chronist behauptet, dass bei einem ausgleich durch tausch lange nicht so viel und so schlimm b e t r o g e n werden kann, als wie bei der reinen bezahlung.

Medea ... war also eine durchgehend schlechte frau, vulgo ein miststück, und keineswegs das opferungswillige, leidende weib unter der grausamen herrschaft des patriarchats.

Tag des bieres/tag des buches. Gefällt dir wat? Dann such es ... Heute, am »Tag des Buches«, der gleichzeitig a u c h »Tag des Bieres« ist (wie sinnig!) ergießt sich im radio eine fachmännin (Sommeliererin) über bier » ... dass man es als Sommeliererin auch richtig durchkosten kann ...«- Auch dem chronisten ist bei der repetition des textes eine klitzekleine lautverschiebung passiert, und es kam dabei »durch k o t z e n« heraus.

»Keine Diktatur der Welt kann die Demokratie aufheben«, so sinngemäß Martin Schulz bei der preisverleihung irgendeines preises an eine Kubanerin. Oh doch, Martin Schulz: »Die Diktatur des Proletariats«, kann das sehr wohl, die aber eher hierbei eine diktatur der d u m m h e i t zu sein scheint, denn e i n »kluger« kopf wiegt bei derlei »Diktatur« locker ein ganzes volk auf. Und gegen die dummheit kämpfen selbst »Götter vergebens«.

Adorno wurde durch weibliche gewalt (nacktheit, schamlosigkeit, also anbetung der Kleinen Fleischspalte) zerstört.- Gott sei dank wird diese, eigentlich ultimative, waffe durch ständige obsession der zahlreichen hohepriesterinnen dieser religion (Tittenblitz bei Adorno, Pussy Riot, Hannovermesse 2013 versus Putin/Merkel) immer schartiger und ungefährlicher.

Einschub vom 06.05.2013 zu dieser Adorno- Hirnzwinge: In dem band »Ihr seid ja alle Prokrustes!« aus der reihe »NeoLit aus dem Neanderthal®« von Bernd (bejot) Jacobs, ISBN 978-3-8334-7375-3, erschienen 2008 bei Books on Demand in Norderstedt auf seite 118 fand der chronist von DIE STEINZEIT-ung® ein gedicht, welches diesen benannten aphorismus kongenial untermauert:

Die Verheimlichung von Sore
Der Motormittelzapfen wälzt sich
träge, pelzig, eirig im Lager
– dem schlecht zentrierten Mittelpunkt
der Welt –,
und trieft vom Fett der
Selbstgerechten.
Verbiegt die Nippel!
Verstopft die Buchsen!
Verpißt euch zwischen gekuppelten
Scheiben.
... und das Herumtreiben in
undurchsichtigen Höhlen
hört mir auch auf,
hört ihr?

Dieses gedicht war vor über zwanzig jahren in der alternativen »Untergrund«-literaturscene in Düsseldorf durchaus bekannt.

Samstag, 8. Juni 2013

Eine nivellierung der einkommen würde leider keine ruhe in den sozialen verteilungskampf bringen. Auch bei einer verstärkung der nivellierung wächst leider dazu diametral der neidfaktor. Klartext: Es würde, wie bisher, weiterhin um den e i n e n cent m e h r, den der mitmensch besitzt, erbittert gerechtet und gekämpft.

Wenn einer spielen will und versucht, den anderen zum mitspielen zu bewegen, darf er sich nicht beschweren, wenn der mitspieler unerwartet und plötzlich d o m i - n i e r t , und dies für den initiator zu einem s c h e i ß spiel wird.

Krieg in Syrien. Ihr islamistischen weltverbesserer. Ihr un-heiligen krieger! Ihr opa-heerführer! Geht nachhause.- Lasst diesen krieg einen spezialisten führen, einen »Meister aus ... «; denn der große krieger, und s i e g e r in eurer region ist ein »Meister aus .... « Israel.

Bauchschmerzen der »Die Linken«. In einer schweizerischen bank scheinen immer noch ehemalige DDR-millionen zu schmoren, die die vorgänger der »Die Linken« vor der Treuhand »gerettet« haben. Und an diese sore kommt man nicht oder nur noch sehr schlecht heran.

Alle welt delektiert sich unter dem eigenen heiligenschein an den schandtaten der Waffen-SS der Natsoz, und den SS-verbänden a n d e r e r länder – sieh mal einer an! – Lettland, Kroatien, Belgien (Leon Degrelle), u. a. Gemach jedoch: Die welt sollte sich besser um die im aufbau befindliche »Waffen-SS« der Dschihadisten, Hisbollah und Pasdaran kümmern. Da kommt noch was auf uns zu. -

Auch die »Jungfrau von Guadalupe« (Mexico) ein beispiel, wie die christlichen missionare während der eroberung Mittel-und Südamerikas den femininen faktor benutzten. – Auf einem hügel nahe Mexico-Stadt befindet sich der größte Marienwallfahrtsort von Südamerika. Die eroberer und missionare bekamen damals die ur-bevölkerung erst kirre, als sie jenen verklarten, dass die »Mutter Gottes«, die »Jungfau Maria«, so was ähnliches wie ihre bis dahin verehrte e r d g ö t t i n sei. Und dass sie deren »Tempelberg« durchaus zur verehrung der »Jungfrau Maria« nutzen dürfen.

Eine andere definition von »leben«. Alles, was auf anderes einwirkt ist leben.-- Auch das virus, auch der vulkan und das weltmeer. Die Erde selbst beweist dies durch die erdbeben, und durch deren, manchmal katastrophalen veränderungen, dass sie »lebt«. Und wie …

Vincent van gogh, erstes musisch verstörtes opfer der inzwischen auch in die jahre gekommenen »klassischen« moderne? Vincent war von den plakaten der ersten großen kaufhäuser (vorläufer der heutigen globalen ketten) sehr fasziniert. Besonders die klätschigen, intensiven farben der damals in mode gekommenen lithografien hatten es ihm angetan. Wahrscheinlich ahnte er, dass die synthese dieser farben nur mit dem im umbruch befindlichen malstil – aber zumindest nicht von i h m – bewältigt werden kann.

Einige werfen dem Papst Franziskus vor, dass er sich – eventuell – als exorzist (teufelsaustreiber) betätigt habe. Dies wird im virtuellen raum kolportiert, zwar ohne größere bewegung und kommentierung, aber immerhin sehr bedeutungsschwanger … Gemach. Der chronist von DIE STEINZEIT-ung® hört da von ganz anderen praktiken der teufelsaustreibungen, die höchsten gesellschaftlichen und lukrativen ruf genießen, wie zum beispiel Akupunktur, und noch mindestens ein dutzend anderer fernöstlichen übungen. Von der esotherik der westlichen welt erst mal gar nicht zu reden.-

Verantwortung in der politik? Fehlanzeige, denn in der demokratie wird die verantwortung immer weitergereicht, »delegiert«, letztlich atomisiert. Das sollte ja auch jedem klar sein, denn der wähler ist der »souverän«. Und der sprichwörtliche »Kleine Mann« (und natürlich auch die »Kleine Frau«!) sind im falle der sozialen katastrophe i m m e r unschuldig. – Seltsam, nicht wahr? -

Die uni Leipzig macht es vor, wie beispielsweise der unsägliche schmonzes »Soldaten sind Mörder!« aus der welt zu schaffen ist. Denn, Frau/Herr Professorin! Haben Sie schon mal je in Ihrem leben »S o l d a t i n n e n« gesehen, die »M ö r d e r i n n e n« waren? Ich noch nie …

Worauf wir alle warten: Dass bei einer abermaligen busenblitzerei von »Femen« (… die sollen sich was schämen. -Sorry, es reimte sich gerade so schön …-) die betreffenden frauen, die polizisten (sorry polizist i n n e n !), die sie abführen, anzeigen. Mit der begründung, dass man (sorry: mensch) sie (unsittlich?) »angefasst« hätte.

Vor fast genau zehn jahren – im internet also fast eine ewigkeit – schrieb ich mit einer uralt-anwendung meinen ersten blog. Ob der blog sich damals schon »blog« nannte, weiß ich nicht mehr. Auch damals ging es mir – wie heute – um die zeitläufte. Ich versuche, für den eventuell geneigten leser, einen link zu setzen. Da die navigation durch diesen blog etwas kompliziert ist, habe ich den link auf die a n f a n g s seite des blogs gesetzt; es müsste der 16. juni 2003 sein. Sollte dieser, von mir gebotene link tatsächlich »linken«, dann müsste es mit dem r e c h t s befindlichen werkzeug auf der betreffenden site immer nur berg a u f (richtung gegenwart) gehen.

http://neolitausdemneanderthal.log.ag/2003_6_2003_6_16_weblog.html

Der link für den gesamten blog lautet:http://neolitausdemneanderthal.log.ag Von da aus ginge es dann mit der navigation berg a b, also richtung 2003.

Sollte gar nichts gehen ist zu empfehlen, den browser zu wechseln, denn einige u. s. amerikanischen browser »verschlucken« sich schon mal, wenn sie keine eigenen blogs abgrasen dürfen ... Oder, die letzte chance: Von hand eingeben. Eben, »moderne« zeiten.

Donnerstag, 13. Juni 2013

Bereits vor über dreißig jahren äußerte der chronist von DIE STEINZEIT-ung® bei einem klassentreffen – im angesicht der damals häufigen hochwasser von Rhein und Mosel –, wenn dies so weiterginge, würden die großen flusstäler unbewohnbar. Eine ehemalige klassenkameradin widersprach heftig, das würde wohl nicht eintreten, ihr mann wüsste dies, er sei ja schließlich wasserbauingenieur beim Wasser-und Schifffahrtsamt Trier.-Nun, inzwischen ist der betreffende herr bestimmt auch schon pensioniert, und seine dienststelle in Trier ist heute eine dependance des entsprechenden amtes in Koblenz. Was geblieben ist, sind die hochwasser des Elbe-Urstromtals und dessen zuflüsse, und ... die behauptung des chronisten.-

Wer den wassernotstand in dieser gegend Deutschlands betrachtet, und aus der vogelperpektive (Hubschrauber) die kilometerweiten wasserflächen sieht, ahnt, dass dort milliardenwerte sich verwässern, und im sinne des wortes liquide werden. In früheren zeiten zeichnete sich nun eine flächendeckende missernte, hungersnot, krankheiten, und (verteilungs) kämpfe ab. Und jetzt kommt das »Wuppertal Institut« ins spiel.- Vor jahren wurde aus der führungsriege dieser einrichtung kolportiert, dass – sinngemäß – Deutschland heute eigentlich schon »überbevölkert« sei, und dass es heute eigentlich nur circa »45 Millionen Einwohner« verkrafte. Der chronist geht davon aus, dass diese herren und damen diese »überbevölkerung« wohl eher im raumbedarf, dem »verbrauch« von natur sahen. So steht die frage im raum, wie der drohenden zivilisatorischen katastrophe begegnet werden könne, des – natürlichen – geschehens, dass sich ein fluss zu gegebener zeit s e i n e n lebensraum zurückerobert. Die selbsternannten naturschützer, und somit natürlichen zivilisationskritiker, sind der festen meinung, dass deiche zurückgebaut werden, damit der fluss sein altes ausbreitungsgebiet bei hochwasser zurückerhält. Und hier beginnt das dilemma der naturschützer: Schutz der natur, oder beachtung der anforderungen der zivilisation. Wenn die deiche zurückgebaut werden (Polderung), dann geht wertvolles ackerland, in jahrhunderten dem flusse abgekämpft, in großem maße verloren. Ackerland, welches zur ernährung der m e n s c h e n dient. Und die menschen sind nicht weniger, sondern m e h r geworden, und werden noch viel m e h r werden, wenn die sozialen vorstellungen der naturbeschwingten sich gar in p o l i t i k umwandeln.- Denn es geht nicht ineinander, wenn einerseits immer mehr der natur ihre angestammten gebiete zurückgegeben wird, und die zivilisation (Kultur) andererseits durch den zuzug und die ansiedlung von noch mehr menschen wächst.

Was ist zu tun? Da beide gegebenheiten – erosion fruchtbaren ackerbodens durch hochwasser, und zunahme der zivilisation – existieren, (wobei der grund der zunahme der erosion zunächst mal hintan gestellt werden sollte!) muss es die entscheidung geben, zu w e i c h e n, oder aber zu k ä m p f e n ... Der chronist von DIE STEINZEIT-ung entscheidet sich in dieser frage fürs kämpfen. Und dies hieße, dem fluss die aggressivität zu nehmen, und zwar durch tieferlegung der flußsohle. Dies würde zwar anschließend die flussgeschwindigkeit erhöhen. Aber das hat den physikalischen effekt, dass das wasser dann auch s c h n e l l e r abfließt. Der aushub von der flußsohle kann dazu benutzt werden, um deiche zu bauen. Eine andere, womöglich noch teurere anwendung wäre, den fluss zu kanalisieren, und zwar in direkter ufernähe, durch spund-, oder spund-verbundwände mit beton. Die erste methode wäre von der natur her sanfter, und würde das abbild der natur nicht so hart und gnadenlos malträtieren. Jedoch wäre der landverbrauch (sohlenfläche der – sehr hohen – deiche) enorm. Betrachten wir die spundwand-lösung. Da dieses bollwerk nach den gesetzen der physik in die höhe getrieben werden muss, werden wir anschließend den fluss nicht mehr sehen. Denn zehn bis zwanzig meter hohe, senkrechte wände zerteilen auf hunderte kilometer den horizont. Dieser anblick könnte von der landseite her durch die aufforstung von bäumen (»Auwald«) etwas abgemildert werden. Puristen, die sich durch den nicht-anblick des naturproduktes »fluss« unangenehm berührt fühlen könnte geholfen werden, in dem in gewissen abständen in diese verbundwände g l a s fenster (sehr teuer!) eingebaut werden.

Und wer soll das alles schaffen? Diese frage kann, zumindest in Europa, einigermaßen vernünftig beantwortet werden: Es gibt in Europa heute millionen von gut ausgebildeten, gesunden jungen männer. Diese jungen männer haben in der überzahl ein studium jedweder fachrichtung hinter sich, was kein mangel für ihre eventuelle aufgabe sein muss. Diese männer haben mit sicherheit die englische sprache erlernt, sind somit polyglott, und können sich in dieser sprache untereinander verständigen, und können auch in dieser sprache angeleitet werden. Diese jungen männer könnten ein übernationales, europäisches arbeitskorps bilden.

Sie sollten überall da eingesetzt werden, wo derartige notstände beseitigt werden müssen. Sie sollen wie facharbeiter behandelt und bezahlt werden, mit allen rechten. Ein zwang sollte möglichst durch anreize, wie vertragliche regelungen, förderung n a c h dem dienst an nächsten, ersetzt werden. – Ein misanthrop, der hierbei nur an den »Reichsarbeitsdienst« denkt. Und er ist ein ignorant, dem zwar die zwangsarbeit im ehemaligen Hitler-Deutschland geläufig ist, aber den stalinschen GULAG und die maoistische »Kulturrevolution« verschweigt. Da wasserbauarbei ten, überhaupt bauarbeiten mit riesigen erdbewegungen einhergehen, ist die hauptanforderung an die jungen männer die bereitschaft zu k ö r p e r l i c h e r arbeit. Und dies durchaus auch schon mal mit schaufel und hacke. Angenehmer nebeneffekt: Der maschinenpark kann somit klein gehalten werden, und im gefolge dessen der treibstoffverbrauch.-

Zu dem entscheidenden dammbruch bei Fischbeck in Sachsen-Anhalt beim Elbehochwasser 2013 hat der chronist von DIE STEINZEIT-ung® folgende anmerkung: Es ist nicht zu verstehen, warum man nicht ein paar pontons, gefüllt mit kies oder sand, oder mit je einem ausrangierten panzer beladen, von der flußseite her in diese nur 100 meter! große deichlücke bugsiert und versenkt hat, um im strömungsschatten dieses bollwerks den deich zu reparieren …

Sonntag, 16. Juni 2013

DIE STEINZEIT-ung® freut sich, dass andere scharfsinnige menschen ebenfalls auf die gleiche idee gekommen sind, ein problem lösen zu wollen.

Wie bereits unter dem titel »Anschwellende flusslandschaft mit lebensinseln« vom Donnerstag, 13. Juni 2013, gepostet 9:52 uhr , erwähnte der chronist von DIE STEINZEIT-ung® eine mögliche lösung im letzten absatz seines obengenannten postings.

Im angesicht von naturgewalten besinnt sich der mensch stets darauf, durch ingeniöses nachdenken, die elemente durch deren eigene innewohnenden kräfte zu überlisten. Wir wünschen dem team des Landeskommandos von Sachsen- Anhalt in seinen bestrebungen vollen erfolg. -

(Anmerkung: Einen tag nach diesem posting reparierte die Bundeswehr genau nach diesem geschilderten modus die deichlücke der Elbe bei Fischbeck.)

Sonntag, 30. Juni 2013

Nicaragua will parallel zum Panamakanal einen neuen kanal bauen. Die u.s. Amerikaner sind stinksauer, weil die VR China dieses bauwerk finanzieren will. Warum sind die Amerikaner im zeitalter der globalisierung so vergnatzt? Sie denken an die kriegsmarine Chinas, die in einem wohl leider kommenden, wirklich g l o b a l e n (Welt) krieg gewiss nicht bei den Midway-Inseln halt machen werden. Die kriegsmarine der VR China will durch diesen neuen kanal über den Isthmus in den N o r d - a t l a n t i k . - Peer hat am 16.06.2013 in dem unmenschlichen pokerspiel namens Politik »gezuckt«, und … verloren.- Wenn ein mensch seine wunde zeigt, dann gibt es bestimmt einen (mit)- menschen – ebenfalls um seine »erhöhung« kämpfend –, der genau d o r t seinen spieß hineinrammt, und auch noch kräftig umdreht. Wo kämen wir denn hin, uns deswegen zu schämen, wo alle welt doch dieses scheißspiel mitspielt und auf ihrem vorteil besteht? Der chronist von DIE STEINZEIT-ung® hat aus gründen der besseren anschaulichkeit dieses menschliche problem personalisiert. Gemeint ist, dass es bis zur bundestagswahl im herbst durchaus noch den supergau einer bestimmten partei geben könnte. -

Ingeborg-Bachmann-Preis. Endlich sind einige zeitgenossen dahinter gekommen, dass dieses spektakel sich durchaus mit »DSDS« (»Deutschland sucht den Superstar«) vergleichen lässt. Kömmt darauf an, was z u e r s t da war: Ingeborg-Bachmann-Preis p l u s »Poetry slam«, oder die »BPva« (Bohlen-Protagonistenverarschung«). In jedem falle gab es vor mehreren hundert jahren ähnliche »events«, die der teutscheste aller komponisten in seinem opus verwurstet hat, wie den »Wartburg-Krieg«, oder den »Sängerstreit zu Nürnberg«.

Zu dieser Hirnzwinge folgendes: DIE STEINZEIT-ung® ist in dem gedichtband »Ihr seid ja alle Prokrustes!« NeoLit aus dem Neanderthal, ISBN 978-3-8334-7375-3, auf seite 176 fündig geworden, wobei der dichter bejot seine gemischten gefühle über diese veranstaltung bereits vor über zehn jahren in einem gedicht dargestellt hat. Wir stellen Ihnen dieses gedicht, mit einwilligung des autors, zur verfügung.

In einem europäisch Land,
französisch auch Autrisch genannt,
da gibt es zwei Elfrieden.
Die Nummer eins gab, wie man weiß,
ihr Immidsch um den Nobel – preis.
Die Nummer zwei heißt Friederike;
die rumpelt, pumpelt mit Gequieke
durch sacht verschachte Wörterberge,
verimpelt und schornnt die Sieben Zwerge.
Das Burgenland schreit Holdrio …
Kulturgiraffen san mer scho. –

Die jüdischen siedler im Heiligen Land v o r dem holocaust, haben damals nach noch gültigen gesetzen aus dem osmanischen reich ihre landnahme untermauert. War also nix mit »Araber vertreiben«, zumindest nicht im allgemeinen …

Sonntag, 28. Juli 2013

DIE STEINZEIT-ung® bringt einen neuen bericht aus dem wahlkreis von Peer Sauerland. Da die partei, der Peer angehört, in der landesregierung von NRW in Düsseldorf das sagen hat, soll auch auf den jubeltag des 150 jährigen bestehens hingewiesen werden. Dieser leuchtpunkt der geschichte wurde von der partei Peers auch in seinem wahlkreis gebührend gefeiert. Doch gerade diese feier ist dem chronisten von DIE STEINZEIT-ung®, der hautnah an dem jubelort seinen wohnsitz hat, ohne große not entgangen, weil zu gleicher zeit in der stadt ein viel, viel interessanteres fest zugange war.

Im wahlkreis regt sich großer unmut gegen die partei Peers, weil diese in der Düsseldorfer landesregierung per Solidaritätsumlage nach GFG 2014 den Kreis Mettmann verdonnert hat, zur rettung von städten wie zum beispiel Duisburg und Bochum, einen gehörigen geldbetrag aufzubringen. So soll eine kommune mit 40 000 einwohnern im kreis ME, mit einem jungen, pfiffigen bürgermeister an der spitze – der »seine« stadt gerade schuldenfrei gestellt hatte – über 40 millionen, in ziffern: 40 000 000,--€, bezüglich dieses gesetzes m e h r an die landeskasse überweisen. Selbst eine andere mittelstadt aus dem kreis, die fiskalisch aus dem letzten (tunnel) loch pfeift, soll noch nach diesem gesetz 54 000,--€ einzahlen. Da diese stadt schon eh unter kuratel steht, bleibt der bürgermeisterin wohl nichts andres übrig, als zur kreissparkasse zu gehen, und um einen kredit in dieser höhe zu bitten, und auf preisgünstige schuld – z i n s e n zu hoffen.

Unter diesen gesichtspunkten hat der kandidat der SPD hier im wahlkreis keine guten aussichten, die stimmenanzahl für seine kanzlerkandidatur merklich zu erhöhen; das gegenteil grollt schon laut und vernehmlich aus dem abgrund des schicksals. – Denn das andere politische lager müsste ja mit dem klammerbeutel gepudert sein, wenn es diese steilvorlage nicht ausnutzt. Insbesondere, wenn sich das rot-grüne lager doch noch entblöden sollte, und die fünf jahre Jürgen Rüttgers als hauptgrund für die pro kopf-verschuldung von derzeit ungefähr 13.000,--€ (in worten: Dreizehn tausend) in Nordrhein-Westfalen darstellt. Wohlgemerkt: Nur die pro kopf-verschuldung auf landesebene; die jeweiligen kommunal-und bundesschulden sind eine andere rechnung. Also 5 jahre »CDU-Herrschaft« gegen fast 40 jahre herrschaft des buchhändlers aus Wuppertal … ?

Donnerstag, 22. August 2013

N i z z a

In einem Lokal in Nizza
sitzt Frauchen neben dem Hund,
freut sich, wie ihr Liebling
-vom Ober verwöhnt-
die karte rauf – und herunterfrißt.
Gelangweilt streift der Blick ins Journal
ein Bild von Kindern mit Spindelärmchen,
geblähtem Knopfbauch, filzigem Haar.

Zentralafrika
Im Rundfunk warnt ein Präsident
die Menschen vor einer Hungersnot,
gigantisch, die alles und jeden verschlingt.
Aus dem Palast läßt er Brot verteilen,
wohl wissend, daß es sich nicht vermehrt,
und niemand vorm Hungertod schützt.

Ausblick
Es werden Hundert Millionen marschieren.
Fünfzig nach Norden, und Fünfzig nach Süden.
Die einen werden sich irgendwo
zwischen Tafelberg und Soweto verlieren.
Doch wo bleiben die, die nach Norden ziehn:
Werden sie Nizza erreichen?

(Gedicht erschienen in dem Band »Ihr seid ja alle Prokrustes!«, ISBN 978-3-8334-7375-3 von Bernd (bejot) Jacobs, bei BoD, aus der reihe »NeoLit aus dem Neanderthal®«)

Das gedicht ist nachweislich v o r 1983 entstanden; wichtig für den autor, weil später – in den 90ern dvjhds – ein film gedreht wurde, der die thematik der letzten strophe dieses gedichts zum inhalt hatte. Haben also die »Verdammte dieser Erde« (die flüchtlinge) N i z z a inzwischen erreicht? Ja, haben sie, und sie werden weiterziehen, es gibt nur eine richtung: Nach norden … Es sind also genau diese menschen, von denen unsere gutmenschen-politikerinnen unermüdlich trommeln, dass wir – die anderen menschen – gut zu diesen sein müssen, sie zu kleiden, zu nähren und behausen, wie es das ethos des christlichen abendlands erwartet. Doch die heutigen flüchtlinge lassen sich weniger wegen essen, kleidung, behausung von gottverdammten seelenverkäufern übers Mittelmeer schippern, mit ungewissem ausgang. Sie fliehen wegen der gnadenlosen wüste, die sich unter der sengenden sonne einer abrahamitischen religion in Nordafrika und Nahost ausbreitet. Denn der mensch lebt nicht vom brot allein … Und das weltklima der kulturen droht durch die opiumschwaden dieser religion zu kippen. Unter diesen betörend süsslich duftenden schwaden mischen sich menschenmordende gaswolken – wie gerade in Syrien – aus bomben, die wohl von menschen, mit dem unaussprechlichen schlachtruf auf den lippen, geworfen wurden. Mein Gott …

Zum schluss ein gedicht, welches immer wieder aufs neue sehr gern von einer gewissen gruppe von leuten missverstanden wird:

Am deutschen wesen
sollte einmal die welt genesen. -
Deutsche erfahrung,
eine offenbarung?
Mit nichten, Bernd.
Die welt?
N i x gelernt.

Sonntag, 1. September 2013

DIE STEINZEIT-ung® begrüsst die kluge entscheidung des amerikanischen präsidenten, das parlament der Vereinigten Staaten über den casus belli gegen Syrien entscheiden zu lassen. Der oberbefehlshaber Obama hat sich elegant der fußfessel seines voreiligen versprechens entledigt, »etwas« gegen Syrien »zu tun«. Und dies nicht zuletzt, weil er sich durch das britische parlament beeindrucken ließ. So weit; so gut … Doch die stunde der wahrheit käme, wenn sich die u.s. bürger zu einer kriegshandlung entscheiden würden, denn es ist nach wie vor sehr wahrscheinlich, dass die schießwütigen amerikaner den finger am abzug der knarre auch k r ü m m e n werden. Um dabei den politischen, diplomatischen schaden so gering wie nur möglich zu halten böte sich an, über Syrien eine flugverbotszone zu erzwingen. Ja, erzwingen, denn das würde sich angesichts hunderter russischer raketen der flugabwehrsysteme als eine echte militärische herausforderung darstellen. Und hierbei können die u.s. geheimdienste, die ja bekanntlich die halbe welt ausspionieren, wertvolle arbeit durch das heranschaffen von relevanten daten, und deren m a n i p u l i e r u n g leisten. Soll heißen: Die jungen, hoffnungsvollen »elektrischen Jünglinge« aus Kalifornien sollen die abschussrampen von Assads luftabwehr so h a c k e n, dass die projektile nach dem feuerbefehl alle richtung m o n dscheibe/sichel starten. Dabei würden andere, »elektrische Jünglinge« aus Tel Aviv gewiss gern »schützenhilfe« leisten. – Mit der erzwingung einer flugverbotszone hätte dann Obama sein wort gehalten, u n d einen echten und anerkennenswerten dienst an der zivilbevölkerung geleistet. Dies könnten die USA auch ohne Frankreich schaffen, denn die Franzosen werden sich den waffendienst für die USA bestimmt noch mal überlegen, im angesicht der sehr rührigen »NSA« (NationalSozialist. Aufklärungskompanie). Was über eine eventuelle mitbeteiligung Deutschlands an einem militärschlag gegen Syrien alles so in der welt verbreitet wird, lassen dem berichterstatter der DIE STEINZEIT-ung® die galle hochschießen und die fußnägel kräuseln. -

Solange »befreundete Staaten« wie beispielsweise G r i e c h e n l a n d im portefeuille ihrer jeweiligen regierung vorbereitete reparationsforderungen an Deutschland für einen krieg, der fast s i e b z i g jahre in der vergangenheit liegt, bereit hält, sollte keine einzige kugel von einem deutschen soldaten in einem fremden land abgefeuert werden. A u c h nicht am »Hindukusch«!! Wohin dies führt sieht man ja bei der bombardierung eines tanklasters in Kunduz, und beim Balkankrieg, als in ermangelung eines potentiellen »täters« bei der bombardierung von flussbrücken eben die Bundeswehr als »ersatz« herhalten musste, gewissermaßen als »Ersatzkompanie« für a l l e scheiße in der welt … Solange die – echten – kriegsverbrecher, die aus einem hubschrauber heraus aus purer m o r d l u s t menschen erschossen haben, nicht vor ein Internationales Gericht (DenHaag) gestellt werden, soll kein deutscher soldat mehr im ausland agieren. A u c h nicht für die UNO. -

Zum abschluss ein beziehungsreicher sinnspruch. Und, nein, Ihr gern-falschversteher! Ich habe meine meinung immer noch nicht geändert.

Am deutschen wesen
sollte einmal die welt genesen. -
Deutsche erfahrung,
eine offenbarung?
Mit nichten, Bernd.
Die welt?
N i x gelernt.

Mittwoch, 25. September 2013

Jeglicher wettbewerb ist der erste schritt auf der nicht endenden leiter des gegenseitigen köpfe einschlagens.

Ist Ihnen das auch schon aufgefallen? Die stimme von Barak H. Obama ähnelt bei seinen spärlichen statements in der letzten zeit immer mehr der stimme von George double-u Bush an.

Es gibt eine studie (aus Mannheim?), bei der sich herausstellte, dass von den »Zigeunern« nur 5% S i n t i und R o m a sind. 95% der landfahrer seien in der überzahl Rumänen, Tschechen und Bulgaren. Ergo werden 95% der landfahrer zu r e c h t als »Zigeuner« bezeichnet. Oder ... ?

» ... Entscheiden sollte die E x e k u t i v e ... «, so ein politfachmann der FDP im Deutschlandradio am 25.07.2013, 6:50 uhr. Aha, die »Judikative«, die ja eigentlich »entscheiden« sollte, r i c h t e t (vulgo: »exekutiert«) neuerdings auch gleich, gewissermaßen in einem aufwasch?

Königlich Bayrisches Amtsgericht. Es gab bei demselben bei einer aburteilung tatsächlich »erhebliche Unstimmigkeiten«, die aber nicht »mit Absicht« geschahen, was aber dem deliquenten nichts nutzte; Er wurde »verknackt«. Prima idee bei den juro kraten. Jede beliebige staatsanwaltschaft erhebt gegen jede beliebige täterin anklage wegen »Vorsätzlichkeit«, und die sache ist gegessen?? ... Übrigens: Staatsanwaltschaften sind in der regel weisungsgebunden; die »Entscheider« (Richter) in einem rechtsstaat eher nicht.

»Kritik ohne Alternativen ist arrogant.« (unbekannter autor, aber verdammt wahr!)

Monogamie erspart so manchem unschuldigen kinde den frühen – auch verbrecherisch verschuldeten – tod.

Auch die materie reagiert ganz menschlich. Wenn die »kritische« menge (»Masse«) erreicht wird (Uran, Plutonium) geht sie »hoch«.

Die FC Bayern München AG sollte schleunigst mal die aktieninhaber ihrer vortrefflichen AG durchleuchten. Denn der neue trainer Josep Guardiola scheint ein u-boot der klasse »Extinktor« von einem unbekannten mutterschiff zu sein, der den auftrag hat, das flaggschiff des deutschen fußballs kaltlächelnd zu v e r s e n k e n. – Bei dem kroppzeug, welches sich in dieser branche inzwischen herumtummelt gewiss kein wunder ...

Rußland entwickelt sich vom linksfaschismus (Stalinismus) ganz langsam und unaufhaltsam zum nationalsozialismus (Putinismus). Im angesicht des wachsenden nationalsozialismus (Faschismus) in der g e s a m t e n welt beginnt ganz, ganz langsam die allmähliche rehabilitation des mannes aus Braunau. -

Treppenwitz. In einer alternativen (»Underground«) künstlerscene wollte eine künstlerin ein fest organisieren und feiern. Und zwar auch u.a. mit der rezitation von bekannten gedichten bekannter dichter. Die gute frau reagierte sauer, als die GEMA sich meldete ... Dass sich in dem club der guten viele dichter befanden, die sehr gern und k o s t e n l o s ihre eigenen elaborate rezitiert hätten, hatte sie wohl offensichtlich vergessen. -

»Das falsche spiel. Die Liebe kommt, die Liebe geht ...«

Eine welt ohne feinde, und ohne die daraus resultierende dynamik, ist ohne leben, und somit t o t .

Prekarier aller länder! Hört: Sozialneid gibt es immer nur von e i n e r seite. Kapitalisten kennen so etwas nicht.

G.F. Händel war als opernmanager auch unternehmer. Sein unternehmertum erstreckte sich a u c h auf den damals sehr lukrativen sklavenh a n d e l.

»Die Bedeutung eines Wortes ist sein Gebrauch in der Sprache« (Ludwig Wittgenstein).

Es gibt unter den vielen verbindlichkeiten zwischen den menschen nur einen vertrag, den man e i n s e i t i g schließen kann: Einen friedensvertrag mit dem unterlegenen.

Die schlimmen, schlimmen Amerikaner, mit ihrer verbrecherischen drohnen-technik! – Falsch! Als erstes waren die m e n s c h l i c h e n drohnen da, die gottverdammten arabischen selbstmordattentäter.

»Faschismus: Aus der angst des mittelstandes geborenen, in das proletariat (Prekariat) abzugleiten«. (nach Theodor Geiger)

Oriana Fallaci beschwerte sich darüber, dass Lech Walesa sie nicht beachtet hatte wegen eines interviews. Sie hätte »Bücher geschrieben«, »Könige und Staatsmänner würden sich darum reißen, ein Interview mit ihr führen zu dürfen«. Lech antwortete, dass er ihre bücher nicht kenne, und gewiss auch nicht lesen würde; im übrigen müsse er jetzt auf die werft, zu seinen leuten von der Solidarnosc ...

Das kalte o b e r flächenwasser des Ostpazifiks bewahrt uns vor einer globalen temperaturerhöhung. Warum befindet sich k a l t e s wasser an der oberfläche? Kaltes wasser sackt normalerweise nach unten in die tiefsee. Wo bleibt also das w a r m e wasser, was sich ja (leichter!) an der oberfläche befinden müsste? Wenn sich also kaltes wasser (schwereres!) an der oberfläche des wasserkörpers befindet, erleidet der gesamtkörper Erde nach den gravitationsgesetzen eine art u n w u c h t in richtung der erdachse. Es entstände ein »Taumeleffekt«, der die sonneneinstrahlung beeinflussen könnte. Eine andere form eines klimawechsels? -

Neues, bisher unbekanntes über Oradour sur Glane. Bei der einsatzgruppe der Waffen-SS beim massaker von Oradour waren mindestens ein d r i t t e l Elsässer, also französische staatsbürger beteiligt. Diese wurden – natürlich – vordem alle in die Waffen-SS »gezwungen«, was allerdings nach neueren erkenntnissen nicht immer der fall gewesen sein soll.- In Oradour lebten zur zeit des massakers gerade viele Lothringer, also ebenfalls französische staatsbürger, die vor der besetzung Lothringens durch die deutschen truppen wahrscheinlich nach Oradour geflohen sind. Nach dem kriege wurden alle französischen staatsbürger – also die Elsässer, die in Oradour kräftig mitgemordet hatten – vom französischen staat a m n e s t i e r t. Was geschah mit den SS-leuten aus dem alt (Dritten) reich? ...

» ... nachkorrigierte Welt.« (unbekannter autor) Ein H a m m e r wort!

Keynes wollte die bankiers »euthanasieren«, weil diese auf dem geld anderer leute sitzen, das geld nur herausgeben, um möglichst hohen g e w i n n (Zins) zu kassieren. Geld, was somit nicht frei fließen kann, um die wirtschaft mit dem notwendigen lebenssaft (»Blut«) zu versorgen.

Auschwitz. – Auschwitz? Oh Gott, oh Gott. Auschwitz ... = K o l y m a? – Kolyma? Kolyma = A u s c h w i t z.

Nach Warlam T. Schalamow: » Ich teile die Welt nicht in Starke und Schwache ein, sondern in 95 %Feiglinge und 5 % Nicht-Feiglinge. Die 95% Feiglinge sind zu j e d e r Gemeinheit, auch tödlicher, bereit.«

Islam heißt wörtlich »Frieden«. Einige exegeten deuten »Islam« auch als »Unterwerfung«. Auch nicht schlecht, einigen wir uns auf »Friedhofsruhe« ? ...

»Alle Jobeljahre ... »- Alle jubeljahre das große vergeben, der schnitt aller schulden. Eine großartige leistung der altvorderen. Nur: Für e i n volk in der welt scheint dies n i c h t gelten zu sollen. Denn noch unzählige »schuldfälle« aus vor über s i e b - z i g jahren (Jobel: Alle F ü n f z i g jahre!) harren diesem volk mit »Wiedergutmachung«, und mit noch mehr bau von denkmälern seiner schande auf kostbarem ackerboden, welches dieses volk noch bauen muss ...

Zum lachen, die Grünen mit ihrem »Veggi-Day«, der ihnen gewiss ein paar prozentpünktchen an ihrem Bundestagswahlergebniss g e k o s t e t hat. Hätten sie sich doch mal etwas m e h r um die deutsche kulturgeschichte gekümmert, die j e n s e i t s der » Zwölf Jahre« liegt, welche aber nach dem verständnis der Grünen nach die gesamte geschichte Deutschlands abdecken. Dann wären sie leicht darauf gekommen, dass es einen »Veggi-Day« in Mitteleuropa schon jahrhunderte vorher gab: Es war der F r e i t a g in jeder woche, der als fastentag, als fleischfrei galt.

Der sündenfall Europas war die entstehung des nationalstaates. An dem aufkommen dieser monstrosität war der westliche teil des geteilten reichs Karls des Großen – Frankreich – in hohem maße beteiligt.

Somalia, Eritrea (Äthiopien). War da mal was mit Italien? Na klar, das waren in der ersten hälfte dvjhds italienische kolonien. Italien hatte sich vordem diese kolonien mit grausamer, voller militärischen gewalt (Einsatz von giftgas!) angeeignet. Jetzt wundern sich die ahnungs- und geschichtslosen Italiener darüber, warum die nachfahren dieser ehemaligen kolonialvölker so »anhänglich« (Lampedusa) sind.

»Endlich das Leben kennenlernen« ..., so Gustaf Gründgens, als er sich zu einer weltreise mit seinem freund aufmachte. Diese reise fand ja bekanntlich in Manila durch den mysteriösen tod Gründgens ihr ende. Ja, Gustaf, so »wahr« war das »richtige« leben, was du den menschen vorgegaukelt hast wohl doch nicht. Nicht wahr? -

Licht und dunkelheit. Die abwesenheit von l i c h t nennt sich dunkelheit. Die abwesenheit von d u n k e l h e i t nennt sich licht. Welche aussage würde eher zum weltall passen? Na? . .

Der reichtum, protz und luxus in der architektur ist die kultur von morgen. Siehe die fürsten, päpste und freien reichsstädte der Renaissance in Europa, die sinnbetörende baukunst des Islam in Zentralasien (Buchara, Samarkand) und ... bischof Franz Peter Terbatz-van Elst von Limburg an der Lahn. Die pilger in Rom, die touristen in Florenz, die sprachlos im angesicht der einmaligen pracht nur noch staunen können, und sich anschließend im ristorante das maul über bischof Terbatz- van Elst zerreißen, können sich anschließend den beinamen »elender heuchler« an der rezeption abholen.

... und denkt weiter daran:

Am deutschen wesen
sollte einmal die welt genesen.
Deutsche erfahrung:
Eine offenbarung?
Mit nichten, Bernd.
Die welt?
N i x gelernt ...

Freitag, 11. Oktober 2013

Lampedusa. Schatten der vergangenheit?

Warum stranden soviele menschen, die von Afrika aufgebrochen sind, auf der insel Lampedusa? Gut, die insel ist neben Malta das erste stück Europa vor der küste Nordafrikas. Jedoch scheint dieses italienische eiland eine magische anziehungskraft auf die verzweifelten aus Eritrea, Somalia, Libyen auszuüben. So, als wenn unsichtbare festmacherleinen von Lampedusas hafenpollern an den hölzernen seelenverkäufern angebracht seien.

Diese unsichtbare leine existiert tatsächlich, und sie heißt kolonialismus-. Eritrea, Somalia (Äthiopien) und Libyen waren zu Italiens großmanns-zeiten kolonien, die zu jenen zeiten durch grausame kriegshandlungen (Anwendung von giftgas) erobert, beziehungsweise verteidigt wurden. Trotzdem zieht es die verdammten dieser Erde – die flüchtenden – an dieser unsichtbaren leine zurück ins »Mutterland«. Zwar ins land der stiefmutter »Bella Italia«, nachdem die »richtige« mutter – mamma africa – ihre kinder verstoßen hatte.

Die »stiefmutter« allerdings will diese kinder nicht gern aufnehmen weil sie fürchtet, dass daraus eine flut werden kann, in der a l l e ertrinken können. Selbst die zahlreiche verwandtschaft von »Bella Italia« fürchtet sich davor, in die verpflichtungen, die solch eine verwandtschaft mit sich bringt, einsteigen zu müssen. Denn dass das gleichnis vom »vollen Boot« in furchtbarster weise w a h r h e i t werden kann, zeigt die letzte schiffskatastrophe von Lampedusa, die auch anlass dieses aufsatzes des chronisten von DIE STEINZEIT-ung® ist. Bei dieser katastrophe waren nämlich viel z u v i e l e an bord ... Und schon geht der knies unter den verwandten wieder los. -

Italien führte vordem ein gesetz ein, welches wohl einmalig in der welt ist. Jeder, der einem flüchtling hilft, an den strand der küste Italiens zu gelangen, wird wegen beihilfe zur unerlaubten einreise von staats wegen a n g e k l a g t und bestraft. Das gleiche gilt für den flüchtling. Logisch, dass Italien wegen solch einer radikalgesetzgebung unter verschiss der übrigen verwandten gerät, wobei Italien, nicht faul, diese keule zurückwirft, und die puckelige verwandtschaft auffordert, s i e sollten dann gefälligst diese menschen aufnehmen. Und dies ist das signal für die anderen zu erklären, warum gerade sie n i c h t in der lage seien, die armen menschen aufzunehmen, unter angabe von fadenscheinigen, stichhaltigen, weniger stichhaltigen gründen.

Ein maß zur beurteilung, ob ein land noch menschen aufzunehmen, besser, ver k r a f t e n kann, ist wohl ohne zweifel dessen größe, und der anzahl der einwohner pro quadratkilometer (qkm).

DIE STEINZEIT-ung® listet nach dem stande von mitte 2013 einmal die staaten von den insgesamt 28 staaten der E U auf, die eine einwohnerzahl von u n t e r hundert/qkm haben: Bulgarien 66; Estland 30; Finnland 16; Frankreich (sic!) 97; Griechenland 82; Irland 65; Kroatien 79; Lettland 35; Litauen 46; Rumänien 84; Schweden 21; Slowenien 99.

Die ü b e r z w e i hundert einwohner/qkm – länder sind: Belgien 362, Deutschland 225, Italien (immerhin!) 201; Malta 1.321; Niederlande 402; Vereinigtes Königreich (UK) 260. Die übrigen staaten liegen dazwischen.

Es sollte klar sein, dass die einwohnerzahl pro qkm kein indiz für wohl-oder NICHT-wohlleben eines staates sein sein soll und auch kann. Jedoch gibt diese größe aufschluss darüber, w o überhaupt p l a t z für niederlassung und eventueller prosperität sein könnte.

Und schon melden sich in Europa – und dies insbesondere wieder in Deutschland – leute, die genau wissen, wohin die gewaltig zunehmende menge dieser flücht linge hingebracht werden könnten: Nach Deutschland, nämlich. Denn Deutschland ist doch ein s o o o reiches land, wo diese armen leute mit leichtigkeit untergebracht werden sollten. Dabei zeigt die schuldenuhr des s o o o reichen landes wie Deutschland am 1.oktober 2013, 0:00uhr locker und leicht mal so eben 2.061.286.502.400,--€ an, mit einer zuwachsrate von 1.123,--€/ sekunde. – Und nicht nur das: Deutschland ist seit kurzem bei der übrigen verwandtschaft besonders für die überlandfahrer einiger osteuropäischer staaten sehr attraktiv geworden. Diese menschen suchen bei uns schutz und unterkunft, weil deren jeweilige »vater«länder alles unternehmen, um diese menschen bei ihnen zu vergraulen. Deutschland ist für derlei zuflucht eine sichere bank, denn wird in Deutschland einmal ernsthaft aufgemuckt, wird die natsoz (NATionalSOZialistische)-keule mit vehemenz geschwungen.

Warum die menschen u. a. aus Afrika fliehen, hat der chronist von DIE STEINZEIT-ung® in dem blog http://diesteinzeit-ung.blogspot.de/2013_08_01_archive.html versucht darzulegen.

Ein anderer grund ist auch das land-grabbing (altd.: Landnahme; neud. Landraub!). Und dies geschieht weniger durch solche ähnlichen firmen wie die Vereinigten Bananen Werke in Mittelamerika, gegründet vor über 100 jahren, sondern durch propper herangewachsene wirtschaftsriesen-babys aus Ostasien. Diese pachten, mieten, kaufen millionen von hektar land in Afrika, um nach Seltenen Erden zu schürfen, oder um das land selbst zum anbau von nahrungsmitteln zu nutzen, um die e i g e n e bevölkerung zu ernähren. Und bei solch einem tun wird schon mal anderes eben v e r d r ä n g t. -

Sonntag, 27. Oktober 2013

DIE STEINZEIT-UNG® befasst sich mit dem abhör«skandal« um die deutsche bundeskanzlerin. Hierbei scheinen sich schatten der vergangenheit in noch nicht absehbarer größe aufzutürmen. Bis zu ihrem wahlsieg hatte frau Merkel keine großen fehler gemacht. Doch nun macht sie sehr wahrscheinlich den ersten großen, politischen fehler, in dem sie dem deutschen volk keinen klaren wein einschenkt, nämlich, dass Deutschland k e i n souveräner staat ist.-

Die chance, ein wirklich souveräner staat zu werden war spätestens nach der wende und wiedervereinigung durch die exekution des Art. 146 GG gegeben. Heute ist es zu spät. -

Wir brauchen in Deutschland einen echten F r i e d e n s vertrag, der die rechte und pflichten Deutschlands gegenüber der gesamten welt definiert, und anders herum, die rechte und pflichten der restlichen »Welt« gegenüber Deutschland regelt. Denn

Deutschland hat ja bekanntlich – übrigens sehr seltsam – gegen die gesamte welt (»Weltkriege«) krieg geführt. Wer hat diese, wohl eher nicht stimmende behauptung, überhaupt in die welt gesetzt? Doch nicht etwa deutsche historiker?- Denn es scheint unvorstellbar zu sein, dass die potentaten damals, (kaiser Wilhelm zwo, kaiser Franz Josef, und der Österreicher Adolf-arschloch-Hitler) jedem land der damaligen zeiten in der welt den k r i e g erklärt hat. Es war wohl eher anders herum.-

Frau Merkel müsste also die binsenweisheit über die mangelnde souveränität dem volk erklären. Dass zum beispiel der E u r o nur als fessel für Deutschland zu verstehen sei. Und dass die damaligen »Siegermächte« USA, «Klein«-Britannien, klar doch, und Frankreich, sieh mal einer an! nach wie vor sonder r e c h t e haben, über ihre spionagedienste Deutschland zu kontrollieren.

Frau Merkel müsste sagen: » Entschuldigung, leute, so sieht es aus. Sollen wir so weitermachen und warten, bis uns die wüste naht? Oder sollen wir versuchen, diesen zustand zu ändern, in dem wir – beispielsweise – die EU verlassen? Und uns an die v i e r t e – eigentlich e r s t e – siegermacht, Rußland, anlehnen? ...« Rußland scheint in diesem 2+4, eigentlich jetzt 1+4-spiel ein ehrlicher spieler zu sein, Rußland hat sein wort gehalten, und sich komplett vom acker gemacht. Was die geheimdienste (einschließlich dem »Großen Auge« des internets) anbetrifft, so scheint es, dass diese hand in hand gehen (England, USA), und viele wertvolle informationen an ihre eigene industrie (einschließlich der bankenindustrie) weitergeben. Gewiss wird der dritte im bunde, Frankreich, sonderkonditionen im ausspähen nicht ungenutzt lassen.

Spionage, das drittälteste gewerbe der welt (Das erste: Die priester; das zweite: Die huren), benutzte schon Moses, der seine »Späher« aussandte. Natürlich auf geheiß des „«Herrn«. Diese fanden dann auch – wie bekannt – das land, wo »Milch und Honig fließt«, und wo die trauben gar nicht so hoch hingen, und süß und saftig waren. Danach wurde, abermals bekannt – im »Namen des Herrn« – begonnen, die urbevölkerung platt zu machen. Das alte lied ... .

Frau Merkel! Bitte spielen Sie nicht das treudoofe »Deutsche Gretchen«. Führen sie die Große Koalition kraftvoll in ein neues Europa, und machen Sie der welt klar, dass das kriegsende des letzten krieges, der von Deutschland ausgegangen ist, sich am 8. Mai 2015 zum 7 0 ten mal jährt ...

Donnerstag, 26. Dezember 2013

DIE STEINZEIT-ung® berichtet nun von einer besonderen art »gottesdienst«, der sich in letzter zeit als scheinbar neu generiert, aber in wahrheit u r alt ist: Die anbetung der Kleinen Fleischspalte. -

Im Hohen Dom zu Köln sprang eine dienerin des feminats während des gottesdienstes auf den altar und stellte sich öffentlich bloß. Auf ihren brüsten hatte sie sich die worte »I am God« draufgeschmiert, oder schmieren lassen. Wissen die ausführer u n d erdulder dieser provokation – es sollte das ja eine solche sein – , dass sie damit jenseits aller theologie nur ganz, ganz knapp die wahrheit verfehlt haben?

Ein kleiner fund aus den anfängen der menschlichen kulturzeit (25 000 jahre?) zeigt uns, wer, was das w a h r e göttliche, was das wirklich w i c h t i g e im menschlichen leben ist. Die kleine Venus von Willendorf zeigt uns durch die wucht ihrer geballten weiblichkeit den ziel- und erfüllungspunkt menschlichen lebens und strebens: Die Vulva.

Und gerade diese wurde bei dem spektakel im Kölner Dom noch züchtig verdeckt gehalten, aber gewiss nicht mehr sehr lange, denn bei derartig schnellen entwicklungen der »künstlerischen« möglichkeiten wird es nicht mehr allzu lange dauern, bis die letzte schau entkleidet wird. Und dann ...?? Wer ist dann schuld am tode der ersten menschen, die bei der ausübung dieses gottesdienstes umkommen?- Hallo! Na, wer? Ach, Sie wissen es schon? Der schreiber dieser zeilen!? ... -

Jedenfalls werden sich viele frauen fragen, ob ihnen und den weiteren geschlechtsgenossinnen mit solcherlei aktivitäten an den geheiligten orten einer immer noch großen sozietät gedient ist, ja, ob nicht derlei handlungen gar kontraproduktiv sind. Denn auch handlungen die eine psychische genesis haben unterliegen der physis: Das pendel schlägt zurück ...

Nach dem studium von vielen leserbriefen in einigen beiträgen anderer gazetten zeigte sich dem chronisten von DIE STEINZEIT-ung® eine tendenz, der er sich anschließen mag. Und nicht, weil es eine mehrheitsmeinung ist, sondern weil es zu einer klärung für die wahren gründe eines feminats führen könnte: Alle diese aktionen, die diese frauen noch später anstellen werden sollen sie dann auch tapfer in den kulturkreisen jener religionen verüben, die erkannterweise um ein vielfaches frauen f e i n d l i c h e r sind als die Katholische Kirche. Dabei denkt der chronist besonders an einen staat in Südasien, in dem vor nicht allzu langer zeit eine junge frau auf bestialische weise wegen ihres geschlechts zu tode geschunden wurde.- Und diese religion kennt noch götter und kulte, die der Anbetung der Kleinen Fleischspalte in keiner weise nachstehen, wie es im ritus unserer m o d e und anderem Schicki-micki sich spiegelt, und in den die meisten von uns wie in einen »Gottesdienst« hineingehen.

Und märtyrerinnen sind erfahrungsgemäss das »Salz der Erde« in j e d e m religionsgebräu ...

Montag, 6. Januar 2014

Die destruktive interferenz (also die auslöschung) ist/soll bei gravitations-wellen nicht möglich sein. Warum? Angst vor der auslöschung? - ...

Jedwede festlegung oder nennung irgendeines termins ist keine e n t-, sondern eine b e schleunigung.

Warum erinnert mich der anblick des würfelförmigen gebäudes der NSA in Maryland, USA an die Kaaba in Mekka?

Die natsoz haben an »Entartete Kunst« verdient. Nach der enteignung wurde dieselbe – allein schon wegen des so abstrus namentlich gekennzeichneten status – international sehr günstig verkauft. Hierbei taten sich besonders die »Grüezi-boys« aus dem ehemaligen »Germania Superior« hervor. Klar, doch: So machen es alle s o z i a l i s t e n am liebsten mit dem enteigneten fremden gut. Und aus dem erlös des verkaufs der »Entarteten Kunst« konnte dann vom »(III.) Reich« manches MG 42 (gen. »Hitlersäge«gekauft werden.

Eine personifizierung der schutzheiligen des vereinigten Murxsis- Stalinis- Maoismus Rosa Luxemburg erinnerte während der sitzung des Deutschen Bundestags am 18.12.2013 an die Griechen, die sich wegen der probleme in ihrem land das leben genommen haben. Unverkennbar der unterton, dass eigentlich – wie immer – »die Deutschen« daran schuld seien. Einerseits.- Andererseits dringt eine unterschwellige, unbestimmte empfindung empor, von wem die griechischen kommunisten die v o r l a g e n für die diffamierenden plakate von A. Merkel mit schirmmütze und hitlerbärtchen bekommen haben könnten ... Bis heute hat man von dieser fraktion noch kein bedauern über den beschuss der diplomatischen vertretung Deutschlands in Athen vernommen. Das lässt den schluss zu, dass diese schüsse n i c h t von der rechts-faschistischen blase, sondern von der a n d e r e n, eigenen feldpostnummer kamen. -

»Seid furchtbar, und wehret euch!«

Samstag, 1. Februar 2014

DIE STEINZEIT-UNG® stellt fest, dass dieses jahr genau hundert jahre vergangen sind, seit die S e r b e n einen krieg auslösten, an dessen ende Deutschland als verlierer im obligo für alles folgende stand. Und dieses »Folgende« folgte, wie allseits bekannt …

Heute, 2014, im angesicht der gewaltigen politischen verwerfungen in Afrika, und, besonders gefährlich, den umwälzungen in Südosteuropa, reden deutsche politiker davon, dass Deutschland sich nun nicht mehr »wegducken« kann, und nun – endlich – auch militärische verantwortung übernehmen muss.

Der chronist von DIE STEINZEIT-ung®, ein mensch, der altersmäßig an der schwelle zur vollendung seines materiellen lebenskreises steht, sagt dazu entschieden N E I N !

Als junger mensch hat er den letzten krieg (WK II) in voller länge erlebt, die notzeiten danach voll ausgekostet, und anschließend mit all seinen erwachenden körperkräften angepackt, um das land wieder aufzubauen – im wahrsten sinne des wortes. – Er hat sich für die taten seiner »Eltern« geschämt, er schämt sich heute immer noch für die verbrechen, die unter dem oberbegriff F a s c h i s m u s im namen Deutschlands angerichtet wurden.

Wenn sich politiker heute auf das Grundgesetz berufen, welches solch einen militärischen einsatz deutscher soldaten in einem verbund (NATO; UNO) angeblich für r e c h t erklärt, erinnert der chronist an den Artikel 146 GG, der eine »Verfassung« anmahnt. Nach dieser verfassung müsste dann der zur zeit herrschende »Waffenstillstand« seit beinahe 70 jahren in »F r i e d e n s« verhandlungen einmünden. In diesem zu erhandelnden friedensvertrag müsste eindeutig erklärt werden, dass die kriegsg e g n e r (faktisch die ganze Welt) ab jetzt auf reparationsforderungen verzichten. Erst dann wäre Deutschland in vollster weise souverän, und erst d a n n könnten deutsche politiker über die »ultimo ratio« (poetische bezeichnung der kanonenrohre der damaligen potentaten) reden.

Übrigens: Das heutige GG umfasst nur noch ca. 30% des gründer-gesetzestextes, was aber – eingestanden – nicht unbedingt g e g e n den heutigen Text sprechen muss …

Wer diese »Friedensverhandlungen« initiieren sollte ist klar; es ist die institution, die gegründet wurde, um die damaligen Achsenmächte Deutschland, Japan, Italien (sic!) nach dem Weltkrieg II unter kontrolle zu bringen. Es wäre also verhängnisvoll, wenn die Vereinten Nationen ein mitglied zum kriegseinsatz k e i l e n sollten, welches (noch) nicht souverän ist. Denn wozu soll dieses wohl dienen? Von fern grüßt der »Watschenmann«, der sprichwörtliche »Sündenbock«, der an allem schuld sein soll, gewissermaßen die »Ersatzkompanie« für alle s c h e i ß e in der Welt. Nein, danke …

Zu Italien: Es soll uns nicht wundern, wenn die ehemalige »Achsenmacht« Italien und noch viele anderen, zu jener zeit, assoziierten »Achsen«- mächte in Europa reparationsforderungen an Deutschland im giftschrank haben. -

Anmerkungen zu unserem derzeitigen Bupräses. Er stammt aus einem ehemaligen sozialistischen staat, in dem er auch den größten teil seiner sozialisierung erlebt hat. Wie bekannt, lebten damals a l l e »Gutmenschen« in den sozialistischen staaten. Infolge dessen fiel die scham und trauer über die untaten der damaligen g l e i c h e n »Volksgenossen«, also auch i h r e r eltern, recht kurz aus. -

Nachtrag:

DIE STEINZEIT-ung® fand in einem zu u n r e c h t wenig bekanntem gedichtband ein gedicht in form einer trilogie, welches besonders in der letzten, dritten strophe die problematik des vorangegangenen blogs »Deja vu 2014« nicht gut enden lässt. Es lautet:

H E R B S T 1 9 1 8

Eine Trilogie

Die Situation
Die Dohlen kreisen am Turm,
der – durch den Regen gedämpft -
vier Glockenschläge über die Stadt
durch seine Schallöcher rollen läßt.
Der Klang dringt ein in die Gassen,
wo lehmverschmierte Stiefel
ihn lautstark zertreten;
doch gleichwohl in Ordnung
sich weiterbewegen, die Stadt
hinein und hinaus. Stundenlang.
Von Flucht ist nicht die Rede.
Das Heer zieht sich zurück,
besiegt ins besiegte Land.
Und Millionen Toten
die hinter ihm liegen,
werden Millionen folgen

Das Volk

Hohläugig stampfen Soldaten dahin.
Kein Blumengruß, keine Musik.
Den wenigen Menschen am Straßenrand
erstickt der Jubel im Halse.
Die Welt ist entzwei, der Kaiser geflohn.
Der Kaiser? Das war nur ein Mensch,
für den ihr sinnlos geblutet.
Die Farbe eures Gewandes ist grau,
und Grau ist die Farbe des Alters,
an dem junge Herzen zerbrechen.

Die Nation

Schon tausend Jahre führst du die Rolle
im Stegreifspiel der Geschichte.
Dein Spiel auf der Bühne der Welt war
nicht schlecht;
doch Stichworte brachen dein Kreuz,
weil diese sich ständig weiterspannen
zum Netze, in das dich Souffleur
und andere Mitspieler schlangen,
zum Schwanengesange verführten.
Die Zeit ist nun um, und du bist reif.
Sieh zu, daß nicht dein Abgang – der
mit Trommelwirbel und Paukengedröhn
zum großen Finale schon strebt -
mit riesigem Donnerschlag endet. -

Das gedicht ist auf seite 98 des bandes »Ihr seid ja alle Prokrustes!« von Bernd (bejot) Jacobs, in der reihe »NeoLit aus dem Neanderthal«, ISBN 978-3-8334-7375-3 im jahre 2008 bei Books on Demand GmbH Norderstedt, erschienen.

Mittwoch, 12. Februar 2014

Mithraskult? In der geburtskirche Jesu in Bethlehem befindet sich die »Krippe« – also die futterstelle für rindviecher – in einer g r o t t e.

Zu recht wundern sich manche in der welt, dass viele deutsche künstler und wissenschaftler, die in der natsoz-zeit ins ausland emigriert sind, in vergessenheit gerieten. So auch Bruno T a u t, architekt des Bauhauses, der 1938 in Istanbul starb, und als einziger nicht-muslim auf einem Istanbuler friedhof beerdigt worden ist. Und das spricht h e u t e noch f ü r die Türkei.-

»Starke Frauen« sind ein horror für »Schwache Männer«.

»Ich bin davon überzeugt, dass kein Staat der Welt warme Gefühle für die Erweiterung eines militärischen Blocks in seiner unmittelbaren Nachbarschaft hegt.« (W. Putin im zuge der erwägung, die U k r a i n e in die NATO zu holen)

Die »Gutmenschen« möchten in Baden-Württemberg in den schulen über homosexualität unterrichten lassen. Die jugendoffiziere der Bundeswehr jedoch dürfen in den schulen n i c h t für ihre standpunkte sprechen, um eventuell für den dienst in der Bundeswehr zu werben. »Gott braucht Helfer«, (ein Rabbi). Für gläubige jeder provenienz: So kurz wie wahr.

Helene Fischer, megastar vieler Deutschen, findet in Deutschland selbst leider keine geeigneten mitspieler für ihre heul-und hüpfparade. »Musste« nach USA, LA, um – beispielsweise – »gute Tänzer« zu finden. Fand natürlich unter geballtem u.s. management genau »die Richtigen«. Und schon wieder lassen sich die Deutschen von den u.s. kulturmanagern bescheissen ... Übrigens: Helene Fischer verehrt inniglich eine andere heulboje, Celine Dion, die, mit dem schmonzes-tralla-la in einem gewissen »Kultfilm«.

Eine autorin erhob in einem artikel über e-books die frage, ob die auswertung von leserdaten aus dem e-book, welche passagen überhaupt nicht gelesen worden sind – bei e-books angeblich technisch möglich! – ‚der erste schritt zur »Vollindividualisierung« sei. Mit verlaub, verehrte dame: Dieser grandiose bullshit scheint eher auf eine »Voll i d i o t i s i e r u n g « hin zu laufen.

Aufnahmeprogramme für flüchtlinge: Der Bund zahlt u.a. Deutsch-kurse, die länder, zum beispiel NRW (»Duisburg«) dergleichen nicht. Hallo ... ?

Haben die USA nicht etwa recht, vor Deutschland einen virtuellen schutzschirm (NSA) aufzubauen? Ja, haben sie. Die gottverdammten selbstmord-attentäter vom »11.09« kamen aus H a m b u r g/Deutschland. Es bietet sich geradezu an, sich diese böse gediehene sumpfpflanze in der »Roten Flora« vorzustellen. -

Relativierung: Das ist nicht nur die einfache variante, eigene schuld gegen andere schuld aufzurechnen, was ja in der regel der relativierende tut. Es gilt genau so das wort des Galiläers: ‚Wer von euch ohne Schuld ist, der werfe den ersten Stein'. Die europäischen mächte Frankreich und Grossbritannien beschweren sich darüber, dass andere mitglieder aus der commune sich militärisch n i c h t daran beteiligen möchten, den schutt und bodensatz ihrer zusammengebrochenen weltreiche zusammenzuräumen. Allerdings hat e i n staat in Europa geradzu das »natürliche« recht, sich bei dieser aktion eher zögerlich bis abweisend zu verhalten: Deutschland ... Denkmal nach.-

Na, wenn die Vereinten Nationen den Vatikan schelten, dass dieser nicht mit mehr strenge gegen tatsächliche und angebliche pädophile priester vorgeht, so dürfte auch folgende frage erlaubt sein: Wann gehen die Vereinten Nationen gegen a r a - b i s c h e staaten mit ihren muslimistischen pfaffen vor, die den t o t s c h l a g von missliebigen menschen in ihren inbrünstigen gebeten an Allah (Fatwa!!) öffentlich beschwören und als ein gutes werk bezeichnen??

»Wir wollen nicht, dass von Hamburg Gewalt exportiert wird«, so ein paar gutmenschen aus Hamburg, im zuge der allfälligen demonstrationen in und um die »Rote Flora«, zelebriert von dem »S A S« (Schwarz-Anarcho-Syndikat). Und dabei immer schön an Mohammed Atta, Ramsi Binalshib, Zacharias Essabar, und Said Bahaya denken. Gelle? -

Es freut den chronisten von DIE STEINZEIT-ung®, dass er in dem posting »Ausputz Hirnzwingen 2013« von Do. 26. Dez. 2013 in der vorletzten »Hirnzwinge« r i c h t i g lag. Denn es hatte sich per »Bekennerbrief« herausgestellt, dass für den beschuss der Diplomatischen Vertretung der Bundesrepublik Deutschland vor Weihnachten 2013 »linke« kräfte dafür verantwortlich waren, Na, dann ...
http://diesteinzeit-ung.blogspot.de/2014_01_01_archive.html

Donnerstag, 13. März 2014

Nackte jungen und erwachsene männer. – Ja, die entblößung des körpers, ultimative waffe der frauen, wirkt immer. Sie wirkt bei der größten lust und in der größten schande, wie gerade ein ehemaliger bundestagsabgeordneter am eigenen leibe erleidet. Die blöße – ob die eigene oder die fremde – wurde oder wird als folter eingesetzt, um dem opfer besondere schmerzen – auch psychische! – zuzufügen. Frauen, die das Feminat errichten und härten wollen setzen diese waffe ein, auch um den preis der selbstzerstörung. Auch dadurch wird diese waffe n i c h t – auch nicht, geadelt durch menschenopfer – eine moralisch höhere wertigkeit erlangen. Die frauen sollten aufpassen, denn sie sind auf dem besten weg, ihren guten ruf, auch bei den wohlmeinenden, zu verlieren.

Beschweren sich einige leserbrief-schreiber darüber, dass es wohl nichts dümmeres gibt, die Linken (Frau S. Wagenknecht, wegen ihrer ablehnung des Euros) als »nationalisten« (im hinterkopf manches rezipienten mag sogar der begriff national – »sozialist« aufflammen) zu bezeichnen. Wie, was? Hießen die jungs von der anderen feldpostnummer mit den feldgrauen uniformen, der nationalsozialistischen sturmhaube, und dem preußischen Tschingderassabumms etwa n i c h t »Nationale Volksarmee«?

»Das waren nicht meine Brüste«, trällerte frau »Gott Witt« aus anlass eines interviews über ihren »Eisprung« Weihnachten 2013 auf den altar des Kölner Doms. Aha. Aber »Mein Bauch gehört m i r« ließen nicht wenige engelmacherinnen, darunter eine gewisse frau A. S c h w a r z e r, und die damen S. B e r g e r, C. S t e r n, R. S c h n e i d e r, S. S i n j e n im jahre 1971 verlauten. Watt is denn getzt nun. Hm?-

Heuchelei. Die Bundestagsverwaltung meint: ‚Wir geben grundsätzlich keine Auskunft über Angelegenheiten der Aufhebung der Immunität von Abgeordneten'. – Warum nicht? Aber über die heimlichtuereien der Amis (NSA), der Engländer (GCHQ) ist gut schimpfen, wah? -

»Ich bin das n i c h t s«, sagt das nichts. »Gibts nicht. Es gibt niemals nichts«, sagt das nichtige subjekt.

Die sexualität ist die möhre vor den augen des menschlichen esels, den die evolution erschaffen hat. Esel lauf, lauf. Immer hinterher ...

Geschichtlich besonders interessant: Schon während der »Natsoz-Besetzung«, (vulgo: »Nazi-Besetzung«) Griechenlands führte die E L A S einen bürgerkrieg dortselbst, und dies n i c h t nur gegen die besetzer, sondern auch gegen andere Griechen, wobei die besetzer n i c h t nur D e u t s c h e waren.- Und von 1946 bis 1950 ging es in griechischen gefilden besonders heftig zur sache, weil das »richtige Schwein« (nach dem, zwar angezweifelten, ausspruch von Winston Churchill nach dem kriege nur S t a l i n gemeint sein konnte) sich anschickte, mit hilfe seiner » 5. Kolonne« auch noch Griechenland – neben dem gesamten Balkan – ins »Reich der Werktätigen«einzuverleiben. Klar, dass dann diese opfer in einem aufwasch auch noch den D e u t s c h e n angelastet wurden/werden ...

In der diskussion um den fleischverzehr gibt es ein interessantes postulat: ‚Tiere fressen Tiere; Menschen fressen Tiere'. Ist dieser schluss nicht doch eher ein k u r z schluss? In der tat, in der ersten aussage fehlt etwas: ›Tiere fressen Tiere u n d Menschen ...‹. Anders herum gefragt: ‚Menschen fressen Tiere u n d ... ? Die beantwortung dieser frage mag jeder für sich ausmachen. -

Ist D.A. Medwedew etwa ein nachfahre des letzten zaren Nikolaus II? Stellt Euch mal selbst auf Eurer arbeitsfläche ein porträt von Medwedew, und ein gutes porträt (Foto) des letzten zaren nebeneinander. Achtet besonders auf den haaransatz der beginnenden b e i d e r pläten ...

Montag, 24. März 2014

Rußland. Volk ohne Raum ... ?

Eine, von DIE STEINZEIT-ung®, mehr als gewagte frage, mit blick auf die gewaltige landmasse auf dem atlas, welche sich über den gesamten subkontinent Eurasien zieht, und diese, bei einer ausdehnung von 17 millionen quadratkilometern, nur von 150 millionen menschen bewohnt wird. In politischem sinne ebenfalls eine sehr gewagte meinung, besonders im hinblick auf diese doktrin eines anderen europäischen staates vor über 70 jahren, dessen misslungene durchsetzung mittels eines kriegs dieses land allerdings an den rand der auslöschung brachte.

Russland also, ein land mit gewaltigen ausmaßen, wo nur durchschnittlich 8 (in worten: acht) menschen auf einem quadratkilometer wohnen, und wo die globale klimaerwärmung millionen quadratkilometer tundra und taiga allmählich aus dem permafrost entlässt. Die steigenden temperaturen werden diese kältewüsten in urbares land verwandeln. Zweifellos, so hat der geneigte leser erkannt, entspinnt sich hier ein szenario, welches in der zukunft liegt. Und damit haben Sie natürlich unbedingt recht.

In welchem zustand befindet sich heute, im 100. jubeljahr des 1. Weltkriegs Russland? Im hundertsten jubeljahr also, wo noch einige, sieges-jubeljahre bis zum jahre 2018 folgen, wo als großes finale der sieg der Entente über Deutschland, u n d – als kleines trostpflaster – der »Friede« von Brest- Litowsk gefeiert werden kann.

Russland befindet sich heute, im jahre 2014, fast genau in derselben situation wie 1914. Der panslawismus und der russische nationalismus fordert ungebrochen – nein, nicht lediglich »einen Platz an der Sonne« – sondern platz auf dem thron der weltherrschaft, der nach dem verständnis Rußlands zunächst einmal allein von Amerika eingenommen wurde, nachdem die glorreiche Sowjetunion heruntergekugelt ist. Ein russischer nationalist dokumentiert das eingeständnis der eigenen s c h w ä c h e durch das zitat: »Russland ist das einzige Land der Welt, das wirklich in der Lage ist, die USA in radioaktive Asche zu verwandeln.« Na, das wird den hegemon USA aber anspornen, sich zu fürchten. -

Dem chronisten von DIE STEINZEIT-ung® wurde das besondere glück zuteil, im märz 1990 in Düsseldorf zu einer literaturgruppe aus Chemnitz, vormals Karl-Marx-Stadt zu stoßen. In einem lokal in der Altstadt wurde heiß darüber diskutiert, wohin denn dieses gewaltige staatengebilde, genannt Sowjetunion, nach dem fall des Ostblocks eingeordnet werden sollte. A l l e, ohne ausnahme, waren sich einig, dass der winzige appendix, genannt DDR zur BRD kommen sollte; für den koloss UdSSR gab es keine einordnung. Eine studierte philosophin ängstigte sich zu recht darüber, dass dieser riesige staat zerbröselt, und sich viele konflikte unter den jeweiligen nachbarn entzünden könnten, womit sie abermals recht behielte. Der Chronist von DIE STEINZEIT-ung® tröstete die junge dame in dem er meinte, dass der mensch der versucht, dieses alles wieder zu einigen schon längst geboren ist. Und dieser punkt geht zweifelsfrei an den chronisten, wenn wir heute, frühjahr 2014 an die Krim – Krise denken. –

Und genau hier schliesst sich der gedankenkreis. Denn wie wäre es, wenn dieser wiedervereiniger an die gefahr in der zukunft dächte, die aus dem süden kommen könnte, und gegen die nur ein mächtiger zusammenstehender block eine hilfe wäre? Die smog-bilder aus Peking und das vordringen der wüste in die uralten siedlungsräume Chinas machen uns klar, dass eine viel mächtigere kraft am werke ist, die menschen aus ihren siedlungsräumen zu verdrängen versucht, es ist der klima w a n - d e l . Das gleiche gilt für die dicht besiedelten flusstäler des indischen subkontinents, welche durch das abschmelzen der Himalaya-gletscher durch ständiges hochwasser unbewohnbar werden. Indien und China haben zusammen bereits eine bevölkerung von annähernd 3 milli a r d e n menschen … Für die eventuell notwendig werdende neue landnahme dieser gewaltigen menschenmasse gibt es nur eine stoßrichtung: nach norden. – Und wenn sie nach millionenfachen opfern die mittelasiatischen gebirge, die sich wie ein sperrriegel auf ihrem weg befinden, überwunden haben, liegt die gewaltige tiefebene vor ihnen: Die neue heimat, Sibirien. Und dagegen würden auch nicht noch soviele tapfer kämpfende Kosakenregimenter etwas tun können. Für die wenigen ureinwohner, Russen, durchschnittlich nur 8 menschen auf den quadratkilometer, bleibt nur die assimilation, oder das kapitulieren und die flucht über den Ural, heim in Rjuriks Reich, und der Ural würde dann die w a h r e Ukraine. – Und dort, in E u r o p a, müssen die Russen endlich lernen, sich als volk auf einem viel, viel kleineren lebensraum zu bescheiden …

Was bleibt Russland nach der eroberung der Krimhalbinsel, was bliebe Europa (vulgo: Der Westen) im frühjahr 2014, 100 jahre nach beginn des 1. Weltkriegs? Sicher ist, dass die NATO dem Osten (leider ist diese kategorie nach 25 jahren wieder aktuell!) die folterwerkzeuge zeigt. Als erstes wird wahrscheinlich die NATO den schwelenden brand in S y r i e n durch eine machtvolle aktion löschen. Auf einen widersacher in der UNO braucht nun keine rücksicht genommen zu werden, denn der »Friedens«partner Russland hat sich per nationalistischem treibsatz selbst herauskatapultiert. Ferner wird es einen neuen raketenschutzschirm an der ostgrenze geben, und zwar direkt an der o s t grenze der W e s t ukraine, und dann wird diese Ukraine wieder zu r e c h t Ukraine (Grenze) heißen. Für Deutschland hieße es, schleunigst den ausstieg aus der kernkraft rückgängig zu machen. Mit absoluter sicherheit wird Russland an den gashähnen drehen, und sein gas – auch unter wertverlust – an seinen alten »sozialistischen Bruder«, die VR China verkaufen. Weiter wird Deutschland unter der nicht vorhergesehenen militärischen bedrohung durch Russland nicht umhin kommen, seine e i g e n e militärreform (Verringerung der mannschaftsstärke der Bundeswehr, verringerung des betreffenden etats) zu überdenken. Zur vision im mittelteil dieses blogs über die »Völkerwanderung« der Asiaten nach Sibirien, empfehle ich folgenden link auf einen anderen blog von mir:

http://diesteinzeit-ung.blogspot.de/2013_08_01_archive.html

Die trilogie »Nizza« beschreibt dies, was vor 40 jahren utopisch klang, und heute wirklichkeit ist. -

Montag, 14. April 2014

Alle schimpfen über Putin, den gewaltmenschen. – Warum nur über Putin? Übereinstimmend meldet »u n s e r e« presse, dass »der Russe« sehr mit der vorgehensweise des »Groß-Russen« und der annexion der Krim einverstanden ist. Zum teufel! Warum wird der sog. »Kleine Mann« (hier. Großrusse) und, natürlich die »Kleine Frau« niemals als verursacher erwähnt, wenn mal wieder was gründlich schief gegangen ist? ... Immer, wenn große scheiße in der welt passiert ist, ist der »Kleine Mann«, vulgo: Kleines arschloch, immer unschuldig.

Es gibt nirgendwo auf der welt ein dokument auf dem verzeichnet ist, dass die NATO sich nach der unterzeichnung des 2+4 vertrags n i c h t nach osten ausdehnen darf. -

Der marktplatz (Agora) war während der entstehung der demokratie der kristallisationspunkt der politischen meinungen. Und heute sind es wieder die plätze, hauptsächlich in den hauptstädten der betreffenden staaten (Kiew, Majdan; Istanbul, Taksim; Kairo, Tahrir), von denen neue impulse ausgehen, die die welt beeinflussen. Nervenknoten, von denen die signale der veränderung sich ausbreiten.

Erzählkunst. Die kunst, ereignisse zu erzählen. Aber auch die kunst, unangenehme ereignisse b e r e d t zu verschweigen. So, wie in der spektroskopie die dunklen stellen im spektrogramm, die absorptionslinien, die trotz ihrer scheinbaren nichtexistenz wertvolle auskünfte über die materie geben.

Eine zweifelhafte redensart , Geschichte wiederholt sich nicht'. – Die geschichte ist ein unterbau ohne verfallsdatum. Wir erschaffen uns daraus immer wieder aufs neue.

Die »Stiletto«mörderin, die ihren letzten macker mit dem spitzen absatz tötete, landet – hoffentlich! – lebenslänglich hinter gittern. Nach der urteilsverkündung sagte sie: »Ich habe ihn geliebt«. Jaaa, so ist halt die meinung über die liebe. -

Wusstet ihr, dass es »Herz a n f ä l l e« nicht mehr gibt? Diese wurden per begriffsverschiebung einfach abgeschafft, weil es dem heilergewerbe nicht gelingt, diese anfälle entweder ad hoc zu unterbinden, zu lindern, oder gar zu h e i l e n ... Diese herzanfälle heißen heute samtweich und verniedlichend herz a t t a c k e n. -

Der weltklimabericht beinhaltet das, was längst lehrmeinung ist: Kohle-, gaskraftwerke sollen wegen schädigung der Erdatmosphäre durch austrag von CO2 nicht mehr favorisiert werden. Die erneuerbaren energien sind in der zukunft zu fördern. Von a t o m strom und -wärme ist fast nicht mehr die rede, allenfalls nur noch am rande. Und genau hier hört der nachdenkliche und feinnervige zeitgenosse schon das rasselnde atemholen der – nein, nicht der »rosenfingrigen Eos ...« – sondern der zornsprühenden Nemesis zu ihrem apodiktischen entscheidungsspruch: , Wenn ihr die atomkraft nicht friedlich nutzen könnt, dann wird sie nach dem klimachaos als w a f f e eingesetzt, um mit ihrer hilfe um die letzten noch urbaren flächen der welt zu k ä m p f e n. Spruch von Nemesis. - Warum verhalten sich die deutschen kommunisten – pardon, DIE LINKEN – nach dem ausbruch des III. Weltkriegs so merkwürdig still?

Dazu ein gedicht, welches von einigen in unserer gesellschaft immer wieder sehr gern m i s s v e r s t a n d e n wird:

Am deutschen wesen
sollte einmal die welt genesen.
Deutsche erfahrung:
Eine offenbarung?
Mit nichten, Bernd.
Die welt?
Nix gelernt! -

Freitag, 25. April 2014

»Die Geschichte wiederholt sich ... n i e« – Ebenso gibt es zahlreiche aussagen über diese angelegenheit, die das genaue gegenteil behaupten. Der berichterstatter von DIE STEINZEIT-ung® befasst sich mit der ersteren aussage um zu beweisen, dass diese irgendwie nicht stimmen kann. Zwar postulierte ein u.s. amerikanischer politwissenschaftler anfang der 90er dvjhts gar das »E n d e« der geschichte, was allerdings lediglich nur eine rein semantische steigerung der hier besprochenen sache beinhaltet.

‚Die Geschichte wiederholt sich nie' ist insofern richtig, dass die z e i t, in der sich die e r e i g n i s s e der geschichte abgespielt haben n i e mehr zurückkommen kann, es sei denn, im kosmos gäbe es eine möglichkeit der zeitreise, und dies nicht nur im virtuellen, sondern auch im materiellen. ‚Die Geschichte wiederholt sich nie' kann auch deshalb nicht stimmen, weil dann der ablauf der welt aus lauter singularitäten bestehen müsste, also letztendlich aus ausschließlich terminlichen einzigartigkeiten, die der ablaufende zeitstrom mit sich führen müsste. Es würde also etwas in die vergangenheit transportiert, welches sich allenfalls g l e i c h t, aber niemals gleich i s t. Ein beispiel aus der – deutschen – geschichte sei der genozid an den Juden, nach fast einhelliger meinung der historiker eine »Singularität« in der geschichte. Eine sehr zweifelhafte beschreibung einer sache, die im allgemeinen vs, singularität, eher positiv besetzt zu sein scheint. – Das synonym »ähnlich« würde in einer sehr gewagten, aber zulässigen interpretation zu einem wortstamm führen, den wir unter »ahn« verstehen: Die nachkommen »ähneln« (gleichen) dem »Ur a h n« ... Die geschichte scheint ein fundus ohne verfallsdatum zu sein. Wir erschaffen unsere welt in der gegenwart – die kürzeste zeitform überhaupt (... und schon wieder vorüber ... !) – daraus immer wieder aufs neue; hamster im rad ohne chance, irgend wann, irgendwo einmal anzukommen.

Wer benutzt oder braucht die version, dass sich geschichte nie wiederholt? Es sind die zeitgenossen, die die macht haben etwas zu bewirken oder zu unterlassen. Das bewirkte soll natürlich – streng s u b j e k t i v – im schönsten schein geschildert werden, und die erforscher und berichterstatter folgen einem menschlichen zwang, alle taten eines echten oder vorgegebenen sympathieträgers durch rechtfertigungen und verteidigungsreden zu schönen. Bei einer auseinandersetzung wird danach die geschichte dieses ereignisses in der regel vom gewinner dieses streits geschrieben.

Geschichte kann sehr lehrreich sein, wenn man vor beginn einer handlung oder auch nicht-handlung sich der folgen anhand der historie beim verfehlen des zieles bewusst werden kann. Dieser logische gedanke, der sofort auf richtigkeit überprüft werden kann spricht also eher dafür, dass die geschichte sich »ähnelt« denn eine »Singularität« ist. Geschichte wiederholt sich n i e wird allerdings von nicht wenigen hasardeuren favorisiert die darauf hoffen, dass »e s« schon gut gehen wird.-

Im frühjahr des jahres 2014 – im »Jubel«jahr des beginns des I. Weltkrieges – begann eine mittelmacht in Europa den anlauf, ihre vergangene größe und macht wieder herzustellen. Was vor 300-400 jahren durchaus hätte gelingen können, ist heute in einer modernen, alles umspannenden, technisch rasanten welt sehr risikoreich, ja, fast unmöglich. Es sei denn, gewaltige, vom menschen nicht beherrschbare und auch nicht g e s c h a f f e n e situationen hülfen bei derlei vorhaben. Solche situationen sind zwar zur zeit noch nicht eingetreten, aber es zeichnet sich ab, dass sich das klima nachteilig ändert, insbesondere in den zonen, die vom menschen seit beginn der zivilisation kultiviert worden sind. Dies geht gleichzeitig mit einer beängstigenden zuwachsrate der weltbevölkerung einher, die teilweise schon in verdrängungskriege münden. Diese auseinandersetzungen werden immer falsch deklariert, und zwar als religionskriege, ideologische kriege, präventivkriege, u.s.w. In wirklichkeit geht es jedoch immer um lebensraum, m e h r lebensraum. Und das beweist, dass das urbare land knapp wird. Während im sogenannten »Westen« die anzahl der neugeburten sinkt, steigt die bevölkerungszahl in den ländern der »Dritten Welt« rapide an. Das dies als waffe verstanden werden kann zeigte der ausspruch einer Palästinenserin, die in dem dauerkonflikt mit Israel auf ihren hochschwangeren leib wies und von der »Babybomb« redete, wobei sie gewiss keine »Atombombe« meinte, die der g e g n e r allerdings, und zwar in e c h t , in der hinterhand hält.- Der landraub der Krim durch das neo-imperialistische-bolschewistische Russland zeigt uns in aller deutlichkeit, dass der gedanke an »Europa« für die völker Europas überlebenswichtig werden kann. Denn unser atlantischer freund – nein, nicht Klein-Britannien; es ist der, in ungefähr 3500 meilen über den Großen Teich entfernte – wird uns abhanden kommen, wenn der Kalte Krieg sein neues format – III. Weltkrieg ? – entwickeln sollte. Und der einzige partner, oder gegenpart von Deutschland in Europa scheint ja spätestens dann obsolet geworden zu sein. Denn was soll also Europa mit pan-slawisten (Serbien), nationalsozialistischen Russen allein zu haus? ...

Wir alle kennen den kinderspruch: ‚Geschenkt ist geschenkt. Wiederholen ist gestohlen.‘ In schöner nichtbeachtung solcher selbstverständlichkeiten durch Groß-Russland stahl dieser staat sich die halbinsel Krim zurück, und hat somit den III. Weltkrieg ausgelöst. Hoffentlich bleibt dieser krieg ein »drôle de guerre«, nach möglichkeit bis zum ende ...

Zu den kappenträgern (»Schwarzer Block«) bei solchen auseinandersetzungen, die weltweit immer weiter umsich greifen: Solange das verbot der maskierung bei gewalttaten nicht g e a h n d e t wird – weltweit –, soll sich – ebenfalls weltweit – auch kein polizist durch das tragen einer erkennungsnummer in gefahr begeben m ü s s e n. Der »Schwarze Block« scheint übrigens, genauso wie der »Marxismus« vulgo: Sozialismus, eine deutsche »Erfindung« zu sein. Jeder mag für sich entscheiden, ob er auf diese nationalen erfindungen stolz sein kann, denn der sozialismus scheint eine dem menschen nicht gemäße ideologie zu sein, die auch im zweiten anlauf (Wiederherstellung der glorreichen Sowjetunion, »Vaterland der Werktätigen«) scheitern wird. Russland nimmt das recht für sich in anspruch, allen Russen in der welt bei schwierigkeiten beizustehen. Dabei ist die ansicht, »überall, wo ein Russe lebt ist Russland« eine ganz gefährliche dogmatisierung, die im zeitalter der beginnenden überbevölkerung der Erde (s.o.) eine kettenreaktion auslösen kann, die die kräfte der nuklearen entsprechung übertrifft.

Was wäre also, wenn die Ukraine-Krise in ein debakel übergeht, und a l l e Russen, die auf europäischem gebiet, und/oder in einem NATO-staat lebten, in ihre heimat (»Heim ins Reich!«)deportiert würden? A u c h die Russen, die sich inzwischen da, wo es schön ist (Cote d‘ Azur, Baden-Baden, Berlin, u.s.w.) niedergelassen haben? Denn die gefahr bestände, dass die »Rote Armee«, pardon, die russischen streitkräfte in diese länder einfallen und gleich den ganzen staat okkupieren. Merkwürdig auch, dass es »ein Verbrechen ist, wenn die ukrainische Armee gegen die eigenen Landsleute vorgeht«. Komisch, bei dem russen-spezi Assad in Syrien ist das genau anders herum r i c h t i g? Ist der mann, der an der spitze Russlands etwas zu sagen hat etwa übergeschnappt? Hoffentlich werfen verantwortliche männer in Russland mal ein wachsames auge auf diese person ... Übrigens: haben Sie ebenfalls bemerkt, dass »unsere Kommunisten«, DIE LINKE, ganz merkwürdig still bei der kommentierung der Ukraine-krise geworden sind? – Und wenn Sie, ja, gerade S i e, sich darüber wundern, dass ausgerechnet ein D e u t s c h e r seine schnauze soweit aufreisst, dann sage ich Ihnen: Niemand kann so gut über die gefahren des feuers berichten wie das sprichwörtliche » Gebrannte Kind«. -

Montag, 28. April 2014

Gefunden: »Erziehungsheilpflegehelferin«, für eine bedienstete in einer forensischen anstalt.

Die antwort von Obama bei einem staatsbesuch april 2014 in Südkorea, auf die frage eines reporters, ob er denn auch P u t i n (im angesicht der Ukraine-krise) vor dem e r t r i n k e n retten würde: ‚Selbstverständlich würde ich ihn retten. Ich bin zudem in Hawai geboren und kann sehr gut schwimmen.' Das klingt wohl wesentlich sanfter als der ausspruch der »Madonna« der Ukraine – die mit ihrer korngoldenen zopfkrone auf dem kopf – die gesagt hat, sie würde P u t i n gern eine maschinenpistolen-garbe ins gesicht s c h i e ß e n. -

Irgendwie hat der Großrusse in Moskau seine irredenta in der Ukraine zur ordnung gerufen. Seit dem wochenende des kidnappings von OECD-beauftragten in der Ukraine sieht man dortselbst bei fernsehaufnahmen der »Stellungen« der separatisten nur noch m u s e u m s waffen! Wobei ein maschinengewehr fast wie ein »Maxim«, also achtzig jahre alt, aussah. Ebenso erscheint es, dass dort noch die sagenhafte AK 47 benutzt wird. Was will diese truppe der welt damit zu verstehen geben: , Seht her. Wir haben nur ganz, ganz alte Waffen. Wir sind sooo verzweifelt. Bitte greift uns nicht an?' Während der waffenmeister der separatisten einige meter h i n t e r dem auch schon mindestens dreißig jahre alten schützenpanzerwagen zufrieden grinsend auf die zahlreichen kisten mit hochmodernen sturmgewehren, und mit flug-und panzerabwehrraketen, a la Syrien schaut.

In Deutschland gibt es eine seltene spezies, die wahrscheinlich nur d o r t lebt, und immer nur d o r t gelebt hat. Sie scheint nun unweigerlich auszusterben: Es sind die

»T ä t e r«. – Sehr bedenklich für die journaille, der das material langsam aber sicher ausgeht. Doch kluge köpfe fanden ersatz in den »Täter« k i n d e r n, wobei es allerdings weniger um die ... kinder geht, sondern wiederum um das viel, viel ergiebigere »Täter ... «. Dazu aber noch vorher eine schnelle frage an die schreibende zunft: Sind inzwischen alle »Täter« der »Roten Garden«, um Pol Pot, des Völkermordes in Ruanda, der Tianamen-unruhen 1989, des massakers von Srebenica gewürdigt, bzw. h e r a b gewürdigt worden? Wäre d a s nicht das vielversprechende feld, um d o r t einmal nachzugraben? ... Noch ein tipp: Fragt doch mal Frau M a x i m a, Prinzessin der Niederlande, Huis ten Bosch, Den Haag, NL, wie s i e sich als »Täter k i n d« fühlt? Oder, auch sehr delikat, Alessandra M u s s o l i n i, zwar »nur« enkelin des Duce, was sie so als »Täter« e n k e l i n denkt? ...

Vorläufig letzte meldung: Russische truppen an der grenze der Grenze (Ukraina) rücken in ihre kasernen ein. Hoffentlich in die r i c h t i g e n auf der r i c h t i g e n seite der grenze! ... Hoffentlich vergessen sie nicht, ihre irredentistischen mitkämpfer in der Ukraine mitzunehmen.

Freitag, 9. Mai 2014

Europa und der NATOpartner in Übersee insistieren, Deutschland soll gemäß seines gewichts sich mehr – auch militärisch – in der weltpolitik einbringen. Wie das? Wobei Deutschland noch nicht einmal mit der UNO einen friedensvertrag geschlossen hat, der institution also, die gerade w e g e n der niederlage der achse nach dem II. Weltkrieg gegründet wurde. Wie soll Deutschland militärisch überhaupt handeln, wenn gleichzeitig d r e i siegermächte – ungestört, und absolut völlig l e g a l – sämtliche kommunikation des zahlen- und wirtschaftsmäßigem stärksten landes in Europa kontrollieren? Ist eine stärkere knebelung, kurz unter der versklavung, überhaupt vorstellbar?-

Eine etwas andere sichtweise auf die einführung der öffentlichen erziehung unseres nachwuchses. Ist es vielleicht möglich, dass der staat die »Kita«-politik deswegen forciert, damit beide elternteile ungestört durch die sehr zeitaufwändige erziehung der kinder a r b e i t e n gehen können? Damit bei dieser wertschöpfung der staat s e l b s t als größter abkassierer über steuern und andere abgaben auftreten kann? Also einzug von steuern und abgaben, die der staat allerdings für s e i n e – der wahlbevölkerung nicht gerade genehme aufgaben – ausgeben kann?

Die überraschende russifizierung der Ukraine sollte uns hellwach werden lassen. Sowas könnte durchaus auch bei uns passieren. Weil wir in Deutschland durch zwei niederlagen in zwei kriegen staatspolitisch paralysiert sind. Und die verlockende aussicht der integration in ein größeres, in Europa, scheint sich als Danaergeschenk herauszustellen. Klartext: Beinahe siebzig jahre nach der nationalen katastrophe befinden wir uns satt eingelullt, sehen keinen anlass, den überlebenswillen zu aktivieren, und in den Holzauge-sei-wachsam – und wehrmodus umzuschalten. Denn die »Teile und herrsche«- herrscher beherrschen heute immer noch diese jahrtausende alte strategie zur unterwerfung der völker.-

Dazu passt die letzte strophe des gedichts »Ein General«, welches in dem band »Ihr seid ja alle Prokrustes!«, ISBN 978-3-8334-7375-3, auf seite38 von bejot erschienen ist:

Ein General.
Kennt kein Pardon
mit Menschen, die
nicht wehrhaft sind:
Mit Frierenden,
mit Hungrigen,
mit Greis und Kind,
mit Kreißenden
mit Kranken und
mit Flüchtenden.
Seht zu, daß eure Flucht
nicht in den Winter falle.

Die ersten effektiven waffen, also die fernwaffen, kamen von den sternen. Denn die ersten m e t a l l spitzen auf speeren und pfeilen wurden wohl aus gediegenem m e t e o r eisen geschmiedet.

Hütet euch vor denen, die ihre rede mit »Ich denke … « beginnen. Klugscheißer? – Denn im hintergrund klingt das Descartessche » … also bin ich« an. Vorschlag zur schlussaussage: » … ein klugscheißer« -

Wer die verlautbarungen im russischen fernsehen im zuge des beginns des III. Weltkriegs hört weiß, von wem die deutschen nationalsozialisten (der nationalsozialismus war übrigens a u c h ein s o z i a l i s m u s!) unter dem Österreicher Adolf Hitler ihren jargon hatten: Vom bolschewistischen kommunismus der Stalinschen weltordnung. Und der schoß, aus dem dies kroch, faschismus genannt, ist fruchtbar noch, man sieht es an den zahlreichen devotionalien, die in der fernschau zu bestaunen sind.

Freitag, 30. Mai 2014

Rußland. S o geht das aber nicht! Sich klammheimlich zum 100. jahrestag des beginns des 1. Weltkriegs aus der geschichte herauszuschleichen, so, als wenn nie etwas gewesen wäre. Rußland, fang endlich an, Deine imperiale vergangenheit aufzuarbeiten, so, wie es sehr, sehr schmerzvoll immer noch ein anderes großes europäisches volk tun m u s s ...

Es gab nie einen Stalinismus, im sinne von faschismus? Frag doch mal den kommunisten und von einer jüdischen mutter geborenen Leo T r o t z k i, wenn du ihn irgendwo im nirgw a n a treffen solltest. -

Der »Putinversteher« Helmut S c h m i d t meint, die Ukraine sei n i e eine »Nation« gewesen. Nun, über die definition von nation oder »Staat« lässt sich trefflich streiten. Wenn es H. Schmidt jedoch p o l i t i s c h meint, so irrt er, denn seit dem herbst 1945 ist/war die Ukraine neben Belo(Weiß)rußland ein vollwertiges mitglied der UNO, mit eigenem sitz und – wahrscheinlich auch – mit eigenem stimmrecht. Übrigens: Die halbinsel Krim wurde damals nach dem II. Weltkrieg von dem damaligen parteichef S.N. Chruschtschow der Ukraine »geschenkt«, um den terror des stalinschen faschismus gegen die Ukraine in den dreißiger jahren dvjhds wieder ein wenig gut zu machen.-

Ein hundchen frisst nach dem zunächst unerkannten tod seines frauchens dieselbe in der gemeinschaftlichen wohnung aus H u n g e r zur hälfte auf.- Was sagen wohl die vegetarier und veganer über diesen vorgang? Sagen sie etwa »Du, du«, und drohen dem tier mit dem erhobenen zeigefinger? Oder akzeptieren sie diesen absolut n a t ü r l i c h e n vorgang: Mensch isst tier; und tier frisst mensch? ...

Was verbindet wohl den ziegenbärtigen bock von Boko Haram, der in seinem läusepelz mit der knarre in der faust vor einem panzerspähwagen mit flatternder weißer hose herumtanzt, und seltsame laute ausstösst; was hat also dieser schrat mit der »Gott!«-frau J. W i t t , alias Josephine Markmann (lt. taz vom 26.12.2013), die Weihnachten 2013 bei ihrem »Eisprung« auf den altar des Kölner Doms herumzappelte mit diesem kerl zu tun? Wohl, dass männer mindestens so bescheuert sein können wie hormon(fehl)gesteuerte frauen?-

Die Holocaustgedenkstätte zu Berlin verfällt. Was ist geschehen?-

Dem chronisten von DIE STEINZEIT-ung® ist in erinnerung, dass während des baues dieses denkmals es einen streit gegeben hat, ob einige zuschlagstoffe – hier der betonverflüssiger – überhaupt k o s c h e r seien. Und dies nicht etwa wegen der ingredienzen, sondern deswegen, weil die herstellerfirma während des wütens der nationalsozialisten stoffe hergestellt hatte, durch die viele Juden getötet worden sind. Warum nimmt also Eloha-Gott nicht die opfer der bußfertigen an, einschließlich der zuschlagsstoffe zum beton, den die inkriminierte firma k o s t e n l o s geliefert hatte, und das opfer des grund und bodens, den der Berliner Senat in der teuersten lage Berlins zur verfügung stellte? So, wie der Alte dort oben vor uralten zeiten schon einmal völlig unverständlich das opfer des ackerbauern verwarf, aber das opfer des tierschlächters annahm. Und, Alter da oben. Weisst du nicht mehr, wie die nachkommen deiner kreation danach lustig anderes fleisch brennen ließen? In riesigen scheiterhaufen? – Oder, Alter, hast du etwa doch gelernt, und den entsprechenden knopf auf dem set der evolution gedrückt, um die richtigen algorithmen anzukurbeln, damit deine geschöpfe erkennen, dass die grundlage allen zivilisatorischen menschlichen lebens grund und boden ist, auf dem mensch arbeiten, nahrung anbauen und wohnen (leben) kann. Dass somit diese basis und das medium einen besseren zweck erfüllt .... .

Denkmal nach, über die Vision einer Katastrophe: Auf der ganzen Welt werden Denkmäler errichtet an Stellen, an denen Menschen sich Schlechtes/Gutes zugefügt haben. Kein einziges sogenanntes Kulturdenkmal darf jemals wieder entfernt werden. Ergebnis: Die sich ungeheuer vermehrende Menschheit hat bald keinen Raum mehr, sich auszubreiten, zu wohnen und Nahrung anzubauen. Es werden Kriege um die letzten verbleibenden Freiräume geführt; es gibt dabei viele »Helden«, und noch mehr Denkmäler. – Dann kommt das unausweichliche Ende ... (aus: »Hirnzwingen und Kurzgeschichten« von Bernd (bejot) Jacobs, ISBN 978-3-8370-3299-4, erschienen 2009 bei Books on Demand GmbH, Norderstedt)

Ist Ihnen in letzter zeit auch aufgefallen, dass es meldungen über große IT-firmen gibt, welche gewisse andere firmen kaufen, die elektrogeräte wie kopfhörer, feuermelder, el. Rasierapparate u.s.w. herstellen? Was macht zum beispiel Apple mit dem branchenführer unter den herstellern einer gewissen art von kopfhörern, und was will ein anderes großes IT-unternehmen mit dem weltweiten aufkauf von feuermelder-herstellern bewirken? Dem chronisten von DIE STEINZEIT-ung® schwant dabei nichts gutes, denn n i c h t die gewinnaussichten durch den verkauf dieses sortiments haben diese riesen im sinn; ein anderes ziel haben sie vor augen: Der erhalt von w i s s e n , denn wissen ist macht, wie das sprichwort lautet. Was könnte also beispielsweise eine datensuchmaschine für ein interesse haben, monopolist auf dem feuermeldermarkt zu sein? Doch gewiss nicht ,um weltweit als mildtätiger retter vor feuersgefahren zu gelten, nein, es wird wohl dazu dienen, um daten zu sammeln, weltweit. – Wie das, werden Sie fragen? Ganz einfach. Ein feuermelder ist ein vollautomatischer, autonomer sensor mit eigener – sehr wichtig! – energieversorgung (Batterie, bis zu 10 jahre lang). Seine aufgabe ist, rauch (Feuer) zu erkennen, und dies zu melden, in der regel akustisch. Inzwischen ist die technik der elektronischen minimalisierung soweit fortgeschritten, dass es ein leichtes ist, in diese handtellergroßen dosen eine kamera, ein mikrofon neben einem sender zu integrieren, der daten über die bereits installierten mobilfunk-und W-lannetze im MHz – GHz-bereich funkt . Sie dürfen hierbei nur e i n m a l raten an wen? Na, haben Sie's? Jedenfalls hätte »facebook« beispielsweise das potential, irgendwo in einer nordamerikanischen wüste eine um das zehnfache g r ö ß e r e anlage wie die der NSA in Fort Meade zu bauen, nebst einem atomkraftwerk wegen der benötigten energie und einen kanal zur herbeiführung von kühlwasser. Also aufgepasst, so in spätestens 5 – 8 jahren beim kauf eines eierkochers, toasters, haarföns, küchenmaschine, elektr. Badezimmerwaage, wetterstation, elektr. Uhr (a u c h armbanduhr), blutdruckmesser u.s.w, u.s.w., u.s.w .... Einzige chance, diesen gefahren zu entkommen wäre der kauf eines a n a l o g e n geräts. Wenn Sie dann noch eines bekommen. Ja, und woran würde d a s wiederum bei misserfolg liegen? ...

Moment! Was passiert denn jetzt gerade, wo ich diesen blog auflade? Mein desktop flackert, an – aus, an-aus, an – aus ! Ist das etwa schon die »Erste Warnung« ?!! ...

Montag, 16. Juni 2014

»*Wa-chet auf, Ihr Som-nam-bulen. Der Dritte Weltkrieg hat begon-nen ...* », so hätte DIE STEINZEIT-ung® gern als aufreißer den titel dieses blogs nach Bachscher manier gebracht, was aber viel zu stark aufgetragen – und deshalb unglaubwürdig scheinend – gewesen wäre.

Also kommt der chronist von DIE STEINZEIT-ung® auch so zum punkt: Der Dritte Weltkrieg hat begonnen, und zwar mit der widerrechtlichen annexion der Krim durch das nationalsozialistische Rußland. Formale kriegserklärungen, die die vergangenen auseinandersetzungen einleiteten, sind im zuge der asymmetrischen kriegsführungen nicht mehr angezeigt, und für das eigene vorhaben eher schädlich. Und die künstliche aufregung der Moskauer Rus über hakenkreuzschmierereien auf umgestürzte kraftfahrzeuge vor ihrer botschaft in Kiew zeigen, daß die botschaft angekommen ist: Die hakenkreuze sind dort r i c h t i g platziert worden. Die Krim war also der startschuß und befreiende akt (»Auslöser«) für alle schon im schwange befindlichen kriegerischen handlungen (Sunna vers. Schia; Allah vers. Jesus; arm gegen reich; weiblich gegen männlich; männlich kontra weiblich; u.s.w., u.s.w., u.s. w.), u n d den noch kommenden dingen.

Daß die lage ernst, wirklich sau-ernst ist zeigt die tatsache, daß »Todfeinde« (»Satan Amerika«; »Gottesstaat Iran«) den schulterschluß gegen die religiösen faschisten in Asien und in Afrika suchen. Übrigens: Wer darüber staunt – und sich darüber auch fürchtet – warum die scheichs von ISIS solch einen erfolg haben, sollte nachdenklich darüber werden über den willen und das verbriefte recht der U. S. Amerikaner für den besitz von waffen zur selbstverteidigung.- Rechnen Sie die opfer durch amokläufe mit amerikanischen heimwehr-waffen, und auch echte unfälle ruhig gegen die beinahe 300 toten allein bei den letzten afghanischen »freien« wahlen. Wobei die verletzten wähler, denen der zeigefinger abgehackt wurde, noch gar nicht mitgezählt wurden. Sicher würde so mancher zeigefinger noch an seinem natürlichen platze sein, wenn der träger einer zugelassenen waffe zum s e l b s t schutz diesen finger am abzug dieser waffe vorher im fall der fälle »krumm gemacht« hätte.- Unser bundespräsident scheint die erdung verloren zu haben. Was er über die deutsche beteiligung an zukünftigen waffengängen in der welt äußert zeigt, daß er seine sozialisation in einem land erlebt hat, das vierzig jahre nur von den »Gutmenschen« bewohnt war. Die »Bösen« waren die von der »BRD«, und die hatten gefälligst ihre große schuld a l l e i n aufzuarbeiten. Bis heute, und darüber hinaus. Solange es pläne in Weißrußland gibt, n e u e denkmäler für deutsche kriegsgräuel zu errichten, und solange der BuPrä pflichtgemäß in aller welt inflationär das große deutsche »Mea culpa« verkündet, solange soll kein deutscher soldat im ausland den »Finger krumm« an irgend einer waffe machen.

Was das amt des BuPrä anbetrifft: Es gibt in Deutschland noch viele vorzügliche familien, die den U r adel verkörpern. Ich bin sicher, diese angehörigen, beispielsweise die Hohenzollern, Wittelsbacher, auch die Habsburger, die Welfen, die Sachsen, würden sehr gern Deutschland repräsentieren. Und bestimmt würden sie dies auch noch zum größten teil aus der privatschatulle bezahlen. Also auf, Ihr Republikaner! Schafft dieses Grüß-Onkel und dummschwätz-amt des BuPräses ab, und schafft eine der deutschen geschichte eher entsprechenden einrichtung. Es muß nicht unbedingt ein königs-oder gar kaiserhof sein.

Sonntag, 6. Juli 2014

Bums!

Eine Fußball-Tragödie

Im Labor in seinem Hobbykeller, direkt neben der Hausbar, macht der Mann angestrengt und mit schweißnassem Gesicht die letzten Handgriffe an einer Kugel von ungefähr 225 mm Durchmesser. Vorsichtig schiebt er einen länglichen Hohlkörper aus Plastik durch die mit schwarzen und weißen Penta- und Hexaedern versehene Hülle. Fertig. Er wiegt das Gerät in der Hand; so circa drei Kilogramm, nicht schwerer als ein mittelgroßer Medizinball. Ein zufriedenes Grinsen geht über sein Gesicht, als er den Panzerschrank öffnet und die Kugel hineinlegt. Nein, er hat auch keine Angst, mit so einem Ding im Haus zu leben, sein bürgerlicher Beruf von früher läßt ihn sicher sein, keinen Fehler gemacht zu haben.

Je näher die Fertigstellung dieses Dings heranrückte, um so ruhiger wurde er; das Ding war eine Art Rückversicherung für seine letzte Vernunft in dem erklärten Krieg, den er nun endlich angenommen hatte. Eines wußte er: Es wird keine Gewinner geben. Ob das auch seine Gegner so sahen war ihm egal, vermutlich sahen sie dies anders.

Oben im Fernsehzimmer biegt seine Frau den Kopf zurück, als er ihr zur Begrüßung einen Kuss geben wollte. Nun ja, an ihm soll es nicht scheitern, er gibt sich immerhin Mühe.

»Schirmer hat angerufen. Du sollst zurückrufen«, sagt sie und geht in die Küche. Der Blick, den sie ihm beim Schließen der Schiebetür zuwirft läßt zweifelsfrei erkennen, daß sie die Abendnachrichten im Fernsehen gesehen hat.

›Der Schirmer kann mich mal. Wenn er was will, soll er gefälligst seinen fetten Hintern hierhin bewegen. Und überhaupt: Das Interview neulich war von mir nicht zum Senden genehmigt, mit diesen Pressefuzzis gibt es wohl in der nächsten Woche Terror. Denen rotze ich ihre Objektive mal kräftig von oben bis unten voll.‹

Seine Frau kommt aus der Küche, der Servierwagen rattert fein über die Fußbodenfliesen: »Hast du Schirmer angerufen?« fragt sie, nimmt schlürfend einen Schluck Tee, und schaut ihn schräg von der Seite an.

»Nein. Ich sehe ihn sowieso übermorgen im Trainingslager.«

»Was hast du dir nur bei dem Interview gedacht? Schirmer kann dich immer noch rausschmeißen«, sagt sie.

»Ich habe dieses Gelabere über uns satt. Die sollen uns in Ruhe lassen. Ich bin in der Nationalmannschaft, und das muß genügen.« Er will sich eine Zigarette anzünden, legt sie aber weg, als er ihren strafenden Blick bemerkt.

»Du bist deswegen auch eine Person von öffentlichem Interesse. Wundere dich nicht, wenn die Öffentlichkeit auch Interesse an deinem Privatleben hat.«

»Aber ich will das nicht«, sagt er, »der Bundeskanzler und der Präsident sind auch Leute von öffentlichem Interesse, und von denen kommt sowas nie in die Zeitungen und ins Fernsehen, oder wird ganz schnell dann abgewürgt.«

»Klar, Mann!«, spottet sie, »die haben ja auch keinen Werbevertrag mit Koofmich, Beschiß und Betrug, Habgier und Gewinnsucht.«

»Aber du, mit deinen Softpornoaufnahmen! Was meinst du, welche Mutmaßungen ich mir über deine Titten und dein Dings-Bums beim Training anhören muß.«

Sie zuckt empört mit dem Kopf hoch: »Ich finde das total unangebracht und frauenfeindlich, wie du über meinen Körper redest.«

»Ja, was glaubst du denn, wie Männer über Frauen reden, die sich so wie du darstellen? Meinst du, die reden über Vulva, Brustwarzen oder Venushügel, oder über Po-Backen und so' n Scheiß? Da sind Muschi und Möse, Arschbacken und Pißnelke noch die harmlosesten Ausdrücke!«

Sie schaut ihn mehr verwundert als empört an und sagt: »Das habe ich nicht gewußt.«

»Ach, hör bloß auf, das kannst du dir doch denken. Du bist doch nicht von Dummebacken.«

Sie rückt näher an ihn heran, fragt besänftigend, ob er noch Tee nachgegossen haben möchte – er will – und sagt dann: »Du weißt doch, daß wir Beide Verträge haben. Du warst ja auch einverstanden, daß ich bei der Modellagentur angefangen habe. Du wußtest auch, was im Hinblick auf Nacktfotos auf mich zukam. Und jetzt habe ich das Gefühl, daß du neidisch bist, weil ich mehr anschaffe als du mit deinem Sportbekleider und dem Suppenkasper.«

Der Suppenkasper sitzt: von wegen ›Kraft auf den Tisch, Saft in den Bauch‹. Wütend redet er los: »Es reicht, wenn ich von diesem blödsinnigen haufen auf'm Spielfeld ausgelacht werde. Dann brauch' ich mich nicht auch noch von meiner Frau verspotten zu lassen! Ist ja möglich, du verdienst dabei mehr wie ich, aber du brauchst dir nicht Stahlkugeln und Bierdosen ins Kreuz werfen zu lassen. Wie ich dieses Pack hasse! Eines tags lernen die mich mal richtig kennen.«

Sie vernimmt durchaus den drohenden Unterton und sagt: »Denk daran. Dieses ›Pack‹ bezahlt teuer Geld, um dich spielen zu sehen. Von dem Geld leben wir, leben wir gut, und ich möchte das nicht missen. Außerdem macht mir meine Arbeit bei der Agentur zum erstenmal richtig Spaß.« Die Deutlichkeit war nicht zu überbieten. Sein erster Impuls war aufzustehen, zu ihr hingehen und ihr mächtig eine zu scheuern. Daß er es nicht tat, hätte ihm und Anderen vielleicht das erspart, was kommen mußte. -

- - - Rudi Bolzenburg steht, flankiert von zwei Rundpfosten – nach FIFA-Regel exakt 7,32 Meter auseinander, gekrönt von einer Querlatte, 2,44 Meter an Höhe – und schaut auf das Spielfeld. Die gleißende Sonne verwirrt ihn; dieselbe Sonne, die seinen Gegner im anderen tor in der ersten Halbzeit der Verlängerung im entscheidenden Augenblick so blendete, daß Rudis Mannschaft nun mit 2:1 führt.

Vor sich also die pausenlos anstürmenden Kurbosken, der blödsinnig herumgurkende Haufe der sogenannten Verteidigung seiner Mannschaft, und die unzähligen, langen weißen Streifen herübergeworfener Klosettrollen. Hinter seinem Rücken das Gejohle, Pfeifen und die Buh-Rufe der Spielfans, die ihn offensichtlich fertig machen wollen. – Rudi Bolzenburg steht mit dem Publikum auf Kriegsfuß. Gut, Rudi hat ein loses Maulwerk, kann es nicht halten, wenn ein Mikrofon in der Nähe ist. Munter sprudelt er dann los, ohne große Hemmungen; und je dicker die Schriftbalken auf den Titelseiten der Blödblätter gerieten, um so schmaler wurden die Lippen seiner Kameraden beim Training, um so mehr füllte sich aber auch Rudis Konto. Und als seine Frau Heka sich für eine namhafte Pimper-Illustrierte splitterfasernackt ablichten ließ, war der Ofen aus. Nichts über Heka – sie ist eine wirklich schöne Frau; aber die prüden Reaktionen der Sportfans ließen nur den Schluß zu, daß sie deswegen neidisch waren, nicht auch so eine schöne Miezekatze zu haben.

- Achtung, die gegnerische Flanke kommt! Wohin? Natürlich genau in die Mitte, wo Seelkes steht, der »Sportler des Jahres«. Ein Witz, dieser Mann, läuft wie ein beschossener Schwarzenegger-Verschnitt über den Rasen, guckt dabei so grimmig wie ein Neuntöter auf Fotosafari, alles fürs Fernsehen, natürlich. Also raus aus dem Kahn, Faustabwehr. Verdammt, tritt mich dieses Arschloch von Seelkes auch noch an den rechten Oberschenkel! Rudi schreit immer noch seine Anweisungen, seinen Zorn über das Spielfeld, gestikuliert mit beiden Armen, doch ihn hört keiner mehr. Er ist heiser, zu oft und zu lange hat er seinen Frust über die alleinige Verantwortung für den Ausgang dieses Spiels, welche man ihm übertragen hatte – so glaubt er – hinausgeschrien. Und die netten Menschen hinter ihm, die Landsleute, die Sportfans? Sie pfeifen und brüllen sich fast die Lunge aus dem Hals, wenn Rudi auch nur den Ball berührt. Und singen:

Bolzenrudi, alter Ludi.

Von Hekafrau, der alten Sau.

Ja, Freunde, das geht einem nicht nur unter die Haut, das geht tiefer, bis zum Herzen, zum Zwerchfell, und von da bis in den Sack.

Rudi schaut nachdrücklich auf seine große Sporttasche, die hinter dem Tornetz liegt. Er dreht sich nach dem Ballabschlag um, und gibt dem Affen kräftig Zucker, indem er dem Pulk hinter seinem Tor den Vogel zeigt. Da tobt und heult das junge Deutschland wie ein Mann auf, und dippt die unsägliche schwarz-weiß-rote Reichskriegsflagge auf und nieder. Zufrieden grient Rudi vor sich hin, ihm ist egal, was die Fernsehkameras erhaschen, was sein Trainer meint, was der nationale Fußballboß denkt – er hat das befriedigende Gefühl , daß dies der Tag der Tage werden könnte, wenn es der Mob im Stadion so will.

Schon wieder gefährliche Situation vor dem Tor. Die gegnerische Mannschaft will den Ausgleich, um beim anschließenden Elfmeter-Schießen die fällige Rückfahrkarte für Nachhause zu vermeiden.

- Bloß kein Elfmeter-Schießen! Allein der Gedanke daran setzt bei Rudi schon die Schließmuskeln in seinem Unterkörper reflexhaft in Bewegung. Er ist sicher: Kommt es heute zum Elfmeter-Schießen, macht er sich dabei in die Hose. Diese Exekution, dieses Erschießen eines Tormanns, der, gefangen wie eine Fliege im Netz zwischen den Torpfosten hin-und herzappelt. Nein, dies will er nicht mehr mitmachen, besonders heute nicht. Gegen diese Gefahr liegt eine Kugel mit Plastikumhüllung, circa 225 mm im Durchmesser, einem Fußball täuschend ähnlich in seiner Sporttasche.

Für den Fall der Fälle hatte er vorher schon vorsichtig das Hinternetz des Tors gelöst und eine Masche aufgetrennt, so, daß es die Kontrolleure nicht merkten. Rudis Gewissensbisse halten sich in Grenzen, da ja auch andere darüber durch ihr Tun und Lassen entscheiden, ob er handeln wird. Und dabei hat die Tatsache, daß Heka vor ein paar Tagen ausgezogen ist eine weit geringere Bedeutung.

Noch zwei Minuten bis zum Abpfiff, und sie führen immer noch 2:1. Wieder eine hohe Flanke der Kurbosken. Sie kommt ziemlich steil in seinen Strafraum. Gefährlich nahe. Raus, oder drinbleiben. Angst vor Drinbleiben, Netz, handlungsunfähig, gefesselt. Also raus, Gejohle der Menschen. Einige Kurbosken und Seelkes sind auch schon heran. Was macht Seelkes, dieser Hurensohn? Stößt mich weg, polkt seine Schulter in meinen Bauch. Will noch größer sein als ich, erreicht den Ball mit dem Kopf, der Ball schmiert ab, genau auf den Fuß eines Kurbosken, der läßt sich nicht zweimal auffordern, Schuß, Tor, Ausgleich. Torschlußpanik! – Ein Sturm fegt durchs Stadion. Alle Zuschauer freuen sich, daß sie fürs selbe Geld nun noch mehr Gaudi geboten bekommen. Ein Kurboske schießt immer und immer wieder den Ball ins Netz von Rudis Tor.

Rudis Minute ist da. Ihn kümmert nicht mehr das besserwisserische Gezeter Seelkes, nur noch dumpf hört er das Pfeifen und Johlen, das Siegesgeschrei der anderen Seite. Er hechtet auf sein Tor zu, ergreift blitzschnell die runde Kugel aus seiner Sporttasche. Und für ein paar Sekunden sind zwei Bälle in der Luft: der Reguläre, der zur Spielfeldmitte fliegt, und Rudis Ball, der – durch einen mächtigen Tritt von ihm – langsam auf die Fans hinter seinem Tor zusegelt.

- Die Kameras, die heil blieben, haben von dem Ereignis selbst – wie sich später herausstellte – nichts als einen blendenden Blitz aufgezeichnet. Der Knall der Detonation war viel zu stark, als ihn die Tonabnehmer hätten verarbeiten können. Jedenfalls hatte Rudi Bolzenburg bei einem Nettogewicht von 2.980 Gramm, einer Brisanz von 21,2 Staucheinheiten, und einer Detonationsgeschwindigkeit von 8300m/sek die Höhe der Zero-Ebene mit 8,40 Meter über Grund – hier die Köpfe der Zuschauer – optimal berechnet. Und wenn der ehemalige Sprengstofftechniker und gescheiterter Fußballer noch erlebt hätte, daß außer den 200 Zuschauern, die durch die Luftmine direkt zugrunde gingen, noch weitere 1000 bei der anschließenden Panik totgetrampelt wurden, wäre ihm dies gewiß a u c h recht gewesen.

Eines jedoch hatte Rudi Bolzenburg erreicht: Große internationale Fußballwettbewerbe finden ab sofort nur noch in leeren Stadien, vor laufenden Fernsehkameras statt, und niemals mehr muß sich ein Torwart von den eigenen Fans beschimpfen, und mit Stahlkugeln und leeren Bierdosen bewerfen lassen. -

Diese – äußerst aktuelle – geschichte ist im august 1999 in dem band »Die Reseolre-Legende«, ISBN 3-934806-00-7, von bejot, erschienen, wobei damals Libri Books on Demand, heute BoD in Norderstedt die herstellung übernahm.

Das buch ist sowohl als paper als auch als e-Book im internethandel erhältlich.

Sonntag, 3. August 2014

Warum appelliert die opposition im Deutschen Bundestag nicht an Moskau, Edward S n o w d e n dort alle freiheit zu lassen, a l l e s einem eventuellen vernehmenden deutschen beauftragten – meinetwegen auch einem international anerkannten rechtspfleger – sagen zu können und zu dürfen?

Wenn es je einen m i s sbrauch gibt, dann gibt es unbedingt auch einen – legalen – g e b r a u c h. Redet also in der zukunft nie mehr von kindesmissbrauch, sondern nur noch von kindesm i s s h a n d l u n g.

Der konservative Polenpapst Johannes Paul II hat die »Generalabsolution« (die erlaubnis, zur Heiligen Kommunion o h n e um zur persönlichen Ohrenbeichte zu gehen) wieder abgeschafft. Hätte er stattdessen die zelebration der Heiligen Messe in latein wieder eingeführt, ginge es der weltweiten katholischen (»allgemein«) kirche mit einer universellen »orbitalen« sprache gewiss heute besser. -

Was ist los in Doatmund? Ausgerechnet in der »Heldenstadt« der kommunisten wird ein rechtsfaschist in den stadtrat gewählt.- Vor dem debakel mit den nationalsozialisten 1945 gab es eine gewisse kontinuität in der stärke der kommunisten in Dortmund. Und dies seit der spaltung der SPD im jahre 1920. Danach ging es – besonders im norden Dortmunds – mit den kommunisten ständig bergauf, bis zum jahre 1933, genauer, bis zum 05. märz 1933. Denn bei dieser wahl sackte die ehemalige USPD (Kommunisten) um fast 10 % gegenüber der wahl am 06.11. 1932 ab. Seltsam, fast um 10 % gewannen damals bei der letzten wahl zum Reichstag im märz 1933 die nationalsozialisten gegenüber der novemberwahl 1932 h i n z u. Die anderen maßgeblichen parteien, SPD, DNVP, Zentrum hatten gegenüber der wahl vom november 1932 ein annähernd gleiches ergebnis zu verzeichnen. So fällt auch dem, der die wahlarithmetik nicht so gut beherrscht auf, dass sich zwischen dem ergebnis der nationalsozialisten im november 1932 von 17,7% in Dortmund, und dem ergebnis der nationalsozialisten ein halbes jahr später, im märz 1933 von 27% u n d dem minderergebnis der kommunisten von 10% ein zusammenhang herstellen lässt. Soweit die ansicht, ein kommunist wählt niemals faschistisch.- So, wie die auseinander gezuzzelten fransen ein und desselben elements – hier eine ideologie – den zusammenschluss suchen, so hat das prekariat im Dortmund der dreißiger jahre dvjhds sich zusammengeschlossen zum »Ring of fire«, um dem »bürgerlichen Lager« einzuheizen.

Heute, im jahre 2014 heizen die »Gutmenschen« einem einzelnen pipel vom rechten Flügel, »rechter Sektor«(russische sprachregelung für die angeblichen faschisten in der Ukraine) im stadtrat ein, der eher den eindruck eines übriggebliebenen rockers macht, der in die jahre gekommen ist, und am falschen platz zu sein scheint. Was sich in der zwischenzeit als richtig erwiesen hat, denn »SS-Siggi« war nur ein platzhalter für einen anderen kameraden …

» … rechter Sektor.« (russische sprachregelung für angebliche faschisten in der Ukraine). Richtig so! – In vergangenen zeiten lag der sog. »Ostsektor Berlin« tatsächlich auf der r e c h t e n seite, wenn man auf der interzonenautobahn von »Westen« nach Berlin wollte. Heute zeigt uns die realität, dass der Stalinismus genauso ein faschistisches (»rechts«) system war wie der deutsche nationalsozialismus.

»Laut und lästig« verhalten sich nach meinung vieler zurückhaltender zeitgenossen die walküren bei den feministinnen. Eben drum, nämlich »laut und lesbisch«?

Wenn es nicht so unglaublich lächerlich wäre, müsste man weinen: Die separatistenfaschisten in der Ukraine werden von den wohlmeinenden nationalsozialistischen Russen als »Landsturm« bezeichnet. – Gut, gut. In Preußen gab es vor 200 jahren den »Landsturm«, um den gemeinsamen europäischen feind, den Franzosen Napoleon, stürmenderweise aus dem land zu treiben. Es gab aber auch im nationalsozialistischen Deutschland einen »Volkssturm«, in dem invalide und halbe kinder verheizt werden sollten. Zum glück bekamen die alliierten damals, besonders im westen, die oberhand, und bereiteten dem nationalsozialistischen spuk schnell ein ende.

Nahost im sommer 2014. Eiserne regel in einem konflikt (»Naturgesetz«): Wer von den konfliktparteien z u e r s t angefangen hat, muss als e r s t e r wieder aufhören.- Wird diese reihenfolge nicht eingehalten, tritt die nächst höhere stufe der naturgesetze in kraft: Der stärkere s i e g t, und hat – von der natur gratis dazugegeben – r e c h t … Dilemma der konfliktparteien: Sie halten die reihenfolge der ereignisse nicht ein; keiner will den a n f a n g gemacht haben.-

Ultra-Violett-strahlung »reinigt die Atmosphäre«. Klingt zuversichtlich und vertrauenswürdig, wenn physiker dies über die vergangenen sonnenstürme verkünden. Vorsicht, vorsicht! Was ist, wenn es in der zukunft derart heftige sonnenstürme gibt, die die »Atmosphäre« auch von gewissen lebewesen »reinigt«, die in dieser erdatmosphäre leben?

Was ist die Buchpreisbindung in Deutschland w e n i g e r, als die – mit strafe bewehrten – preisabsprachen bei den sogenannten kartellen?

Verunglimpfung von Frau Dr. Merkel im internet: Die linksfaschisten haben während der dunklen zeit des »realen Sozialismus« immer wieder gern einen deutschen dramatiker zur unterstützung ihrer ideologie zitiert. Bert Brecht mit seinem » … und die im Dunklen, die sieht man nicht.« Jawohl! Die üblen leserbriefschreiber, die elenden schmierer in den »social medias«, die Frau Merkel übel beleidigen » … sieht man (a u c h) nicht.« Aber es kommt ein »Geschmeckle« aus der muffigen linken ecke …

Freund-feind antagonismus bei Carl S c h m i t t: »Gemeinschaft kann nur noch als Gegensatz zu einem Anderen gedacht werden.« Wobei bei » … einem Anderen …« durchaus an ein individuum, als auch an ein objekt gedacht werden kann. Nun, C. Schmitt hatte zwar in anderen dingen des menschlichen zusammenlebens sehr krude ideen, die n i c h t meine sind; aber wo er recht hat, hat er eben recht …

Es ist leicht gesagt, die Israelis seien schuld, wenn sie häuser mit granaten zerschießen, und somit dort schlafende kinder töten. – Schuld sind wohl eher die, die ihre raketen und mörsergeschütze ein paar meter n e b e n den schlafenden kleinen schussbereit halten, und auch genau von dort israelische soldaten beschießen! Sie nehmen diese kinder mitsamt ihrem schlafplatz als lebendes schutzschild und geisel, um einen militärischen vorteil zu erlangen. Und dies ist ein großes, gefährliches ärgernis für die betreffenden kinder … Der wanderprediger von Nazareth hat, garnicht so weit von dem tatort, vor 2000 jahren diesbezüglich ein sehr kritisches wort geprägt (Luk.17.1,2): » … es wäre ihm besser, daß man einen Mühlstein an seinem Halse hängte, und würfe ihn ins Meer, denn daß er dieser Kleinen einen ärgert.«

Freitag, 29. August 2014

Gesundheit! Akupunktür …

DIE STEINZEIT-ung® schildert die geschichte eines nicht mehr ganz jungen mannes, der sich wegen eines akuten gesundheitlichen problems – fast notfallmäßig – einen orthopäden aufsuchen musste. Was war passiert?

In der nacht davor bekam der mann aus dem schlaf heraus einen oberschenkelkrampf, was allerdings in diesem alter nicht so ungewöhnlich ist. Nur die schmerzhaftigkeit überraschte ihn diesesmal. Er erhob sich und ertastete in der kniekehle die fast kleinfingerdicke sehne, die an der unterseite des rechten beins links zum kniegelenk verläuft. Die sehne war fast so straff gespannt wie ein entsprechend dickes stahlseil, und dieses stahlseil hätte gewiss in der realität wie eine klaviersaite gebrummt. Nach einer zeit schlief der mann wieder ein, und wachte am morgen ohne beschwerden dieserseits auf. Gegen zehn uhr bekam er jedoch in dem betroffenen knie heftige schmerzen, die sich rasch steigerten, und das gehen fast unmöglich machten. Am kniegelenk war keine schwellung oder rötung zu erkennen. Auch die überkreuz-messung mit einem guten hautkontakt-thermometer zum a n d e r e n, gesunden kniegelenk ergab keine erhöhung der gelenktemperatur.

Am nachmittag wurden die schmerzen so heftig, dass er mit seinem auto zu seinem hausarzt fuhr, o b w o h l dieser arzt nur etwa h u n d e r t meter weiter um die hausecke seine praxis hat. Der arzt sagte etwas von »Schleimbeutel-Entzündung« und überwies seinen patienten an einen facharzt. Der patient machte sich sofort auf die suche nach einem orthopäden. Der erste versuch, noch relativ nahe an seiner wohnung scheiterte, weil dieser arzt gerade in urlaub war.

Trotz des äußerst ungünstigen zeitpunkts – es war am späten nachmittag, mitten im feierabendverkehr –, fuhr der mann zum nächsten arzt. Mit mehr ach als krach fand er einen parkplatz in nähe der arztpraxis. Und als er mit den zwei krücken in die weit offenstehende praxistür hineinhumpelte, spürte er fast körperlich die ablehnung des praxispersonals und der übrigen wartenden patienten: ‚Oh gott! Da kommt ja einer, der hat ersichtlich richtige schmerzen! Und das auch noch kurz vor der praxisschließung. - ...‘

Die kaum versteckte f e i n d s e l i g k e i t spürte er in der frage der angestellten, ob er denn einen »Termin« habe, trotzdem jeder nicht medizinisch ausgebildete mensch ebenfalls erkennen musste, dass hier wohl ein notfall vorliege.

»Nein«, hatte er nicht, so der mann. Er sei als »akuter Fall« von seinem hausarzt an einen orthopäden überwiesen worden, was ja durch die vorlage des überweisungsscheins dokumentiert sei. Nach einer wartezeit – nachdem die arzthelferin eine röntgenaufnahme des kniegelenks gemacht hatte – rief der arzt ihn zur untersuchung.

Der mann schilderte kurz, was in der vergangenen nacht und danach passiert war. Der arzt erläuterte, dass er anhand der röntgenaufnahme keine schäden erkennen könne, die weichteile würden bei dieser art aufnahme sowieso nicht deutlich dargestellt. Der arzt setzte dem mann zwei spritzen, eine direkt ins kniegelenk, eine andere in den hintern – wahrscheinlich eine schmerzspritze – und sagt »Morgen wiederkommen«, dann wolle er eine knochendichte-messung machen, dies sei allerdings eine IGEL-leistung, und der patient solle morgen bitte vierzig Euro mitbringen. Der mann knirschte mit den zähnen – und das nicht nur wegen der schmerzen – und sagte zu, das geld morgen mitzubringen, nachdem der arzt ihm empfohlen hatte, das gelenk mit eis zu kühlen.

Am anderen morgen, die schmerzen im knie hatten sich wenig gebessert, gab ihm der arzt nochmal eine spritze ins kniegelenk. Die schmerzspritze verweigerte der mann, weil er sich vorher intensiv gedanken über das aushalten von schmerzen, und über die gefahren des überschreitens einer zu n i e d r i g e r e n schmerzschwelle gemacht hatte. Der arzt akzeptierte dies. Die knochendichte-messung ergab werte, die – altersgemäß – hundert prozent im »grünen Bereich« waren. N i c h t im grünen bereich war die anschließende dokumentation der strahlenbelastung auf dem sogenannten »Röntgenpass«, die er von der röntgenassistentin dortselbst eingetragen haben wollte. Zwar wurde die röntgenaufnahme des kniegelenks von g e s t e r n eingetragen, aber die knochendichte-messung von h e u t e wurde von der frau in den strahlenpass n i c h t eingetragen, weil dies ja k e i n e röntgenstrahlen gewesen seien! Dabei hatte der mann an dem gerät für die dichtemessung sehr deutlich das warnzeichen vor i o n i s i e r e n d e r strahlung (nicht »Laser«!) erkannt. Hm ...

Nachdem der patient dem arzt erklärt hatte, dass er nun echte probleme mit dem gehen habe, weil sein l i n k e s bein durch eine Peronäus-lähmung vorgeschädigt sei, redete der arzt nun seinerseits von operation, künstliches kniegelenk, oder doch nicht, oder »die Ärzte« machten das knie »nur mal« auf, und würden es »säubern« und so weiter. Der patient fragte, schwer beeindruckt, ob dies denn zu diesem zeitpunkt schon akut sei, worauf der medizinmann antwortete, dass er dem patienten zunächst einmal zehn akupunkturbehandlungen geben wolle. Auf die frage, ob dies denn a u c h IGEL-leistungen seien, verneinte dies der arzt.

Am morgen des ersten behandlungstages saß der patient in der ihm zugewiesenen kabine und wartete der kommenden dinge. Diese dinge kamen in form des arztes, der den wartenden patienten anherrschte, wie er – der arzt – denn die »Nadeln setzen« soll, wenn der patient nicht das h e m d ausgezogen habe!- Sprach' s, eilte zur nächsten kabine, zum nächsten patienten, und ließ den mann im völligen unverständnis zurück. Hemd, wieso hemd, wenn man die medizinische behandlung an einem k n i e zu erwarten hatte? Dann kam der arzt wieder zurück, und pikste kleine nadeln in die stirn, ohrläppchen, und in den inzwischen entblößten nacken, und je zwei nadeln auf der oberseite der unterarme. Nach zehn minuten kam eine helferin, und entfernte die kleinen, mit einem blauen plastikköpfchen versehenen nädelchen in ein gefäß, was von dem patienten richtig als entsorgungsbehälter identifiziert wurde.

Der inzwischen wieder vollständig angekleidete mann ging aufreizend langsam, immer augenkontakt suchend am empfangstresen vorbei, hinter dem in schnellem wechsel drei angestellte und manchmal der arzt herumwuselten. Er wartete auf irgend etwas, vielleicht »Hallo!« oder »Noch was?«, oder ähnlichem. Es kam nichts dergleichen, deswegen ging er zur tür, und ließ ein deutliches »Auf Wiedersehen« verlauten, was sehr schwach aber hörbar erwidert wurde.

Während einer der nächstfolgenden sitzungen, die immer in gleicher weise stattfanden sagte der arzt, als er die nadeln – auch im n a c k e n ! – gesetzt hatte: »Nun können Sie sich auf den Rücken legen.« Auf die vorhaltungen des mannes, er habe ja zwei nadeln im g e n i c k sitzen, wie d a s denn gehen sollte, sagte der akupunkteur: »Na, dann bleiben sie eben sitzen«. Während der weiteren sitzung grübelte der patient verzweifelt darüber, wie man eine knieverletzung durch akupunktur – und das auch noch am oberkörper praktiziert – heilen könne. Allerdings merkte er auch, dass die z e i t im sprichwörtlichen sinne heilt, denn die kniebeschwerden lassen nach. Die linderung, das ahnt der patient, wird der arzt natürlich auf seine akupunkturkünste zurückführen. Die diskussionen, dass sechzig prozent der heilungen wohl spontanheilungen sind, also von n a t u r her erfolgen, sind eher zwecklos, ganz besonders mit einem mediziner.

Nie hat der arzt während der immerhin dreiwöchigen behandlung neben dem lakonischen »Morgen!« etwas anderes verlauten lassen, auch nicht ein »Na, wie geht's?«, erst recht nicht die dezidierte frage nach dem stand eines eventuellen fortschritts der heilung kam über seine lippen. Die arzthelferin empfand das schweigen, welches aus der kabine des mannes bei der behandlung durch den arzt fast brüllend herausquoll als störend, und sie freute sich über die witzigen, launigen erwiderungen des patienten, wenn sie bei der nachbehandlung ein paar worte an ihn richtete. Anscheinend reichte dem arzt als indiz, dass der patient gegen ende der behandlung nicht mehr mit krücken angehumpelt kam.

Als der letzte tag der behandlung heranrückte, machte sich der mann gedanken, ob und wie es weitergehen soll. Da ihm n i c h t daran gelegen war, unter allen umständen diese art von therapie weiterzuführen, und dass er das gefühl hat, in dieser praxis nicht an der richtigen stelle gelandet zu sein beschloss er, das schicksal, die »Vorsehung« solle die entscheidung treffen. Außerdem fühlte er sich in dieser praxis mit mannigfachen diplomen für Sportmedizin, Akupunktur, AXD-Methoden, DOCE-Behandlungen, Magnetresonanz-Verfahren, Chirotherapie an den praxiswänden unbehaglich. Deswegen beschloss er, beim letztenmal wie zu anfang ganz langsam am tresen vorbeizugehen, und bei der ansprache, etwa: »Sie müssen aber noch mit dem Doktor sprechen.«, oder sowas ähnlichem entsprechend zu reagieren. Diese ansprache erfolgte n i c h t , und so schritt der patient nach einem kräftigen, eigentlich gelogenem »Auf Wiedersehen« und nach der erwiderung darauf ganz schnell durch die geöffnete praxistür nach draußen, in seine eigene, selbstgewählte freiheit , bevor eine der praxishilfen reagieren konnte.

Etwas ist allerdings dem patienten in diesen tagen aufgefallen, insbesondere angesichts der praxis dieses akupunktierenden, magnetisierenden sport(arzt)orthopäden: Den sorgfältig in einem wertvollen rahmen eingefassten »Eid des Hippokrates«, eine zierde jeglicher arztpraxis seiner jugend, aufgehängt an einem markanten punkt, hat er in keiner praxis – wie auch hier nicht mehr   wiedergefunden …

Dienstag, 16. September 2014

Aha! »Relativieren«, vom Apostolischen Stuhl verpönt, von Nur-einer-hat-Schuld-theoretikern nicht geduldet, soll nun doch salonfähig werden? Denn ganz langsam setzt sich die einsicht durch, dass »relativieren« a u c h »erneuern«, »umdenken«, »überdenken«, »anpassen«, »ändern« bedeuten kann. Insbesondere, wenn wegen erdrückender neuer erkenntnisse (tatsachen) sich der fokus geändert hat.

Mein Gott! Amnesty International kritisiert hinrichtungen durch die nigerianische armee. Hört man auch schon mal von Amnesty International durchschlagende kritik über die taten der mordgesellen von Boko Haram und der ISIS in Afrika?

Die akte Bernie E c c l e s t o n e kann geschlossen werden. Die akte Bundesrepublik Deutschland zwecks begünstigung der bestechlichkeit gegen den geschädigten – !D A S R E C H T! – wegen annahme von 100 millionen € jedoch nicht …

Die Genfer Konventionen sind damals von der Sowjetunion n i c h t unterschrieben worden, sehr wohl jedoch vom damaligen Deutschen Reich! – Die Deutsche Wehrmacht hat also damals krieg geführt gegen einen staat, der sich nicht an die Genfer Konventionen gebunden fühlte. Ist es da nicht einsehbar, dass b e i d e kombattanten sich nicht an die regeln der kriegführung hielten, was sich besonders in der behandlung sowjetischer kriegsgefangener in Deutschland – auch im hinblick auf den »Kommissar-Befehl« vom 06. juni 1941 –, und nach der deutschen niederlage auf die behandlung deutscher kriegsgefangener in Sibirien auswirkte?

19. August 14 n. Christus. Die beerdigung kaiser Augustus ergab wohl das »drehbuch« der »Himmelfahrt Christi« zwanzig jahre später für den jüdischen sektengründer und wanderprediger Jesus Christus aus Nazareth. Es sollen leute beim v e r b r e n n e n des abbilds des kaisers – aus einem block bienenwachs geschnitzt – gesehen haben, wie dieser Augustus leibhaftig in form eines a d l e r s in den himmel gefahren sei.

Wenn das leiden, an dem du leidest dich nicht u m b r i n g t hast du keinen grund darüber nachzudenken, wie du s e l b s t dieses leiden beenden könntest. -

Innerhalb des russisch-ukrainischen sprachraums scheint sich eine neue sprachregelung abzuzeichnen. Wissen Sie, was eine »sozialnationalistische Partei« ist? Es ist eigentlich die alte, unsägliche nationalsozialistische partei, die es nur und nur ein für allemale, und dies für ewige zeiten in Deutschland gegeben hat. Den erfindern der sozialnationalistischen partei ist es gelungen, eine sache mit den füßen auf den kopf zu stellen. Vorschlag für ein denkmal des unaussprechlichen mannes aus Braunau am Inn: Den oberkörper bis zum unteren rand seiner litewka auf den boden, und oben drauf das unterteil mit den füßen auf seinem schädel. Übrigens: Wenn das so weitergeht mit der verschiebung von ländergrenzen in Europa durch »asymmetrische« kriege, und der wörtlichen übernahme des vokabulars des »Tausendjährigen Reichs« von spinnerten arabischen eiferern, kommt der »österreichische Gefreite« a b e r m a l s zur ehre der denkmäler, dies zweitemal aber gewiss länger als ein dutzend jahre …

Putin beklagt, dass das eingekesselte Leningrad von den »Faschisten« fast drei jahre lang mit artillerie beschossen worden ist, und dass dabei hundertausende zivilisten umgekommen seien. Er hat damit unumwunden recht. – A b e r: Was haben seine »slawischen Brüder« in den 90ern dvjhds mit S a r a j e w o gemacht, als diese stadt über 1000 t a g e eingekesselt gewesen war?

Ein ganz besonderes »Organ« von öffentlicher verlautbarung und zurschaustellung wird in der Ukraine-krise sehnlichst vermisst: Die »Pussy-Riots«! Ist den süßen und aparten muttermilchtüten schwenkenden mädels die l u s t der zurschaustellung im angesicht der wirklich e r n s t e n realitäten des lebens – und sterbens ! – etwa vergangen?

Kennze den? – Computer. Katze. Katze knabbert an einem rechnerkabel. Katze bekommt einen tierischmäßigen starken stromschlag, dass das tier aus allen körperöffnungen wie ein räuchermännchen qualmt. Katze überlebt wie ein wunder diesen unfall. Nach der reparatur des betreffenden kabels erscheint nach dem einschalten des rechners auf dem monitor desselben folgende meldung: »Safe your cat! You bloody fool!«

Russische fallschirmjäger »verlaufen« sich bis zu 30 km weit in der Ukraine. U.S. hubschrauber »verirren« sich in Polen im nebel und müssen auf einem kartoffelfeld landen. Für wie b l ö d e halten uns die beiden hegemons (hie »Glonass«; da »GPS«) wohl, um diesen u n s i n n zu glauben? …

Die meisten, die im hinblick auf die schlagworte »Boko Haram«, »Ukraine«, »I S (Islamischer Staat)« von einer angeblichen »Schuld des Kapitalismus« daran in den sog. »Sozial«-foren schwafeln, geben ihre gesinnung als l i n k s faschisten klar zu erkennen.

Wie man Rußland wegen der merkwürdigen »Hilfs-Konvois« in die gebiete von »Nowa Rossija« in der Ukraine ordentlich mal selbst »filmen« könnte ... Da ja die NATO in der Ukraine endlich präsenz zeigt, könnte man dort einen konvoi von, sagen wir mal 200 LKWs, mit – echten! – hilfsgütern für die ukrainischen landsleute zusammenstellen, die über die ukrainisch – russische grenze geflüchtet sind, und jetzt in grenznähe in Rußland in lagern leben. Die LKWs könnte man in b l a u (UNO-, NATO-, Ukraineblau) anpinseln, eventuell die radfelgen in gelb. Die fahrer – natürlich alles NATO-soldaten – in einer zivilkleidung mit leicht militärischem touch – die man sich ja laut aussage von Herrn P u t i n in jedem bekleidungsgeschäft besorgen kann – haben alle digicams dabei, um jenseits der grenze eifrig in Rußland aufnahmen zu machen. Dann wird von der ukrainischen regierung bekannt gegeben, dass die Republik Ukraine ihre landsleute in russischen flüchtlingslagern mit hilfsgütern versorgen möchte, und dass das Rote Kreuz und die OSZE eingeladen sind, diesen konvoi zu begleiten. Die entsprechenden organe der weltpresse werden natürlich verständigt. Darauf wird der konvoi nach formeller benachrichtigung der russischen regierung, man würde dies genau so handhaben, wie die russische regierung es bei den beiden vorausgegangenen lieferungen in die ostukrainischen gebiete gemacht habe, in gang gesetzt. Selbstverständlich würde die fahrt durch das von den separatisten besetzte gebiet gehen, um so nahe wie nur möglich an die grenznahen flüchtlingslager in Rußland heranzukommen. – Und d a n n heisst es abwarten und beobachten, unter den kameras der weltpresse, was sich in dem von separatisten beanspruchtem gebiet an der russischen grenze so tut. Natürlich absolut vorsichtig und zurückhaltend, um nicht den geringsten grund für ein gewalttätiges handeln der gegenseite zu provozieren. Dann müsste die stunde der entlarvung, die stunde der wahrheit alsbald schlagen. -

Dem berichterstatter von DIE STEINZEIT-ung® fiel beim herumstöbern im www ein artikel auf, in dem eine mutter von vier jungen sehr früh damit begann, diese in die geheimnisse des weiblichen körpers einzuführen. Damit diese knaben nicht etwa ihre sexualerziehung über »Porno« und/oder »Prostitution« erhalten sollen. Als ideales »Anschauungsmaterial« bot sie dabei ihren eigenen körper an ... Mensch stelle sich hierbei einmal vor: Ein vater, mit vier kleinen t ö c h t e r n macht genau dasselbe (Ja, das gibt es schon, dass auch männer den haushalt und die erziehung der kinder übernehmen!) und verfährt mit seinen kleinen mädchen g e n a u s o wie die oben beschriebene mutter. Na, was würde wohl mit diesem manne passieren? – Während der zahlreichen schauder, die dem berichterstatter von DIE STEINZEIT-ung® bei diesem gedanken über den rücken liefen dachte er auch an die deutsche justiz, die sich wohl doch hoffentlich unverbrüchlich an das grundgesetz hält, dass a l l e menschen vor dem gesetz gleich sind, und männer und frauen gleich b e r e c h t i g t sind ...

(»Freiheit … nur für Mitglieder einer Partei – mögen sie noch so zahlreich sein – ist keine Freiheit. Freiheit ist immer Freiheit des anders Denkenden … [Rosa Luxemburg; et Voltaire]: »Ich mag verdammen was du sagst, aber ich würde mein Leben dafür geben, dass du es sagen darfst.«)

Montag, 22. September 2014

Der chronist von DIE STEINZEIT-ung® las im www einen artikel über einen journalisten, dessen freund im sommer des jahres 2014 von I S-monstern ermordet wurde. In bewegten worten rief er seinem freund nach, dass er ihn beweine, und aber auch sein leben feiere, und er würde seinen freund nie vergessen. – Der chronist ist von dieser totenklage berührt, jedoch fehlt ihm seines erachtens, der zeit geschuldet, etwas in dieser schrift. Da der zeitstrahl der weltgeschichte sich im jahre 2014 unwiederbringlich umgepolt hat – und zwar in richtung Steinzeit – fehlt bei dieser art von totenklage der archetypus der r a c h e aus archaischen zeiten. Aus jenen zeiten gab es fast keine totenklage, aus der nicht hervorging, dass die r a c h e als einzige und gerechte strafe folgen musste, damit der betrauerte r u h e findet und somit das gleichgewicht der dinge wieder hergestellt wird. -

Der ritter. Ein edler kämpfer, natürlich stets gegen das böse. Ein edler mann, verehrer und bewunderer der frauen, nie nachlassend in einem aufzehrenden minnedienst an den von ihm vergötterten geschöpfen. – Mensch kann aber auch eine etwas andere aussicht einnehmen: Ritter, totschläger, auf einem gewaltigen, gewalttätig erscheinendem tier sitzend, welches ein klirrendes eisen im schaumigen maul trägt. Mit diesem tier gelangt er noch schneller an den ort seiner taten, welcher von gellenden schreien, klirren von schwertern auf harnisch und schild, kanonendonner, dem schmettern von trompeten untermalt wird.

Seitdem die besprechung des neuen buchs von C. R o c h e »‚Schoßgebete«, (warum nicht »Schossgebete«, oder gar »S t o ßgebete«),und dem gleichnamigen film von Sönke Wortmann in den feuilletons durch ist, brauche ich mir letztlich weder diese oder andere elaborate von C.Roche und von S. Wortmann zu gemüte führen. Deo gratias; gepfiffen und getrommelt …

Für mich wird die französische revolution im hinblick auf die daraufhin erfolgten hunderte a n d e r e r revolutionen immer suspekter. Nicht zuletzt auch deswegen, weil einer der »Groß«-köpfer damals den berüchtigten satz prägte: »Die Republik (Frankreich) braucht weder Wissenschaftler noch Chemiker«, und nachschob: »Der Lauf der Justiz darf nicht aufgehalten werden«, und den nacken des naturwissenschaftlers A.L. de L a v o i s i e r der trennenden schärfe des fallenden messers übereignete. Ein gewisser zusammenhang mit den miasmatisch ausdünstenden »Frühlingen« in Nordafrika und Vorderasien ist nicht zu verleugnen.-

Dem berichterstatter von DIE STEINZEIT-ung® wäre selbst im traum nie eingefallen, dass er sich in seinem fortgeschrittenen leben jemals nochmal wegen deutscher vornamen wie, Adolf I, Adolf II, Josef, Heinrich, Hermann, Rudolf, usw., usw. s c h ä m e n müsse. Nur, dass diese vornamen von D e u t s c h e n nun Omar, Achmed, Mohammed, Abdullah, usw. heißen. Es sind die vornamen der I S-monster, die sich als selbstmord-mörder in die luft sprengen und unschuldige menschen töten, oder gar unschuldigen menschen die k ö p f e abschneiden. Oh, herr! Lass deine gesamte feuerkraft und die deiner verbündeten über diese ketzer regnen ...

Fast alle leute in Europa beschweren sich über das Freihandelsabkommen TTIP, dass dabei die Europäer von den »Kapitalisten« in den USA über »den Tisch gezogen« würden. Ja, Kruzitürken! Beschweren sich nicht genau d i e s e l b e n leute andererseits über die »Bürokratie« der »Beamten« in »Brüssel«?? Dann lasst doch wenigstens den »Kapitalisten« die chance, den »Bürokratismus« in Brüssel in die schranken zu weisen.

DIE STEINZEIT-ung® wundert sich darüber, dass die staaten, die waffen an ihre jeweiligen condottieri liefern angst davor haben, dass diese waffen eines tages gegen sie s e l b s t gerichtet werden könnten. Als wenn nicht 600 jahre z e i t während der renaissance vergangen wären. – Es gibt doch heute GPS und die RFID-technik. Wir können uns einfach nicht vorstellen, dass die militärwissenschaftler und – forscher noch nicht auf den gedanken gekommen sind, jeden schießprügel, angefangen von der maschinenpistole über die hand-raketenwerfer, mörser, bis zur schweren haubitze, ja, jeder rakete, einen aktiven RFID- chip einzubauen. Und zwar an der empfindlichsten stelle des schießgeräts, an der ladekammer, dem geschützverschluss, im werferrohr der panzerfaust, beispielsweise. Damit bei einem passenden funksignal – von den hunderten im orbit befindlichen satelliten abgestrahlt – die wummen den F a l s c h e n bedienern um die ohren fliegen und somit unbrauchbar werden. Wenn dabei die »falschen benutzer« ebenfalls »unbrauchbar« werden ist das auch kein großer schaden. – Man könnte dies sogar politisch wasserdicht machen, indem man einen »Pacht- und Leihvertrag«, ähnlich wie weiland 1941 die USA mit der damaligen Sowjetunion, abschließt, dass der »Verpächter« das recht hat, bei nicht vertraggerechtem gebrauch das pachtobjekt zu zerstören … Hierbei am rande: Stellt Euch vor, wie dankbar der u. s. präsident n a c h 19 4 5 gewesen wäre, wenn er schon diese technik nach erlass des »Leih-und Pachtgesetzes« von 1941 hätte anwenden können, als der linksfaschist S t a l i n begann, nach der gemeinschaftlichen niederwerfung des »Dritten Reich« ganz Osteuropa unter die panzerketten zu nehmen. Denk mal nach …

Alle wundern sich, dass trotz der erwärmung der Erde, des abschmelzens des meer-, polar- und gletschereises der meeresspiegel sich nicht e r s i c h t l i c h hebt. Nun, hebt Ihr mal Euren kopf und schaut in die luft. Seht Ihr da was, etwa wolken? Eben. – Habt Ihr schon mal das wort »S t a r k regen« gehört? Wenn ja, dann wisst Ihr nun, wo sich das »fehlende abtauwasser« der verschwundenen eisberge, des treibeises, der gletscher unserer hochgebirge befindet.

Mittwoch, 8. Oktober 2014

Ausgerechnet meister M. C h o d o r o w s k i, immer noch gewaltiger russischer tycoon, warnt im www vor dem ausbluten des russischen staates. Ausgerechnet der …

Was haben gewisse leute gegen B. a l – A s s a d? Muss man seine behauptungen, Syrien werde von »fremden Mächten« angegriffen im angesicht der furchtbaren tatsachen nun doch relativieren, und dies von anfang an? Woher kommen die gebetsmühlenartigen aussagen, B. al-Assad würde sein »eigenes Volk bombardieren«? Ist uns diese phrase nicht allzu bekannt – fast mit demselben wortlaut – von dem debakel in der Ukraine?

Bei der lobhudelei über den gigantischen stromspareffekt bei den LED-lampen im www ein auszug aus einer technischen beschreibung derselben: »LED s werden über einen Trafo betrieben. Durch den Umstieg von Halogen auf LED kann die M i n d e s t leistung des Trafos u n t e r schritten werden. Dadurch können die LED s geschädigt werden.« Soll wohl heißen: Beim betrieb mit LED s muss der trafo eine h ö h e r e M i n d e s t leistung haben! Übrigens: eine ableitung des Ohmschen Gesetzes lautet: P= U mal I (P=Leistung; U=Spannung; I=Strom). Zum nachdenken: Was fällt beim betrieb eines trafos, gewissermaßen, als »Abfall« ab? Leistung (P), als w ä r m e! – Und was fällt bei der schaltung für 3 ı 1 dioden (rot, grün, gelb) + (blau) ebenfalls an? Richtig, auch »ab«wärme. Und dies für e i n licht (weiß). Schön, dass es die »überirdische« technologie geschafft hat, die »a b«wärme bei den LEDs in sichtbares l i c h t umzuwandeln ... Ironie aus. -

Das wichtigste gesetz, welches Europa-Brüssel so schnell wie nur möglich verabschieden müsste, wäre ein ausschließungsgesetz für landesteile von Euro-staaten, die sich a la Ukraine, wie Schottland, Katalonien, Baskenland, Flandern, vom mutterland separieren wollen. In dem gesetz muss festgelegt werden, dass dieser neu entstandene staat mit dem dazu gehörigen grenzregiment belegt wird, und auf k e i n e n fall jemals als selbstständiger staat in die gemeinschaft der europäischen völker aufgenommen wird. Es sei denn, dieser landesteil kehrt in sein ursächliches mutterland, mit dem status quo ante zurück.

Ein »Unrechtsstaat« ist auf jeden fall ein staat, der auf gefälschten wahlen beruht. Wie zum beispiel bei einigen »sozialistischen Ländern« aus der vergangenheit und auch noch der g e g e n w a r t, wo die wahlbeteiligung schon mal 1 0 3 % betrug. – Das »Dritte Reich« war diesbezüglich dieser interpretation k e i n unrechtsstaat ... .

Die beiden grundgesetze zur meinungsbildung in einem kollektiv:

a): Einer kollektiven meinungsbildung geht i m m e r eine individualmeinung voraus.

b): Diese individualmeinung wird zwar durch das übernehmende kollektiv zu einer allgemeinsache gemacht, und vielleicht dadurch durchaus veredelt; bleibt aber im grunde und in der ursache eine einzelmeinung.

Haben sich die schöpfer des namens einer überwachungsfirma überhaupt einmal gedanken über die anrüchigkeit des von ihnen kreierten namen gemacht? Wobei der große sammelbegriff »Europa« in dem namen ‚ Europa Home care‘ wenig negatives anklingen lässt. Aber »Home care«! Wenn man diese wörter etwas vernuschelt auf deutsch ausspricht, kommt ein sauberes, anklingendes gedachtes »Heimkehr« heraus. Und dies im zusammenhang mit geflohenen menschen, die in asylantenunterkünften hausen und warten, warten, warten ...

Schon lange zeit beschäftigt sich der berichterstatter von DIE STEINZEIT-ung® mit der definition des inflationistisch benutzten begriffs der »Sozialen Gerechtigkeit«. Nun, in diesen tagen ergab sich durch äußerungen des Hongkonger regierungsschefs ein moment der erhellung. Dieser mensch erklärte, die unruhen, die belagerung und sperrung von wichtigen plätzen und straßen in der stadt müssten im sinne der »Sozialen O r d n u n g« bis zum montagmorgen b e e n d e t werden. Und wenn nicht, dann setzt es was … Aha! -

Ein junger türkischer I S- Sympathisant, der mit seinen eltern schon lange jahre in Deutschland lebt, möchte gern in den krieg ziehen; in den unsäglichen religionskrieg zur bildung eines »Islamischen Staats«. Mein Gott!- Reicht es denn nicht, wenn wir schon sowieso eine »Islamische Republik« haben? Wobei diese beiden wörter mit einer offensichtlichen täuschung behaftet sind, denn »Republik« und »Islam« sind derart reine a n t a g o n i s m e n , die sich wie »Feuer« und »Wasser« geben. – Dieser junge mann äußert sich öffentlich und ohne scheu über seine familie, dass er diese auch o h n e gewissensbisse t ö t e n würde, wenn sie sich gegen den glauben vergingen.- Oh, ha, junger krieger! Hiermit hast du einen ersten schweren taktischen fehler gemacht. Bedenke: In deinem kulturkreis gibt es das »Recht«, dass junge mädchenblüten, beispielsweise, die gerade freigebig ihren betörenden duft an die gesamte welt spenden möchten, auf grausamste weise gemeuchelt und getötet werden … Und zwar aufgrund eines ungeschriebenen gesetzes der »Blutrache« , die die tötung eines schuldigen an einer »Familienschande« erlaubt. Junger, krieger. Wie würdest d u die beschimpfung deiner familie, ja, deiner e l t e r n nennen? Na, wie fühlt es sich an, nun als vogelfrei zu gelten? Wir raten dir: Schiet innen wind, du kannst nun in den krieg ziehen; hie und dort droht dir der tod.

In einem Bergischen Landkreis, dessen alleinstellungsmerkmal (ein wortheuler aus der »Koof mich«- branche) der fundort eines frühen menschen ist, hat sich eine künstlervereinigung einen neuen namen gegeben, der eine feste verbindung zum alleinstellungsmerkmal des kreises enthält. Der alte name – dem chronisten ist er entfallen – muss wohl keine zugkraft gehabt haben, denn in der öffentlichkeit – also über den landkreis hinaus – ist noch n i e etwas über ein werk der avantgarde der künstler herausgedrungen, wie beispielsweise bei Jeff Koons »Balloon Dog« für 43 Mill.$. In diesen kreis-künstlerkreis werden natürlich nur leute aufgenommen, die diesbezüglich eine akademie besuchen, bzw. besucht haben. Autodidakten mit privatunterricht wird nur der erlauchte zutritt gestattet, wenn diese mindestens drei einzelausstellungen – natürlich auf »privat« kosten – abgehalten haben. Denn es ist ja nicht einzusehen, dass diese individuen auch noch ihren rüssel in öffentliche tröge hängen. Na, dann frohes schaffen …

Sonntag, 19. Oktober 2014

Am 19. oktober 2007 veröffentlichte DIE STEINZEIT-ung® den weiter unten stehenden blog über den bereits damals stattgefundenen streik der lokführer. Nach gründlichem durchlesen dieses beitrags fällt es dem berichterstatter leicht, diesen artikel heute – 2014 – nochmals zu veröffentlichen, ohne dass auch nur e i n tüpfelchen auf dem »i« (jota) geändert werden muss. Natürlich außer den hierbei gefundenen fehlern in der ur-schrift … Nur meine prognose, dass spätestens bis zum jahre 2014 der automatisierte bahnverkehr einzug gehalten habe, hat sich (noch!) nicht bestätigt. Aber das ist ein anderes thema. -

< DIESTEINZEIT-ung hinterfragt die behauptung einer kleinen berufsgruppe, ihre tätigkeit sei durchaus mit der eines piloten für zivilflugzeuge zu vergleichen. Es geht hier um einen beruf, bei dem das führen von zugmaschinen mittels dampf, elektrizität, Diesel getätigt wird. Diese zugmaschinen und deren nachgeführte last in form von waggons laufen ausschließlich auf gleisen aus stahl. Die zugmaschinen laufen immer auf dem von den gleisen vorgegebenen weg. Nie gibt es eine abweichung von der laufrichtung, es sei gewollt durch weichen, oder, ungewollt, durch eine entgleisung. Der flugzeug-, kraftwagen-, schiffsführer steuert sein fahrzeug voll verantwortlich selbst (autonom), und könnte das fahrzeug, wenn er wollte, ins verderben steuern. Dies gelänge dem zugmaschinenführer nie. – Also ist die forderung der lokführer – nennen wir sie beim namen – abwegig, wie ein flugkapitän behandelt und besoldet zu werden. Auch trägt der lokführer keine »besondere« verantwortung beim transport über die gleise; diese verantwortung trägt der F a h r d i e n s t l e i t e r, der die weichen und signale auf dem stellwerk stellt. Und wenn der lokführer sich einem haltesignal nähert, dann kann er noch soviel »gas« geben, spätestens nach achthundert meter hat ihn die automatische fahrregelung – früher: Indusi – ausgebremst. Ferner muss der lokführer alle paar minuten ein kleines hebelchen bedienen. Wenn er das nicht tut, wegen pennen, ohnmächtig, oder gar tot sein, dann hält seine lok automatisch an. Und bei einem echten schweren unfall, zusammenstoß, würde der lokführer, falls er mit dem leben davon kommen sollte, als letzter von der justiz belangt. Denn der diensthabende fahrdienstleiter (weichen-, signalsteller) wird dann von den jurokraten an die hammelbeine gepackt. Wem stände also der mehrlohn nebst entsprechendem status zu? – Und schichtarbeit machen schließlich a l l e, und alle bekommen dafür zulagen. Die lokführer sollen gut aufpassen mit ihren streiks in den kommenden tagen, damit ihnen nicht das jackstück voll gehauen wird! Denn langsam haben die fahrgäste, die bahnkunden, die schnauze voll …. Ein ganz anderer aspekt, und eine kleine entschuldigung für die lokführer wäre, wenn sie sich zur speerspitze der gegner der privatisierung der bahn zu erkennen gäben. Denn das wäre in der tat ein anderes

thema. -Eigentlich sollte die bahn nicht privatisiert werden. Denn es ist ein märchen, dass n a c h der privatisierung der service (konkurrenz, billiger)wird. Das gegenteil ist der fall, denn die neuen bahneigner haben nur interesse an gewinn. Das befinden des kunden ist ihnen insofern egal; hauptsache der kunde zahlt. Ein grundfehler der modernen staaten ist, die infrastruktur zu privatisieren. Was in dutzenden von Jahren von millionen menschen geschaffen, aufgebaut wurde, wird gewissermaßen dieser gesellschaft entwendet, und privatleuten übergeben. Natürlich fürn appel un en ei, so dass der privatier den großen reibach macht. Warten wir also darauf, das die straßen, die wasserwege, die luft zum atmen privatisiert werden. Dann wird wohl alles, alles besser … Treppenwitz zu dem derzeitigen lokführerstreik: Wenn die Bahn AG in diesem arbeitskampf zwei jahre zeit gehabt hätte, dann hätte sie bestimmt den automatischen zug – ohne lokführer – kreieren können. Unabhängig davon ist der lokführer-beruf – früher der traumberuf kleiner jungen – obsolet -; die technik wird es schon richten.

Zum abschluss noch ein kleines schmankerl:

Puff, puff, puff, puff Eisenbahn.
Wer will mit uns zur Hölle fahr'n.
»Ich nicht, ich nicht, Herr Kondukteur.
Fahr zu. Fahr zu. A la bon' heure!«

Montag, 17. November 2014

»Es gibt kein endgültiges Wissen …« Eine grandiose ansage, der jeder wissenschaftler nur zustimmen kann. Dennoch werden einige »Wissenschaftler« – die theologen – sehr große probleme mit diesem postulat bekommen. Warum wohl? -

Du solltest die altersflecken an deinem handrücken nicht bekämpfen, sondern als das akzeptieren, was sie sind: Die zeichen des – höchst natürlichen – verfalls. Die zeitspanne, bis du dies akzeptiert hast, kann die länge deines zu erwartenden lebens, welches dir noch zur verfügung steht, bestimmen.

Das medium für die zweieinigkeit rechts und links ist der raum; für jung und alt die zeit; für oben und unten die gravitation. Eine stimme aus dem publikum: »Welches medium gehört zur zweieinigkeit gut und böse?«

Stimme aus dem off: »Du selbst.«

Nun haben die Iraner in der person von Reyhaneh Jabbari auch eine märtyrerin neuerer art wie die katholische kirche in der Heiligen Maria Goretti besitzt. Diese starb, weil sie ihre tugend nicht preis gab, und lieber unter den mörderischen messerstichen, die ihr der vergewaltiger zufügte, sterben wollte.- Die junge Iranerin brachte einen mann mit messerstichen um, der – nach ihren eigenen angaben – bereit war, ihr gewalt anzutun. Besonderes pech für die frau: Ihr mutmaßlicher vergewaltiger war mitglied des iranischen geheimdienstes, der wohl die junge frau abschöpfen sollte. – Die frau wurde zum tode verurteilt und durch erhängen exekutiert.

»Nicht muslimisches Handeln« sei, was die muslimischen körperschaften in Deutschland einem syrischen flüchtling antäten; ganz im gegensatz zu den hier in Deutschland lebenden c h r i s t e n, die j e d e m – auch einem muslim – helfen, so der deliquent. So ist es: Das »muslimische Handeln« hat sehr viel mit dem religiösen verständnis (»Glaubens«-gemeinschaft, auch gegen »Andersgläubige«), aber sehr, sehr wenig mit der christlichen »Nächstenliebe« zu tun.

Es ist mehr als bezeichnend, wenn bei der Ukraine-wahl politiker sich darüber freuen, dass » … diese bolschewistische Kremlpartei … « – sie meinen die kommunisten – nicht mehr in der ukrainischen Rada platz gefunden hat.

Möglich, dass die demenz, oder der gedankenverlust, eigentlich von massiven kreislaufstörungen (Vorhofflimmern) ausgelöst wird. Und zwar auch von den nicht wahrnehmbaren herzbeschwerden. Dies hätte dann wenig mit dem »Verkalken« (»Plaque«) des gehirns zu tun, sondern wahrscheinlich mit tatsächlich wegen durchblutungsmangel abgestorbenen gehirnzellen. Den medizinern käme dieser wohlfeile irrtum sehr zupass; denn sowenig, wie die demenz zur zeit medizinisch behandelt werden kann, sowenig haben die heiler die herzrhythmusstörungen im griff.

Die besondere affinität von Rußland zu Frankreich in politischen dingen zum ende des 19. jahrhunderts hatte gewiss auch etwas mit dem aufkommen des Impressionismus zu tun. Einige russische großbauern (Kulak) und, insbesondere, viele großgrundbesitzer kannten das Pariser treiben der dortigen »Boheme« von ihren zahlreichen »Urlaubs«aufenthalten dortselbst, und sie kannten die »scene«. Zahlreiche bilder der französischen impressionisten fanden so den weg nach Rußland in so manches bombastische palais manches großrussen, und zeigte dort in den prunksälen, dass der eigentümer »Kultur« hat.

Bei einem treffen mit jungen historikern in Moskau hat der russische präsident Wladimir Putin den Molotow-Ribbentrop-Pakt von 1939 verteidigt. Die Sowjetunion habe damals zeit gebraucht, um ihre armee zu modernisieren und deshalb einen nichtangriffspakt mit Deutschland unterzeichnet. « Ist es so schlimm, dass die Sowjetunion nicht kämpfen wollte?» fragte er rhetorisch (aus der NZZ vom 07.11.2014). Kommentar: » ... Die Sowjetunion habe damals Zeit gebraucht, um Ihre Armee zu modernisieren ... » (weiter gedacht, natürlich F i k t i v: » ... ,um danach das nationalsozialistische Deutschland zu erledigen?«) Welch ein ungeheuerlicher gedanke! Hat also das »Dritte Reich« damals doch einen »präventivkrieg« geführt , wie es auch streng urteilende historiker heute immer öfters hinterfragen?

Materie: Bist du wirklich so blöde, und kannst nur tausende lichtjahre umfassende, kreiselnde systeme erschaffen, die wiederum eigene, sich um sich selbst drehende gebilde erzeugen, die nichts anderes können als zu leuchten, entstehen und vergehen, und sich mit dem gesamten haufen mit großer geschwindigkeit im raum nach nirgwana zu bewegen?

Einige kommentatoren meinen, wir Deutschen sollten uns nicht so künstlich über den lokführerstreik aufregen. In Italien und in Frankreich, beispielsweise, würde ungleich viel mehr gestreikt, und dass wir in Deutschland am ende der streikliste lägen. Eben. Und deswegen erwartet auch ganz Europa, dass Deutschland für alle wirtschaftlichen verluste in Europa aufkommen soll. Es sind bis zu 50 millia r - d e n im gespräch ...

Welch ein unsinn! Rußland beschwert sich über nicht eingehaltene »Versprechungen« des »Westens« nach der wiedervereinigung mit der DDR. Und zwar auch über ein versprechen, mit der militärgrenze der NATO nicht zu nahe an das »Kern«gebiet Rußlands vorzurücken. Ist auch darüber gesprochen worden, was denn alles der »Warschauer Pakt« – der ja noch bis juli 1991 existierte – mit den anrainerstaaten des hegemons Moskau alles hätte machen können – und auch mit den ehemaligen mittelasiatischen, und anderen ehemaligen sowjetrepubliken tatsächlich gemacht hat? Ist nicht die »Westgruppe der Truppen« der ehemaligen Roten Armee erst 1994 aus dem gebiet der ehemaligen DDR abgezogen worden? Oder haben wir das alles nur geträumt?- Jedenfalls war Osteuropa froh, den kommunistischen militärstiefel nicht mehr im nacken spüren zu müssen.

Toleranz. Ein großes wort, eine noch größere interpretationsvarianz., bis zur unduldsamkeit. Frage mal einen d r e h e r (eine art schlosser im metallbereich), wie e r toleranz interpretiert. Er würde sagen: Toleranz ist für mich a b s t a n d. Denn wenn die dinge, die ich auf meiner drehbank herstelle, an den entscheidenden stellen keinen abstand haben, dreht sich nix mehr …

Wegen des rückgangs der g e i e r population in Indien müssen die menschen dortselbst auf die viel teurere und umweltschädliche beseitigung der irdischen überreste ihrer verstorbenen, der leichenv e r b r e n n u n g, zurückgreifen.

Waldzustandsbericht 2014. Wenn zum beweis des zustands des waldes ein in h e r b s tliches licht getauchter l ä r c h e n wald gezeigt wird, um einen eventuellen waldschaden zu dokumentieren, dann ist da irgendwie, irgendwo der holzwurm auf dem holzweg. Einerseits.- Andererseits ist seit der bundeswaldinventur des Bundesministeriums für Ernährung und Landwirtschaft laut pressenotiz vom 08. oktober 2014 im durchschnitt ein waldbaum in Deutschland 77 jahre alt. Was sagt uns das im hinblick a) auf den jetzigen zustand des waldes, und b) auf den wahrheitsgehalt der reden von umweltpolitikern, deren saturierung mitsamt ihrer partei in großem maße damit gelungen ist, das »Waldsterben« zu propagieren? Denn wenn es zu jener zeit wirklich so schlimm mit dem waldsterben gewesen wäre, gäbe es heute a) fast keine waldbäume mehr, die 77 jahre alt sind, und b) die umweltpartei sollte sich bis ins tiefste waldesgrün schämen, weil sie offensichtlich durch falsche propaganda ins »geschäft« (Politik) gekommen ist.

Dienstag, 30. Dezember 2014

H i r n z w i n g e n 2 0 1 4 – 1 2

Zwischen den Jahren

Beweis für faschistische denkweise: Wenn nach einer misslungenen handlung, einer aktion, ob strafrechtlicher, auch juristisch grenzwertiger, der »Führer« unter allen umständen g e s c h ü t z t werden m u s s, oder auch geschützt wird, und man statt dessen als »Bauernopfer« eine niedere charge die »Schuld« auf sich nehmen muss, kommt dies wohl eher aus einer faschistoiden vereinigung. Übrigens: Das schicksal C e a u s e s c u s ist kein gegenbeweis für diese these. Ceausescu war das wahre »Bauernopfer« für den »Führer«, nämlich »die Partei« (hier die kommunistische); in echter analogie zur eifrig geschwenkten Mao-bibel.

Die Marxisten sind sehr international. Das erkennt man besonders daran, wenn sie auf internationalen kundgebungen mit inbrunst die »Internationale« singen. Nur: Warum bringen es die d e u t s c h e n »Linken« nicht fertig, ihre schwestern und brüder in der kommunistischen internationale derart zu beschwichtigen, dass nicht immer und immer wieder deutschfeindliche dumpfbacken – besonders im südlichen Europa – für a l l e s, was je in Europa schiefgelaufen ist und auch weiterhin läuft, die D e u t s c h e n dafür verantwortlich zu machen?-

»Europäische Patrioten«? So geht das nicht, dieser eher verzweifelte versuch halbwegs bürgerlicher landsleute, im politischen koordinatensystem einen platz zu finden. Einen erdteil (Kontinent) aus vielen nationalstaaten zu einem politisch funktionierenden s u p e r staat (gewissermaßen superstaat hoch zwei) umzufunktionieren, wird wohl – zumindest auf längere zeit – utopie bleiben. Der zerfall der Sowjetunion ist ein warnendes beispiel; die todeszuckungen dieses gebildes gefährden bis in unsere zeit den w e l t frieden.- Und dann sind da a u c h noch die U S A …

Wusstet Ihr schon, oder habt Ihr es etwa selbst schon gemerkt: Apple will Euch veräppeln. -

Ein schönes beispiel, warum es ohne »Relativierung« n i c h t geht: »Die sonne ist untergegangen«, so wettermelder am abend. Einspruch! -Wo, und wann ist die Sonne untergegangen? Hinter dem Morgenmuffel-Massiv, so gegen 17:36 uhr? Oder um 17:48 uhr hinter der kimm der Feierabendsee? -

Frage, was die »Mehrheit« ist; rechts, links, oder etwa die »Mitte«? Welch eine unnütze frage! Natürlich nimmt die mitte – bezogen auf das quantum – immer den größten sektor ein.

Suche nach einem überdeckenden begriff für den rechten u n d linken faschismus: R e l i – faschismus? – Jawohl, gar nicht so schlecht! Wobei hier noch ein sektor abgedeckt wird für eine erscheinung, die wir von der schule für »Reli« (Religionsunterricht) her kennen. Übrigens: Die bezeichnung »Nazi«– einschließlich des »Neonazi« – müsste eigentlich»N a t- s o z«, (ggfls »Neonatsoz«, eben N a tinonal s o z ialist) heißen.

Dem berichterstatter von DIE STEINZEIT-ung® ist in den medien ein besonders kurioses beispiel über den genderismus (Gedöns um die eigentlich beiden e i n z i g e n geschlechter mann und frau) aufgefallen, und hält es wert, erwähnt zu werden. – In einer radiosendung gab es ein interview mit einer ärztin. Diese beklagte sich darüber, dass die medikamente, die die pharmazie entwickelt eigentlich nur bei m ä n n e r n ihre volle und richtige wirkung entwickeln. Das läge zum beispiel auch daran, dass bei den voraus- gegangenen t i e r v e r s u c h e n in der regel nur männliche tiere herangezogen würden. Da auch bei den tieren ein unterschiedlicher stoffwechsel zwischen männlichen und weiblichen individuen stattfindet, gibt es bei dem endprodukt, dem medikament, eine mißmedikation bei frauen. Als konsequenz daraus sehe sie die notwendigkeit, bei tierversuchen auch weibliche tiere heranzuziehen. Dem berichterstatter von DIE STEINZEIT-ung® war, als wenn er das herunterklappen der kinnlade des reporters über die welle gehört hätte.- Interpretationsversuch: Frauen fühlen sich in der medizin benachteiligt, nehmen billigend in kauf, dass bei tierversuchen in der zukunft die d o p p e l t e anzahl an tieren krepieren. Und dabei haben frauen im gegensatz zu den männern eine um 7 (in worten: Sieben) jahre im durchschnitt l ä n g e r e lebenserwartung.

Auch schon vor Emilio G e n t i l e, dem italienischen politikwissenschaftler und historiker, befassten sich bereits politologen, philosophen und andere interessierte damit, ein indiz für den zusammenhang zwischen rechts und links, sozialistisch und bürgerlich kapitalistisch im hinblick auf faschismus zu finden. Denn den wirkmechanismen dieser beiden kategorien entspringen folgen, die in der zerstörungskraft fast identisch sind. Man fand einen kitt, der als nebenprodukt aus der Französischen Revolution hervorging: Es ist der nationalismus. Dieses kennzeichen konnte man schon sehr deutlich bei beiden antagonisten erkennen, und es zeichnete sich eine verbindungslinie ab. Doch erst bei dem verzweifelten kampf Europas um »Sein oder Nichtsein« in unserer zeit funkelt aus dem konglomerat der geschichte ein böser, klirrender nickelglanz hervor: Der faschismus. – Wie das, werden sie fragen: Der faschismus ist doch i m m e r und immer das attribut der rechten? Der berichterstatter von DIE STEINZEIT-ung® hat eine etwas andere sicht auf diese dinge. Als gemeinsamer marker haben beide seiten in ihrer erhaltenden substanz einen gleichartigen stoff, und zwar ist es der H a s s auf ein geeintes und s t a r k e s Europa. Die bewohner einiger europäischer nationalstaaten denken – trotz brutalster, existenzbedrohender kriege gegeneinander in der vergangenheit – an eine – eigene? – führernation, unter derer prämisse der kontinent ticken soll, und zwar in der rechtsfaschistischen tonlage. Die anderen, das »sozialistische Lager« setzten im gegensatz zu den rechtsfaschisten nicht auf einen leiblichen »Führer«, sondern auf eine ideologie, den sozialismus. Und dies ist auch so eine »deutsche« erfindung, von einem philosophen, der zum ersten mal dem kind einen namen gab, und es »Kommunismus« nannte. Im laufe der zeit entwand sich der begriff »Sozialismus« seiner immateriellen form, und wurde ebenfalls fleisch. Dies generierte zu typen wie Stalin, Mao, Pol Pot, Kim Jong-Un, u.s.w, u.s.w. Einem von der anderen feldpostnummer gelang es gar als »Führer«, die gegenstreitenden im geiste zusammenzuführen, und nannte sich »nationalsozialistisch«. Und dies war der mann aus Braunau, der das gemeinsame element in dem spektrum von rechts und links glasklar herausarbeitete, mit dem ordnungszeichen FASC= Faschismus, und die beiden isotope Nat, Soz gleich mitlieferte. Die summenformel lautet: Nat plus Soz= FASC. Wobei bei anwendung der Wahrheitsformel der nachweis von faschismus ebenfalls über die glieder Nat plus null= FASC, und Soz plus null= FASC gelingt. Punkt um …

Wie wäre es, wenn man den verlogensten schwur aller menschlicher zeiten »Ich liebe Dich!« in » I C H l e b e dich !« umwandeln würde.

Nordkoreas wahrer kommunistische volkskönig Kim Jong-Un war ungehalten über die zustimmung Obamas zu einer filmischen Hollywood-klamotte, der die ermordung gerade dieses nordkoreanischen »Volkskönigs« persiflierte. Die Koreaner schimpften über den afro-amerikanischen präsidenten, und es fiel das böse wort von einem »Affen im Tropenwald«. Nun warten die textherausgeber von DIE STEINZEIT-ung® gespannt auf dutzenden demonstrationen in der Bundesrepublik, durchgeführt von den linksgerichteten parteien und interessengruppen aller »Gutmenschen« über diese ungeheuerliche R a s s e n diskriminierung gegenüber einem F a r b i g e n …

Vorschlag aus den reihen der SPD: Zukünftige wahlen sollten über einen größeren zeitraum verteilt werden. Gut gedacht; doch nix gebracht- ; denn die, die die kommunikationsmittel besitzen, und/oder die macht über deren verteilung haben, werden diese steilvorlage nutzen. Sie werden durch gezielte kampagnen auch i h r e chancen sichern wollen. Dasselbe gilt für die idee, das wahlalter auf 16 jahre herabzusetzen, und die wahlen auch im Internet stattfinden zu lassen. Die daddelgeneration wartet geradezu schon auf kommende vergünstigungen und verführungen im WWW, die ihnen die herren über transis-, resis-, konduk-, semikonduk- und kondensatoren gewähren. Und diese herren (und damen) sind eher parteigänger der bürgerlichen parteien.

Moskau erklärt in einer neuen militärdoktrin die NATO u. a. als »Feind«. Allen pazifisten in der welt, und besonders denen in einem mitteleuropäischen land sei empfohlen, diese kernaussage – die an sich schon eine »Kriegs«erklärung ist – nochmal zu lesen, und nach möglichkeit auswendig zu lernen. Damit nachher, nach dem »Großen Knall«, nicht wieder einmal die falschen schuldigen malträtiert werden. Denn es waren sowjet-russische truppen, der »Große Sozialistische Bruder«, welche im dezember 1979 in die damalige »Volksrepublik Afghanistan« auf »Bitten« des damaligen präsidenten Afghanistans einmarschierten, und dortselbst mitten in ein hornissennest hinein »gepatschtunt« sind, und s o m i t den weltweiten krawall mit den moslems ausgelöst haben. – Sehen Sie eine ähnlichkeit zu der aktuellen Krimkrise? …

Ein Neues Jahr 2015 wird es geben; ob es »froh« wird darf bezweifelt werden.

Mittwoch, 4. Februar 2015

Der 51. Staat

Dem berichterstatter von DIE STEINZEIT-ung® wäre es selbst im traum niemals eingefallen, dass seine negativen aussichten zum ausklang des jahres 2014 in seinem blog von dienstag, 30. dez. 2014 in so brutaler weise durch die realität des jahresanfangs von 20 1 5 übertroffen wurden. – Nun wissen wir, was uns 2015 bevorsteht; es wird jedenfalls ein jahr der entscheidungen werden. Für Deutschland wird nicht so sehr der islamfaschismus die hauptgefahr bilden; es werden die zur zeit noch tröpfelnden reparationsforderungen des griechischen staates sein, welcher seine volkswirtschaft mit schmackes an die wand gefahren hat. Manchmal erscheint es so, als wenn diese menschen das mit absicht getan hätten, im hinterkopf ein gedanke an einen großen, übergroßen schuldner, den man nach belieben und bedarf in die pflicht nehmen kann. Für immer ... So wird das wohl nichts mehr mit Europa werden, denn wenn einer der hauptstützpfeiler des europäischen hauses wegbrechen sollte, dann ist schluss mit lustig europaleben. Und es scheint, als wenn in Europa viele darauf lauern, ebenfalls hand an diesen stützpfeiler zu legen und sprengstoff sammeln – es ist immer noch der von vor über 100 jahren, und immer noch höchst brisant! –, um ihn an den stützpfeiler anzuschlagen. -Was soll dann aus Deutschland werden, ein land zu groß um zerschreddert zu werden, aber auch zu klein, um globale aufgaben zu übernehmen? Seit beginn des todeslaufs in der Ukraine ist in Rußland der einzige mögliche partner, oder auch g e g e npart Deutschlands im weltgefüge abhanden gekommen.- Die beiden kleineren staaten Groß (oder doch eher k l e i n)-Britannien und Frankreich kommen mit ihrer ehemaligen kolonialen größe zurecht, und haben alle hände voll zu tun mit den migranten aus ihren ehemaligen kolonien, die ins »Mutterland« (im sinne von nähren) einwandern. Selbst der andere mittelgroße staat, Italien, wundert sich immer noch, dass soviele menschen aus dem nördlichen Afrika den weg über das Mittelmeer gerade nach Lampedusa suchen. Kommt dieses erstaunen etwa daher, dass die Italiener etwa die bezeichnungen Somalia, Libyen, Äthiopien(Abessinien) in ihrem geschichtskanon, einschließlich der 30 er jahre dvgjhds, aus ihrem gedächtnis gelöscht haben? ... Das nächst größere land Spanien sollte fest in Europa verankert sein; trägt doch in der Neuen Welt ein halber kontinent seine kultur. Das einzige land im osten Europas, um das es schade wäre, wenn es unter den einfluss des altwarägischen, orthodoxen männerzirkus geraten würde wäre das urkatholische Polen. Eigentlich böte sich die vereinigung von Polen und Deutschland an, denn in Osteuropa gibt es keinen staat, der soviel schnittmenge an geschichte mit Deutschland hat wie Polen. Und wenn dann, nach der neuordnung Europas – ob im frieden oder im unfrieden – sich herausstellt, dass an dem sockel der neu entstandenen sozietät Germansky-Polska erneut die neofaschistisch-bolschewistische rote flut nagt, dann könnte es eine weltbewegende, und doch wahrscheinliche neuerung geben: Die bitte an die Vereinigten Staaten von Amerika (USA), dass Germansky-Polska als 51. Staat in die union aufgenommen wird. Wenn die amerikaner dies akzeptieren sollten, hätten sie somit den wichtigsten stützpunkt der welt, im rücken die (westlichen, nördlichen) Europäer, den blick auf das neue rotfaschistische reich gewandt, welches gerade die NATO als seinen »Feind« bezeichnet hatte.- Und der blick reicht sogar zum süden hin bis Afrika. Und genau dies wäre der erforderliche sperrriegel gegen die neue Völkerwanderung, wenn milliarden asiatische menschen nach norden in das auftauende Sibirien drängen, und h o f f e n t l i c h am Ural halt machen. -

Bürgerliche moral. Spreche n i e von einem rumänischen, arabischen, afrikanischen, Szinti-und/oder Roma- täter! Halte immer im hinterkopf die möglichkeit eines

NatSoz (Nazi)täters für überaus wahrscheinlicher. Aber nutze eifrig das aushängeschild »meine israelische Frau«, oder »meine Frau aus dem Benin«, oder »meine thailändische Frau« in Deiner wahrsprechkonversation.

Der niedrige ölpreis dämpft zur zeit die brutalen aktionen der islamfaschisten. Sie erhalten weniger geld beim verscherbeln des kostbaren stoffs auf dem weltmarkt. Hat da jemand dran gedreht? -

Besser, u n s e r e hochschulabsolventen gingen in »fremde Länder«, und bildeten dort die bevölkerung aus, um somit diesen staat zu modernisieren. Und n i c h t, dass dessen hochschulabsolventen zu u n s (Asyl, flucht, zuwanderung) kommen, und zusätzlich mit unseren hochschulabgängern bei uns um arbeitsplätze konkurrieren.

Nicht ungewöhnlich, wenn sich zu diesen zeiten in Griechenland, beispielsweise, rechts-und linksradikale (natsoz und kommunisten) zu einer regierung zusammenschließen. Wächst doch derlei gestrüpp auf einem holze: Dem faschismus …

Das werk »Die satanischen Verse« von Salman Rushdi erscheint eher als ein auszug aus einem kinderbuch gegenüber den taten der jungen »Krieger« des faschistischen »IS«. Den autor von »Die satanischen Verse« haben islamische schriftgelehrte für vogelfrei erklärt und zum abschuß freigegeben. Hat man jemals schon etwas von einer fatwa der islamistischen schriftgelehrten gegen die galgenvögel vom islamistischen staat gehört?

Dem berichterstatter von DIE STEINZEIT-ung® ist ein gedicht in erinnerung, welches sehr gut die gefahren, die in dem text »Der 51. Staat« Deutschland drohen, schildert. Dieser gedichttext ist über 30 jahre alt. -

H e r b s t 1918
Eine Trilogie
Die Situation
Die Dohlen kreisen am Turm,
der – durch den Regen gedämpft –
vier Glockenschläge über die Stadt
durch seine Schallöcher rollen läßt.
Der Klang dringt ein in die Gassen,
wo lehmverschmierte Stiefel
ihn lautstark zertreten;
doch gleichwohl in Ordnung
sich weiterbewegen die Stadt

hinein und hinaus – stundenlang.
Von Flucht ist nicht die Rede.
Das Heer zieht sich zurück,
besiegt ins besiegte Land.
Und Millionen Toten,
die hinter ihm liegen,
werden Millionen folgen.

Das Volk
Hohläugig stampfen Soldaten dahin.
Kein Blumengruß, keine Musik.
Den wenigen Menschen am Straßenrand
erstickt der Jubel im Halse.
Die Welt ist entzwei, der Kaiser geflohn.
Der Kaiser? – Das war nur ein Mensch,
für den ihr sinnlos geblutet.
Die Farbe eures Gewandes ist grau.
Doch grau ist die Farbe des Alters,
an dem junge Herzen zerbrechen.

Die Nation
Schon tausend Jahre führst du die Rolle
im Stegreifspiel der Geschichte.
Dein Spiel auf der Bühne der Welt war
nicht schlecht.
Doch Stichworte brachen dein Kreuz,
weil diese sich ständig weiterspannen
zum Netze, in das dich Souffleur
und andere Mitspieler schlangen,
zum Schwanengesange verführten.
Die Zeit ist nun um, und du bist reif. –
Sieh zu, daß dein Abgang – der
mit Trommelwirbel und Paukengedröhn
zum großen Finale strebt –
nicht mit riesigem Donnerschlag endet. –

(Fundstelle: »Ihr seid ja alle Prokrustes!«, seite 98, ISBN 978-3-8334-7375-3 von Bernd (bejot) Jacobs, in der reihe »NeoLit aus dem Neanderthal®«, erschienen 2008 bei Books on Demand GmbH, Norderstedt)

Freitag, 20. Februar 2015

Nicht nur DIE STEINZEIT-ung® fragt sich, wer recht hat im Ukrainekrieg, oder genauer, wer in diesem scheißspiel der s c h u r k e ist. Aber der, der in dem kommenden ausschießen der s i e g e r ist, hat recht. So ist das; immer.- Es existiert ein bild aus der zeit von Minsk II vom 12.02.2015. Dieses bild wurde von vielen medien veröffentlicht, und stammt laut bildbezeichnung von dpa. Das bild zeigt eine massive brüstung aus marmor mit vergoldeten gravuren, und eine ocker- und grau blau farbene hinterwand, auf der – wie auf dem marmor der brüstung – pflanzenornamente zu sehen sind. Auf dem gang zwischen brüstung und hinterwand sind fünf menschen ab brusthöhe abgebildet. Sie bewegen sich nach links. Vorne sind frau Merkel, präsident Poroschenko, und präsident Hollande zu erkennen. Zwei dieser personen schauen sehr ernst, was von präsident Poroschenko, dessen gesicht vom kopfe frau Merkels teilweise verdeckt wird, ebenfalls anzunehmen ist. Ungefähr eineinhalb meter hinter diesen personen gehen präsident Putin und präsident Lukaschenko von Weißrußland. Sie lachen ungeniert, die augen fixiert auf die nacken der vorausgehenden, als wenn sie sich einen männerwitz erzählt hätten. Die räumlichkeit befindet sich wohl in einer der zahlreichen tagungsstätten in Minsk zu jener zeit.

Bei auseinandersetzungen um strittige gebiete eines landes gibt es ein indiz, welches sehr zuverlässig anzeigt, wer der aggressor ist. Es ist die landkarte. Wenn auf einer landkarte die grenze zwischen zwei staaten jahrzehntelang als unverrückbar eingetragen war, jedoch in einem konflikt während der laufenden berichterstattung in den medien sich plötzlich an der betreffenden grenze ein areal in einer a n d e r e n farbe, oder irgendwie a n d e r s abgesetzt abgebildet wird, so ist der hoheitsträger dieses ehemaligen, nun abgesetzten areals n i c h t der aggressor! – Hoheitsträger sind in der regel die gesetzlich legitimierten streitkräfte des betreffenden landes, welche in vollster legalität versuchen werden, den aggressor festzusetzen, zu eliminieren, oder über die grenze zurückzudrängen. In der Ukraine gibt es den sonderfall, dass dieser anrainerstaat – Rußland, der hinterhältige aggressor – einen feldzug geplant hat, bei dem die unterwanderungstaktik angewandt wird. Dazu braucht man »Separatisten«, die in einem landstrich – natürlich haarscharf an der eigenen grenze – einen »Brückenkopf« ins andere territorium bilden. Wenn dies geschafft ist, dann gibt es für diese erste feindseligkeit nur eine gefahr des scheiterns: Wenn der angegriffene staat (Aggression!!) mit aller macht, die ihm zur verfügung steht zurückschlägt, und diesen brückenkopf beseitigt. – Dies ist in der Ukraine leider n i ch t geschehen, und so werden wir uns an den anblick der landkarte der Ukraine gewöhnen müssen, wie die separierten teile derselben immer größer werden, bis die farbe der ursprünglichen Ukraine verschwunden ist …

Wissen Sie, was ein »Biodeutscher« ist? Ich ahne zumindest, was es bedeuten könnte. Das wort habe ich zum erstenmal einem bericht der UNESCO in diesen zeiten entnommen. Es soll genuin aus der Berliner politischen scene während der »Nuller Jahre« stammen. Wenn ich als deutscher staatsbürger mir heute das stammbuch meiner familie – es heißt korrekt: »LIVRET DE FAMILLE« aus dem jahre 1 9 1 9 ! von der »Ville/ Commune Algrange; Arrondissement D Thionville-Quest« – anschaue, in dem auch meine geburt dokumentiert ist frage ich mich nun, ob ich F r a n z o s e (Bio), oder ein Biodeutscher bin, wobei dieser name wohl in bestimmten kreisen als ehrenname gilt, wenn ich mich »bio« ernähren würde. In diesem sinne verstehe ich ich mich selbst zwar nicht als »Bio«- Deutscher, sondern im gegensatz zu den »normalen«, immigrierten Deutschen mit deutscher staatsbürgerschaft dann halt eher als »Theo«-Deutscher, respkt. »Thiu«-Deutscher, was allerdings mit sicherheit von einschlägigen randgruppen als »sowas von daneben« und als »völkisch« interpretiert wird. Lassen Sie mich bitte trotzdem diese unterscheidung – des besseren verständnis wegen – solange vornehmen, bis ich zum punkt gekommen bin. – Es ist sehr ehrenhaft, wenn die Migra-Deutschen (keine panik! Migration bedeutet im sinne des wortes nichts als »Wanderung«, »Umzug«) erklären, sie wären mit ihrer neuen heimat sehr zufrieden, und hätten sich gut angepasst. Sie würden die deutsche gesetzgebung achten, und ihr leben danach ausrichten. Doch nun droht eine erste, dunkle wetterwolke an diesem blumigen, klaren blauen himmel: Griechenland hat als erstes land sehr unverblümt forderungen an Deutschland angemeldet, und zwar aus einer zeit von über 70 (in worten: S i e b e n z i g) jahren! Als (»Bio«, »Theo«, »Thiu«)-Deutscher ahne ich, dass Griechenland nicht der einzige staat bleiben wird, der auf diesen zug der zeit aufspringen wird. Sind doch schon in der Duma Rußlands zahlen von 4, 5 b i l l i onen € als reparationsforderungen (hierbei kommt es nicht mehr auf 1 , 2 billionen an) an Deutschland geäußert worden. Und nun komme ich zu dem punkt unter dem fragezeichen: Werden die »Migra«-Deutschen im falle einer eventuellen rechtmäßigkeit solcher forderungen auch noch sehr gern Deutsche (Staatsbürger) sein mögen? Insbesondere, wenn sie (Bio) Griechen sind? Punkt um …

Dienstag, 24. Februar 2015

DIE STEINZEIT-ung® veröffentlicht einen blog aus dem jahre 2006, der die »Washingtoner -Erklärung« vom 03.12.1998 zum inhalt hat. Heute, 2015, ist eine ähnliche sache aktuell, nämlich der streit um den »Welfenschatz«. Die kombattanten haben sich schon in stellung gebracht, der angreifer fährt die schwere artillerie auf. Der berichterstatter von DIE STEINZEIT-ung® findet, dass der blog aus dem jahre 2006 es wert ist, ohne abstriche nochmals veröffentlicht zu werden, da die damalige problematik immer noch brandaktuell ist, und eine leise aber sehr deutlich k a l t e vorahnung auf das »Transatlantisches Freihandelsabkommen« zulässt, was alles nach dessen ratifizierung auf Europa zukommen kann:

‚Es steht außer frage, dass viele deutsche museen bilder in ihrem fundus haben, die in den un-zeiten des nationalsozialismus als »Entartete Kunst« von der administration beschlagnahmt, von banausen geraubt, und von verfolgten des nationalsozialismus zwangsverkauft werden mussten. In dieser abfallgrube der geschichte haben müllhalden-gräber herumgewühlt und einen goldschatz gewittert. Und um diesen schatz zu heben, sind diese müllhalden-gräber international angetreten, um einen schönen reibach zu machen. Diese müllmänner sind aber beileibe keine e n t-sorger, sondern b e-sorger. Sie besorgen ihr eigenes geschäft. Das geschäft heißt: Rechtspflege, gepflegt von den jurokratoren. Wir wollen offen reden: Das berühmte bild von E.Ludwig Kirchner »Berliner Straßenszene« hätte in den jahren, als das bild in der öffentlichkeit auftauchte n i c h t 34 Millionen Dollar gekostet! Es hätte auch nicht in der zeit der 30 er jahre im verg. Jahrh. bei einer normalen auktion 34 Millionen Dollar als preis erzielt. Allenfalls, großzügig angenommen, 10 000 bis 50 000 Reichsmark. Und genau dies sollte eigentlich der betrag sein, den ein museum dem rechtmäßigen besitzer zahlen müsste, um das bild zu erlösen. Um die zinsen für diesen betrag könnten juristen wacker streiten. Jedenfalls käme überschlägig nicht ein megabetrag im zweistelligen bereich zustande. Wem nutzt also neben dem rechtmäßigen besitzer die rückführung nach dem Washingtoner Abkommen? Es sind die rechtsanwaltskanzleien, die auf ihren briefköpfen nicht nur »München« stehen haben, sondern London, New York, Tokio, Rom, Brüssel, Zürich, Straßburg, Paris, u.s.w, u.s.w. Und diese Global-Diabolen (im sinne von griech.: durcheinanderkegeln) verdienen an solch einem rechts(pflege)vorgang nebst dem auktionshaus. Der erwerber dieses bildes verdient zunächst nichts als den ruhm, alleinbesitzer eines -imaginären- schatzes zu sein. Der verkäufer -rechtmäßiger (ehemaliger)besitzer- verdient nach abzug der hälfte des versteigerungspreises (gebühren, rechtsanwaltshonorare, u.s.w) ebenfalls ein hübsches sümmchen. Er verdient aber auch die verachtung der kunstfreunde, auf diese art und weise ein kulturgut der allgemeinheit entzogen zu haben. – Zum wert der bilder im allgemeinen: Nehmen wir das entstehungsjahr des berühmten bildes von van Gogh »Sonnenblumen«. Hängen wir dieses bild in einer mietskaserne in der Borinage – so um 1880 – in ein kohldunst-und latrinengeruchgeschwängertes treppenhaus. Na, wie lange, meinen Sie, würde dieses bild dort hängen geblieben sein? Na, was meinen Sie ...? Na, sehn se ... Aber was solls. Wollen wir die jurokraten im voraus loben. Denn gewiss werden diese nach abschluss der aktion »Bilder raus aus deutschen Museen!« sich am Lo u v r e zu schaffen machen. Denn gegen den raubtrieb kultureller güter des kleinen korsen Napoleon war Hermann Göring ein waisenknabe. Und hoffentlich machen diese jurokraten dann nicht so eine windige sache wie mit dem Evangeliar von Quedlinburg, welches ja bekanntlich von einem amerikanischen GI. nach dem kriege versehentlich mitgenommen wurde, und teuer vom deutschen staat ausgelöst werden musste.- Aber der echte hammer wäre die beutekunst der Roten Armee! Mann, das gäbe ein geschäft! Aber dummerweise haben die Russen vor einiger zeit in weiser voraussicht ein gesetz in der Duma verabschiedet, welches die zurückgabe der Beutekunst grundsätzlich verbietet. Zu dumm, denn dann könnten die deutschen museen nach deren leerräumung mit diesen schätzen mehr als aufgefüllt werden.‘

Soweit die kommentierung der »Washingtoner – Erklärung« in einem blog aus dem jahre 2006

Dienstag, 7. April 2015

» … Das Abendland, das Abendland, ist abgebrannt, ist abgebrannt …«

DIE STEINZEIT-ung® ist der meinung, dass niemand feinde haben müsste, wenn er denn solche F r e u n d e wie die Griechen hat. Allen 80 jährigen Deutschen: Es war alles umsonst, dass wir uns 70 jahre geschämt haben, fremdgeschämt für die »Sünden« unsere eltern und großeltern. Siebenzig jahre haben wir gehofft, dass eines fernen tags alles »gut sei in Europa«. Doch nichts ist gut in Europa. – Dies dämmerte dem berichterstatter von DIE STEINZEIT-ung, als nach der ersten konkreten forderung Griechenlands auf reparationen von Deutschland in »Europa« kein a u f s c h r e i erfolgte. Dies ist nur so zu erklären, dass viele noch in Europa warten, um auf diesen zug – der eindeutig um s o viel zu spät kam, als dass er n u r als v e r s p ä t e t gemeldet werden konnte -, um also auf diesen zug auch noch aufzuspringen; dieser zug, der garantiert in der H ö l l e landen wird … (s. Blog-titel).

Die orthodoxie (rechtgläubigkeit, rechts …) hat in Europa gewonnen. Tröstlich, dass uns die historie zeigt, wer über das alte Byzanz triumphierte; es sind die gleichen mächte, die weltweit auf dem vormarsch sind, und durch den degenerierten »Westen« auf keinen fall mehr aufgehalten werden können. Der berichterstatter hatte ein leben lang geglaubt, dass das mittelalterliche europäische großreich am 8 mai 1945 unter entsetzlichen todeszuckungen sein leben ausgehaucht hätte. Er hat sich getäuscht; es kommt noch viel, viel schlimmer.

Die altvorderen hatten schon eine gewisse vorstellung davon, dass irgend w a n n, irgendwie ein S C H L U S S S T R I C H gezogen werden muss, um auf null zu stellen (resetten nennen wir das heute), damit das leben weiter geht. Sie erfanden das sogenannte »Jubeljahr«, wo alle 50 jahre alle schuld vergeben wird, und allem hass abgeschworen werde. Berücksichtigen wir die macht der neuen medien und beaufschlagen die 50 jahre nochmals mit weiteren 20 jahren, und wir wären in der jetztzeit … Zum abschluss eine letzte vorschau darauf, wie es weiter gehen wird: Nicht Griechenland wird aus der EU ausgeschlossen, sondern D e u t s c h l a n d wird heraus isoliert; die deutsche tragik, seit jahrhunderten. Zu Griechenland: Es stimmt, du hast uns die europäische kultur gebracht, und du nimmst sie wieder beiseite. – Bedenke, dass das auch d e i n untergang sein wird. Zum schluss die letzte strophe eines gedichts, welches über dreißig jahre alt ist, und die endzeit Deutschlands damals schon treffend beschrieb:

Die Nation

Schon tausend Jahre führst du die Rolle
im Stegreifspiel der Geschichte.
Dein Spiel auf der Bühne der Welt war
nicht schlecht.
Doch Stichworte brachen dein Kreuz,
weil diese sich ständig weiterspannen
zum Netze, in das dich Souffleur
und andre Mitspieler schlangen,
zum Schwanengesange verführten.
Die Zeit ist nun um, und du bist reif. -
Sieh zu, daß nicht dein Abgang – der
mit Trommelwirbel und Paukengedröhn
zum großen Finale strebt -
mit riesigem Donnerschlag endet. -

Dem berichterstatter von DIE STEINZEIT-ung® liegt eine rezension eines lesers von anfang des jahres 2015 vor, in der sich dieser darüber beschwert, dass das e n d e eines besprochenen, aus der reihe »NeoLit aus dem Neanderthal®« stammenden romans »völlig unrealistisch« sei. Und dies, obwohl der autor des romans im vorwort erklärt hatte, dass das konzept aus den frühen 80er jahren dvjhds stamme. Lieber Mann! Dreißig jahre fortschritt in unserer rasend schnell sich umwälzenden technischen welt entsprechen 3 0 0 jahre vor 3 0 0 jahren!! -

Wer, was bestimmt, wer »Freiheitskämpfer«, wer »Terrorist« ist? M u s s man nicht, um diese existenzielle frage o b j e k t i v zu beantworten r e l a t i v i e r e n ? ...

Bei Dante wird vergehen gegen die »Kunst« als »Wucher« bezeichnet. Eine bemerkenswert m o d e r n e anschauung. –

Es ist anzunehmen, dass das TTIP-Abkommen mit den USA ausschließlich auf dem mist der u.s. amerikanischen jurokraten gewachsen ist; und nicht auf dem der amerikanischen politiker. Diese behauptung kann mit der tatsache, dass der »Investorenschutz« n u r in geheimen gerichten verhandelt werden soll, untermauert werden. Natürlich unter ausschluss der »Öffentlichkeit«, also auch der »Politik«. So ist es den jurokraten wohl am liebsten; einerseits. Andererseits: Es gibt uns der fall eines der modernsten gaskraftwerke in Irsching in Bayern zu denken. – Dort soll dieses kraftwerk aus politischen gründen stillgelegt werden. Der betreiber beschwert sich – zu recht! – und will einen teil der investitionskosten vom staat ersetzt haben ...

Gleichberechtigung? Aber ja!- Du bist »berechtigt«, a l l e ämter, die die menschliche zivilisation je hervorgebracht hat, einzunehmen, w e n n du in der lage bist, dieses betreffende amt zu e r w e r b e n. Und zwar kraft deines wollens, könnens, vermögens, deiner stärke, brutalität, verschlagen -, gemein -, falschheit; gottlosig -,unmenschlich -, verantwortungslosigkeit. (Bitte alle positiven und n e g a t i v e n -heiten und -keiten, die dir selbst noch einfallen hinzufügen.)

»Soziale Gerechtigkeit« ist, wenn drei penner am abend die letzte flasche bier brüderlich teilen. »Soziale Gerechtigkeit« ist, wenn drei soldaten vor dem sturmangriff auf die feindlichen stellungen jeder einen letzten zug aus der zigarettenkippe nehmen darf, bevor sie alle drei beim aufspringen aus dem eigenen schützengraben von den feindlichen maschinengewehrgarben zerrissen werden.

Wer nicht auf die zeit achtet, wird vom malstrom der zeit selbst zermahlen.

»Barmherzigkeit ist wichtiger als Rechtgläubigkeit.« (sagt Friedrich Schorlemmer)

R e l a t i v i e r e n verboten! Das gilt aber nicht für das nationalsozialistische Rußland. Rußland beruft sich ständig auf die USA, dass diese den gleichen s c h e i ß machen, und somit Rußland berechtigt sei desgleichen zu tun ... Es gibt nur e i n e n staat in der welt, dem das relativieren strikt v e r b o t e n ist: Deutschland. Ist das gut so? -

Jeder echte Marxist ist gleichzeitig auch ein Masochist. Und auch einer, der dem gar nicht mehr so spekulativen freudschen Thanatos anhängt. Nach der devise: Dann möchte ich lieber sterben, bevor ich merke, dass ich mich g e i r r t habe. -

Was ist ein K u r a t o r ? Ein unternehmer in ausstellungen von künstlerischen werken. Macht sich se l b s t – wenn irgend möglich – zum kunstobjekt, so daß das ausgestellte eher in den hintergrund der künstlerischen veranstaltung tritt, treten sollte ... Früher veranstalteten diese ausstellungen eher die museen oder /und die galerien.

» ... die Bosheit der Massen, die wegen ihres Mittelmaßes einzelne Individuen nicht hochkommen lassen.« So ein Grimaldi-prinz aus dem 19. jahrhundert. Lassen wir heute, nach 150 jahren, mal darüber nachdenken. Jedenfalls beweist das »Hochkommen« von Helene F i s c h e r das »Mittelmaß« der »Massen«. -

Der letzte schrei; viel zu kurz, um der länge der ewigkeit zu entsprechen. Es bleibt die vektorielle distanz in der raumzeit.

Der feldherr Ajatollah Khomeini hat im Irakkrieg auch kindersoldaten in die minenfelder geschickt, um den angriffsraum für die – erwachsenen – krieger zu schaffen. Das rote wasser des Blutbrunnens in Teheran symbolisiert auch viel kinderblut. -

Nachtrag 23.10.2015 zu diesem blog vom 17.04.2015:

Nachdem meine vision in dem obenstehenden blog vom Dienstag, 17. April 2015 – zu meinem großen entsetzen! – langsam gestalt annimmt, möchte ich ein gedicht »Katastrophe«, aus dem band »Ihr seid ja alle Prokrustes!«, ISBN 978-3-8334-7375-3, in der reihe »NeoLit aus dem Neanderthal®« auf seite 170, von Bernd (bejot) Jacobs, erschienen 2008 bei BoD in Norderstedt, im kontext mit diesem blog vorstellen. Die vertonung ist von mir, und ich bin der interpret.

http://www.bj-verlag.com/audio/11-sewansee.ogg

Der text dieses gedichts »Katastrophe« ist über 25 jahre alt, und behandelte zu jener zeit eine naturkatastrophe, größtenteils vom menschen angerichtet. Aber dass dieses gedicht auch eine p o l i t i s c h e katastrophe – die endgültige auflösung Europas als staatengebilde – vorhersagen könnte, ist mir als K A S S A N D E R (männl. Form von Kassandra) mehr als dubios, und im endeffekt s o nicht genehm ...

Montag, 18. Mai 2015

Sollte W. Churchill tatsächlich den grundsoliden spruch aus der landwirtschaft: »Eine Kuh, die gemolken werden kann, schlachtet man nicht«, getätigt haben, so wird der rätselhafte, ominöse spruch Churchills n a c h dem ende des II. Weltkriegs – im angesicht der unerbittlichen bolschewisierung Osteuropas durch Stalin – »Wir haben offensichtlich das F a l s c h e Schwein geschlachtet«, immer glaubwürdiger ...

Eine ganz neue variante der erklärung, warum Rußland das debakel in der Ukraine im vorigen jahr b e g o n n e n hat. – Ist es vielleicht möglich, dass der weltweit zweitgrößte waffenhersteller und exporteur hinter den USA – Rußland – sich einen gehörigen schub für die landeseigenen waffenschmieden von dem vom – zaun – brechen eines konfliktes verspricht? Nach dem motto: »Tromm, tromm, tromm. Hüt dich bürschlein, ich komm. Ich breche einen krieg vom zaun, und frag dich nicht daromm. Tromm!«

Flüchtlinge ertrinken im Mittelmeer. Ist Ihnen auch schon aufgefallen, dass die anlandenden überlebenden der schiffskatastrophen fast nur junge männer sind? – Ein schlimmer verdacht: Das sind keine F l ü c h t l i n g e, sondern »Meersoldaten« des militanten islam aus den arabischen wüsten. Finanziert von den petrodollars, die der »Westen« den Arabern freiwillig für seine »Freiheit« des reisens (auch fliegens!) bezahlt hat. Sprichwörtlicher »Strick zum Aufhängen«, den sich der deliquent (w i r !) selbst gekauft hat? …

‚Ich bin ein Teil von jener Kraft, die stets das Böse will, und stets das Gute schafft'. Ein glück, dass unser aller Jean pas de loup nicht von d e r – universellen –, sondern von einer partiellen »Kraft« spricht. Denn es gibt eine universelle kraft in unserer welt, bei der – mit geänderten vorzeichen – die worte von Goethe eine ganz andere aussagekraft bekommen. Das hieße dann so: »Ich bin die kraft, die stets das g u t e will (Gerechtigkeit), und stets das b ö s e (Un-Gerechtigkeit) schafft«. Zumindest sehr oft: Die Jurokratie …

Es gibt menschen, die haben immer ein schlechtes gewissen, wenn jemand körperlich (Putzfrau) für sie arbeitet. Oder ist es nur der g e i z, der eventuell die leute umtreibt, weil sie die putzfrau für ihre körperliche leistung b e z a h l e n müssen?

Sie sind schon schlimm die menschen, die einem die eigenen fehler vorhalten. N o c h schlimmer sind die menschen, die einem i h r e eigene fehler vorhalten, um damit i h r e eigenen fehler zu kompensieren.

Walter Kempowski sagte in einer sendung vom wdr 5 am 04.05.2015, vormittags , dass er von der Hitlerjugend, »den Asozialen«, schwer gemobbt worden sei. Also auch ein zeitzeuge dafür, dass der größte teil der NSDAP und deren wähler aus arbeitern, und dies auch aus der untersten sozialen sohle, stammte, welche man heute ohne große not als prekariat bezeichnen kann. Ist also nix mit dem »Bürgertum«; wobei aber die beamten als NSDAP-Mitglieder mehr oder weniger in die partei »getreten« wurden, zumindest die unteren chargen.

Einige leute in Nordafrika sind ganz »normale« mörder, wobei die herkunft dieser leute eher nicht regional, sondern eher global zu verstehen ist. Wahrscheinlich ist bei Ihnen durch einen religiösen kick die sperrklinke – im gegensatz zu »normalen« menschen – ausgerastet, und sie geben dem trieb, der in jedem menschen schlummert, dem tötungstrieb, nach. So wie beim geschlechtsverkehr »Das erste Mal« in den seltensten fällen eine vernünftige handlung ist – wobei sich die folgen daraus durchaus produktiv gestalten könnten –, so gibt es bei den derart andersartig ausgerasteten mördern auch »Das erste Mal«; den ersten totschlag, mord. Und d a n a c h geht es immer leichter, besser. Es sieht nicht gut aus um den fortbestand unserer kultur, weil wir diesen ungeheuern nichts entgegensetzen w o l l e n /können, weil unsere zivilisation es verbietet, diese sperrklinke (Tabu des tötens) bewusst auszurasten. Oder ist diese etwa nur«eingerostet«; und es genügte ein kräftiger schlag gegen den schädel, um diese urtümliche mechanik wieder in gang zu setzen?

Relativierung : Zwei menschen stehen sich gegenüber. Auf dem straßenpflaster zwischen ihnen zeichnet ein dritter mit straßenkreide eine 9 (neun). Was passiert? Wenn der dritte fragt, was denn jeder der beiden anderen für eine zahl liest, so sagt der eine, er lese eine s e c h s (6), und der andere erkennt eine n e u n (9). Katastrophe für die verständigung und übereinkunft. – Eine relativierung (tausch der standplätze) nutzt gar nichts …

Der berichterstatter von DIE STEINZEIT-ung® hatte schon vordem in einem seiner beiträge dieses blogs die frage anklingen lassen, warum das medizinische personal sehr ungern bei herzbeschwerden bei patienten von herz «anfällen« sprechen mag. Die mediziner sprechen viel lieber von »attacken«. Nun, das eingedeutschte wort attacke aus dem Französischen, beinhaltet sehr treffend und anschaulich wohl eher einen schnell und ruppig ablaufenden vorgang nach dem schema, schnell rinn, und druff und druff, und dann schnell wieder heraus; ob als sieger oder als leiche. – Ein a n f a l l ist nach deutschem sprachverständnis wohl eher ein länger dauernder vorgang, bei bestimmten herzbeschwerden wohl eher in stunden, wenn nicht sogar nach t a g e n zählend, so, wie es bei der neuen »Volkskrankheit« herzrhythmusbeschwerden auftritt. Für einen mediziner ist die zeitdauer der patientenbeschwerden ein wichtiges indiz, um eine diagnose stellen zu können, die – hoffentlich – zur heilung durch eine geeignete therapie führt. Dem berichterstatter von DIE STEINZEIT-ung® liegt die schilderung eines patienten vor, der bemerkte, dass besonders mediziner, die aus einem anderen sprachraum stammen, das wort »herzanfall« eher als ein reizwort auffassen. Dann klickte es bei ihm, und er hinterfragte sich selbst, ob menschen mit einer anderen muttersprache das wort »herzanfall« völlig anders interpretieren, ja, überhaupt keine bedeutung im medizinischen erkennen und gewichten können. – Dann kam der tag, an dem ihm einige dinge auffielen die ihm recht geben könnten. Er saß in einem wartezimmer einer radiologischen praxis. Auf dem tisch stand ein karton mit medizinischen gebrauchsgegenständen. Die aufschrift auf diesem karton für den inhalt lautet »Sicherheitsvenenverweilkatheder mit Injektions s p o r t«. Die ware kam jedenfalls aus dem asiatischen raum (Made in China, – Taiwan?), und dieses wort war aus der betreffenden sprache ins Deutsche übersetzt, und entwickelte sich zu diesem wortbandwurm; technisch sehr, sehr korrekt, aber eine gewisse kälte strömte fast sichtbar aus dieser wortkreation. Und der »Injektionsspo(r)t« sollte wohl zu einem »spot« gedeihen. Man stelle sich vor, das deutsche gemütvolle »Heimweh« oder auch »Kindergarten« solle ins Chinesische oder Japanische, mit allen uns vertrauten anklängen übersetzt werden: Es käme wohl ebenfalls ein wortmonster heraus, welches wir bei der rückübersetzung ins Deutsche nicht mehr richtig verstehen würden. Empfehlung: Sprechen Sie also ruhig von einem »Herzanfall«, wenn Sie diese diesbezüglichen beschwerden stunden um stunden bedrängen …

»Da kann ich nix für«, rief die alte dame, als das licht beim duschen in der duschkabine im krankenhaus plötzlich ausging. Denn s i e war mit dem waschen in der waschkabine fertig. Sie m u s s t e eigentlich gesehen haben, dass in der duschkabine nebenan ein mann duschte; schlafanzughose hing am kleiderhaken, und es wölkten dampfschwaden unter den vorhängen hervor. Als der mann verzweifelt rief, man möge das licht anlassen, brachte sie den oben genannten satz. Dabei hätte sie wissen müssen, dass ihr druck auf den lichtschalter, den sie gerade zum »Aus« gedrückt hatte, das licht wieder angeschaltet hätte … Na, ja. -

Samstag, 4. Juli 2015

Rußland bevorzugt in dem von ihm eröffneten, zweiten »Kalten Krieg« in seiner nomenklatur die terminologie des ersten, noch nicht lange vergangenen krieges der gleichen art. In der Ukraine zum beispiel wimmelt es nach russischer lesart, und in stündlichem takt der gleichgeschalteten verlautbarungsorgane verbreitet, nur so von »Faschisten« und »Nazis«, einschließlich von millionen »Wiedergängern«, »Zombies« und »Untoten«. Rußland! Meinst du das im e r n s t ! ? … Wenn ja, dann wundere dich nicht, wenn der »Westen« ebenfalls die geister der vergangenenheit beschwört, und den »Bolschewismus« der »Sowjetunion« aus dem stinkenden müllhaufen der geschichte ausgräbt. –

Heiner Geißler geißelt die Berliner Siegessäule als »das dümmste Denkmal, das in Deutschland herumsteht.« In vollster »Ironie« habe er sich für die »Sprengung« dieser säule ausgesprochen. – Lieber Heiner Geißler, denkmal an. Dein ansatz ist im prinzip überhaupt nicht falsch, denn die vision einer katastrophe bahnt sich an, wenn man daran denkt, dass in zukunft auf der ganzen welt denkmäler errichtet werden an stellen, an denen menschen sich schlechtes/gutes zugefügt haben. Wobei ‚schlecht/gut' in den allermeisten fällen relativ betrachtet werden kann; jedoch die stelen des Holocaust-Mahnmals in Berlin – und dabei sind wir beiden achtziger uns wohl einig – wirklich an etwas ganz s c h l e c h t e s in der deutschen historie erinnern sollen … Aber denken wir beide achtzigjährigen – ich noch ein relativ »junger« bettenbauer anfangs der achtzig, und Du als satter mittachtziger – mal weiter. – Kein einziges dieser kulturdenkmäler darf jemals wieder entfernt werden. Ergebnis: Die sich ungeheuer vermehrende menschheit hat sehr bald keinen raum mehr sich auszubreiten, zu wohnen und nahrung anzubauen. Es werden k r i e g e um die letzten verbleibenden freiräume geführt; es gibt dabei viele »Helden« und n o c h mehr d e n k m ä l e r ! – Und danach kommt das unausweichliche ende … Aber, lieber Heiner Geißler, Du meinst ja nicht die unsäglichen, sich aufbäumenden T 34 -panzer sowjetischer bauart, die als »Siegessäulen« in den Neuen Bundesländern an den unmöglichsten stellen, die ungezählten standbilder kommunistischer potentaten in Osteuropa, ja, in der gesamten welt heute noch immer ihr dasein fristen. Nein, Du meintest ausgerechnet die Siegessäule in Berlin, einziges, noch erhaltenes zeichen für die bemühungen Preußens, das mittelalterliche, große reich nach seinem ableben durch die escapaden eines Franzosen, am 6. august 1806 wieder etwas aufleben zu lassen, unter der ägide eines unaussprechlichen reichskanzlers – der sich auch noch »Fürst« nennen durfte – ,der aber ganz behutsam und einfühlend den konsens mit R u ß l a n d suchte. Aber das weißt Du als uralter politiker ja alles selbst. Bleibt das also nur noch mit dem »Sprengen« dieses kulturdenkmals. Lieber Heiner Geißler, sollen wir so verbleiben, dass wir uns nochmals wieder sprechen, nachdem nach dem abziehen der s p r e n g w o l k e n in P a l m y r a sich die weltberühmten, kilometerlangen kolonnaden aus der frühzeit der hellenisch-lateinischen geschichte flach, zerbrochen in der waagerechten auf dem boden befinden?

Wenn ich die brüllerei eines gewissen herrn Erdogan in der Türkei höre, wird mir angst und bange. Denn aus meiner kindheit sind mir aus den Volksempfängern, den Deutschen Wochenschauen der kinos strömenden tiraden eines gewissen herrn aus Braunau am Inn, und die schreiereien eines gewissen Roland Freisler – dem ober-jurokraten des Deutschen Reichs beim Volksgerichthof – in brennender erinnerung. Wie das ausging, kann man in den gesammelten werken von K l i o nachlesen … Übrigens: Der berichterstatter von DIE STEINZEIT-ung® ist der meinung, dass keiner so genau und überzeugend über die gefahren des feuers berichten kann, wie das sprichwörtliche »gebrannte Kind.«

»Islamische Bank«? Ganz einfach: Du gehst zu einer »islamischen Bank«, sagst, was du mit einem – fiktiven – kredit k a u f e n möchtest, dann kauft dir diese »Bank« das gewünschte. Oder auch nicht, wenn zum beispiel das zu erwerbende nicht »halal«, also »sauber« ist. Ein umfangreiches complete von »Beate Uhse« wird wohl eher bei diesem »Geschäft« n i c h t dein eigentum werden … Der mehrwert (Gewinn) bei solch einer bank ist eine gebühr für den erwerb und die übergabe der ware. Somit haben die frommen muslime auch noch das Zins v e r b o t schlitzohrigerweise umschifft. Übrigens: So oder so ähnlich muss dies auch bei den »Grünen« (Umwelt) banken funktionieren. Einen kredit für den erwerb oder gar des bauens einer mit B r a u n - k o h l e befeuerten zentralheizungsanlage würde mensch bei solch einer bank wohl schwerlich bekommen.

Ein verzweifelter, weinender griechischer rentner, der nicht an sein geld herankommt, und überhaupt nicht versteht, wie und was ihm geschieht. Dieses bild wird um die welt gehen, und es ist sonnenklar, dass für diese ungeheuerlichkeit nur e i n e person in frage kommt: Frau M e r k e l !! … So oder so ähnlich wird die tonart der faschisten (links u n d rechts!) in Griechenland herausposaunt, und sich der D e u t s c h e n-hass – ein pendant zu dem viel zitierten A u s l ä n d e r hass – wie ein buschfeuer durch die Große Gleichgültigkeitssenke fortpflanzen. Wetten, daß ? ? . .

Ein buchverleger meint, das verhältnis autor zu verleger sei im grunde ein »väterliches«. Aha! Bleibt nur die kleine, eigentlich völlig unbedeutende frage, wer in dieser relation eigentlich der »V a t e r« ist …

Die polizei benutzt bei der bekämpfung von kriminalität (beispielsweise Einbruchdiebstahl) die statistik. Sie schaut – einfach ausgedrückt – danach, welche gebiete noch n i c h t durch einbruch besonders aufgefallen sind. Die berechnung gelingt; es werden dadurch straftaten vereitelt, dass man sicherungskräfte in diese, durch die statistik als gefährdet geltenden gebiete zur streife entsendet. Aber, wie werden diese vereitelten straftaten in dem gesamtkomplex der strafvereitelungen durch statistik gewichtet? Gehen diese in die »allgemeine« statistik über, oder gibt es eine neue kategorie von fällen, die anders gewichtet werden?

In Chile redet »man« nicht gern in der »haute volaute« über P i n o c h e t und co. Interessant, und auch als sehr menschlich zu verstehen. Aber bei den Deutschen ist wohl wegen des unausgesprochenen relativierungsverbots alles ganz anders? ! …

Montag, 10. August 2015

»Wenn einer sagt, es gehe ihm nicht ums Geld, sondern um Gerechtigkeit, dann geht es ihm ums G e l d.« (unbekannter Autor; aber ein hammersatz! Und wahr …)

Ein schönes beispiel für eine eher unangenehme eigenschaft von uns Deutschen. Es sagte Friedrich H a r k o r t im vor-vorigen jahrhundert während des aufkommens der eisenbahn: »Wie so oft bei uns Deutschen, wurde auch diesmal eine gute Idee, weil sie neu war, zunächst vielfach lächerlich gemacht, benörgelt und mehr oder minder offen bekämpft.«

Einerseits. Andererseits: Wer als »Griechenversteher« nach dem großen »Schnitt« bei den griechischen staatsschulden ruft muss sich gefallen lassen, dass D e u t s c h - l a n d ebenfalls endlich, endlich nach über siebenzig jahren buße tuend entschul(dig) det wird. -

Die kosten für eine m ü t t e r r e n te – also rente für die frauen, die kinder groß gezogen haben – könnten locker aus den kosten für die heute verstaatlichte kindererziehung (Kita und co., ein folgeprodukt des »Realen Sozialismus«) bestritten werden. Sollen wir wetten? …

Rußland verpachtet hunderte inseln in seinen sibirischen strömen an China.- Dafür kämpfen im westen die russischen okkupanten – auch genannt: »Separatisten« – wie die berserker um jeden zentimeter von der Ukraine geraubtes land. Alles klar? – Die landnahme in dem ausnahmekontinent Asien scheint begonnen zu haben. , Amerika im auge. Amerika im Sinn. Sibirien, Sibirien, wir kommen. Nichts wie hin.‘

Hast Du kein lebensziel, nachdem es sich zu streben lohnt? Dann überlege nicht lange: Entschulde die unschuldigen!

Auf der norwegischen insel Utoja befanden sich während des amoklaufs des A.B. Breivik am 22.juli 2011 annähernd 600 menschen. Davon die hälfte wohl männer, junge und ältere. Zur hälfte wurden sie auch opfer während des eineinhalb stündigen kugelhagels, in dem das menschliche monstrum fast 70 menschen tötete.

Jahre danach, nachdem alles mögliche und unmögliche über die tat angeführt wurde, nachdem alle gescheiten und bescheuerten kommentare verklungen waren, erwachte bei einigen nachdenklichen menschen – auch bei dem berichterstatter von DIE STEINZEIT-ung® – eine frage, die s o noch nicht in der öffentlichkeit diskutiert worden ist: Warum haben sich, zumindest, die 300 m ä n n e r nicht g e we h r t ? …

Ja, Sie haben richtig gelesen, gewehrt; denn auf einer insel angegriffen zu werden lässt wenig bis keinen spielraum für die andere möglichkeit; der flucht. Dies hatte der mörder natürlich mit eingeplant. Warum haben sich die 300 männer nicht organisiert, ein wortführer mit einem halbwegs vernünftigen vorschlag hätte genügt – eine frage von minuten. Distanzwaffen, wie der faschistische scheißhaufen mit seiner knarre, hätten die männer direkt vor ihren füßen liegen gehabt, und dies auf jedem meter der insel: Steine, zum werfen … Natürlich hätte der amokläufer einige der anschleichenden – besonders die in seinem r ü c k e n – ins visier genommen, und sehr wahrscheinlich auch getroffen, aber ein steinhagel von größtenteils unsichtbaren werfern hätte ihn zumindest irritiert, wenn nicht sogar kampfunfähig gemacht. -

Und hierbei sind wir beim eigentlichen reizwort dieses textes, welches das ganze dilemma unserer sozialisation aufzeigt: K a m p f (»Krieg«) wollen wir hier im westen nicht; wir rufen lieber die polizei, den staat, die soldaten, die UNO, oder, wenn garnix mehr hilft »die Amerikaner«, die sich die finger stets verbrennen, und anschließend sich noch aufs übelste beschimpfen lassen müssen …

Der berichterstatter von DIE STEINZEIT-ung wüsste allerdings auch nicht, ob er im – fiktiven – falle des anblicks seiner beiden blutenden, von dem monster erschossenen, auf dem boden liegenden kinder seinen animalischen t r i e b beherrschen könnte, um – im falle des habhaftwerdens – mit dem verursacher nicht doch d a s zu machen, was dieser seinen opfern angetan hat.-

Mensch bedenke: Die natur (»Physis«) funktioniert streng nach dem ausgleich der kräfte, massen, energien, wobei in der summe am ende immer eine dicke N u l l stehen wird. Jeder mag, seinem temperament entsprechend, entscheiden, ob er eine rote, oder eine schwarze null wahrnimmt.

Hierzu ein gedicht, welches – so meine ich – sehr gut zu oben angegrabener thematik passt:

Nimm die beiden Möglichkeiten
die dir blieben. Verwerfe die ungezählten davor,
bring alles in einen Hut, schütt'le und zieh'.
Was bleibt dir auch andres übrig?

(aus »Die Reseolre-Legende« von Bernd (bejot) Jacobs, ISBN 3-934806-00-7, erschienen 1999 bei »Libri Books on Demand«, heute BOOKS on DEMAND in Norderstedt)

Wissen Sie, was ein tropf ist? Nein, nein, ich meine nicht den »armen Tropf« im sinne von »armer Schlucker«, sondern das medizinische gerät, mit dem medizinische infusionen vorgenommen werden. Dem berichterstatter von DIE STEINZEIT-ung® blieben leider ein paar tage krankenhausaufenthalt nicht erspart. Er hatte aber bei dieser gelegenheit die zeit herauszufinden, dass »der Tropf« neben seiner medizinischen auch eine ordnende funktion ausüben kann. Und das geht so … Alle, die jemals an einem tropf »gehangen« haben wissen, wie sperrig sich der halter der infusion trotz seines fahrbaren untersatzes verhält. Besonders, wenn man ihn in ein kleines WC für ein anderes bedürfnis bugsieren muss. Jeder patient, der an solch einem gerät hängt fühlt sich erlöst, wenn die pflegeperson – manchmal nach zwei stunden, solange tropfen manche tropfs wirklich!– den patienten dieser lästigen verbindung entledigt. Das ist dem pflegepersonal nicht entgangen, und flugs muss ein gescheiter kopf diese tatsache analysiert und verarbeitet haben um ein instrument zu schaffen, mit dem der betreffende patient reglementiert werden kann. Das mittel zu diesem zweck ist also der unschuldige tropf, die begründung vordergründig, dehydratation; hintergründig: Fesselung des patienten an seinem bett wegen ständigem herumlaufens im krankenzimmer und der gesamten übrigen station. Nun ist ein fesselung des patienten strafrechtlich umstritten, zumindest grenzwertig zu bewerten. Kommt also auf einer »normalen« station, mit einem »normalen« patienten nicht in frage. Also, was bietet sich bei einer sog. »Wibbelfott« anderes an, als ihm eine 2.000 ml -flasche kochsalzlösung anzupieksen? Dem berichterstatter ist ein zimmergenosse in erinnerung, der eine solche wibbelfott war, kein wunder, der herr war Italiener und sehr kommunikativ. Nach der zweiten zweiliterbeutel-infusion fing der patient an zu granteln und versuchte sich im freigang mit tropf. Das geboller fing schon bei der zimmertüre an, die beim zurückschwingen nach dem öffnen zum heraustreten den tropfständer voll erwischte, und der mann die bedenkliche schräglage des geräts noch so eben wieder ins lot bringen konnte. Na, ja. Der berichterstatter konnte es sich nicht verkneifen, dem nestflüchter nachzuschauen und sah, wie eine alte dame, mit rollator und gelber armbinde mit drei schwarzen punkten, auf dem flur noch so eben von dem hin-und herschleudernden unterfahrwerk des tropfs verschont wurde. Dann entschwand der mensch mit tropf in einem krankenzimmer. Die schwester, die ein paar minuten später kam, und nach dem verbleib von herrn NN fragte wurde mit einem heben der schulter beschieden. Am nächsten tag ging das spiel erneut los, und der arme-tropf-patient begann unter verhaltenem geschimpfe an dem stellrädchen für die tropf-geschwindigkeit herumzudrehen. Mit mäßigem erfolg, denn kurz nach der sehr zufriedenstellenden schnellen tropffrequenz hörte das tröpfeln ganz auf; finito. Nachdem die per roter signaltaste herbeigerufene schwester den tropfenfluss wieder reguliert hatte, klebte sie das regulierrädchen mit einem klebestreifen ab, ermahnte aber gleichzeitig den patienten auf dem zimmer zu bleiben, weil der stationsarzt zur visite käme. Zum glück brauchte sich der berichterstatter nicht lange die teilweise sehr undeutlichen ausführungen seines bettnachbarn an zu hören, da italienisch, weil die gattin desselben zu besuch kam. Die visite des arztes erfolgte kurz nachdem der flüssigkeitsbeutel des tropfs leergelaufen war. Der berichterstatter sah sich dann die immer noch in seinem rechten unterarm applizierte venenverweilkanüle nachdenklich an, fragte den gerade hereinkommenden krankenpfleger, ob er ihm diese entfernen könne, weil sie ein wenig schmerze. Dieser antwortete mit einer gegenfrage, die geradezu als bestätigung des vom berichterstatter vermuteten zusammenhangs gelten musste: »Sie trinken doch hoffentlich genug?« Dies konnte mit verweis auf zwei mineralwasser-flaschen die auf dem betten-stahlschrank standen bejaht werden. »Ich frag mal«, äußerte der heilberufler, und kam mit günstiger botschaft zurück, dass der entfernung nichts im wege stünde. Der italienische bettnachbar hielte dem pfleger ebenfalls flehentlich seinen gespickten unterarm entgegen. Dieser jedoch winkte ab.

Samstag, 12. September 2015

»Kommet her zu mir alle … »

So sieht der beginn der überschrift dieses neuen blogbeitrags von DIE STEINZEIT-ung® aus. Der berichterstatter hat zur klarlesung eine variante gewählt, die einen verweis auf die Heilige Schrift enthält. Der interessierte leser mag jedoch nach dem lesen dieses hauptbeitrags des blogs selbst entscheiden, ob es eine gewisse verwandtschaft zur verkrüppelten überschrift gibt.

Die deutsche regierung hat nun – nach dem Griechenstreich im frühjahr – genau d a s getan, was strategen des übelwollens am meisten hassen. Wenn man seinen – ideologischen und politischen! – gegner dergestalt täuscht, dass man genau das gegenteil von dem tut, was allgemein der gegner von einem erwartet. Man nennt dies auch etwas locker im umgang mit dem lieben mitmenschen: Ich »filme« ihn. Genau das tat die deutsche regierung mit einigen staaten in Europa, die sich über die zahlkraft Deutschlands in ihre e i g e n e tasche sehr eigene vorstellungen machen: Statt reparationszahlungen für »Verbindlichkeiten« von vor über 70 jahren erklärt sich Deutschland bereit, flüchtlinge aus Nordafrika bis zum anschlag der eigenen leistungsmöglichkeiten aufzunehmen. – Da heulten sofort auf einmal viele europäischen potentaten und deren wasserträger – die noch aus der zeit der bereits besagten 70 jahre stammen mögen – unisono auf. Sie drehen und wenden sich, weil sie diesen hieb, dem sie nicht ausweichen konnten, verkraften müssen. Vor allem müssen sie damit leben, dass ihnen dieser neue wind ihre masken vom gesicht gerissen hat. Überhaupt nicht seltsam ist es, dass viele dieser staaten sich noch vor über 25 jahren in einem machtbereich eines hegemons befanden, der auf »Flüchtlinge« nicht den geringsten wert legte, ja, diese sogar zum »Abschuß« frei gab, es sei denn, er hätte die »richtige« politische (seine!) gesinnung. Ja, einer dieser potentaten hat nicht einmal unrecht wenn er sagt, dies alles sei eigentlich ein »deutsches Problem«. Aber, liebe mit-europäer! Das ist genau genommen kein »deutsches Problem«; das ist das problem, was i h r mit Deutschland habt. Ich, für meine person, möchte nach 70 jährigem »Fremdschämen« (für meine eltern und für alle anderen Deutschen) viel lieber, dass milliarden für arme menschen (die flüchtlinge sind die wahren »Verdammten dieser Erde«) ausgegeben sehen, als für reparationen für ein land, welches sich vor 70 jahren durch grausame B ü r g e r k r i e g e bis zur erschöpfung s e l b s t geschwächt; und auch nicht für ein land, welches den damaligen waffenbruder v e r r a t e n hat. Dem berichterstatter ist klar, dass die faschisten der »rot«gespritzten »Doppelausgaben« sich nach pawlowscher manier einspeicheln, wenn sie dies lesen. Jedenfalls hat Europa diesen weckruf von Deutschland gehört. Und europäische staaten, die sich mit bestem willen durchaus einen deutschen staat als hegemon vorstellen können sei gedankt. Doch sie sollten ihre energien lieber einsetzen, um Europa zunächst einmal zu r e t t e n, denn an der ostgrenze des kontinents braut sich ein schlimmes unwetter mit schwefelgelben und schwarzen wolken zusammen; und dies ist n i c h t das sprichwörtliche »Ex oriente lux.«-

Viele europäischen staaten sind gegen die einwanderung von flüchtlingen. Deutschland aber nicht. Warum wohl? – Der zusammenstoß dieser beiden interessen ist so gut wie sicher, mit allen unschönen folgen. Allerdings könnte diese auseinandersetzung Europa aus einer absehbaren demografischen krise führen, wenn sich die »vernünftige« variante (streng limitiertes einwandern in gesamteuropa nach wirtschaftlichen und räumlichen verhältnissen geordnet) durchsetzt. Gleichzeitig würde ein druck von Deutschland genommen, was in seiner verfassung – aus geschichtlichen gründen – ein absolutes asylrecht aufgenommen hat. Deutschland würde dann gegenüber dem außereuropäischen raum angriffsfester; und die innereuropäischen differenzen blieben somit in der »Familie«.

Ein spruch von einem unbekannten menschen: »Ein junger Mensch, der nicht Sozialist ist hat kein Herz. Ein alter Mensch, der n o c h Sozialist ist, hat keinen Verstand.« Da ich nun endgültig zur letzteren kategorie gehöre erkläre ich, dass diesem nichts abzustreichen, und/ oder hinzuzufügen habe.

Der spruch einiger osteuropäischen staatschefs »Wir wollen keine Muslime (Flüchtlinge)« zeigt, dass die sozialisation unter dem kommunismus in diesen vierzig jahren keinesfalls die früchte gebracht haben, die dieser weltanschauung angedichtet werden. Eher erinnert dieser spruch an die unheilvollen zwölf jahre aus der deutschen geschichte, die k e i n ruhmesblatt waren.

Kulturbanausen in NRW. Vor etlichen jahren, zur zeit von J. B e u y s bekam ein anderer zeitgenosse von Beuys und ebenfalls bildender künstler (Maler, grafik) probleme mit dem damaligen hausmeister der malakademie. Dieser räumte dem künstler während einer studienreise alle schränke, voll mit konservendosen, in seinem atelier leer, und warf diese dosen in den müll. Nachdem der betreffende künstler nach der rückkehr den schaden sah – er wollte mit seinen schülern ein projekt mit diesen konservendosen durchführen – haute er in den sack und kündigte. Auch einige ‚aufgeschreckten mäzene, konnten diesen mann nach seiner kernaussage: »Wenn die Hausmeister bei der Akademie m e h r zu sagen haben als der Künstler, dann gehe ich lieber … « nicht beschwichtigen. Es war die zeit, als ein buchhändler aus Wuppertal sich anschickte, für seine partei die macht im Düsseldorfer Landtag zu erobern. Es roch damals verdächtig in NRW nach kulturkampf. – Dazu kongenial ein erlebnis des berichterstatters der DIE STEINZEIT-ung®: Als junger mann arbeitete er zu jener zeit in einem steinbruch als sprengwerker. Er war mitglied in einer laientheatergruppe der VHS. Er lud natürlich seine kumpels zu den theateraufführungen ein, in denen er mitspielte. Warum auch n i c h t ?! Ein mitglied des betriebsrates, sozi, und gewerkschaftsmitglied wie der autor auch, ließ ihn mit einer unglaublichen aussage mit der allfälligen einladung zum theaterbesuch allein: »Theater? Dat is doch nix für Arbe-iter.« Das allerdings zu einer zeit, als die »Fettecke« und die »Badewanne« von B e u y s noch auf ihre kreierung warteten. -

Sonntag, 13. September 2015

Der westen empört sich zu recht über die bilderstürmer vom IS in Nordafrika und dem Nahen Osten, überhaupt um den zerstörungsdrang muslimischer empörer in unserer zeit. Doch halt! Wie die bezeichnung »Bilderstürmer« beweist, gab es dies auch schon sehr viel früher, auch und besonders in unserem kulturkreis. Das umpitschen der »Irminsäule« durch die ersten christen, war vergleichbar; und was hat das kulturell hochstehende römische imperium mit K a r t h a g o gemacht? – Es gibt nicht wenige menschen, die das abfackeln von Rom bei dem nerotischen brand als das werk der damals hoch fanatisierten christen ansahen. Doch dies alles wird in den schatten gestellt, durch die »Roten Garden«, mitte der sechziger dvjhds, die wie die »Wandalen« in China hausten, und auch die region Tibet nicht vor ihrem »Kulturkampf« verschonten. Hallo, ihr Maobibel-schwenker in Europa! Alles schon vergessen? ...

Hisbollah; Hezbollah? Was stimmt denn nun? Vorschlag eines nicht des arabischen mächtigen: Wie wäre es denn mit ... H e (t) z b o l l a h?

Bei einer der unsäglichen TV-volksbelustigungssendungen wagte ein IT-fachmann, der, mit dem roten hahnenkamm, den einwand, ob man die – heutigen – flüchtlinge aus Nahost und Nordafrika auch »Vertriebene« nennen solle. Mein lieber Scholli! S o einen unsinn lobo ich mir nicht. Ein flüchtling hat i m m e r eine wahl (die er ja durch seine flucht gerade getroffen hatte), an dem ort zu bleiben, an dem er sich gerade befindet, oder dass er diesen ort verläßt – zwar unter der gefahr, dass er dabei u m k o m m t; aber ein v e r t r i e b e n e r hat keine wahl (wie millionen Deutsche nach 1945). – Wenn er die befehle der damaligen kommandierenden vertreiber missachtet hätte, wäre ihm die gefangenschaft, und sehr oft der tod sicher gewesen. -

Relation, relativierung, relativität, relativismus. Vier wörter, die ersichtlich einen gemeinsamen stamm besitzen, zwar nicht die gleiche sinnbedeutung haben, aber ein wichtiges feld – die beziehungen und verhältnisse der dinge zueinander – in unserer welt zu erklären versuchen. Das wort relativierung scheint in dieser sammlung das gefährlichste im gebrauch zu sein, ist doch vor gar nicht langer zeit in Frankreich tatsächlich ein komiker wegen »Relativierung« verurteilt worden. Und zwar zu einer geldstrafe von 30.000,00 €, beziehungsweise haft. – Es ging, so glaubt der berichterstatter erkennen zu können, um den mordanschlag auf das satire-magazin »Charlie Hebdo« in Paris. Danach soll der besagte humorist einen gewagten ausspruch über diesen anschlag getan haben, der nach meinung des gerichts den anschlag »verharmlost« habe. Und hierbei bekommt die bedeutung des wortes »relativieren« einen hochgefährlichen bezug zur wirklichkeit , nicht zur realität des tatsächlich erfolgten verbrechens, sondern zur wirklichkeit der – auch gefühlten – beziehungen des »relativierers« zu dem ereignis. Folgte man der aussage dieses urteils, so wäre der begriff »verharmlosung« für die relativierung u n d die relativierung der relativierung selbst der eintritt in die l ü g e. – Und wenn der relativismus von einer koryphäe der katholischen glaubenslehre als »Beliebigkeit« abgetan wird, dann verlässt diese diskussion ihre metaebene und wird physisch. Und hierin hat ein in Ulm a. d. Donau geborener mensch vor gerade 100 jahren ein neues tor aufgestoßen, und einen gänzlich neuen blick in die tiefen des wahrscheinlich dimensions- und zeitlosen raums dahinter ermöglicht. Und die ersten physikalischen experimente, ja, sogar schon technische anwendungen zeigen ein ganz neues bild der relativität, im großen als auch im kleinen, welches aber gar nichts mit »Lug« und »Trug«, mit »Beliebigkeit« zu tun hat. -

Zur physik des interessanten themas der relativität ein gedicht namens »Das Lied des Photons«, aus dem Zyklus »Die galaktische Winterreise«, gefunden in dem band »AnnA hat geträumt« ISBN 978-3-8334-8224-3, erschienen bei BoD in Norderstedt, auf seite 201, von Bernd Jacobs:

Ich war dabei, beim Großen Knall.
Bin schon uralt, und grad erst geborn.
Kurz war mein weg durchs weite All,
hab nicht ein Quäntchen Zeit verlorn.
Ich bringe Fracht vom Urbeginn,
kenn kein Danach und kein Vorher.
Mein Flug – zu Ende. Dring zuletzt
ein in dein Auge. – Jetzt ...

Alle gazetten der welt melden ungeniert russische w a f f e n lieferungen an Syrien. Man kann annehmen, dass Rußland den sprengstoff für die sogenannten »Fassbomben« liefert, mit denen die Syrer ganze stadtteile in ihren eigenen städten flachlegen. Die fässer für den bombenmantel werden die Syrer wohl aus ihrer eigenen ölindustrie abzweigen. Rußland und Syrien sind ein uraltes gespann, und Syrien war zur zeit der Sowjetunion und des »Arab-Sozialismus« einer der treuesten vasallen. Und ob der jetztige machthaber s o ein grausamer zwingherr sei, kann bezweifelt werden. Sein vater, der alte Hafiz konnte auch sehr gut aasen; bis zu 50.000 menschen soll dieser über die klinge springen gelassen haben. Wie kommt es, dass die »rotlackierten Doppelausgaben« (Zitat eines natsoz-gegners aus den 30er jahren dvjhds) in unserem Bundestag beharrlich bei ihren aufzählungen bleiben, wieviel doch Deutschland an waffen in derlei länder liefert, und n i e m a l s die waffenlieferungen des nationalsozialistischen Rußlands erwähnen, welche ja dann a u c h der angebliche grund für die flucht der menschen aus Syrien sind? Und wenn sie schon nicht aus ideologischen gründen ihren ehemaligen, immer noch heißgeliebten baazi benennen wollen/können, dann sollen sie doch um himmels willen im Bundestag diesbezüglich mal die s c h n a u z e halten ...

Anmerkung des verfassers: Natürlich wird die existenz des benannten zitats von den menschen, die es betrifft, bestritten, etwa genau so wie das zitat von Churchill vor 70 jahren, in dem er das bedauern darüber geäußert haben soll (im angesicht des stalinschen martialischen beutezugs durch Osteuropa) , dass man das »falsche Schwein (Hitler) geschlachtet habe ... «. -

Samstag, 26. September 2015

Islamist von Polizei erschossen. So geschehen in Berlin, nachdem ein islamist eine polizeibeamtin mit dem messer angriff und verletzte. Der bereits vorbestrafte terrorist erläuterte in einem vorausgegangenen prozeß, warum er so aggressiv sei: Die opfer (seiner aggressivität) hätten gegen »seine« religion verstoßen. Oh gott! Die hexenprozesse in Europa liegen jahrhunderte zurück, und da der islam sowieso eine gehörige zeit mit seiner entwicklung hinterherhinkt, steht uns noch was bevor. – Wer, wie in der dendrochronologie, die wissenschaft über die »Baumringe« für seine überlegungen anwendet, kann in der geschichte anhand vorhandener marker, und der verstrichenen z e i t vorhersagen für die zukunft treffen, weil sich die geschichte ständig wiederholt …

Die medien, insbesondere in Deutschland, wundern sich, dass sie mit »Facebook« keinen kontakt mittels eines interviews oder ähnlichem bekommen. Schon mal daran gedacht, dass Mark Z u c k e r b e r g nicht d o c h, eventuell, ! shocking ! ein r o b o - t e r sein könnte? …

Was haben der abgasbeschiss der Volkswagen AG und die NSA der USA miteinander zu tun? Sehr viel, so meinen wir. Seid auf jeden fall vorsichtig mit dem verteufeln der Amerikaner und deren überwachungsprogramme a l l e r und a l l e m durch die NSA! Haben die Amis denn in anbetracht von B e B e (Betrug&Beschiss) durch VW beim dieselabgas nicht allen g r u n d, der deutschen industrie in der schärfstmöglichen einstellung mal in deren entwicklungslabore zu gucken? Dieselruß; das ist wie der anblick der vier himmelspiekser des heizkraftwerks von VW, teilweise noch aus den 30 jahren dvjhds aus altbackenen steinen gebaut, und die niedergelegt gehören, damit sich der anblick der schönen niedersächsischen landschaft um F a l l e r s l e b e n wieder erholen kann. Vielleicht könnte die AG dann auch die bräsigen klinkerfassaden ihrer verwaltung und werkstätten durch moderne, helle freundliche architektur ersetzen. Und, vor allem: Der name: V o l k s wagen könnte in der nun erfolgenden gewaltigen umwälzungen durch diese rieseneselei mit dem dieselabgas zu gunsten eines modernen namens abgestreift werden, zumal dieser alte name untrennbar mit einer »völkischen« vergangenheit verknüpft ist. Aber so, wie die sache zur zeit steht, geht wohl der erlös eines gesamten geschäftsjahres der AG verloren, und zwar für die zahlung von fälligen strafen, und mit sicherheit erfolgenden schadensersatzforderungen von zig Amerikanern. Denn es ist bekannt, dass amerikanische anwälte mit forderungen in millionenhöhe gar nicht zimperlich sind. Und d a n a c h erst beginnt der richtige wettbewerb, denn der war wegen der natsoz-vergangenheit des werks, und dem gruselfaktor beim kauf eines produktes eh verzerrt. – Noch eine, etwas tröstliche aussicht: Wenn der aktienverfall der AG so weitergeht, kommt P o r s c h e doch noch zum zuge. – Dann bliebe alles in der »Familie« …

Der wunsch der Bundeskanzlerin das gespräch mit Putin zu suchen ist berechtigt. Ob sie dazu von irgend jemandem »getreten« wurde, oder aus freien stücken (eher unwahrscheinlich) ist ohne belang. Dass Amerikaner und Frankreich etwas d a g e g e n haben sind lediglich rückzugsgefechte. Jedenfalls macht die Bundeskanzlerin das alles ganz geschickt, besonders ihre jüngsten verlautbarungen über die flüchtlingsproblematik in Deutschland und der welt. Damit niemand in der welt sagen kann, dass w i e d e r Deutschland an »allem« schuld ist, denn schon schwirrt der etwas seltsame begriff vom »moralischen Imperialismus« durch den meinungsäther. Und diese sehr dümmliche bezeichnung im hinblick auf Deutschland stammt ausgerechnet von dem staatschef eines europäischen landes, welches vor über 70 jahren ein getreuer, faschistischer kampfgefährte innerhalb der Hitler-koalition (»Achsenmächte«) war, und kräftig mit g e m o r d e t hat …

Eine putzhilfe schimpft wie ein rohrspatz bei ihrer hausfrau über die flüchtlinge aus Syrien. Die putzhilfe stammt aus einem land auf dem Balkan. Die hausfrau weist die frau zurecht indem sie sagte: »Hör mal, Alila. Du warst doch selbst über ein jahr illegal hier in der Bundesrepublik, nachdem Du geflüchtet warst. Dann müsstest D u doch verständnis für die Menschen aus Afrika haben.« Die reaktion von Alila ist nicht bekannt; jedenfalls war der hausfrau, als dass hinter den äußerungen der putzhilfe, notdürftig verdeckt, der versabberte rand eines quietschgelben futterneid-trogs hervorlugte. -

Der islam hält den christen götzendienst in ihren kirchen vor, weil sie dort große bilder haben, auf denen götzen und gott selbst dargestellt werden. Nach der glaubenslehre des islam ist dies nicht erlaubt und sünde.- Nun, was sünde und götzenanbetung anbetrifft, so hat es vor kurzer zeit in Mekka während der großen wallfahrt ein ereignis gegeben, was den islamischen glauben als bigott erkennen lässt. In der nähe von Mekka gibt es eine steinerne mauer, die als die personifizierung des »Teufels« (arab. Shaitan) gilt, und welche von ungezählten menschen mit s t e i n e n bepfeffert wird. Dies gilt als »Steinigung des Teufels« und ist ein gottgefälliges werk. Doch shaitan muss furchtbar zurückgeschlagen haben, denn erst ließ er einen baukran in eine moschee krachen (über 100 tote!), und dann gerieten die eifrigen und selbstlosen teufelssteiniger in panik, als einige steine eine falsche flugbahn nahmen, und andere steine schlicht von dem »Teufel« abprallten, und menschen in der menschenmasse verletzten. In der darauf folgenden panik (der mensch ist ein herdentier und flüchtet lieber, als sich der gefahr zu stellen) trampelten sich gegen-und übereinander 7 0 0 menschen t o t!- Sind diese toten nun gottgefällige märtyrer, oder hat sie alle der teufel geholt? ...

Im zusammenhang mit dem text über V o l k w a g e n A G soll auf eine andere, weltweite gefahr hingewiesen werden, die unseren lebensraum bedroht: Auf die atomkraft. Wobei Fukushima ein nicht so ganz passendes beispiel wäre, weil Fukushima kein o r i g i n ä r e s, aus sich selbst heraus entstandenes unglück war, sondern eine naturkatastrophe, der tsunami, als ursache gilt. Ungeachtet dessen ist allerdings fakt, dass wir mit den rückständen – im sinne des wortes – dieser katastrophe zu tun haben – dem radioaktiven abfall. Im prinzip ist es richtig, diese rückstände der Erde (Endlager) zurück zu geben, weil diese materialien im urzustand (Uran) der Erde zuvor entnommen wurden. Die vorstellung, dass diese endlager so verriegelt und verrammelt werden sollen, dass einige hundert generationen menschen nicht mehr drankommen ist anmaßend. Denn es ist möglich, dass kommende generationen ganz, ganz andere handhabungen – darunter auch ungefährliche – finden, die unsere generation ganz alt aussehen lassen würden. Der berichterstatter erinnert sich hierbei an ein gedicht, welches im zuge des baues des kraftwerks in C a t t e n o m entstanden ist, und folglich also fast 30 jahre alt ist. Es befindet sich in dem gedichtband »Ihr seid ja alle Prokrustes!«, ISBN 978-3-8334-7375-3, aus der reihe »NeoLit aus dem Neanderthal«®, erschienen im jahre 2008 bei BoD in Norderstedt, von Bernd (bejot) Jacobs, auf seite 103:

Stoßgebet eines Pfälzer Kanzlers beim
Anblick der Kühltürme von Cattenom

Oh, Du Verwaltung des Alls.
Du Erhaltung der Energie.
Laß, oh Du, wenn im Pellet Drei
des siebzehnten Brennstabs
vom Reaktor Zwei
im Kraftwerksblock C,
die beiden bewußten Kobaltisotope
sich Deiner Kontrolle entziehn,
und Uranatome zur Freiheit verführn.
Laß also, wenn, oh Du Allmacht,
Materieströme, entfesselt, weißgleißend
und teigig verformt,
sich dem Ursprung, dem Erdmittelpunkt

entgegenschweißen;
und gelblich-grauschwarzbrauner Qualm
gleich einem Schmelzofen
aus der Erde steigt und das Land verseucht.
Dann, oh Du Barmherzigkeit, ich bitte Dich:
WENNS SO RISCHDISCH SCHEEN DA DRIBBE
IM WERRG HAD GRACHE DUHT -
Dann, oh Du letzte Weisheit!
Laß kräftig und ausdauernd den Ostwind wehn.

Kontakt: hirnzwingen@gmail.com

Montag, 12. Oktober 2015

Aus dem Krankenhaus

Peter Niehren ist tot. – Fritz Pauels musste schnell nachfassen, damit ihm die zeitung nicht aus der hand glitt, die ihm der krankenpfleger freundlicherweise zur frühstücksbox beigelegt hatte. Ist das etwa der Peter, der bis vor ungefähr vier wochen mit ihm genau hier im selben krankenhaus, auf der gleichen etage, allerdings auf der anderen seite, nach westen hin, ein zimmer teilte? Nachdem Fritz den letzten schluck tee – dieses mal war es Kamille, zwei beutel, zwei stück zucker – ausgetrunken, und die frühstücksbox zusammengestellt hatte, nahm er die zeitung, und machte sich auf zum schwesternzimmer. Gerade kam aus einem krankenzimmer die etwas füllige schwester heraus, die er von seinem letzten krankenhausaufenthalt kannte, zeigte ihr das blatt mit der traueranzeige und fragte: »Schwester, wissen sie noch, ob der herr Niehren, mit dem ich vor ungefähr drei wochen hier in einem zimmer zusammen gelegt war mit dem vornamen Peter hieß?«

Hierbei wies er auf die zeitung in seiner hand. Die frau stutzte, sah auf die zeitung, und sagte sehr schmallippig: »Nein, dass kann ich ihnen nicht sagen. Bei sovielen patienten kann ich mich nicht an die namen erinnern«, eilte weiter und ließ den mann mit seiner offenen frage stehen.

Unter dem eindruck dieser offensichtlich nicht ganz korrekten antwort fiel Fritz wieder ein, dass er hier auf der station vor ein paar tagen nachmittags den s o h n von Peter mit zwei jungen männern herumwuseln sah, so, als wenn sie irgend etwas vorbereiten wollten. Da Fritz diesen herrn von seinen krankenbesuchen bei seinem vater kannte wollte er ihn fragen, wie es denn seinem vater ginge, unterließ es aber aus einer plötzlichen, unerklärlichen eingebung.

Er erinnerte sich weiter, dass diese männer in ein krankenzimmer eintraten, an dessen tür ein schild angebracht war, auf dem »Quarantäne« stand und vor »Ansteckungen« gewarnt wurde, und dass man sich vor betreten dieses zimmers unbedingt beim stationspersonal melden sollte. Sehr anschaulich wurde diese warnung dadurch unterstützt, dass neben der zimmertüre eine stellage stand, auf der schutzkleidung wie gesichtsmasken, handschuhe, ganzköperüberzüge und galoschen aus plastik lagen. Die unausgesprochene forderung: Bitte diese sachen unbedingt anziehen. -

Auf dem rückweg zu seinem zimmer kam er an dem zweiten zimmer auf der station vorbei, an dessen türe sich die gleiche ausstattung befand wie an der ersten. Und da dämmerte es Fritz: Ist es etwa in wirklichkeit s o, dass diese zimmer s t e r b e zimmer sind? Und dies sehr gut getarnt als »Quarantänezimmer«(also lokal abgetrennt), aber wirkungsvoll inszeniert gegen die stete neugier von menschen? Dann wäre Peter Niehren vor ein paar tagen hier, ganz in der nähe von ihm gestorben.

Fritz überlegt, an welchem tag dies hätte gewesen sein können. War es der tag, an dem er den sohn von Peter hier auf der station gesehen hatte, wo er diesen um das befinden seines vaters befragen wollte, aber irgendeine eingebung ihn davon abhielte. Gut, die sichtbare hektik des mannes hielte Fritz davon ab, kontakt herzustellen, denn diese hektik war sicher gegeben durch hier stattfindende besondere ereignisse – der eigene vater lag im sterben? –, und für Fritz übertrug sich dieses signal von einem außergewöhnlichen geschehen nonverbal auf ihn. Ja, so musste es gewesen sein; an diesem tag war sonst nichts, was ihm in erinnerung geblieben ist, außer, dass es sehr, sehr heiß war.

- Die beiden männer Fritz und Peter Niehren kamen damals, als sie zusammen in dem krankenzimmer lagen, schnell ins gespräch. Peter wohnte mit seiner familie ebenfalls hier am ort, und zwar auf der Schwiegerhauser Straße, welche nicht weit von der straße liegt, wo Fritz wohnt. Als sie bei einer banalen unterhaltung über den Silberberger Teich im stadtpark, und über die direkt daran liegende Obersieck Villa kamen, erzählte Fritz seine geschichte über dieses haus.

Als junger maurergeselle hatte er an dem neubau dieses hauses mitte der 50er jahre dvjhds mitgewirkt. Das besondere seiner arbeit war, dass er von seinem polier die aufgabe bekam, am haupteingang des sehr umfangreichen gebäudes die große freitreppe mit Ruhrsandstein zu plattieren, und die trachytgewände für die große eingangstür einzubauen. Das besorgte Fritz mit hilfe eines interessierten, ungefähr gleichaltrigen handlangers, der bei der baufirma praktizierte, und anschließend bauingenieur werden wollte. Die arbeit gelang so gut, dass sogar der bauherr, prokurist einer örtlichen kratzenfabrik, sich das werk ansah, und den beiden jungen bauleuten ein flasche guten weinbrand und, etwas heimlicher, einen großen geldschein zusteckte. Die flasche wurde natürlich von der gesamten baustellenmannchaft aufgeschlabbert. Und jedesmal, so Fritz, wenn er, viel, viel später, als er verheiratet war und kinder hatte, und sie besuch bekamen, und dem besuch einen spaziergang um den Silberberger Teich, mitsamt der besichtigung des alten mühlengebäudes am stauwehr anbot, so zeigte er jedesmal, wenn sie an der Obersieck Villa vorbeikamen sein werk von vor über 50 jahren, fast unbeschädigt – von kleinen fugenschäden mal abgesehen.

Während der erzählung von Fritz wurde sein zimmergenosse immer ungeduldiger, seine miene und seine handbewegungen zeigten deutlich, dass er etwas sagen möchte, was Fritz interessierte. Peter sagte: »Dann haben wir uns dort schon mal gesehen. Denn ich habe in das gewände die tür eingesetzt. Und das war eine schwere eichentür.«

Nun war aber Fritz baff, und er fragte, ob die löcher für die türschrauben im trachytgewände auch gepasst hätten, diese löcher, die er mühsam und vorsichtig mit hilfe eines kronenmeißels und dem fäustel von hand hineingeschlagen hatte. Gern bestätigte ihm sein nicht erkannter, aber trotzdem nach 60 jahren wiedergefundener arbeitskollege, dass alles gepasst hätte, und diese türe wäre heute auch noch am ort ihres einbaues. Dann fragte Fritz seinen damaligen bauschreiner-kollegen, ob er sich denn noch an ihn, den plattenleger erinnern könne.

»Nä«, sagte Peter Niehren: »Ich kann mich nur daran erinnern, dass der junge mann eine baskenmütze getragen hatte.«

‚Moment', bedeutete Fritz mit seiner hand, ging zu seinem kleiderspind, griff hinein, und zog seine baskenmütze hervor: »So eine, wie diese?«und beide mussten herzhaft lachen. Und dann erzählte Fritz, dass er seit fast zwei generationen als kopfbedeckung nur baskenmütze getragen habe, außer einer weißen schirmmütze, die sich in den frühen fünfzigern dvjhds auf der Holsteinischen Seenplatte bei einem ausflug per schiff mit einer windböe auf den weg zu den wassernixen gemacht hatte. Warum er hüte nicht gerne trug führte er auf seine abneigung zurück, jedesmal bei einer begegnung mit einem anderen hutträger dieses utensil zur begrüßung vom kopf reißen zu müssen. Sein heute 44 jähriger sohn trägt ebenfalls eine baskenmütze, und dies wahrscheinlich eher wegen der kopfbedeckung eines südamerikanischen idols der damaligen jugend. – Die fama unter seinen freunden lautete, dass er dieses kleidungstück schon bei seinem auf-die- welt-kommen aufgehabt haben soll.

Das gespräch zwischen den beiden war beendet, als an der krankenzimmertür geklopft wurde, und besuch für Peter kam. Ein kleiner junge, wahrscheinlich der enkel von Peter, setzte sich, nachdem er dem opa das händchen gegeben hatte, flugs vor opas bett auf den boden, und fing sofort mit seinem schlautöner an zu daddeln. Der besuch lobte die patienten, dass sie sich in gegenwart der großen hitze draußen durch das herunterlassen der alu-blenden vor dem fenster, und dem weiten aufreißen desselben erleichterung verschafften. Dabei konnte noch niemand ahnen, wie schlimm es in wenigen tagen mit der hitze erst werden sollte …

-Heiß, heiß, noch heißer! Fritz legt die ausgelesene zeitung zur seite, und fährt die jalousie vor dem fenster herunter, um die morgensonne, die nun über die dächer der häuser auf der anderen straßenseite geklettert ist, abzuschirmen. Aus dem weit geöffneten fenster strömt zwischen dem sonnenglast immer noch ein kleiner hauch von nachtkühle von den mauern, dem erdboden, den sträuchern und bäumen in den raum. Doch spätestens zur mittagszeit hat dieses labsal ein ende, weil die sommerhitze in jede ecke, jede ritze des raums eindringt und den menschen klar macht, was ein heißer sommer bedeutet. – Peter ist tot. Gestorben wahrscheinlich hier, ganz in der nähe; und natürlich wusste die schwester vor gut einer stunde die richtige antwort auf eine berechtigte frage. Aber warum wird auf dem heiklen gebiet des sterbens – auch hier an dem ort, wo wahrscheinlich die meisten menschen auch und besonders in normalen zeiten sterben – soviel verschleiert und verschwiegen. Nur manchmal verraten sich die heilberufler, wie es Fritz einmal selbst erfuhr. Als er vor einiger zeit hier im krankenhaus wegen einer ruppigen herzattacke aufgenommen und eingehend untersucht wurde, hatte er nach kurzer zeit keine äußerlich spürbaren symptome mehr vorzuweisen. Dies fiel natürlich den untersuchenden ärzten auf. Am ende der untersuchung ergab sich ein nicht spannungsfreies wortgefecht zwischen dem arzt und ihm, welches in der frage des arztes seinen höhepunkt erlebte: »Was wollen Sie eigentlich hier?«, worauf Fritz, überhaupt nicht aufgebracht oder beleidigt auf diese ehrliche frage des arztes, ehrlich antwortete: »Ich will gesund werden.« Als beide, der arzt und sein assi, herzlich auflachten, grinste Fritz mit, und dies nicht nur wegen seines mutes, diese antwort gegeben zu haben. Dann klärte der arzt in einem folgenden, sehr freundschaftlich verlaufendem gespräch darüber auf, dass man sein – Fritzens leiden – als neue »Volkskrankheit« bezeichnen würde. Für Fritz war das das eindeutige zeichen, dass es mit »gesund werden«, speziell mit seinen beschwerden, wohl nichts mehr werden wird, denn »«volkskrankheit« ist das synonym für »chronisch«.

Es war folgerichtig, das der körper des 84 jährigen Peter nach dem einsetzen des herzschrittmachers, auch im angesicht der höllischen sommerhitze, nicht mehr mitmachte, und mitsamt der geballten menschlichen technik in der brust des mannes ins grab gesenkt wurde. – Ja, Peter. Ich komme dich mal besuchen, wenn ich den eingriff hier überstanden habe. Vielleicht kannst Du mir dann über die noch lebende maschine in deiner brust m e i n e r maschine mitteilen, was ich machen muss oder n i c h t machen sollte, um eine etwas längere zeit zu überleben, als nur e i n e n monat …

Dienstag, 20. Oktober 2015

Zur zeit gibt es in der welt keinen staatsmann, dessen image schlechter ist, als das des Syrers Bascha al-Assad. Selbst der kommunistische bürgerkönig Nordkoreas, aus dem hause der U ns hat keine schlechtere presse. Assad, der »Massenmörder«, der sein »eigenes Volk bombardiert«, mit »Fassbomben« (was in Bayern eher angenehme gefühle erzeugt, wegen der vorstellung guten bayrischen bieres), der wahlweise »ausrottet«, »vertreibt, »knechtet«, und sich gar nicht scheut, unter »brutalen Repressionen« »Frauen und Kinder abzuschlachten«. So schlimm und irgendwie so bekannt, diese vorwürfe. Was kann das bedeuten, wenn Assad diesen und jenen ort, und diesen und jenen stadtteil von irgendeiner stadt in Syrien mit »Fassbomben bombardieren« lässt, und diese gebiete von »mehreren islamistischen Gruppen besetzt« seien? Ist dies etwa auch noch sein »eigenes Volk«? Dies darf bezweifelt werden, denn »sein Volk« ist sehr wahrscheinlich vor diesen »Mordbanden« davongelaufen, und sind auf dem wege zur ewigen seligkeit – nach Deutschland. Und die, die nicht weglaufen wollten oder konnten sind geiseln dieser »islamistischen Gruppen«, die sich zwischen den zivilisten verschanzen. Und die fassbomben zielen überwiegend auf die, denen diese bomben zugedacht sind, auf die aggressoren, die »mehrere, islamische Gruppen« genannt werden. Und es ist das alte menschliche spiel seit erfindung des faustkeils: Menschen aus ihrem selbstgeschaffenen lebensraum zu verdrängen, um selbst die güter des landes zu nutzen. Und dies sind nicht nur die krieger, oder genauer »Mörderbanden« des isamischen staats, der übrigens schon den größten teil des landes kontrolliert. Da alle welt vor d i e s e m gegner angst hat, weil diese gefahr als unbekannt erscheint (ist sie aber nicht!), muss halt ein s c h e i n- riese her, eben Bascha. Basta … Die krieger des islamischen staates kommen überwiegend aus der westlichen welt, die »Schläfer« der jahrzehnte andauernden schleichenden mobilmachung, auch genannt »Migration« sind erwacht, und in den massen, die j e t z t zur zeit nach Europa strömen befindet sich die 10 fache anzahl von dem, was wir bis dato erfahren haben. Entscheiden Sie selbst, was Bascha al-Assad in der wirklichkeit macht, außer den versuch unternimmt, die integrität des landes S y r i e n zu wahren. Für nichtinformierte: P a l m y r a liegt in Syrien. -Nehmen wir einmal an,- wirklich nur angenommen!!-, die Ukraine startet einen scheinangriff auf Woronesch und Kursk bei ihrem nachbarn, um den hauptangriff auf Stalingrad (pardon, Wolgograd) zu verschleiern. Was meinen Sie, was es da bomben und raketen auf die Ukraine r e g n e n würde! – Und jetzt sind wir an der quelle der tonart – und nur der t o n a r t, und nicht bei den oben geschilderten ausführungen der kriegshandlungen – der propaganda gegen Bascha. Es kommt von einem land, welches nur ein paar schritte weiter östlich von der Ukraine liegt.

Die auseinandersetzungen von flüchtlingen in unseren heimen in Deutschland unter den volksgruppen und religionen zeigen aller wahrscheinlichkeit, dass es sich bei diesen leuten – ausgenommen die e c h t e n Syrer, die aus Syrien kommen – in der mehrzahl n i c h t um »asylanten« handelt. – Denn wenn diese m a s s e von leuten s o politisch und lebensbedrohend verfolgt worden sind, wie diese es vorgeben, würden sie – dem tode und anderen beschwerden gerade noch so entkommen – sich gewiss a n d e r s gegenüber ihren l e i d e n s g e n o s s e n verhalten …

Peinlich. In einer sendung des WDR 5 am 30.09.2015, in der es um das thema »Büro digital oder papier?« ging meldete sich ein hörer, und lobte das »digitale Büro« über den grünen klee, bis dieser grau wurde. Dann passierte es: Die funkverbindung zum studio mit seinem schlautöner wurde immer schmaler, bis die verbindung ganz abriss. Das bedauern der moderatorin und ihrer gästin – befürworterin eines »Digitalen Büros« – war groß. Na, mit einem papierernen (analog) brief wäre das wohl nicht passiert. Überlegenswert: Was macht man mit einem »Digitalen Büro«, wenn der »Saft« (strom) fehlt oder etwa ganz ausfällt? …

Endlich, endlich eine sehr einleuchtende erklärung für das mysterium der hohen preise für die werke der modernen kunst, insbesondere der werke von Andy Warhol und konsorten. Bei einer ausstellung im MoMa äußert sich eine kunstsachverständige auf eine frage, warum die moderne kunst so geschätzt wird mit der antwort, dass der große vorteil der modernen kunst ihre »Interpretierbarkeit« sei. Aha! Jetzt dämmert dem berichterstatter, warum ein werk von – beispielsweise – Jeff Koons bis zu 40 mill. Dollar kosten kann, für welches – zum beispiel der berichterstatter – nur maximal 100 Euro abdrücken würde. Moderne kunst ist folglich eine schattenwährung, die eine geheime währung bleibt, um eventuell geschäfte mit sex, drogen, waffen zu machen. Und zwar solange unbedarfte und auch schlitzohrige »fachleute« (kunstkritiker, galerieinhaber, museen, auktionshäuser) die sore schönreden. Selbst der s t a a t findet die »moderne Kunst« ausgesprochen nützlich, weil bei den horrenden preisen beim umsatz immer ein hübsches sümmchen als s t e u e r abfällt.

Wissenschaftler haben bei »Tier«versuchen festgestellt, dass mehlwürmer kunststoffe vertilgen. Ideal wäre es, diese viecher den kunststoffmüll fressen zu lassen, und w i r verspachteln dann die dicken und fetten mehlwürmer als nahrung. Die gestaltung der rezepturen kann man der asiatischen küche überlassen, die hat jahrtausende lange erfahrung mit derlei kroppzeugs.

Nachrichten aus Bosnien. Ein kleiner ort dort, niemand kümmert sich drum. Es gibt viele ruinen, und viele a r b e i t s l o s e! Ja, allverdammt und Kruzitürken!. Warum fängt dann keiner an zu arbeiten?! Kommen lieber nach Deutschland gelaufen. Reißt, zum donnerwetter, die ruinen ein, fangt an in die hände zu spucken, haben wir in Deutschland auch gemacht, »Auferstanden aus Ruinen … ». – »Wir schaff (t) en das … .«

UNO am ende? In dieser verfassung zweifellos. Es ist aber n i c h t Rußland (Sowjetunion) der hauptschuldige; zu mindestens gleichen teilen haben die USA ebenfalls politik mit militärischen operationen gemacht, und nun sind eben im moment (in Syrien) »die Russen mal dran.«

Warum lieben die menschen die mystik? Wohl deswegen, weil sie von den schönen, guten worten des zu – schön, – um – wahr -zu – sein nicht loskommen?

In Indien gibt es ein religiöses problem. Wenn ein hindu ein schwein schlachtet und dieses auch verzehrt, dann ist der moslem zutiefst in seinem glauben (über die »unreinheit« des schweins, und dem frevelhaften verzehr desselben) verunsichert. Wenn der m o s l e m ein k a l b (Kuh) schlachtet, und das auch noch öffentlich, so ist dies in I n d i e n ein sakrileg. Endergebnis: Der moslem wird totgeschlagen. Offensichtlich ein gott(götter)gefälliges werk? -

»Fluchtursachen überwinden«, steht auf den plakaten der Freunde der Flüchtlinge. Na, klar. Die bomben von B. a. Assad werden wohl die »ursachen« sein, denn es gibt kein stärkeres argument zur flucht, wenn es bomben regnet. Wollen die menschenfreunde doch mal so freundlich sein, mit d e n s e l b e n plakaten in der innenstadt von Damaskus u n d/ oder in M o s k a u zu demonstrieren? Oder ist diese empfehlung nicht so ganz »koscher«, »halal«, oder gar nicht p. c. ? ...

Warum hat die Sowjetunion unter dem damaligen generalsekretär des ZK der kommunisten, Stalin, die Genfer Kriegsgefangenenkonvention von 1929 nicht gegengezeichnet? Wahrscheinlich deswegen, weil zu diesem zeitpunkt in einigen köpfen der damaligen mitglieder des ZK, insbesondere im gehirn des damaligen vorsitzenden schon die schrecken der 30 er jahre dvjhds (Holodomor in der Ukraine, an der Kolyma in Sibirien, zahlreiche menschenmordende kanalprojekte im europäischen Rußland) gestalt angenommen hatten, die unweigerlich mit dem damaligen V ö l k e r b u n d in kollosion geraten wären. Und wer weiß: Wahrscheinlich war auch das verbrechen von K a t y n schon in dem gehirn dieses massenmörders angelegt gewesen. Wenn diese vereinbarung des Völkerbunds von der Sowjetunion unterschrieben worden wäre, wären in dem kommenden krieg gewiss nicht so viele gefangene rotarmisten, bar jeglichen schutzes durch gegenseitige konventionen, in deutscher kriegsgefangenschaft umgekommen und umgebracht worden, darunter fast alle j ü d i s c h e n soldaten und offiziere. Die jüdischen soldaten in den westheeren der Alliierten sind als kriegsgefangene der deutschen Wehrmacht größtenteils korrekt als kombattanten behandelt worden, und haben somit den genozid an den europäischen Juden überlebt. In Asien war es das Kaiserreich Japan, welches nach historischen erkenntnissen dieses wichtige Genfer Protokoll neben der Sowjetunion n i c h t gegengezeichnet hatte. So, wie ein »Federstrich« in wichtigen dokumenten gewaltige schäden und viel leid anrichten kann, so hat ein f e h l e n d e r federstrich unter umständen dieselbe wirkung; siehe die bombardierung von Shanghai und das Nanking-massaker in den 30ern dvjhds.

Sonntag, 25. Oktober 2015

Was hat der kleine junge, der im letzten sommer tot an die türkische küste angespült wurde mit einer »Verschwörungstheorie« zu tun?

, Was? Was lallt der da? Jetzt ist aber der von DIE STEINZEIT-ung® total übergeschnappt' werden Sie nun sagen. Gemach. Stellt Euch einen tycoon von der Levante vor, oder, allgemein, einen menschen aus dem Mittelmeerbereich, superreich (» Milliardär«), dem es ein graus ist, die schönen gestade des Mittelmeeres mit den zahlreichen flüchtlingslagern verunstaltet zu sehen. Und wie dieser mensch von einer P.R.-firma beraten wird, wie man dieses – natürlich unter einsatz von viel, viel geld – beheben könnte. Das arbeitskonzept dieses projekts könnte man »Balkan-Route« nennen. Dazu diene als initialzündung zunächst nur ein einziges foto. Und dieses foto muss um die welt gehen, und insbesondere in dem medienbesoffenen Europa ordentlich gepuscht werden. Gleichzeitig müsste in den staaten, denen die flüchtlingslager auf ihren territorien fürchterlich stinken, mit hilfe der dort befindlichen lobby diese negativstimmung geschickt auf das s o o o o reiche Europa der europäischen union umgelenkt werden. Dazu gehört, dass man in den flüchtlingslagern in der T ü r k e i kolportiert, dass es eigentlich von der westküste der Türkei bis zur grenze der EU maximal nur 30 kilometer übers meer sind; bei stillem wetter fast eine kahnpartie. Sehr wichtig und entscheidend in diesem plan »Balkan-Route« ist, den Griechen zu vermitteln, was s i e tun müssen, nämlich g a r n i x! – Und wenn dies gelungen ist, wird sich ein automatismus in bewegung setzen, der sich durch den schwung der m a s s e n selbst am leben erhält, und sogar noch energie gewinnt. -

Das glauben Sie nicht? Schauen Sie ins fernsehen, lesen Sie die gazetten, surfen Sie im internet …

Zu dem schlagwort »Balkanroute« hat der berichterstatter ein gedicht in einem gedichtband gefunden, aus dem die überschrift dieses blogs stammt. Urteilen Sie selbst, ob das heutige geschehen mit dem inhalt des gedichts korrespondiert:

Ein General

Ein General.
Hat keinen Mann,
der für ihn kämpft.
Er kämpft allein,
besiegt gewiß
zu gleicher Zeit

Freund und den Feind.
Dem Feind dient er
zur Unzeit oft,
die Wirkung seiner Kräfte an.

Ein General.
Kennt keinen Stahl,
kein Flächenwurf
und Panzerschlacht.
Die Strategie
erstickt in Eis,
in Schnee und Wind,
in Lehm und Frost.
Und fällt trotzdem
weit über hunderttausend Mann.

Ein General.
Kennt kein Pardon
mit Menschen, die
nicht wehrhaft sind:
Mit Frierenden,
mit Hungrigen,
mit Greis und Kind,
mit Kreißenden,
mit Kranken und
mit Flüchtenden.
Seht zu, daß eure Flucht
nicht in den Winter falle.

(Aus dem gedichtband »Ihr seid ja alle Prokrustes!«, auf seite 38, in der reihe »NeoLit aus dem Neanderthal®«, von Bernd (bejot) Jacobs, ISBN 978-3-8334-7375-3, erschienen 2008, bei BoD in Norderstedt)

Mit dcn flüchtlingen kommt ein erster, wirklich gefährlicher sprengsatz nach Europa, der der großen idee vom vereinigten Europa den garaus machen könnte. Frau Merkel hat alle Deutschlandhasser wie die Griechen vorgeführt, indem sie, n a c h dem stacheldrahtfeldzug Ungarns a u c h Deutschland als vakantes zufluchtsland angeboten hatte, trotzdem nach »Dublin« dieses nicht nötig war, weil Deutschland eigentlich nur in den Nord-und Ostseeküsten eine »Außen«grenze hat, wobei man die Ostseeküste getrost vergessen kann. Ich glaube, sie hat im angesicht der konkreten reparationsforderungen Griechenlands an Deutschland im frühjahr die notbremse gezogen, bei dem bremsruck ist manchen in Europa die biedermannmaske vom gesicht geflogen. Die intention der kanzlerin war wohl: Besser milliarden für die flüchtlinge – es gibt wirklich welche, aus Syrien, Afghanistan! – ausgeben, als aber- und abermilliarden für verbindlichkeiten für vor über 70 jahren zurückliegende ereignisse zahlen zu m ü s s e n! Denn die us. amerikanischen rechtsanwälte sind verdammt nicht zimperlich im erstreiten von millionen und abermillionen. Mit dem zahlen m ü s s e n von reparationen kann das ja heute ganz fix gehen mit den sprüchen der jurokratie, denn es gibt inzwischen soviele »Gerichtshöfe« (man denkt dabei immer an »Erbhöfe«, komisch), die »Recht« sprechen, so wie neulich über die Armenienfrage, ob der, noch offiziell so genannte völkermord des Osmanischen Reichs an den Armeniern, mord oder nicht mord war. Angela Merkel hat sich einen moralischen schutzwall zugelegt, der sehr schwer zu überwinden ist. Dass ausgerechnet das österreichische »backhendel« sich in diesen tagen so aufplustert is scho a graus; ausgerechnet Österreich! Woa da nicht a mol wos mit ahm herrn A. Hicklhuber? ...

Mittwoch, 11. November 2015

Rußland hat seit dem zusammenbruch der Sowjetunion bis heute – mit verstärkender tendenz – probleme mit der NATO. Warum? Lassen wir mal alle mutmaßungen über das Über-den-Tisch-ziehen von Rußland beim abschluss des 2+4 vertrages beiseite, und fragen wir uns einmal, ganz bescheiden, ganz rhetorisch, ob J u g o s l a w i e n in seiner damaligen form noch h e u t e existieren würde, wenn es damals bei dem zerfall dieses künstlichen gebildes von Stalins gnaden auf dem Balkan k e i n e NATO-präsenz in Europa gegeben hätte ? ! ... Jeder mag diese frage für sich beantworten; DIE STEINZEIT-ung® hat sich dieser aufgabe schon selbst unterzogen. – Übrigens ist dies eine typische »computerfrage«; es gibt nur z w e i möglichkeiten der antwort, eine herumeierei führt immer zu einem fehlergebnis, denn wir sind mit der weltgeschichte nicht bei der Quantenphysik ...

Bei dieser gelegenheit: Sehr wohltuend ist es, dass die fraktion der »rotlackierten Doppelausgaben« (von was, wohl? ...) im Deutschen Bundestag eine sendepause in der verkündigung der »amerikanischen Schuld« durch amerikanisches »bombing« an dem flüchtlingsdrama in/aus Syrien eingelegt haben. Lediglich Oscar, der springbrunnen, gatte der wiedergängerin von Rosa Luxemburg, der oppositionsführerin im Achtzehnten Deutschen Bundestag, konnte das wasser nicht halten, und im angesicht des massiven »russian bombing« doch noch mal – hoffentlich zum letztenmal! – die alleinige schuld der »Amerikaner« zu beschwören.

Herrlich! Eine »schöne« nachricht aus dem radio. Ein rundfunksender meldet eine walrettung vor einer nordamerikanischen küste aus dem netz-und seilegewirr einer aquafarm. Mit viel mühe gelang es dem rettungsteam, die zahlreichen netze, fäden, auch aus Nylon zu kappen, und somit den giganten zu befreien. , Anschließend' ,so die moderatorin, , schwamm das tier davon'. Wunderbar. Aber was hätte das tier denn neben dem davonschwimmen s o n s t noch machen sollen? Etwa zum dank mit der schwanzflosse wedeln? – Aber nichts für ungut: Vielen dank für eine dieser, ach so seltenen, »schönen« meldungen, liebe senderbesatzung. Bitte weitermachen ...

Die Europabehörde meldet, schon frühzeitig im märz dieses jahres der Bundesregierung mitgeteilt zu haben, dass sich in dem flüchtlingsdrama in den betroffenen ländern Libanon, Jordanien, Türkei und Griechenland etwas besonderes abzuzeichnen beginnt. DIE STEINZEIT-ung® fragt sich, was diese meldung eigentlich bezwecken soll, außer Frau Merkel – wie gewohnt – in schlechtem licht erscheinen zu lassen. Was wäre denn im »März« passiert, wenn Frau Merkel darauf reagiert hätte? Wir beantworten diese gar nicht so rhetorische frage so: Alles, was n u n passiert, hätte sich ein knappes, halbes jahr F r ü h e r abgespielt, mit der wirkung, dass sich noch m e h r menschen im herzen Europas h e u t e befinden würden. Nun jedoch wird der grausamste feldherr der Nördlichen Hemispäre – General Winter – die fluchtbewegungen gewiß für eine zeit bremsen, wenn nicht sogar gänzlich stoppen ...

DIE STEINZEIT-ung® möchte auf die überlegungen des europäischen ratspräsidenten Donald T u s k , Deutschland möge an den europäischen außengrenzen mehr »Robustheit!« zeigen, eingehen. Es ist wohl nicht notwendig zu betonen, w o h i n sich eine »Robustheit« an einer grenze entwickelt, wenn sich handlungen, einmal in bewegung gesetzt, in der unheilvollen »Spirale des Schreckens« enden. – Wir sind der meinung, dass im angesicht der forderungen unserer hellenischen »Freunde« kein einziger deutscher soldat an irgendeiner außengrenze Europas einen einzigen scharfen schuß abgeben darf, solange nicht ein w e l t umfassendes abkommen (UNO) mit allen ländern der welt (»Weltkrieg!«) in völkerrechtlichem sinne vorliegt, dass Deutschland im hinblick auf r e p a r a t i o n e n für handlungen, die teilweise über 100 jahre zurückliegen, k l a g l o s gestellt wird. Erst d a n a c h ist Deutschland wieder ein vollwertiges mitglied der völkergemeinschaft, mit dem recht, nach dem völkerrecht in kriege zu ziehen. – Oder noch besser: Seht zu, dass Europa e n d l i c h als S t a a t gestalt annimmt. Denn dann gibt es keine »Bundeswehr«, »Bundesheer«, »British Armed Forces« mehr, zum beispiel, sondern nur noch »Streitkräfte der Vereinigten Staaten von Europa«, und darin, selbstverständlich integriert, auch soldaten aus der region Deutschland …

Ein leser irgend einer gazette hatte seinen dünnschiß in die kloake, genannt »Leserbrief« entleert, und nun dümpelt seine ausscheidung »Deutschland habe schließlich zweimal Europa in Schutt und Asche gelegt« der Großen Gleichgültigkeitssenke zu. Mein lieber Scholli! Im Ersten Weltkrieg waren es – zugegeben! – nicht wenige orte in Nordfrankreich, und einige im belgischen Flandern, die durch die kriegshandlungen der beiden heere platt gemacht wurden. Dies waren größtenteils ortschaften, die sich in der nähe von militärischen festungen, forts genannt, befanden. Im Osten allerdings waren es die truppen des zaristischen Rußlands, welche in O s t p r e u ß e n »wie die Russen« gehaust haben. – Für den Weltkrieg II kommt der leserbriefschreiber – abermals zugegeben – seiner aussage etwas näher, doch sein »Europa« umfasste damals nur den östlichen teil Europas. Der mittelteil, Deutschland und Österreich, wurde von der RAF (Royal Air Force) und der USAAF (US Army Air Forces) im wahrsten sinne » in Schutt und Asche gelegt«, wie übrigens auch die b e l g i s c h e stadt Eupen-Malmedy. Zu den kriegsursachen (und damit meinte der schreiber wohl mit seinen behauptungen die deutsche kriegs s c h u l d) gibt es zumindest für den Ersten Weltkrieg in der internationalen historikerschaft immer mehr zweifel über den/die schuldigen am kriegsausbruch. – Zu beginn des Weltkriegs II gab es z w e i angreifer gegen die Republik Polen; das faschistische Deutsche Reich, u n d die links-faschistische Sowjetunion unter Stalin. Die Sowjetunion jedoch griff im selben jahre für sich allein am 30. november 1939 unter großem protest der weltöffentlichkeit das kleine F i n n l a n d an. Somit steht fest, wer in diesem scheißspiel den n ä c h s t e n schritt auf dem weg in die europäische kriegshölle getan hat …

Die adjektive, die der führungsriege der SPD – insbesondere Sigmar G a b r i e l und Yasmin F a h i m i – im hinblick auf die rüden sprüche von Pegida und Co. eingefallen sind, waren aber auch nicht von schlechten eltern. Dass die leute im umfeld von Pegida herumprollen ist schon fast normal, und den »roten« parteien wohl aus dem proleten-pardon!, proletariertum nicht ganz unbekannt. Dazu gehört auch die bezeichnung »Pack«, die Sigmar Gabriel für die leute, die auf der straße demonstrierten, wählte. Ist sich Sigmar Gabriel der tatsache bewusst, dass die konnotation dieses begriffs aus dem bürgertum stammt, und d i e bevölkerungsschicht meint, aus der die »roten Parteien« ihren ursprung und ihre basis haben? Es ist zu befürchten, dass dieser schlimme begriff »P a c k« der SPD noch einige zehenschmerzen bereiten wird, wenn ein solider doppelzentner wahlenthaltung der SPD auf die füße fällt. -

Freitag, 27. November 2015

»The Germans to the front!«, so lautete das kommando eines hohen britischen befehlshabers vor über 110 jahren in Ostasien. DIE STEINZEIT-ung® befürchtet, dass es h e u t e zu einer wiederauflage dieser parole kommen kann, teilweise mit denselben protagonisten wie vor 110 jahren, nicht jedoch unter den gleichen bedingungen wie damals. Denn Deutschland ist keine – militärische! – großmacht mehr, und die politische eingliederung Deutschlands heute im weltkonzert (UNO!) ist keinesfalls zu aller zufriedenheit geregelt. – Es begann eigentlich mit dem einsatz der Bundeswehr im Balkankrieg der 90 er jahre dvjhds, der von Deutschland zögerlich – aber wohl wegen der »Nibelungen«treue zu Europa – unter gewissensbissen vollzogen wurde. Es kam, was kommen musste, und was unsere generation der 80 jährigen 1 0 0 prozentig vorhergesehen hat: Für die tötung serbischer staatsbürger bei der bombardierung einer brücke über die Morava in Serbien wurden nicht etwa die piloten der angreifenden flugzeuge der NATO beklagt, sondern – gewissermaßen als »Musterklage« – die Bundesrepublik Deutschland. Warum wohl? – Bei einem luftangriff in der nähe von der afghanischen stadt K u n d u s wurden zwei tanklastwagen auf anforderung eines Bundeswehroffiziers von u.s. amerikanischen kampfflugzeugen (ISAF) zerstört. Dabei kamen – neben terroristen – auch viele zivilisten um. Nicht lange danach wurde natürlich der d e u t s c h e oberst, in vertretung der Bundeswehr ver- und angeklagt, und n i c h t etwa die piloten der ISAF-flieger. W a r u m? – Die griechischen, und – neuerdings – die serbischen reparationsforderungen aus einer zeit von vor über 70 jahren an die Bundesrepublik liegen nun zur (e w i g e n ?) wiedervorlage auf dem pathologisch unaufgeräumten kramtisch der Historie. – Das neueste: Ein peruanischer bauer aus den Anden verklagt einen d e u t s c h e n konzern (RWE) auf schadensersatz wegen der klimaveränderung durch den austrag von schadstoffen in die atmosphäre. Selbstverständlich ist dieses Andenbäuerlein ein »strohmann«, und zwar für einen verein, der aber wiederum auf »rechtspfleger« eines global agierenden kartells zurückgreift, welches regelmäßig in seinen briefköpfen mit städten wie: London, New York, Kapstadt, Tokio, Sydney usw, usw als standorte auftrumpft. Warum hat sich dieses kartell nicht die größten luftverschmutzer der welt, an ausdehnung und quantität – zum beispiel die VR China, oder die USA – ausgewählt? Aber nein, das kleine mickrige Deutschland soll es als adressat einer musterklage sein. Man weiß doch, dass von Deutschland – wiederum aus historischen gründen – die wenigsten widerworte zu erwarten sind. DIE STEINZEIT-ung® meint: Solange es nicht weltweit (UNO?) eine rechtverbindliche erklärung gibt, dass Deutschland für alle vergehen und verstöße u n d verbrechen gegen das völkerrecht von v o r 70 jahren in jeder beziehung klaglos gestellt wird, sollten die legitimen streitkräfte der Bundesrepublik k e i n e n scharfen schuss auf fremdem gebiet abgeben, und niemand sollte Deutschland n ö t i g e n, sich dieser gefahrensituation auszusetzen, in dem deutsche streitkräfte im a u s l a n d stationiert werden. Und dies ist zwar eine ständige forderung gewisser oppositionsparteien im Deutschen Bundestag, die der berichterstatter von DIE STEINZEIT-ung® nicht zu seinen politischen lieblingen zählt, aber: Wo sie recht haben, haben sie recht …

Beim fußballspiel Frankreich vs Deutschland zuckte am tag des terrors, freitag, 13.11.2015, plötzlich einem deutscher spieler, als er einen freistoß ausführen sollte, grünliche flicker-klickerlichter über das gesicht. Dies war in einer nahaufnahme der fernsehkamera deutlich zu sehen. – War das etwa ein laserstrahl des zielfernrohrs eines präzisionsgewehrs, und hat der spieler nun glück noch am leben zu sein, weil sich etwas widriges ergeben hatte, und dieses den eventuellen schützen vom krümmen seines zeigefingers abgehalten hatte?

Donald T r u m p, u.s. präsidentschaftskandidat, behauptete, dass es in Paris am freitag, 13.11.2015 bestimmt nicht soviele tote gegeben hätte, wenn die bevölkerung – wie in den USA – waffen hätte tragen dürfen. Leute, schreit nicht sofort »Schietkram! und »Blödes Zeug!«, sondern überlegt mal selbst, ob sich die aufrechnung der 34 000 toten/jahr durch schusswaffen in den USA – einschließlich durch polizeiwaffen – gegen die toten durch terroristische akte gegenrechnet?

Was ist zu halten von den zahlreichen bekundungen von moslemischer seite, dass sie selber bestürzt sind über die brutalität des anschlags vom freitag, 13.11.2015 in Paris? Einiges. Besonders spürt man die angst in den verlautbarungen der gläubigen moslems, weil es so kommt wie immer: Unflätige angriffe auf die religion. Wobei es den gläubigen wohl ein kleiner trost sein müsste, dass dies a l l e n religionen so gehen würde. Was ist zu halten von den verlautbarungen des islamischen episkopats, wenn man die versammlung der muslimischen geistlichen denn so in der Umma verstanden wissen möchte: N i x. – Und zwar solange, bis alle muftis und groß-muftis, groß- und kleinajatollhas eine umfassende F a t w a gegen jeden terroristen verhängen, der im namen Allahs mordet. Also eine fatwa ausrufen, die auch nach abendländischem verständnis eine verfluchung und einen tötungauftrag gegen den abtrünnigen beinhalten kann. Und dass somit der islamische episkopat das »verfluchen« von harmlosen Rap-sängern und schriftstellern wie Salman R u s h d i e zu gunsten der verfolgung von wirklich s c h l e c h t e n und nicht {universal}gottgefälligen menschen fallen lassen sollte …

jedesmal, wenn »was« passiert ist, quellen die latrinen der »Sozialen Medien« von latrinenparolen über, und zwar wegen der herkunft der waffen, mit denen die menschlichen ungeheuer von I S, auch »Morbus Levante« genannt, ihre mitmenschen meuchelten. Insbesondere erschallen diese parolen aus dem aborttrakt der »rotlackierten Doppelausgaben«, und dies i m m e r mit dem hinweis auf die »westliche Schuld« (vorzugsweise Deutschland) wegen der »Waffenlieferungen« an die »Scheichs«. Frage: Haben Sie schon mal etwas anderes bei der nennung der waffen, die bei diesen verbrechen benutzt wurden, und wahrscheinlich auch in der zukunft benutzt werden als K a l a s c h n i k o w (AK 74 et AK47) gehört??! Oder haben sie eher etwas von einem Heckler & Koch G 36, oder gar von einem M 4 Karabiner gehört? Ist das nicht merkwürdig? Wusste bis dato nicht, dass es in Deutschland K a l a s c h n i k o w-produktion und – ordentlichen – handel gibt …

Zum schluss als auskehrer ein kleiner ausflug in den rheinischen dialekt. Die aussprache der bezeichnung T i e f e n b r o i c h (Stadtteil von Ratingen) als Tiefenbro …i …c h ist hier bei uns sehr ungebr …o …ich. .lich. -

Dienstag, 29. Dezember 2015

»Deutsche Macht fürchte ich heute weniger, als deutsche Untätigkeit«, so ein polnischer politiker. Diese worte, gerade aus dem mund eines polnischen ministers, lassen aufhorchen, und zwingen zur interpretation aus deutscher sicht. Gewiss haben diese überlegungen im angesicht der gerade in schwung gekommenen neuen »Völkerwanderung« – die, im gegensatz zur antiken Völkerwanderung aus Nordost nun aus dem Süden erfolgt – ihren ausdruck gefunden. Nun hat Deutschland in diesem hinblick »etwas getan«, aber das scheint schon w i e d e r nicht recht zu sein: Deutschland hat im angesicht des erklärten stacheldrahtkrieges einiger Balkanvölker gegen die fremden –und, ganz natürlich auch gegen Deutschland, stellvertretend durch »Frau Merkel« – die einreise nach Deutschland gestattet, und somit über jeden zweifel erhaben eine gute tat getätigt. Und was machen die Europäer? Sie schimpfen rotz und wasser über die Deutschen dafür, dass diese … diese … ja, was haben die denn eigentlich getan, was so aufregend ist, als menschen in not aufzunehmen? Ein christliches gebot, ein menschliches gebot, worauf das christliche Europa ja angeblich soooo stolz sein sollte. Aber vor diesem großszenario stellt sich die e i g e n e verweigerungshaltung besonders klar und deutlich schattenrißartig als perfide und entlarvend heraus; hallo! nicht die von D e u t s c h l a n d ! -

Das am meisten gefährdete land in der europäischen staatengemeinschaft ist nicht Griechenland sondern P o l e n. Und dies nicht etwa in erster linie wegen der escapaden der K a c z y n s k i -«brüder« – jawohl brüder, denn der bei einem flugunfall getötete zwillingsbruder gehört im geiste dazu –, sondern wegen des übermächtigen übernachbarn mit sitz in Moskau. Und dieser nachbar reibt sich zufrieden die hände darüber, wie das so bei dem scheinriesen »Europa« alles läuft, oder besser n i c h t läuft … . Polen hätte nun zum ersten mal in der neuzeit die chance, sich endgültig aus dem herrschaftsbereich des zaren aller Slawen zu lösen, um sich West (Rest) europa anzuschließen, wohin Polen immer hinwollte, und eigentlich auch s o l l t e. Leute, schaut euch das barocke D r e s d e n mal genauer an, und ihr seht auch etwas von Polen. Dasselbe gilt für die österreichische hauptstadt Wien. Wenn die Ukraine in die hände des nachfolgestaates der Sowjetunion, also Rußland, fallen sollte, dann fällt – innerhalb eines zeitlichen schlenkers neben Transnistrien und gehörige teile von Moldawien (Rumänien) – als nächstes auch Polen. Dann wäre Polen, auch wegen des plumpen und ungeschickten umbaus seiner staatsregularien tatsächlich v e r l o r e n, und dies für lange zeit. -

Im sanften frühlingswind des winterbeginns des jahres 2015 rauscht es im blätterwald der presse, und es raunt die dichterische frage durch das geäst, wer Deutschland zum richter der anderen nationen bestellt hat. Mit »Nationen« ist wohl der »Weltkreis« gemeint, also die gesamte welt. Da die welt sich vor über 70 jahren zum richter über Deutschland aufgeschwungen hat, ist es wohl verständlich, wenn Deutschland in unserer sehr, sehr schnelllebigen zeit nach einer ära von immerhin sieben jahrzehnten den spieß mal herumdreht, und den »anderen Nationen« seine meinung geigt. In dem pulk der Vereinten N a t i o n e n , vulgo UNO, ist Deutschland ein gern gelittenes mitglied, wenn es um zahlungen für UNO-aktivitäten, das entsenden von soldaten, helfern in krisengebieten geht. Was Deutschland innerhalb der völkergemeinschaft n i c h t mehr ist: Deutschland ist keine n a t i o n mehr. Deutschland ist zwar ein »großes Land«, aber eine »deutsche Nation« hat uns die welt – Gott sei Dank – gründlich ausgetrieben. Doch dies geschieht gerade in der zeit, da der nationalismus in Europa eine renaissance feiert, die zum fürchten ist. – Das größte land in Europa, auch und insbesondere flächenmäßig, in der der nat(z)ionalismus fröhlich urständ feiert ist Rußland. Auch andere länder in Europa rüsten im kulturpolitischen Sinne kräftig auf. So will Schottland weg von der britischen krone, und Spanien läuft gefahr, sich in drei teile aufzuspalten, ins restliche königreich, Katalonien und ins Baskenland. Ein schönes negativbeispiel des wiedererwachten, s p a l t e n d e n nationalismus ist die, zwar friedliche, zertrennung der T s c h e c h o s l o w a k e i. Auch Flandern treibt vom »mutterschiff« B e l g i e n ab.-

Was treibt also Deutschland, sich – angeblich! – zum »Richter« über »Nationen« zu schwingen? Weil wir k e i n e nation sind, und nun endlich die S c h n a u z e randvoll haben, vom 70 jährigen büßen, bezahlen und katzbuckeln. Weil wir ein recht haben (so wie jede andere nation dieser Erde auch) die Welt zu kritisieren, ja, sogar zur not zu belehren. Und weil der bei weitem überwiegende teil der Deutschen durch die

»Gnade der späten Geburt« für sich in anspruch nimmt, als unschuldig zu gelten. Wir Deutschen – und dazu gehören nicht nur die »Bio«-Deutschen, sondern auch die »Immi«-Deutschen mit dem 2. pass – haben es vor über 25 jahren geschafft, in einer revolution ohne die abgabe eines schuß pulvers, ohne das vergießen eines tropfen bluts uns friedlich wiederzuvereinigen. Und wir schwingen uns zum warner auf, wir nehmen uns das recht, weil niemand besser über die gefahren des feuers berichten kann wie das sprichwörtliche »gebrannte Kind«. Und, ja: Am deutschen Wesen sollte einmal »die Welt genesen.« Aber: Deutsche Erfahrung; eine Offenbarung? Weit entfernt. Die Welt? N i x gelernt … Und eine binsenwahrheit darf das »Gebrannte Kind'« wohl verkünden, zumal es der welt auf den nägeln brennt. -

Dem berichterstatter von DIE STEINZEIT-ung® liegt es fern, eine prognose für das kommende jahr zu stellen. In jedem falle sind die aussichten eher düster als heiter. Zum abschluss nun noch ein paar hirnzwingen, locker vom hocker, nicht so ganz ernst zu nehmen, aber doch nachdenkenswert:

»Planlos in den Krieg«, so lautete ein ironischer kommentar über einen eventuellen Bundeswehreinsatz in Syrien. Ja, verdammt noch einmal! Wie nennt man denn den, oder die institution, die einen krieg p l a n t, und nicht nur den w e g dorthin? Ich sags Ihnen: Der deutsche G e n e r a l s t a b … Alles klar? Auch bei denen die sagen Gottseidank; so etwas haben wir bei u n s nicht, bei u n s heißt das ja ganz a n d e r s. – Na, denn …

Jazz ist auch die suche der instrumentalkünstler nach einer schönen neuen melodie. Je weniger dies scheinbar während der darbietung gelingt, um so ruppiger und rauher erscheinen die langen improvisationen während der vorführung. Jedes finish solch einer darbietung beweist – fast – immer, dass die suche vergeblich war: Zum großen glück der Jazz-liebhaber …

Warum ist die welt-klimakonferenz dezember 2015 in Paris »die schönste aller französischen Revolutionen«? Klar doch, weil sie – von anfang an erkennbar – keine folgen, weder gute noch schlechte – doch eher schlechte – zeitigt. Ein typisches totgeborenes kind.

Auf informationen über die körperliche befindlichkeit des schwer verunglückten rennfahrers Michael Schumacher hat die öffentlichkeit kein recht, so sein rechtsanwalt. Interessant, aber als dieser tapfere recke seinen umwelt schadenden sport ausgeübt hatte, war es ganz richtig, dass die öffentlichen medien öfters verstopft waren durch die vielen darbietungen darin, über das nationale symbol der »öffentlichen Person« Schumacher. Zu recht? …

Der chronist von DIE STEINZEIT-ung® ist darüber verblüfft, wie eine neue liedart in mode kommt. Immer mehr interpreten – darunter auch viele frauen – hauchen liedchen in den äther, die als einzige liedsubstanz die anima um »Seele« und »Herz« besitzen. Die kadenzen enden meistens in bedeutungsschwere moll-akkorde, zur bekräftigung der davor geschilderten seelenlage. Die musische stimmung beim hören dieses kling-klangs lässt den schluss zu, dass die interpreten ganz gehörige »Häuchler« sind, und den rezipienten täuschen möchten. Warum wohl? Um die statussymbole zu erhalten, und – wichtig! – auch kohle zu machen. – ??

Hierbei, in einem zug (und weil es zum thema passt) der versuch einer erklärung, warum direkt nach der mechanisierung der musikproduktion (»elektronische Musik«, mit »Verstärker«; »Synthesizer«; »Keyboard«; Digitalisierung, u.s.w, u.s.w.) sich so v i e l e musikcorporationen (»Bands«) gebildet haben. Alle, die musik grundsätzlich mögen, und zwar so sehr, dass sie auch gern s e l b s t musizieren möchten, hatten nun eine möglichkeit, einen umweg um den mit schweiß und tränen gepflasterten direkten weg, selbst ein instrument spielen zu l e r n e n , einzuschlagen. Die ergebnisse dieser neuen musikkultur gipfeln – neben vielen großen erfolgen – nach dem verständnis des berichterstatters eher in der quantität der l a u t s t ä r k e dieser neu generierten elektronischen musik.

Zum abschluss eine technische angelegenheit. Ein interessierter blog-leser mag enttäuscht gewesen sein, wenn er denn mal meinen blog beim durchstöbern des internet zufällig gefunden haben sollte, und er nur den inhalt des angewählten l i n k s dargestellt bekommt. Nun, Google hat auf der rechten seite oben eine navigationsliste (»Blog-Archiv«), die den gesamten blog betrifft. Am ende der zunächst angeschauten blog-seite ist rechts unten ein link zu »Ältere Posts«, der sofort zur nächsten blog-seite führt. Wenn Sie in der hauptnavigation das betreffende gewünschte j a h r anklicken, dann bringt Sie der klick auf »Ältere Posts« direkt auf den rest des betreffenden jahres.

Viel erfolg und glück. Der a u - t o r

N a c h t r a g

Ich bitte die geschätzten leser um die gewährung des anfügens eines nachtrags. Und zwar in diesem falle für meine geschichte *Aus dem Krankenhaus* von montag. 12. oktober 2015. Es geht um herzrhythmusstörungen, die eine neue »Volkskrankheit« sein soll, wie ein arzt meinte.

Als unmittelbar betroffener mache ich mir natürlich auch gedanken über die ursachen der beschwerden. Nachdem bereits vor über 10 jahren eine psychotherapeutin mich nach der d r i t t e n sitzung wieder nachhause geschickt hatte, weil sie mit bestem wissen nichts bei mir von d i e s e r seite finden konnte (ich habe übrigens von dieser rezeptverschreibung immer noch 15 sitzungen F r e i !), begab ich mich wieder zu meinem hausarzt in behandlung. Bei herzarrhythmien kommen neben den psychologischen gesichtspunkten überlegungen über höchst technische wissensgebiete ins spiel. Hier ist es die elektromagnetische, nicht-ionisierende strahlung, die als elektrischer strom über leitungen fließt, und zwar als signalträger minderer energetischer kapazität; die funkwellen bis in den Ghz-bereich gehören auch dazu. Wenn Sie einmal überlegen, von wieviel sendern Sie im umkreis von 100 metern körperlich umgeben sind kann Ihnen blümerant werden. Wobei ich nicht nur auf die bekannten sender wie die s c h l a u t ö n e r (neudeutsch: smart- phones) oder W-lan (auch D-lan) hinweisen möchte, sondern auch auf Ihre wetterstation mit in der regel drei abgreifsensoren (»sender«), die über eine trägerfrequenz informationen an den empfänger (»antenne«) der wetterstation – in Ihrem wohnzimmer – übertragen wird. Vergessen Sie auch die zahlreichen, evtl. defekten (»leckenden«) mikrowellenherde nicht! Überlegen sie ferner, wieviele autos in Ihrem unmittelbaren, körperlichen umkreis gerade per »Klick« auf den autoschlüssel g e öffnet oder g e schlossen werden. Von dem voll per I T überwachten eigenheim will ich gar nicht reden. Warum sollen also bei dieser unmenge an frequenz g e n e r a t o r e n , deren eigenfrequenzen ja künstlich eingestellt wurden, nicht auch eine bandbreite dabei sein, die – zufällig – in eine bandbreite Ihrer individuellen herzfrequenz passt? Alles andere können Sie sich als technisch versierter mensch selbst ausdenken.- Ich selbst denke, aber eher im halbernst, darüber nach, mir ein textil mit metallgewebe (nach art des Faradayschen Käfigs) als oberhemd zu zulegen.

Nun zu einem anderen blog www.hildenourney.blogspot.de Dieser gehört zu einer malerin, die relativ spät entdeckte, welche talente in ihr schlummern. Ich helfe ihr, jenseits allem kommerziellen, aller gesellschaftlicher belange, ja, ohne große, fachliche kompetenzen bei der veröffentlichung ihrer bilder. Und natürlich veröffentliche ich auch an dieser stelle, stets bemüht, den kontext zu den gezeigten bildern nicht abreißen zu lassen. Hier also als erstes ein bild, unterlegt mit einem gedicht von mir. Habe also das bild gewissermaßen »angedichtet«, was ich aber auf keinen fall für etwas schändliches, oder gar entwürdigendes gegen die poesie halte. -

Dienstag, 3. März 2015

Noch schwallt die glut des tages durch das tor,
doch der gelb-grüne schimmer des blattwerks
hilft dem wässrigen blau der mauer
die last des tages vergessen zu machen.
Was die sonne am tag in den sand gesetzt,
saugt gierig zur nacht das weltall hinauf.
» Komm freund Levitikus, setz dich zu mir,
um den abendtrunk zu genießen.
Wir wollen dann über die böcke reden,
die wir zum spiel auf die weide jagen;
und diese hat tiefe risse und schrunden,
durch die man gefährlich zu boden geht.
Auch wachsen den tieren nun krallen und zähne,
dass sich sogar meine hunde fürchten.
Was soll `n wir tun? Weiterjagen? Oder warten,
bis die wüste sich in uns selbst erstreckt?«

(Bild nach »Türkisches Cafe‘ von August Macke)

Dienstag, 6. Oktober 2015

Leute, ich gebe es zu, ich bin schuld daran, dass wir in zukunft kein bargeld mehr haben werden. Und zwar deswegen, weil mir vor gut 30 jahren die weiter unten folgende geschichte »Banken ohne Geld« eingefallen ist. Irgend welche anderen leute in Düsseldorf, die es zu jener zeit in die alternative literaturscene gezogen hatte, müssen diese geschichte dort bei einem vortrag gehört und honig daraus gesogen haben. -

Hildenourney erlaubte mir, auf ihrer site die geschichte zu veröffentlichen. Zum dank half ich, ein bild von ihr, nach Paul Klee‘s ‚«Tempelgärten«, auf diese website als nächsten blog zu applizieren.

Zur rechtfertigung der veröffentlichung in einem weblog zu d i e s e r zeit erzähle ich folgendes erlebnis von vor wenigen tagen: Bei einem discounter stand ich früh morgens, kurz nach 7:00 uhr an der kasse in einer schlange. Viele frauen, einige männer versorgten sich vor arbeitsbeginn noch mit einigen dingen des täglichen lebens. Vorn, am kopf der schlange mühte sich eine sichtlich so früh am morgen schon gestresste verkäuferin mit einer älteren kundin ab, die mit »Karte« bezahlen wollte. Wahrscheinlich tat die frau dies zum erstenmal und hatte, strategisch richtig gedacht den beginn des geschäftstags ausgewählt, aber nicht die s t o ß z e i t kurz nach geschäftsöffnung bedacht. Jedenfalls übergab die alte dame vertrauensvoll der kassiererin ihre karte, die diese auch in den kartenleser einführte, und von der kundin die geheimzahl einforderte. Es kam so, wie es kommen musste, die frau kannte diese nicht auswendig, und suchte in ihrer geldbörse und in ihrer handtasche herum. Das dauerte. Die unruhe in der schlange war körperlich zu fühlen; um etwas zu dämpfen machte ich die bemerkung, dass wir nun in situ erleben, was uns in einigen jahren blüht, wenn das bargeld abgeschafft wird. , Meinen sie wirklich?‘ fragten einige, ich nickte, und machte zur verdeutlichung dieser bedrohung die bemerkung, dass » s i e« uns dann alle lückenlos , in der kontrolle hätten‘. Alle verstanden, wer mit »sie« gemeint war, es kamen keine rückfragen, und sie wurden sehr nachdenklich. – Zum glück hatte die alte dame ihre rechnung bezahlt, und es ging weiter ...

Bankenohne Geld

Dirk Evhge, der derzeitige Hausbesorger seines Heims – und somit vom Staat bezahlt – schaut auf, als sich die Wohnungstür bewegt, und seine Frau, die zum Öffnen verwendete Kennkarte aus dem Schließmechanismus der Tür ziehend, eintritt. »Mama«, so springt der zwölfjährige Udo auf die Frau zu, »weißt du, was Papa mir zum Geburtstag schenken will? Einen Tausend-Mark-Schein.«

»So, so«, meint Silke Evhge-Wallenburg, nachdem sie ihrem Spross einen Kuss aufgedrückt hatte, »einen Tausend-Mark-Schein. Da müssen wir aber erst mal schauen, ob überhaupt soviel auf unserem Konto ist.« Sie tritt – nachdem sie den Mantel abgelegt hatte – an die Heim-Rechenzentrale, steckt ihre Plastikkarte – die ihr nebenbei auch noch als Ausweis dient – in die Maschine; und alsbald erscheint auf dem Bildschirm das Freizeichen. Nach ein paar Eingaben auf der Tastatur gibt der Bildschirm schnell die verbindliche Auskunft, dass es sogar für noch etwas mehr als tausend Mark reichen würde. – [ ] Am nächsten Morgen betritt Dirk Evhge, nachdem er den Plastikgeld-Mietwagen irgendwo am Fahrbahnrand abgestellt hatte, das Gebäude der Darlehens- und Sparbank. Er erinnert sich daran, dass er schon sehr lange nicht mehr in einem Bankgebäude war – besonders im Anblick der kleinen, unscheinbaren Eingangstür. Aber was solls: Der Bankscheck über tausend Mark, ausgestellt von seiner Frau, ruht wohlverwahrt in der linken Brusttasche seines Wendejacketts; und die Adresse, auf die sich der Scheck bezieht, stimmt ebenfalls. [ ] Die Treppe führt in die erste Etage, wo sich aber beileibe keine weiten, von Licht durchfluteten Kassenhallen mit marmornen Säulen erstrecken, wie er es in Erinnerung hatte. Nein, nur ein langer, schmaler Flur, von dem zahlreiche Türen rechts und links abgehen befindet sich dort. Ratlos betrachtet Dirk die Türaufschriften; aber Bezeichnungen wie: Basic 3 Peri 6 Schrägstrich 8, oder Zent 9, sagen ihm nichts.

Eine Tür öffnet sich, ein Mann tritt heraus, schaut erstaunt auf den Besucher, und wird gleich von Dirk gefragt: »Entschuldigen sie bitte. Wo ist hier die Kasse?«

»Kasse? Welche Kasse meinen sie denn?« klingt es vorsichtig zurück. [ ] »Nun, die Geldkasse. Eben, der Schalter. Der Schalter, wo man etwas bekommt«, tastet sich Dirk verwirrt näher. [ ] »Ich verstehe nun garnichts mehr«, meint Dirks Gegenüber; und beide scheinen ratlos, bis sich die Gesichtszüge des Bankmenschen aufhellen: »Moment! Schalter sagten sie? Wo man etwas bekommt?« Er deutet in die Tiefe des Flures: »Sektion 10 s Schrägstrich«, und eilt fort. [ ] Die Tür der Abteilung »Sektion 10 s Schrägstrich« ist schnell gefunden. Dirk klopft höflich, und als sich nichts regt, fasst er vorsichtig die Türklinke, drückt sie hernieder, und öffnet die Tür. Er blickt in einen großen Raum mit weißen Stühlen und Tischen, die durch allerlei augenfreundliches Pflanzenwerk voneinander getrennt sind. Eine Wand des Raumes, rechtwinklig zu der großen Fensterfront, besteht vom Boden bis zur Decke größtenteils aus einer hellgrauen Aluminium-Jalousie; jedoch rechts in der Ecke findet Dirk ein kleine, durch Milchglasscheiben verschlossene Öffnung in der Wand, die mit einem Schild »Schalter« versehen ist. Erleichtert nimmt er auch noch den Hinweis »Klingeln« wahr, und bedient diese sofort. Was aber da losbricht ist beileibe keine Klingel: Vor diesem Getöse – einem Nebelhorn ähnlich – zuckt er heftig zusammen, wartet aber weiter. Nichts rührt sich, so bleibt ihm nichts übrig, entgegen seiner betonten Rücksichtnahme, als noch einmal die Krachtute zu betätigen. Ja, nun lässt er den Finger ein, zwei Sekunden länger auf dem Knopf ruhen. Und tatsächlich! Der Schalter öffnet sich, eine Frau in weißem Kittel, mit einem weißen Mützchen auf dem Kopf, schaut missbilligend heraus und meint kühl, bis unwirsch: »Es ist noch längst keine Mittagszeit! Was wollen sie überhaupt so früh hier?« Dirk entschuldigt sich, sagt, dass er sich geirrt habe, und fragt abermals nach dem Geldschalter. Die Gestalt in Weiß meint, dass sie dies auch nicht so genau wüsste, aber wenn es so etwas hier im Hause gäbe, dann nur in der Inkasso-Abteilung, Sektion 4, Ink 3, Schrägstrich 12. Dirk bedankt sich, verlässt den Raum, zündet sich draußen auf dem Flur eine Zigarette an, macht sich auf den Weg, die bezeichnete Abteilung zu finden. Nicht weit kommt er unbehelligt, denn plötzlich gongt es von oben, eine Stimme ertönt: »Stellen sie bitte das Rauchen ein. Bitte sofort das Rauchen einstellen. Beim zweiten Anruf werden sie leider identifiziert. Stellen sie das Rauchen ein. Sie haben bis zum zweiten Anruf 15 Sekunden Zeit. Ich zähle: Jetzt!« [ ] Doch das tackernde, unangenehm anschwellende Zählen der Stimme verstummte schon bei »Vier«, weil Dirk zu diesem Zeitpunkt seine Zigarette schon gelöscht hatte, was mit einem sülzigen »Danke« quittiert wurde. Endlich befindet er sich vor der angegebenen Tür. Nach der optischen Aufforderung einzutreten erkennt er, dass seine Irrfahrt wohl ein Ende habe, denn in einer Ecke des Raumes befindet sich ein mit Glas abgeteilter Platz, der entfernt an einen Kassenschalter erinnert. Durch das Gesumme und Geschnurre von Rechenmaschinen und Druckern nähert er sich dem Glaskasten, aus dem ihm ein Mann misstrauisch entgegenblickt. [ ] »Was wünschen sie?« [ ] »Ich habe hier einen Scheck über tausend Mark, und möchte diese tausend Mark … «, setzt Dirk zum Reden an, schreit aber sofort »Nein!« als der Mann im Glaskasten nach dem Papier schnappt, und seine Stempel »Nur zur Verrechnung« draufkloppen will. [ ] »Was wollen sie überhaupt?« meldet sich nun der Bankbeamte: »Außerdem steht keine Adressatennummer mit Geschäftszeichen auf dem Scheck. Weswegen soll dieser Scheck denn eingezahlt werden?« [ ] » Ich will ihn ja garnicht einzahlen, sondern tausend Mark in bar abheben«, sagt Dirk nun etwas bestimmter, was bei dem Geldmenschen einen Gesichtsausdruck knapp unter dem der Versteinerung auslöst. [ ] »Tausend Mark abheben? In bar?« [ ] »Ja, natürlich. Und das Geld möchte ich in e i n e m Schein haben, einem Tausend-Mark-Schein.« [ ] »Wa, wa, was? Tausend-Mark-Schein?« stottert nun der Kassenbeamte, nimmt den Scheck, verlässt kopfschüttelnd seinen Glaskasten, und kommt nach einer Weile mit einem Herrn zurück. der Dirk freundlich begrüßt: »Ja, das ist so eine Sache. Normalerweise kommt es sehr selten vor, dass Bargeld abgehoben wird. Warum zahlen sie nicht mit der Kreditkarte, wie es jeder tut?« »Sonst tue ich das«, sagt Dirk, »doch nun möchte ich tausend Mark abheben. Und zwar in e i n e m Schein.« [ ] »Wissen sie, es ist problematisch«, wiegt der andere seinen Kopf: »Wir haben die zentrale Datenverarbeitung und den bargeldlosen Zahlungsverkehr. Wie sie selbst wissen, klappt alles vorzüglich. Wir Banken und Kassen haben fast kein Bargeld mehr vorrätig, was uns ja auch vor den Aktivitäten eines gewissen Geldschnapp-Gewerbes Schutz gewährleisten soll.« [ ] In den darauf folgenden, arg übertriebenen Heiterkeitsausbruch mochte Dirk nicht einstimmen; er schüttelt den Kopf: »Ich möchte die Summe sofort, und zwar, wie ich schon sagte, in einem Tausend-Mark-Schein haben.« Der andere, wohl Chefkassierer, merkt, dass nicht anderes mehr läuft, und schlägt die harte Tour an: »Also tausend Mark. Zeigen sie erst mal die Kundenkreditkarte! Aha! Und das Konto? Ist die Summe überhaupt gedeckt? Haben sie eigentlich Überziehungskredit?« und so weiter mosert er herum, wird aber stiller, als auf dem Bildschirm Klarmeldung erscheint. [ ] »Jetzt reden wir doch mal von Mensch zu Mensch«, ölt der Banker nun herum: »Selbstverständlich haben sie das Recht, jederzeit von unserem Institut bei Kontodeckung jeden Barscheck in Valuta umgewandelt zu bekommen. Zur Zeit haben wir keine großen Scheine. Sind sie mit kleinen Scheinen und Scheidemünze einverstanden?« [ ] Dirk schüttelt den Kopf: »Nein! Ein Tausend-Mark-Schein muss es schon sein.« [ ] »Tut mir leid. Ich kann sie nicht bedienen«, sagte nun der Kassierer, worauf Dirk dem Chef vorgestellt zu werden wünscht. Im Büro des Direktors trägt Dirk sein Anliegen vor, worauf dieser, durchaus Verständnis zeigend erklärt, dass er diesen Wunsch – zumindest heute – nicht erfüllen kann. [ ] »Wenn sie auf den Erhalt eines Tausend-Mark-Scheines verzichten, könnte ich ihnen eventuell zwei Fünfhunderter-Scheine besorgen. Ja, wenn sie damit vorlieb nehmen, lege ich noch einen Fünfziger dazu, gewissermaßen als Abstandssumme und aus Kulanz unseres Hauses.« [ ] Dirk denkt nach, schüttelt dann den Kopf: »Mh, Mhh.« Der Mann hinter dem schweren Schreibtisch mit dem integrierten Eingabepult zuckt bedauernd die Schultern, und macht sich an der Schaltkonsole zu schaffen. Es surrt, ein Papierstreifen wird sichtbar. »Leider ist in keiner unserer Filialen in der Stadt ein passender Geldschein vorhanden, was ich schon vermutete. Die anderen Geldinstitute können leider auch nicht aushelfen. Selbst wenn ich wollte: Heute bekommen sie die Summe in dem gewünschten Geldschein nicht. Sie bestehen nach wie vor auf einem Tausendmarkschein?« [ ] Dirk nickt; und der Mann verabschiedet ihn herzlich mit der Bitte, morgen wieder zu kommen. Nachdem Dirk gegangen war, beginnt ein hektischer Datentanz. Verbindungen werden aufgebaut, und in der gleichen Sekunde wieder gelöst; dann eine große Konferenzschaltung: »Ist er nicht davon abzubringen?« [ ] »Nein.« [ ] »Wir haben keinen einzigen Tausendmarkschein im Bestand.« [ ] »Bundesbank?« [ ] »Negativ, wartet auf förmlichen Druckauftrag.« [ ] »Peinlich und sehr teuer.« [ ] »In der Tat. Was ist nun: Auftrag?« [ ] »Ja, leider. Auftrag erteilt.«

Auf dem Nachhauseweg ahnt Dirk nicht, dass ein millionenschweres Verwaltungsverfahren anläuft. Eine komplette Druckerei – die Bundesdruckerei – wird in Gang gesetzt, um einen einzigen Geldschein zu drucken. Der Datenschutz und die Staatssicherheit werden eingeschaltet, ja, die Regierung wird sogar verständigt, wobei die Bezeichnung »Regierung« nur noch dem Namen nach Gültigkeit hat. Denn nachdem ein Zufallsgenerator jede Woche willkürlich aus dreißig Millionen Wahlberechtigten andererseits jeweils eine Bürgerin oder einen Bürger heraussucht, um den Präsidenten darzustellen, ist dieses Amt nichts anderes als eine Knobelpartie. Das Vereinigte Netz-und Rechenwerk nämlich reduziert alle Probleme und Aufgabenstellungen auf die dualen Begriffe »Ja« oder »Nein«, also der Computerfrage, wobei der Entscheider nach Abwägung des Für und Wider seine Auswahl zu treffen hat. Es wird gemunkelt, dass die derzeitige Präsidentin, neben Münze werfen und Würfelspiel, Knöpfchen zählen an der Bekleidung, vornehmlich männlicher Bediensteter, vorgenommen haben soll.- All dies belastet Dirk nicht, als er am anderen Tag in die Bank geht, um den Geldschein in Empfang zu nehmen. Viele Leute aus der Bank schauen ihm nach, als er seine Bummelschritte in Richtung Hafen lenkt, um einen kleinen Umweg bei dem schönen Wetter zu machen. [ ] -In einem unterirdischen Gebäude erscheint auf einem großen Wandbildschirm ein grünlich leuchtender, pulsierender Punkt [ ] »Da ist er!« ruft eine Stimme aus der Tiefe des abgedunkelten Raums: »Satellit N 3 C hat

Objekt erfasst. Befindet sich zur Zeit in Planquadrat 27, Schrägstrich Nordpol, auf Generalplan 17, Schrägstrich 9. Nähert sich der Hafenzone. – Alarm! Einsatzkommando Waffenschutz. Alarm!« [ ] Dirk ahnt nicht, dass der eingearbeitete Sicherheits-Aluminiumfaden in seinem schönen neuen, rötlich-braunen Tausend-Mark-Schein mit einem magnetischen Code präpariert ist, der ihn für die Satellitenüberwachung weltweit kenntlich macht: Die berühmte Stecknadel im Heuhafen hatte nun endlich voll ausgedient.- Dirk ahnt nicht, wie ängstlich, die Staatsmacht auf die Möglichkeit des illegalen Waffenbesitzes ihrer Staatsbürger reagiert, da alle vorhandenen Waffen, jede einzelne Patrone, einwandfrei und lückenlos durch den bargeldlosen Erwerb registriert, und per Code überwacht werden. Der Besitz weniger illegaler Waffen könnte den Staatsstreich herbeiführen. Und illegale Waffen gibt es nur noch in den Häfen zu erwerben, weil die Stahlkörper der Schiffsrümpfe sich bestens dazu eignen, geschmuggelte Gegenstände vor den Abtaststrahlen der Weltraumsatelliten zu verbergen. Wenn Dirk wüsste, welchen Gegenwert an Waffen sein Geldschein darstellt, würde ihm ausgesprochen unwohl.- Stattdessen schlendert er langsam am Mittelmeer-Kai vorbei, bemerkt nicht die zahlreichen jungen Männer, die alle wie er das gleiche Ziel zu haben scheinen: die ein-und auslaufenden Schiffe zu betrachten … . Nun wird es Zeit, nach Hause zu gehen, um das Mittagessen auf den Tisch zu bringen. Bald wird Silke, seine Frau, von ihrer Fünf-Stunden-Schicht aus dem Klinikum zurückkommen; und Udo, sein Sohn, kommt einen Schulbus früher, um sein Geburtstagsgeschenk in Empfang zu nehmen. – [ ] Kurz vor der Einmündung zu seiner Wohnstraße passierte es. Zwei harte Schläge treffen ihn an der Schulter, werfen ihn zu Boden. Die Abschussgeräusche der Waffe nahm er nicht mehr wahr, weil die Projektile viel schneller als der Schall waren, und er schon vorher seine Besinnung verlor. [ ] Was sich nun abspielt; ist eine Sache von Sekunden: Aus einem langsam fahrenden Auto springt eine Gestalt, hastet auf den Besinnungslosen zu, zerrt etwas aus dessen Jackett, wirft zwei Nebelgranaten, und springt in das langsam fahrende Auto, welches dann mit hoher Beschleunigung davonrast. Zu schnell für zahlreiche junge Männer die nun garnicht mehr schlendern, sondern nun alle Waffen in den Händen haben, und sich hustend und fluchend durch die Nebelschwaden tasten. [ ] In der unterirdischen Zentrale, ein paar Hundert Kilometer weiter flucht plötzlich eine Stimme los: »Verdammt! Objekt verschwunden. Einfach weg! Hallo, Kommando! Was ist los? Bitte melden. Los, meldet euch.« [ ] Dabei ist dem Überwacher noch nicht bekannt, dass dieser Tausend-Mark-Schein sich zwar zur Zeit in einer mit dichtem Kuperdraht umsponnenen Hülle befindet, aber etwas später in einem goldenen Epitaph ruhen wird, der eine milde und beständige Störstrahlung abgibt. [ ] Und die Leute von der staatlichen Datenverwaltung werden eine Weile später unweigerlich dank des gewaltigen Datenstroms dahinter kommen, dass die modernen Zeiten der Datenverarbeitungs- und Überwachungstechnik durch Satelliten auch nicht spurlos an dem Geldschnapp-Gewerbe vorbeigegangern sind.- [ ] Und über den Satelliten N 3 C kommt als letztes Aufgebot die – immerhin lebensrettende – Anweisung, sich um den von zwei Gummihartgeschossen böse getroffenen verletzten Passanten zu kümmern; während ein anderer, dunkler, noch nicht entdeckter geheimnisvoller Körper – nicht weit vom Satelliten N 3 C entfernt – am Himmel ebenfalls seine Bahn zieht, und Eingeweihten meldet, wo das Geld der Banken spazieren geführt wird. -

Dieser text ist in dem band »Hirnzwingen und Kurzgeschichten«, ISBN 978-3-8370-3299-4, in der reihe »NeoLit aus dem Neanderthal®« bei BoD in Norderstedt, im jahre 2009, auf seite 264 von Bernd (bejot) Jacobs erschienen. Der band ist sowohl als buch, als auch als e-book erhältlich.

Kontakt: hirnzwingen@gmail.com oder neanderthal@gmx.de

Der »fünfte« mann
Was, mensch, was glotzt du mich so an.
Ich steh hier, weil ich nicht anders kann.
Die beiden rechts katzbuckeln nich,
sie inspizieren das gebüsch.
Für manche große der vögelmeute
sind wir eine fette beute.
Der fünfte unten starrt nicht nur so hin,
hat schlangenbrut in seinem sinn.
Und skorpion; mit stachel sticht
er, wenn er ein' von uns erwischt.
Wir werden ihm den stachel ziehn,
und letztlich; wir verspeisen ihn.

Zu vorangegangenem Bild fiel mir folgende Geschichte ein:

Herr Sumsemann mit zwei Fühler dran,
betritt gefährliche Pfade.
Die Boxhandschuh zückt er im Nu.
Beindruckt tut jede Made.
Den Stengel ruff macht er Puff Puff,
erschreckt die dickliche Zecke.
Die ist nicht faul, macht auf ihr Maul;
schon ist Herr Sumsemann weg ge.

Im Juni 2012

Kind und Katze

Schwarze göttin mit weißem beffchen
bewacht den kleinen; er schläft.
Augen, wachsam, zur tür sich richten:
, Komm bloß nicht näher. Ich beiß`;
schärf die krallen an deiner hose,
wenn du dem kleinen was tust.'
Hier thront frau Lucie Felidace,
auf dem quivive, wie man sieht.
Schlaf schön, kleiner junge, und träume,
erzähl uns aus deiner welt.

Dienstag, 9. Februar 2016

Liebe blog-leser
Bereits am jahresende 2014 bezweifelte ich in der begrüßung des kommenden jahres 201 5, dass dieses »froh« sein wird, was auf furchtbare weise durch den 13. november in Paris bestätigt wurde. Meine zweifel für das jahr 2 0 1 6 sind in keiner weise kleiner geworden. –

Die – hoffentlich – noch kommenden blogs fürs jahr werden in gewohnter weise nach idee und aktualität veröffentlicht.

Die von Nordkorea gezündete »Wasserstoffbombe« – die als wasserstoffbombe eine viel zu kleine detonationswirkung (Erschütterung) gehabt haben soll – war doch, was sehr zu wünschen sein sollte, hoffentlich keine n e u t r o n e n waffe? …

Er wollte keine bombe bauen, sondern »nur« drogen herstellen, so der Kölner käufer von chemikalien in einem baumarkt. So, so, droge, und keine bombe. Dabei ist eine bombe eine bombe, aber auch eine d r o g e, wahrscheinlich die stärkste und »wirkungsvollste« droge, die ein geborener menschen f e i n d anwenden kann, um seine s u c h t , anderen menschen in präziser weise leid zu zufügen, zu befriedigen. Und sei es um die eigene auslöschung. -

Somalia. Ein beispiel, wie staaten vergehen, wenn der t r i b a l i s m u s, wie in der grauen vorzeit seine schlechten seiten hervorkehrt. Wobei ausdrücklich bemerkt werden soll, dass diese form einer menschlichen gesellschaft zu j e n e n zeiten auch gute seiten hatte. Aber im zeitalter der ständig wachsenden erdbevölkerung erkennt dieses kollektiv »Stamm« als gegenüber lediglich einen anderen stamm. Und dieser andere stamm wurde regelmäßig als rivale angesehen, so dass man unter zur-hilfe-nahme des substantivs »rivale« ein neues wort, T r i (v) a l i s m u s, mit ähnlicher sinnaussage bilden könnte. Und das drama auf der völlig überlasteten weltbühne beginnt, immer wieder auf s neue. – Nach dem verschwinden des damaligen machthabers 1991 stießen in Somalia viele stämme in das machtvakuum, und ein grausamer kampf um die oberherrschaft begann, stamm gegen stamm. Dieser krieg dauert heute schon bald solange, wie das entsetzliche europäische lehrstück vor beinahe 400 jahren, dem 30 jährigen krieg. – Es gibt vorbildhaft ein großes schriftwerk aus der antike, welches eine beseitigung der gefahren des tribalismus schildert, nämlich die einigung von stämmen zu einem volk. Es ist die Bibel. Freilich gelang dies nur mit hilfe eines gottes, was man bei der befriedung von Somalia auch nur w ü n s c h e n – nicht glauben – mag.

Nein, Deuschland ist nicht souverän. Zumindest nicht, was die behandlung von fremden (»Flüchtlinge«) anbetrifft.

»Leihmutterschaft ist Prostitution.«, so die italienische gesundheitsministerin Beatrice Lorenzin. Da ist was dran ...

Wer sich verteidigt, klagt sich an. (Zitat eines unbekannten) Trotzdem: ein hammerwort.

‚Rechts – und Linksbolschewisten' (qua: Faschisten). Ein geflügeltes wort, benutzt von politologen, historikern in den 20er, 30er jahren dvjhds. Und h e u t e wieder sehr aktuell.

Sie wollten immer schon mal wissen wie es ist, »zum Affen gemacht« zu werden? Das hat der kommunistenkönig Kim Jong-un aus Nordkorea mit seinem großen schutzbaazi, der VR China gerade in unnachahmlicher weise vorgeführt. Denn genau zu beginn des chinesischen jahres, des »Jahr des Affen« ließ Kim Jong-un eine große rakete starten, angeblich um weltraumkunde mit hilfe eines satelliten zu betreiben. Dabei ist sich die ganze welt darüber bewusst – insbesondere die unmittelbaren nachbarstaaten – dass es sich bei diesem »probeschuß« um den start einer interkonti-rakete handelte. Und davor sollte sich die gesamte welt zu beginn des chinesischen jahrs des affen f ü r c h t e n. -

Einige zeitgenossen (»elektrische Jünglinge«) beduseln sich an den segnungen der moderen (IT) medien. Beim leerräumen ihrer bücherregale in die container eines taffen entrümpelungsfachmanns, husten sie sich wegen des staubes fast die lunge aus dem hals, denken, dass es so ausgehalten werden muss, weil es ja das letzte mal ist: Nie mehr bücher aus papier ... Nie mehr ein lesedingens, bestehend aus verkochtem, trocken gepresstem brei aus bäumen, beschmiert mit schwarzer farbe, zusammengeklebt mit lein und leim. – Hütet Euch! Ein unabdingbares technisches zubehör zum lesen Eurer modernen bücher könnte sehr knapp, wenn nicht gar unerschwinglich werden: Der fluss der elektronen, vulgo STROM ... Tröstet Euch nicht mit dem gedanken an die fotovoltaik, denn Gott hat beim beginn die (dunkle) nacht von der tageshelle getrennt, und dies über die zeit verteilt genau zu halbe, halbe. Und staumauern in trocken gefallenen flusstälern – wegen des dahinsiechens der gletscher – bringen keinen dynamo mehr zu einer einzigen, müden umdrehung. Die einzige chance bliebe Euch, auf wellen-generatoren zu setzen, sowohl beim wasser der ozeane als auch bei den klima-wellen, also dem wind. Es sei denn, es gelingt, gravitationswellen nachzuweisen, und diese zu nutzen, und zwar in form eines grav-wellendynamos. Denkt daran, dass Euch dann zu diesem zeitpunkt nur die energie von kohle und holz zum s c h m i e d e n all dieser notwendigen technischen geräte zur verfügung steht ... Und wenn Ihr dann partout nicht mehr weiterkommt, dann haltet ausschau nach jahrtausende alten grabsteinen oder steinplatten mit eingemeißelten zeichen, die wie buchstaben aussehen, die zusammengesetzt wörter ergeben, die aneinandergereiht ... sätze ... , und diese ...

Samstag, 20. Februar 2016

DIE STEINZEIT-ung* stellt fest, dass Rußland bei seinen bemühungen, wieder ein globalspieler in der politischen liga zu werden, sich in rasender eile einem anderen ereignis der sich ständig wiederholenden geschichte nähert. Es betrifft die geschichte eines anderen staates in Europa. Dieser staat beanspruchte vor über 150 jahren kraft seiner größe, wirtschaftlicher möglichkeiten, und – nicht zuletzt – wegen seiner global prägenden geschichte, einen »Platz an der Sonne« (Reichskanzler v. B ü l o w; nein, nicht der »Loriot«, sondern ein früherer v. Bülow!) zu erlangen. Die damaligen globalplayer – ich erspare mir, diese zu benennen; es gibt sie h e u t e noch immer, außer »Kakanien« – hatten etwas dagegen. Sie spannen diplomatisch ein netz, in das die anderen mitspieler und auch einflüsterer dieses land schlangen, und zum schwanengesang verführten. Nach einem großen, u n v e r m e i d b a r e n krieg (WK I) fand sich dieses land als unterlegener wieder, und Rußland als sieger. Nach einem, der kriegs«schuld« gemäß restriktivem friedensvertrag begann nach 20 jahren eine neuauflage dieses scheißspiels um geltung. Dieses mal jedoch m i t dem kriegsgegner von WK I, Rußland, welches sich in einer äußerst blutigen revolution unter den ideen und vorstellungen eines deutschen philosophen zum sozialismus hinwandte und zur Sowjetunion mutierte. Nachdem das »Dritte Reich« (Deutschland), und die Sowjetunion (Rußland) das erste militärische ziel ihres gemeinsamen »Hitler-Stalin-Pakt«, die aufteilung der Republik Polen, erreicht hatten, gab Rußland keine ruhe und überfiel direkt danach – im alleingang – ,sehr zum unwillen der weltöffentlichkeit das kleine Finnland. Und d i e s schien den machthabern des Dritten Reichs die offiziers-hosenböden derart flattern zu lassen, dass die offiziere des generalstabs – zu f r ü h ? – 1941 in kannibalischer art ihren »Waffenbruder« selbst überfielen. Das hatte den fürchterlichen effekt, dass das große mittelalterliche reich unter entsetzlichen todeszuckungen für immer von der weltbühne verschwand, und abermals sich als besiegter wiederfand.

Und Rußland, die Sowjetunion? Im dezember 1991, nach dem die SU mit »einem

Winseln« (C. W e i n b e r g e r) zugrunde gegangen ist, trat R u ß l a n d an die alte stelle des zurückgebliebenen zarenreichs, und siehe da; nach etwas mehr als 20 jahren nach dem zusammenbruch der alten ordnung begann Rußland, die alte größe wieder herstellen zu wollen, in dem es die Krim annektierte. – Und weiter geht es im jahre 2016 in Nordafrika, wo Rußland einen diktator militärisch s t ü t z t und schützt, der aus einer »Dynastie« stammt, die mit der alten SU politisch inniglich (Arab. Sozialismus) verbandelt war. Rußland! Sieh zu, dass nicht dein abgang, der mit trommelwirbel und paukengedröhn bereits angestimmt, mit riesigem D o n n e r s c h l a g endet …

Immer wieder wird bei der Großen NATO-verteufelung kolportiert, dass der »Westen« dem »Osten« versprochen habe, dass die NATO nach den eventuell erfolgenden unabhängigkeitserklärungen von ehemaligen »Warschauer Pakt«-staaten in diesen staaten k e i n e präsenz zeigen wird. DIE STEINZEIT-ung gibt zu bedenken, wie die unterhändler von ost und w e s t beispielsweise, v o r der unterzeichnung des 2+4 Vertrags am 12. september 199**0** wissen konnten, dass die formelle auflösung der S o w j et u n i o n erst im dezember 199**1** erfolgte, und überhaupt zusammenbrechen würde? Und von GUS (Gemeinschaft Unabhängiger Staaten) – hi »GUS« da »SU«? – konnte daher vor dem denkwürdigen 12. September 1990 noch keine rede sein.

Die rotlackierten faschisten benutzen eine beliebte methode zwecks täuschung fakten zu kaschieren. So heißt es beispielsweise bei einer syrischen partei n i c h t »Syrisch National Sozialistische Partei«, sondern »Syrisch Sozial Nationalistische Partei«. Alles klar?. Und die NSDAP hieß in wirklichkeit SNDAP! … Diese »Sprachregelungen« werden auch bei verschiedenen parteien und gruppierungen in der Ukraine n a c h Maidan in den separatistengebieten verwandt. Übrigens: Syrien war seit dem WKII eher ein parteigänger der stalinistischen Sowjetunion, wie auch sehr viele andere arabische staaten. Der Assuandamm in Ägypten müsste eigentlich Nasser – Chruschtschow – Damm heißen.

Als die menschen in der verblichenen DDR auf die straßen gingen, und »Wir sind das Volk!« riefen waren sie so viele, dass es den »wenigen« (den kommunistischen machthabern) mächtig in die glieder fuhr. Und das war auch so gedacht, und dieser gewaltige canon »Wir sind das Volk!« bewirkte, dass die wenigen die botschaft vernahmen, verstanden, und die macht – ohne einem vom »Volk« je ein haar zu krümmen – abgaben. Dabei haben die beiden antagonisten eine weltweit einzigartige leistung vollbracht, eine leistung, auf die wir Deutsche s t o l z sein sollten. – Doch das getöse, was man in den letzten tagen aus dem sächsischen bergland hörte war kein berggeschrey. Es klang zwar wie »Wir sind das Volk!«, doch wer ganz genau hinhörte erkannte etwas ganz anderes; es klang eher wie »Wir sind das Pack!« Und somit hatte der SPD-vorsitzende S. G a b r i e l recht, als er vordem eine andere gruppe von Sachsen als »Pack« bezeichnet hatte. Auch dem berichterstatter von DIE STEINZEIT-ung® verschlug es damals den atem, als er dieses d o n n e r w o r t eines granden einer volkspartei hörte. Aber nach diesem vorfall in C l a u s n i t z sollte klar sein, dass dem parteioberen Gabriel dieses blech bei der nächsten wahl d o c h noch vergoldet werden könnte.- Es ist nur schade, dass durch derlei geschehnisse der ruf der »gemiedlichn Saxn« leidet, insbesondere, weil wir im »Westen« immer noch das unangenehme organ eines ehemaligen generalsekretärs des ZK in der DDR (»dä Sbitzboad« W. Ulbricht) im ohr haben.

Einige foristen im interblog finden, dass, wenn Deutschland in Europa einen »Sonderweg« eingeschlagen hat, i m m e r etwas schief gegangen ist. So, wie zur zeit bei der schwelenden flüchtlingskrise ... Falsch, dame Klio. Sonderweg ist zwar richtig, doch auf diese »Sonderwege« hat die dame Europa Deutschland mehr oder weniger mit sanfter gewalt gezwungen. So, wie heuer wieder. Wer weist in la toute Europa Deutschland einen rechtsbruch bei den zur zeit noch gültigen europäischen gesetzen nach? Übrigens: Die chimäre Europa ist nur zu dem zwecke gegründet worden, um Deutschland zu fesseln; dazu gehörte auch die schaffung einer gemeinsamen europäischen (künstlichen) währung. Dabei hätte damals die Bezeichnung »Euro-Mark« die wahren finanziellen verhältnisse viel besser widergespiegelt. Dame Europa! Sieh man tau, wie du aus dem schlamassel wieder herauskommst; aber bitte o h n e den »Sündenbock« Deutschland endgültig zu zerlegen. -

Haben Sie schon mal etwas von den »Schwabenkinder« gehört? Der berichterstatter von DIE STEINZEIT-ung® kannte diesen begriff auch nicht, bis er diesbezüglich in einer sendung des WDR informiert wurde.– »Schwabenkinder« hatten damals tatsächlich etwas mit der süddeutschen landschaft S c h w a b e n zu tun. So nannten sich die kinder, die seit dem Dreissigjährigen Krieg aus den damals ärmsten regionen der Alpen, bis nach Tirol hinein, im frühjahr in großen trecks – zu fuß – ins Schwabenland zogen, um sich bei den schwäbischen bauern als arbeitskräfte auf den höfen zu verdingen. Die eltern jener kinder waren selbst bergbauern und so arm, dass sie froh waren über jeden esser, den sie von der mühsam, den bergen abgerungenen nahrung, n i c h t verköstigen mussten. Im herbst, wenn der winter vor der tür stand, kämpften sich die kinder, teilweise über schon verschneite pässe wieder zurück in ihre heimat. Da die schwäbischen bauern damals zwar nicht so arm wie ihre kollegen, die bergbauern waren, sich dennoch nicht auf rosen gebettet fühlen konnten, fiel die bezahlung der kinder für ihre arbeit auf dem hof eher dürftig aus. Noch 1908 gab es eine reportage einer u.s.amerikanischen zeitung über einen verdingungsmarkt in Friedrichshafen/Bodensee, den dieses blatt als »Sklavenmarkt« bezeichnete. Nun ja, wenn man etwas genauer hinschaut, w e r w a s in Friedrichshafen damals gerade mit mehr oder weniger erfolg konstruierte, kann die deutlich hämische spitze der Amis nachfühlen: Es war der Graf Zeppelin, der in Friedrichshafen ansetzte, den luftraum der Erde zu erobern. Wobei der berichterstatter der meinung ist, dass diese unhöfliche zeitungsnotiz weniger den Grafen Zeppelin treffen sollte, denn das unbeliebte deutsche kaiserreich.

»Das Leiden der Hysterischen (Menschen) kommt hauptsächlich von ihrer Erinne rung«. (Sigmund Freud)

Leute, lasst mal nach ! Alle schwerverbrecher, die bis heute die fürcherlichen anschläge auf Europa verübt haben, sind fast alle europäischen staatsbürger gewesen, und k e i n e ausländischen F l ü c h t l i n g e ! ...

Zum fußballspiel VfL Wolfsburg gegen Real Madrid am 06.04.2016 in Wolfsburg. Die Spanier waren in dem spiel keine ballkünstler, sondern eher F a l l künstler. Das gilt auch für das fremdf ä l l e n von gegnerischen spielern, was sogar in einem falle der spanischen mannschaft ein gegnerisches tor durch elfmeter einbrachte.

Jan B ö h m e r m a n n im april 2016: »Ich fühle mich erschüttert in allem, an das ich je geglaubt habe.« Herzlichen glückwunsch, Jan! Für Dich ist es noch nicht zu spät. Zu spät war es für einen mann, den der berichterstatter von DIE STEINZEIT-ung® kennt, und der erst mit f ü n f z i g aufwachte; aber erst, nachdem er v e r l e t z t worden war.

Bargeld lacht ... Aber nicht mehr lange, denn die ökonomen unter den politikern wetzen bereits ihre legislativen messer. Und dem bargeld würde das lachen bald vergehen wenn es bemerkte, dass es nun an seine materielle substanz geht. – Dem berichterstatter von DIE STEINZEIT-ung® fällt nur e i n grund ein, bei dem das bar(klein) geld verschwinden könnte, insbesondere die kupfernen, messingnen scheidemünzen. Denn er bemüht sich, die anzahl dieser metallplättchen in seiner haushaltskasse so gering wie nur möglich zu halten. Bei einem etwas umfangreicheren einkauf beim discounter versammelt er alles kupfer- und Messinggeld jeweils getrennt in seinen zwei hosentaschen, um einen größeren geldschein aus seiner geldbörse zu zücken. Das geschieht so, dass er der kassiererin die rechnung mit diesem geldschein p l u s der scheidemünze ü b e r dem betrag des letzten zehnerschritts der rechnung bezahlt, worauf er regelmäßig einen geldschein – oder auch mehr – als wechselgeld zurück bekommt. Diese prozedur ist erwiesenermaßen schneller als das suchen nach der geldkarte, das hineinfingern derselben ins lesegerät, dem womöglichen checken der pin, und der eingabe derselben. Besonders bei älteren menschen hat der berichterstatter schon tolle sachen in der schlange vor der kasse erlebt. – Doch merkwürdig. Trotzdem die bezahlung mit dem präsentieren des hohen geldscheins und des wechselgelds nicht langsamer als das mit -der-karte-bezahlen geht scheint ihm, als wenn er manchmal scheel angesehen wird. Und dies n i c h t von kassiererinnen und kassierern, denn die sehen derlei praktiken eher wohlwollend, brauchen sie doch dann nicht so oft die rollen mit der scheidemünze in ihre kassen zu kloppen ... Die möglichkeiten der elektronischen bezahlung sind inzwischen sehr zahlreich, und teilweise auch technisch ausgereift. Doch irgendetwas scheinen die befürworter des bargeldlosen zahlungsverkehrs, und der damit einhergehenden abschaffung des haptischen geldes nicht zu bedenken: Was passiert, wenn neben der elektronik des bargeldlosen zahlungsvorgangs die e l e k t r i k versagt? ‚Was passiert, wenn auf einmal der »Saft« (elektrischer strom) ausfällt? Und zwar flächendeckend, wie es vordem in zahlreichen fällen auf fast allen kontinenten passiert ist? Ein flächendeckender stromausfall ist für eine industriegesellschaft wie der westlichen einem schlaganfall oder gar herzinfarkt eines lebewesens gleichzusetzen. Und dies nicht mit verzögerung sondern sofort. Jeder technisch gebildete mensch mag sich selbst ausmalen, welch ein chaos dann ausbräche. Ein chaos, welches zu beseitigen mehr geld verschlingen würde, als die einführung des virtuellen geldes vordem. Und ob sich dann schnell wieder die elektromotoren in den straßenbahnen, aufzügen, rolltreppen, in den küchenmaschinen, staubsaugern, druckern, computern, in den millionen maschinen der industrie und der verkaufskasse drehen ist fraglich. Es sei denn, alle und alles hätten im keller ein stromaggregat. Selbst dies ist aber auch sehr unwahrscheinlich, denn dann hätten wir bereits schon die d r i t t e industrielle revolution hinter uns. Jedenfalls, bei einem großen stromausfall nach der abschaffung des bargeldes wäre es so, als wenn wir uns mit schmackes zurück in DIE STEINZEIT katapultieren würden. Und in den geldfächern der discounter-kassen würden sich haufen von abrissen von kassenbon-papierrollen als schuldscheine – gewissermaßen als kassenbon-bons– stapeln .

Wenn ein Deutscher im angesicht von »Guernica« erwidert, dass die ausradierung von großen deutschen städten im WK II durch alliierte bomber auch nicht von pappe gewesen sei, und wenn er dann in strengem ton darüber belehrt wird, dass ‚die Deutschen ja angefangen hätten, und somit s e l b s t schuld daran wären', dann müsste die relativierung eigentlich beginnen. Oder es würde von a l l e n ein schlusspunkt gesetzt: Ende der historie. -

Was kommt dabei heraus, wenn ein paar milliardäre von ihren nie im leben auszugebenden milliarden ein paar milliärdchen abzweigen, und unter sekundanz eines gesundheitlich angeschlagenen britischen astronomen einen »breaktrough Starshot« abgeben wollen? Na klar einen schuß in den ofen. – Mit hilfe eines laserstrahls sollen einige hundert chip-kleinen »raumschiffe« unter dem schutz eines segels von eben diesem laserstrahl in 20 jahren erdzeit nach »Alpha Centauri«, 4,34 Lj entfernt, in einem ständigen schuß, also »Dauerfeuer«, getrieben werden. Denn mit sicherheit dürfte dem beschuss mit mehreren hundert Gigawatt leistung für nur 10 m i n u t e n (so die ersten schätzungen von wissenschaftlern) kein bekanntes material von der Erde widerstehen. Also dann 20 jahre lang verschwendung von energie, mit hilfe derer die wirtschaft von ganzen staaten 20 jahre lang laufen würde. Mit dem entsprechenden gegenwert dieses verschwendeten geldes könnte man auf der Erde ganz andere sinvollere dinge anstellen. Da sich die ungleichverteilung des geldvermögens durch die IT-technik (Hochfrequenzhandel, Briefkastenfirmen, abschaffung des bargelds u.s.w.) noch verschärfen wird, ist es nur noch eine frage der zeit, wann dem ersten milliardär per IT-technik, und durchaus im sinne von Karl M a r x, einige nullen seines saldos v o r dem komma gelöscht werden. Einfach, nur so. – Es ist zeit, die dino-technik der gigawatt-riesen (laserkanonen, zu einigen hundert gigawatt) zu hinterfragen, und endlich die verteilung der erzeugten werte nach der individuellen k ö r p e r l i c h e n leistung vorzunehmen. Das könnte mit der stark im zunehmenden sektor möglichen überprüfung sämtlicher körperfunktionen durch die ergometrie, wiederum eingebettet in der IT-technik, vonstatten gehen. Dann bekäme der mensch als individuum einen leistungsindex, der normiert, zum parameter des persönlichen erlöses seiner arbeit dienen wird. Erst dann ist weltweit schluss mit milliardären, und ganz gewiss auch mit milli o n ären.